ST. MARY'S
ST. MARY'S

JORGE EDWARDS

LOS CONVIDADOS DE PIEDRA

NOVELA

PLAZA & JANES
EDITORES, S.A.

Portada de

Jordi Sánchez

Primera edición: Abril, 1985

Derechos exclusivos para España.
Prohibida su venta en otros países del área idiomática.
© 1978, Jorge Edwards
Editado por PLAZA & JANES EDITORES, S. A.
Virgen de Guadalupe, 21-33
Esplugues de Llobregat (Barcelona)

Printed in Spain — Impreso en España

ISBN: 84-01-42158-6 — Depósito Legal: B. 15380-85

EGS - Rosario, 2 - Barcelona

*A la memoria de C. V.,
y a Pilar,
que me contaron algunas
de estas historias.*

Para desengaño del lector, debo advertirle que todos los personajes y las situaciones de esta novela son completamente ficticios. En la escritura procuré respetar el trasfondo histórico y utilicé materiales que me proporcionaba la memoria personal o ajena, pero éstos fueron transformados por el tiempo y por los sueños, por la distancia de los años y por el deliberado exilio. La novela se presenta con las apariencias de una crónica, pero la crónica, y también su cronista, no son más que una invención literaria.

Dichosa edad y siglo dichoso aquel adonde saldrán a luz las famosas hazañas mías, dignas de entallarse en bronce, esculpirse en mármoles y pintarse en tablas para memoria en lo futuro...

Quijote, Primera parte, capítulo II

I

COMO ese cumpleaños de Sebastián Agüero, que era el de sus cuarenta y cuatro años, cayó en día sábado, y como estábamos en los primeros tiempos del toque de queda, Sebastián decidió innovar. Decidió convertir la comida de rigor y de ritual, la comida de mantel largo, que en 1972, en plena huelga de camioneros, había consistido en un par de míseros pollos con arroz, frugalidad que había alimentado, más que el estómago, las iras de los comensales (por momentos habían parecido dispuestos a sacar sus fusiles y sus pistolas y salir a matar upelientos por las calles), en un almuerzo de características triunfales y festivas. Y como yo vivo a sólo dos pasos de Sebastián y tengo la costumbre, después de mi divorcio, de no bajar los sábados por la mañana a mi oficina del centro sino encerrarme temprano en mi escritorio (más temprano a medida que me pongo más viejo), y anotar en un cuaderno los principales sucesos de la semana, consignar testimonios, anécdotas que de otro modo correrían el riesgo de dispersarse, reconstruir escenas evocadas en una conversación y de las que había tenido, antes de que las voces de aquella conversación confluyeran, se incitaran unas a otras, al calor de una sobremesa o de un encuentro casual, en los pasillos de los tribunales, por ejemplo, en espera de que una causa donde me correspondía hacer el alegato se pusiera en tabla, un conocimiento parcial o confuso, escribí hasta pasado las doce y después caminé a felicitar a Sebastián, con la idea de hacerle compañía durante los preparativos, que serían, este año, complicados, de una cuantía adecuada a las circunstancias. Ya se sabía que Sebastián, este año, lanzaría la casa por la ventana.

Pues bien, en mangas de camisa, con el ojo preocupado y atento de un general en vísperas de la batalla, Sebastián dirigía la instalación de unas mesas en el jardín, mesas que Hermenegildo cubría con manteles de hilo de Irlanda, manteles que en la época de la UP habían descansado en el espacioso repostero, al fondo de unas estanterías de madera que tenían números inscritos en círculos de porcelana, entre bolitas de naftalina, y que ahora, con la ayuda de un mozo contratado especialmente para la ocasión y que actuaba a las órdenes del fiel Hermenegildo, empezaban a desplegarse en toda su blancura y a desbordar de entremeses, almendras saladas, aceitunas, salchichas picantes, y ya vendrán las empanaditas de queso y otras engañifas, explicó Sebastián, en cuya sonrisa noté que se sentía un poco más tranquilo, aparte de la conciencia de que los años de escasez y de angustia (escasez virtual y angustia por el futuro, pienso, ya que Sebastián siempre había guardado en sus despensas provisiones para más de un siglo), habían terminado.

Dejé caer un comentario sobre mi escritura de esa mañana, en la que algo había narrado sobre la lucha por el abastecimiento, la forma en que cada cual había entablado esa batalla, de acuerdo con su temperamento, con sus particulares recursos, los extraordinarios trucos que había inventado el Chico Santana, que había terminado por ganar no poco dinero gracias a un criadero de conejos, o las rabias descomunales que había pasado el Pachurro Mayor, que debido a su intransigencia había comido menos que nadie y que a punto había estado, por añadidura, de estirar la pata de un infarto.

Te has convertido en el historiador del grupo, me dijo Sebastián, en una especie de Vicuña Mackenna de la Punta. Ahora daba instrucciones para la colocación del carro con los licores junto a unos arbustos, un carro donde esta vez no faltaba, además del pisco y los licores nacionales de siempre, una fabulosa botella de cinco litros de whisky Chivas Regal, producto que en las tres últimas celebraciones había brillado por su ausencia.

Me quedé pensando, secretamente halagado, quizás, por su comparación, que tenía razón Sebastián. Ese lugar común tan difundido, el de Chile, país de historiadores, se cumplía en mí con una mezcla extraña de pasión y de una modestia que yo calificaría de maniática. Mi único placer inquebrantable, al cabo de los años, consistía en leer cronicones, memorias añejas, procesos criminales de 1910 o de 1870, minuciosos partes de batallas (conocía, por ejemplo, todas las versiones y hasta las más menudas incidencias de las batallas decisivas de Concón y de la Placilla), en leer y en consignar en mis cuadernos, en esas jornadas de los sábados que solían prolongarse, con la interrupción de un ligero almuerzo y de una breve siesta, hasta muy entrada la noche, todos los detalles de una historia menuda que sólo podía interesar a los miembros de nuestro pequeño grupo y que un pudor enfermizo, sin embargo, o la más elemental discreción, me impedían transmitirles. A veces llevaba a alguno, con el pretexto de mostrarle, pongamos por caso, unos grabados antiguos, a mi escritorio, cerraba la puerta detrás de él con manos temblorosas, abría el cuaderno en una página precisa, escucha esto, le decía, y después de leer tres líneas, ruborizado hasta la punta de las orejas, irritado conmigo mismo, como si hubiera dejado en evidencia alguna debilidad vergonzante, un vicio feo y oculto, cerraba el cuaderno de golpe, sin que la insistencia de mi amable auditor valiera de nada.

Más tarde, mientras llegaban los invitados a la fiesta y Sebastián Agüero, que antes me había dejado solo con mis cavilaciones para subir un momento a vestirse, los recibía en la terraza, de punta en blanco, radiante de satisfacción, frente al jardín espléndidamente aderezado, y desfilaban la Rubia con su expresión desafiante, irónica, que parecía decir hemos triunfado, atrás quedaron las sombras, las pesadillas nocturnas, el Pachurro Mayor y su mujer, que con los años había enflaquecido mucho, la piel de las mejillas se le había hundido, reseca, quizás debido a la excesiva frecuentación de reuniones con curas y señoras dedicadas a las obras de bienestar social, Matías, que llegó contando chistes y atronando los aires con sus carcajadas, como en sus mejores tiempos, el Chico Santana, etcétera, se me ocurrió pensar, de repente, en los que por un motivo u otro no estaban presentes en este cumpleaños, en el pobre Pancho, en Guillermo, que ya había sido excluido en el cumpleaños anterior, ya no podías cruzar dos palabras con él sin enredarte en una discusión violenta, sin salida, desagradable para todo el mundo, en el propio Silverio Molina, a cuyo entierro habíamos asistido unos pocos hacía un par de semanas y en el que habíamos visto aparecer, al fondo de la capilla del Cementerio Católico, en medio de la sorpresa general, al Tito, aun cuando nadie podía imaginarse qué significado tenía para él la noticia, cómo diablos la había conocido y cómo había podido encaminar sus pasos, guiado por un resquicio de memoria, al Cementerio, mirar el ataúd con ojos profundamente hundidos en las órbitas, velados por el cansancio, y posar después esas pupilas opacas en cada uno de nosotros, como interrogándose, interrogándonos, todo esto algo significa, sospechando, pero qué, dónde estoy, cómo me llamo, ¿tú no eres alguien?, mientras avanzaba el cortejo y él lo seguía tropezando en los guijarros de una de las alamedas, dándose vuelta para mirar a los soldados con las metralletas listas, llevado del brazo por Sebastián, persona, como todos saben, no desprovista de súbitos gestos caritativos, pacientes.

Llegué a decirme, a medida que Hermenegildo y su ayudante repartían las copas de pisco sauer, la monumental botella de Chivas Regal en bandeja de plata, las empanaditas fritas, los cuadrados y yemas de San Estanislao, que ellos, los ausentes, los de nuestro grupo que terminaron mal, eran probablemente, aun cuando se hubieran equivocado medio a medio, los más íntegros, los de fibra más sólida. Desde luego, guardé este pensamiento en estricto secreto, encerrado en el fondo del pecho, temiendo que la Rubia, sólo de adivinarlo, las emprendiera contra mí a zarpazos de sus uñas filudas, pintadas de granate oscuro, o que el Chico Santana, entrando en uno de sus estados de intoxicación mental aguda, empezara a lanzar por la boca sapos y culebras.

O quizás eran los más desesperados y los menos lúcidos. En medio de la euforia de esos años, una euforia que no dejaba de tener aspectos suicidas, instintos subterráneos, escasamente conscientes, de autodestrucción, habían desdeñado ese mínimo de cálculo que nosotros aplicábamos siempre, sobre todo en los momentos más vertiginosos, de mayor peligro, y que a la larga nos permitió sobrevivir. Ellos caminaron sobre la cuerda floja, empeñados en ofrecer el espectáculo a una galería imaginaria, pero caminaron como un equilibrista que se hubiera emborrachado en los camarines, minutos antes de salir al escenario del circo, y hubiese tirado las precauciones por la borda. Por ejemplo, el menor de los Pachurros, que siempre había sido un personaje excéntrico: tenía la manía, de niño, de retorcerse mechones de pelo y arrancárselos de cuajo, pintándose después los huecos que le quedaban en el cuero cabelludo con un corcho quemado...

Lo estoy viendo encaramado en el techo de su casa, en la Punta, arrancándose los pelos a patacones, con cara de obseso, con ojos de loco y unas ojeras profundas.

Los viejos decían que había salido a su abuelo materno, que nosotros no alcanzamos a conocer y que según testimonios variadísimos y concordantes era demente, suavemente chiflado, un viejito siempre adornado con una medalla en la solapa y que hablaba solo en los tranvías, perseguía a las liceanas, les daba de comer a las palomas en los jardines del Congreso Nacional, canturreando.

... se internó una tarde por la superficie mojada de unas rocas, después de anunciarle a un par de amigos que pondría los pies en una roca donde nadie se había atrevido a llegar hasta entonces, y las olas, en una de esas salidas traicioneras muy típicas de aquellos parajes, se lo llevaron para adentro. No pudimos hacer nada, explicaban los dos amigos, pálidos de susto: el mar se lo tragó al tiro, entre melenas de cochayuyos y borbotones de espuma, fue una cuestión de segundos, y se estremecían, recordaban la imagen del Pachurro Menor en el momento justo en que era succionado por las aguas, víctima de su bravata. En cuanto al pobre Pancho, quiso pasar una carretela en una curva, según la versión del Gordo Piedrabuena (que ahora estaba flaco, lleno de finas arrugas en la piel lampiña, alrededor de las orejas y de los ojos, y se abstenía prudentemente de probar las empanadas fritas, sólo un dedo de whisky con mucha agua), que sobrevivió de milagro, y se estrelló contra un camión destartalado que bajaba en la dirección contraria.

A un primo tuyo, me dijo Sebastián, a quien sólo vi muy de paso, siempre a medio filo por los cafés de Montparnasse...

El pintor.

... muy tarde en la noche, lívido, con los ojos brillantes, completamente dopado, volado, como dicen ahora, contando disparatadas historias que aseguraba que le habían ocurrido hacía minutos y pegándote, desde luego, el infaltable sablazo, lo encontraron muerto en un hotel miserable del norte de Europa, en Alemania o Bélgica.

En Amsterdam.

Era un pintor abstracto bastante fino, apreciado en un pequeño círculo, protegido por un coleccionista belga con el que mantenía una relación ambigua, entre efebo maduro y delincuente, aprovechándose de las debilidades del coleccionista, pero sin sacarle más provecho tangible que unas botellas de champagne rápidamente consumidas, reservas de drogas volatilizadas en muy pocas horas, materiales para un suicidio lento, suicidio gradual repentinamente acelerado por un ataque al corazón que lo fulminó a los treinta y cuatro años.

Siempre se ha dicho que las putas chilenas se administraban mal, pero yo no sabía que la regla también era aplicable a los putos, dijo Matías, y el Chico Santana se desternilló de la risa, escupiendo saliva, de acuerdo con su costumbre, como una regadera, cosa que me llevó a cubrir con la mano mi vaso de pisco sauer.

Otro caso interesante fue el de Marta Henderson, una gringa que se hizo amiga nuestra cuando tendríamos veinte años, dos o tres años mayor que nosotros, y que sufrió de manos de su amante fijo, de su "firmeza", hombre de club y playboy maduro de aquellos tiempos, aviador aficionado, una humillación que no pudo soportar y a consecuencias de la cual se tiró desde un séptimo piso.

Me acuerdo de cuando me comunicaron la noticia por teléfono, dijo el Gordo, y Sebastián, entonces, en una esquina del jardín, contó a un grupo que presidía, con risotadas no exentas de procacidad, la Rubia, relato por todos conocido, pero que a todos nos gustaba escuchar de nuevo, que él se acostaba con la Marta Henderson (se la tiraba, dijo, sin importarle la presencia de la Rubia), después de un encuentro casual que tuvimos en Viña del Mar, en la boîte del hotel O'Higgins, para ser más preciso, un dieciocho de septiembre en la noche, y en vísperas de la pelea con su amante, a comienzos de octubre, cuando las cosas ya debían de andar como las huevas, me pidió que partiéramos juntos a París.

¿Para qué?

¡Para escapar de toda esta mierda!

¿Y de qué vamos a vivir?

Yo me las arreglaré.

¡De puta!

Y la gringa me sacó a patadas del departamento, dando gritos de furia, borracha, y poco después (detalle que yo conocía muy bien, pero que Sebastián no contó al grupo de la Rubia), el día que se corría El Ensayo en el Club Hípico, Sebastián la había visto en las tribunas en compañía de una gansa pintarrajeada, de extravagante sombrero, y le había hecho la desconocida.

¡Pobre gringa Henderson!

Lo que sucedía era que Sebastián, igual que todos nosotros, los que habíamos sobrevivido y estábamos reunidos ahora en ese jardín donde las carcajadas, el tono de las voces, subían a cada momento, había sabido mantenerse a prudente distancia de las situaciones extremas. Había dado la impresión de jugar con fuego, pero había jugado, igual que nosotros, muy a la segura. Porque siempre habíamos podido desdoblarnos, en los instantes álgidos, en un actor y un espectador. El impávido espectador, prematuro hombre de orden, morigeraba los arrestos románticos de su otro personaje. Así nos preservamos en vida hasta girar la primera curva de la edad. Así nos preservamos para ser pasto del tiempo. Fuimos convirtiéndonos, sin darnos demasiada cuenta, en profesionales de voz pausada, cabellos ralos, rostros que la edad había redondeado y deformado con terco disimulo, pacientemente, sin provocar transiciones bruscas que nos pusieran en guardia (aun cuando habría sido perfectamente inútil estar en guardia). La evocación desde la madurez de la locura juvenil nos permitía darnos ideas aceptablemente modernas, un dejo de ironía, cierta tolerancia. Siempre que no se hablara, como empezaba a hablarse hasta la majadería hacia el final de los años sesenta, de Estado obrero, de expropiación de la banca y de la gran industria, de que la tierra tenía que ser para quien la trabajara, como si la subdivisión infinita de la tierra no hubiera demostrado hasta la saciedad su ineficacia, o no la hubiera demostrado la colectivización de la economía. ¿No sabías que los rusos se alimentan de trigo norteamericano, ellos que eran el granero de Europa? Pero el majadero de turno insistía en hablar, sacándonos de quicio, de reforma agraria en gran escala, de ampliación del área social y otras panaceas en boga. Es decir, pensé, nos dábamos ese lujo, en aquellos años, en la medida en que las amenazas externas no despertaban nuestros instintos adormecidos, agazapados allá en el fondo. Recordé, por ejemplo, un cumpleaños bastante anterior, el de 1969, quizás, o incluso antes. Detrás del cristal de los anteojos, los ojos recuperaban la ansiedad, el fulgor nervioso que habían perdido, anestesiados a lo largo de la comida por el alcohol y la conversación insulsa. En la sala llena de humo, de ceniceros repletos y vasos de whisky a medio consumir, con los cubos de hielo derretidos, donde se dialogaba y se comenzaba a bostezar con discreción, ¡a quién se le ocurría hacer una comida en día martes!, las voces, inesperadamente, habían subido de punto. Se escucharon exclamaciones exasperadas, denuestos, acusaciones iracundas. Los detentadores del poder, con su irresponsable deseo de halagar a las masas, habían permitido que el enemigo se infiltrara hasta debajo de tus narices. La peste había llegado hasta los más inaccesibles reductos. No había familia bien donde no hubiera penetrado el contagio. Jóvenes que habían recibido la mejor educación del mundo, en colegios ingleses, en los jesuitas, hijos de matrimonios ejemplares, de gran fortuna, y de repente los veías de pelo largo, inmundos, dedicados a fumar marihuana, con enormes posters del Che Guevara encima de la cabecera y leyendo instrucciones, despatarrados, invadida la pieza por un desorden indescriptible, escuchando música pop a todo lo que daba, sobre la guerra de guerrillas y sobre la teoría del foco. ¡Los bárbaros se habían deslizado hasta los santuarios más recónditos! ¡Apaga esa música!, vociferaba el consejero jurídico de las grandes compañías, pero nadie, en el interior de su propia casa, le daba la menor pelota. Era una epidemia terrible, y se aproximaba, con pasos de gigante, el momento en que habría que cauterizarla a sangre y fuego. Lo peor era que los curas, con sus prédicas populacheras en los púlpitos del barrio alto, se habían convertido en los principales instigadores, ¡cómo nos iban a respetar nuestros hijos si ellos, los curas, eran los primeros en soliviantarlos en contra de nosotros! Las librerías del centro, a todo esto, estaban infestadas de libros marxistas, ya no se podía ir a una obra de teatro sin que te lanzaran la misma monserga, si te gustaba, supongamos, la chispa medio cínica de un pasaje de Giraudoux, quería decir que eras un momio recalcitrante, y no hablemos de la universidad, que se había llenado de profesores amargados o de simples agentes de Moscú, que se había transformado en un semillero de frustraciones, de revolucionarios en potencia, en tanto que la televisión... ¡Por la cresta!

Yo, dijo el abogado, prefiero que mi hijo sea gásfiter o albañil, en vez de mandarlo a que le hagan lavados de cerebro. El año pasado lo saqué del colegio de los jesuitas, que se han convertido en una tropa de comunistas emboscados.

Y yo (me acuerdo que había dicho Sebastián, con su candor de siempre), estoy preparado para irme del país. Tengo todo listo. Apenas lleguen los comunistas al poder, agarro mis maletas y me largo...

¡No!, gritó la Rubia, cuyos dientes, cuyos ojos azules despidieron llamaradas: ¡No hay que entregarles el terreno! ¡Hay que luchar! ¡Hay que luchar!, repitió, golpeando el respaldo de raso de color lúcuma suave con su mano pálida, huesuda, que ostentaba como único adorno un grueso y redondo anillo de brillantes, un solitario grande como un huevo de paloma: Aquí, si todo el mundo se hace el ánimo de irse...

¡Cierto!, dijo el abogado. El zapato lustroso, que sostenía con un quiebre ligero la vuelta del pantalón gris a rayas, pisaba los arabescos laterales de la alfombra persa. Echó una bocanada de humo de su pipa Dunhill, adquirida en el último de sus viajes a Nueva York, black briar: Si todos pensaran igual que tú, Sebastián...

Pero si me quitan el fundo, argumentó (había argumentado, en aquel cumpleaños que ahora parecía tan remoto) Sebastián, ¿qué puedo hacer en Chile? ¿Podrías explicarme?

Nunca he ejercido mi profesión, ésa es la verdad. Además, en un país socialista, los abogados, ¿de qué mierda sirven? ¿Quieres que empiece a trabajar de obrero, a mis años?

¿Y vas a dejar así nomás que te quiten todo?, preguntó la Rubia, revolviéndose en el sofá con expresión intensamente desdeñosa, con rayos, dardos en los ojos de menosprecio, de censura. ¡Qué gallinas! Merecerían el paredón. ¡Por cobardes! Lo que es yo, dijo...

En esa época, en vísperas de la elección del año setenta, la mayoría de nosotros ya se había casado hacía tiempo, tenía hijos grandes, en las puertas de la universidad, casa instalada en el barrio alto, y muchas veces, en forma secreta o abierta, dolores de cabeza mayúsculos, porque las finanzas, una deuda cuyos intereses lo devoraban todo, un divorcio que se arrastraba y no terminaba nunca de resolverse (como era el caso mío), una amante perturbadora, las cuentas del psiquiatra de la mujer, ya que a ella se le había puesto fácil el llanto y le había dado por tomar pisco puro a escondidas, naufragando en un océano de melancolía inexplicable, las tendencias extrañas, próximas a la mariconería, o a la franca delincuencia, o a ambas cosas, de un hijo..., y así sucesivamente, un cuento de nunca acabar, porque cuando uno averiguaba un poco, cuando ingresaba, después de rascar en esa barnizada superficie que presentan las personas en los salones, en un clima de confidencias, descubría que el desorden se repetía de familia en familia con una frecuencia pavorosa. Era una época en que el demonismo juvenil de Matías, con sus acentos nietzscheanos y wagnerianos, había sido reemplazado hacía mucho tiempo por un catolicismo militante, influido por la renovación litúrgica, por el medievalismo de algunos sectores de la nueva Iglesia, fenómeno que se relacionaba muy bien con los muros blancos de la casa de Matías, las vigas de madera, suelos de ladrillo quemado, azulejos antiguos y enrejados toscos, figurillas coloniales en una vitrina: un aguatero, un pastor, un burrito cargado de frutas, beatas y arcángeles cuzqueños, espejos cajamarquinos, marcos ingenuos cuya sobrecarga barroca de espejuelos devoraba el cuadro, alguna Santa Rosa de Lima de mirada hierática y aderezos blancos y negros, y con cierta actitud entre burlona y reservada, elegante pero sencilla, criolla, donde la hospitalidad propia del cristiano y del chileno de antigua cepa coexistía, en una simbiosis que no podía ser más clásica, con una imperceptible distancia frente a todo recién llegado, con la sensación íntima de pertenecer a una minoría escogida, legitimada por la consagración social, intelectual y a la vez religiosa, lo cual no impedía en absoluto, por el contrario, justificaba plenamente, el trabajo jurídico y administrativo al servicio de la libre empresa, y como ejemplo palpable, como si las cosas se adaptaran, lanzando guiños a los buenos observadores, a estas realidades menos tangibles, el San Sebastián de agusanadas heridas campeaba junto al informe semestral de la Sociedad de Fomento Fabril y a la cuenta del Directorio del Banco de Chile, sin cuya presencia los valores cristianos mismos se verían gravemente amenazados, puesto que libertad de empresa y libertad de pensamiento, capitalismo y espiritualidad, iban siempre, por paradójico que pareciera, inextricablemente unidos. Donde faltaban los primeros, bastaba ver lo que ocurría: las principales víctimas eran esos curas descriteriados que ahora estaban clamando para que les colocaran la soga alrededor del cuello.

Pero dejemos ese cumpleaños de 1969 y volvamos al de ahora, que sin duda se realizaba en una atmósfera muy diferente, después de todos los acontecimientos que había vivido el país y de los que ninguno de nosotros, ¡ninguno!, había escapado indemne. Entre Hermenegildo (que trabajaba con la familia desde los tiempos de don Sebastián y cuya lealtad no había vacilado en los años difíciles, cosa que muy pocos podían afirmar de un sirviente suyo), su ayudante, y el propio Sebastián, nos hicieron pasar desde el jardín hasta el comedor, donde no hubo protocolo para sentarse (yo me las arreglé para quedar cerca de la Rubia) y donde el almuerzo fue servido de inmediato: un extraordinario chupe de locos seguido de un costillar de chancho con puré picante. Hacia el final de la comilona, cuando Hermenegildo y su ayudante aligeraban la mesa y barrían con una pala de plaqué las migas de pan, los abundantes brindis de un Macul cosecha de 1967, que según el consenso unánime estaba de mascarlo, arrancaban verdaderos aullidos, aplausos, discursos interrumpidos por el griterío general y canciones de los viejos tiempos, y hubo un momento en que el Chico Santana, congestionado de la risa hasta un punto que lindaba con la epilepsia, se cayó de la silla y azotó con el hueso coxal en la alfombra, con gran estrépito. Tuvo que pedir ayuda desde el suelo, rojo como un tomate, confundidas las lágrimas de risa con las de dolor, y el incidente, para muchos de nosotros, tuvo el efecto inmediato de evocar la figura egregia y legendaria de don Marcos Echazarreta.

¿Te acordái?

¡Cómo no íbamos a acordarnos! Matías se puso de pie, inclinó la cabeza como un actor dramático, y dijo, alzando su copa: Propongo un brindis a la memoria de don Marcos Echazarreta, Marqués de Puchuncaví, Señor de los Altos de la Punta, a cuya sombra transcurrió nuestra juventud. Todos nos levantamos, felices, y el Chico Santana, que ya había conseguido incorporarse, hizo gestos para que le llenaran su copa con la máxima urgencia.

Esas botellitas de vino Macul eran de oro. Así eran. El Gordo Piedrabuena, que sólo había conocido a don Marcos en su último verano de vida, en la víspera de la kermesse famosa, se acordó de la voz gangosa que le había hecho dar un brinco de susto, entre las agujas de los pinos aquejadas de una peste rojiza, mientras el sol se ponía detrás de los cerros del otro lado.

Busco la casa del señor Sebastián Agüero, había explicado el Gordo, dejando la maleta en la capa blanda de agujas resecas.

¿Quién es usted?, había preguntado don Marcos, imperturbable, moviendo mucho las mandíbulas antes de emitir cada sonido, y las respuestas del Gordo sólo habían logrado satisfacerlo, con un ¡Ah! de alivio, cuando había nombrado, remontándose en su genealogía, a un primo hermano de su abuela materna, persona que don Marcos había conocido mucho, según murmuró entre dientes, en los años del neosalvarsán y de la obstrucción parlamentaria. Ven, le había dicho, en vista de eso: Te voy a mostrar mi tumba, y la punta del bastón de don Marcos había pasado por encima de unas cadenas mohosas y había señalado una lápida de piedra tosca con una inscripción que rezaba:

Fue malo
Pero no tanto como los buenos

El Gordo tragó saliva. Muy bien, dijo.

Es una inscripción muy bonita, dijo don Marcos, ¡qué!, y sus mandíbulas continuaron moviéndose, alterando la piel tumefacta, entre azulada, lila y del color de las agujas enfermas de los pinos, y cuya materia parecía formada por sucesivos aluviones de arrugas, pelos, granos oscuros, botones vinosos, venillas que se habían salido de su cauce y se habían empozado entre células maltrechas.

Ahora puedes irte, había agregado, señalando con el bastón tembloroso a Matías, al Pipo, a Sebastián Agüero, a dos de los Pachurros, que le hacían señas desde la playa, cagados de la risa, mientras Pancho, el hermano menor de Guillermo Williams, corría por la orilla del mar y aleteaba como un pájaro, brincando, dándose golpes en las grupas, haciendo que las gaviotas más próximas se dispersaran, asustadas.

II

Nosotros éramos muy niños, y era probable que alguno de nosotros no hubiera nacido todavía, pero Matías se acordaba perfectamente de la escena de los azotes a la orilla del bosque de pinos, cuando el viejo, que se había venido guardabajo desde lo alto de la escalera de misiá Rosa Argandoña, había acusado a Silverio de saltar desde la oscuridad, después de haberlo estado espiando por una ventana, y de haberle propinado un empujón terrible. Acusación verosímil, puesto que Silverio ya se había convertido en cabeza de una pandilla de jóvenes salvajes, pero que nunca resultó acreditada. Era un hecho que a don Marcos le flaqueaban las piernas cuando bebía y que con los años había empezado a fallarle seriamente la noción del equilibrio. Esa tarde, que ahora ya resultaba remota, sumergida en el pasado (debe de haber sido a mediados de los años treinta), don Marcos había bebido algunas copas en el mesón de César Augusto y había partido, llena de pajaritos la cabeza, a visitar a misiá Rosa, que era uno de sus amoríos crepusculares. Después de la velada, copas de bajativos dulzones, comentarios políticos, chismes, y como de contrabando, aprovechándose de la confusión, con ojos intensos de carnero degollado, uno que otro requiebro amoroso recibido con una mirada divertida, con una sonrisa irónica, pero don Marcos era de los que no aflojaban, de los que no se echaban a morir, había salido a la noche, envuelto en las volutas voluptuosas de su puro habano, aspirando el perfume de los arbustos, contemplando el perfil de los cerros, al frente, y los reflejos de la luna en el mar, a su izquierda, cuando: ¿había perdido pie?, ¿había saltado Silverio como un felino, desde la sombra, hirviente la sangre por las escenas escabrosas que había sorprendido a través de las cortinas de gasa (como insinuaba don Marcos), y le había propinado un criminal empujón en la espalda, haciéndolo rodar escalinata abajo, dando tumbos y lanzando desesperados aullidos que misiá Rosa no había escuchado, o no había querido escuchar, atribuyéndolos, desde su refugio, a los demonios de la noche?

El caso es que la caída del Chico Santana nos recordó de inmediato a don Marcos. En una oportunidad, por ejemplo, enfrascado en una acaloradísima defensa del Brigadier General don José Miguel Carrera, que si hubiera triunfado, decía, jamás habría permitido la entrega de Tucumán, ni de Cuyo, ni de la riquísima Patagonia (y los ojitos le brillaban detrás de las cejas abundantes, de los pómulos entrecruzados de venillas, llenos de protuberancias esponjosas), don Marcos había desaparecido de pronto debajo de la mesa y por poco no había arrastrado en su caída los manteles y la cristalería entera. Y otra vez, caminando solo por la orilla del mar, embriagado por la música de las esferas celestiales (según la relación que había hecho después en el bar de la playa), se había caído a un hoyo profundo. Alertado por sus desconsolados gritos, por sus anacrónicos insultos, ¡Sacadme de aquí, cabrones, hideputas!, y desconcertado porque el dueño de la voz inconfundible, su capa de vicuña, su bastón, su frondosa barba, no se divisaban por ninguna parte, uno de los Pastene, que caminaba por el malecón a recoger los espineles que había tendido esa tarde (los pescados debían de estar saltando en los anzuelos que era un gusto), había acudido en su auxilio: ¡Cálmese, don Marcos! ¿Para qué insulta? Si fue usté solito el que se cayó al hoyo...

De modo que las opiniones estaban divididas. Unos

creían en la culpabilidad de Silverio y otros en la sinvergüenzura calumniosa de don Marcos, que al verse sorprendido con la cara contra el suelo, magullado, quejoso, toda embarrada la capa, había inventado lo del empujón al vuelo, para justificarse (¡Por Diosito santo!, exclamaban, juntando las manos, las señoras que regresaban de una sesión de naipes, pero no dejaron de advertir el aliento alcohólico, los ojos extraviados, ¿era posible que un cristiano inventara, sin inmutarse, una calumnia tan terrible, que al día siguiente escuchara sin pestañear, desde sus altos ventanales, el chasquido de los azotes injustos?). Nosotros vimos, de todos modos, contó Matías, cómo Silverio el Viejo, ayudado por uno de los inquilinos de su hacienda, Emeterio Águila, desnudaba a Silverio chico hasta la cintura, lo amarraba contra un árbol y se sacaba la correa gruesa del cinturón.

Silverio se puso a insultar a don Marcos a gritos, más rabioso a medida que arreciaban los golpes y empezaba a saltarle sangre de la espalda: ¡Viejo conchas de tu madre! ¡Me las vai a pagar! Hasta que un correazo en la boca lo dejó mudo. Entonces lo soltaron, y lo vimos desaparecer, contó Matías, detrás de unas zarzamoras, cubriéndose la espalda con la camisa y sin volver un segundo la cabeza en dirección al grupo. Misiá Eduvigis, que había llegado corriendo y había tratado de atajar el brazo de Silverio el Viejo, lloraba a gritos, y Silverio el Viejo, descompuesto, un poco pálido, se colocaba de nuevo la correa del cinturón. El Tito, en primera fila, tendría entonces unos diez años, quizás menos, formaba globitos de saliva con la boca, y la Gorda Unzueta, una bolita chica, tenía los ojos tan redondos como sus mofletes, redondos y desconcertados. Al día siguiente don Marcos apareció muy sentado en el bar, bastante repuesto de sus magulladuras, aun cuando mostraba un parche de tela emplástica cerca de la sien izquierda y la nariz bastante rasmillada, pero en esos años don Marcos no habría pasado de los setenta y era un viejo alto, nervudo, de contextura fuerte, que contemplaba el espectáculo puntino como un dios Júpiter instalado en una mesa de la esquina de la playa, con su puro habano y su cerveza infaltable, despotricando contra los nuevos ricos, incapaces, con sus milloncejos de papel, de comprarle el culo a una cocotte de París, ¡qué!, contra la ignorancia todopoderosa, contra los mamócratas de la Administración pública, conta la pantanosa mediocridad en que había naufragado el país entero, ¡qué!, y golpeaba las manos: ¡César Augusto Imperátor, otra botella!, en el mejor de los mundos posibles, a pesar de sus filípicas, porque, veamos, ¿quién podría comprender mejor que yo, Marcos Echazarreta y Zuazagoitia, Señor de los Tolomiros, las barrabasadas de la juventud, los extravíos de la jeunesse dorée?, cuando él, en épocas mejores, antes de verse reducido a su actual ostracismo de la Punta (¿Qué es ostracismo?, preguntaba el Foca. Condición solitaria de la ostra, explicaba don Gonzalo Urquijo)... Y se ponía a hablar, escupiendo briznas de tabaco en la espuma de su nueva cerveza, lanzando exclamaciones desafiantes, siguiendo con sus ojos de cernícalo a las niñas que mariposeaban por la orilla, con sus muslos sonrosados, sus pechos nacientes, de un amigo suyo, Moncho Urdinola, que había sido dueño de las tierras que se extendían desde el límite sur de los Queltehues hasta el corazón de Viña del Mar, ¡ni más ni menos!, y que todo se lo había farreado, hasta el último cinco, entre safaris en el Africa y la desaforada fiesta parisina. Sólo le había quedado de recuerdo una pata de elefante que ahora prestaba servicios como paragüero en la puerta de su habitación, en una pensión de mala muerte de la calle Catedral abajo. Y sin embargo... Una vez, por ejemplo, en el letargo de un domingo parisino, se había robado el enano de un circo para llevárselo a su madre y distraerla en sus horas de spleen...

¿De qué?

¡De hastío! ¡De melancolía! (levantando el vaso y mirando, impertérrito, la indefinible mezcla de cerveza, de saliva, hilachas de tabaco y granos de arena que había arrastrado el viento). Bien...

Y después hablaba de las aventuras galantes del boxeador Quintín Romero, que rompía, con su torso de potro salvaje, ¡qué!, y su mirada de indio, los corazones de duquesas, condesas, hijas de rastacueros sudamericanos o demimondaines...

¿Demi qué, don Marcos?

¡Semimundanas! (carraspeando, poniéndose rojo de congestión: quizás un nudo de tabaco, esponjado de cerveza, le obstruía la garganta, pero al fin, con gran estrépito, el taco se soltaba), mujeres de vida ligera que solíamos encontrar en Maxim's, en el salón de patinar de los Campos Elíseos, en las tribunas de Longchamps, en los bailes de Boni de Castellane en el Palais Rose, Avenue du Bois, ¡qué os parece!, y todo el mundo se reía a carcajadas, el Foca, el doctor Varas Saavedra, don Gonzalo Urquijo, comentaba Matías en el jardín, a pesar de que había un viento insidioso y de que la mayoría de las mujeres, para proteger sus peinados, había regresado al salón, aparte de que la mujer del Pachurro Mayor había partido a cumplir con alguno de sus compromisos parroquiales o pedagógicos, juzgando, sin duda, que ya se había bebido en exceso, que el ambiente se ponía demasiado turbio, y aconsejándole, conminando, mejor dicho, al Pachurro a que se volviera temprano, de ese "os" inhabitual en Chile con que don Marcos subrayaba sus tiradas retóricas, poniéndoles un broche definitivo, de manera que don Marcos, estimulado por el éxito de su relato, contaba la historia de un amigo de legendaria belleza, Vicho Montes, el joven más apuesto de nuestra generación, ¡qué!, nos pedía que lo dejáramos entrar delante de nosotros a los restaurantes de lujo, solo, porque así gozaba más con el efecto que producía su entrada, ¡nadie podía sustraerse!, por las espaldas desnudas de las mujeres corrían escalofríos de lascivia, ¡qué!, y nosotros, desde atrás, recogíamos la estela de suspiros, el pasmo, las exclamaciones y cuchicheos, ¡Comme il est beau! ¡Des rastás! ¡Des sudaméricains!

¡Etcetera!... Hasta que a los veintisiete años recién cumplidos (la voz de don Marcos adquiría una inflexión solemne, anunciadora de acontecimientos graves), al descubrirse la primera cana y saber, ¡para colmo!, por la indiscreción de un amigo, que la querida de turno lo había traicionado con el semental de las pampas argentinas...
¿Con quién?
¡Con Quintín Romero, el boxeador! (irritado de tanta pregunta, de tan curicana cortedad de luces)... se contempló al espejo por última vez, abrió la boca (don Marcos abrió la boca, observado con gran atención por la Gorda Unzueta, una pequeña bola de carne que asomaba por detrás de su hombro, y apuntó hacia el paladar con el dedo índice), se puso el cañón de la pistola contra el paladar y apretó el gatillo. ¡Paf!
Creo que a todos los que estaban alrededor de esa mesa, dijo Matías, les pareció escuchar ese pistoletazo lejano. Hasta sintieron en las narices el escozor de la pólvora. Bebieron un sorbo de sus aperitivos, sólo para mojar el gaznate, y alguien se permitió manifestar una duda sobre la causa del suicidio de Vicho Montes. Decían que había recibido una carta de su administrador que le anunciaba la ruina, la venta del fundo de las Pataguas. Y don Marcos, arreglándose la manta de vicuña sobre los hombros, declaró que nadie, ahora, en este país de pirquineros y de mercachifles, comprendía una pasión que no fuera motivada por la plata. La influencia del dólar... ¡Así es!, suspiró don Gonzalo Urquijo, enarcando las cejas. Él lo había sostenido siempre: antes había hombres de verdad, capaces de raptar a una joven y atravesar la Cordillera de los Andes en bicicleta, huyendo de la familia... En estos tiempos, en cambio... ¡Lo primero que hacían era pedir al Banco el estado de situación de los padres! ¡Sí, señor!
¡No sean exagerados!, dijo Pablo Espínola, pasándose las manos por la cabellera engominada, ya que lo recuerdo engominado desde entonces, dijo Matías, desde aquella épo-

ca en que no tendría más de dieciséis o diecisiete años, y mientras lo decía observaba a Pablo, todavía esbelto, pero blanco de canas, con los ojos hinchados, conversando en otro extremo del jardín, engominado de nacimiento, añadió, y don Marcos, temiendo que don Gonzalo Urquijo le arrebatara el uso de la palabra, había empezado a contar una historia de Nijinsky, el bailarín ruso, y de la Pavlova, que habían bailado para él y para sus invitados en una de sus fiestas privadas, en París, en su hotel particular de la rue de Presbourg, en el apogeo de su matrimonio con una millonaria argentina, y el grupo, en virtud de un consenso tácito, le rogó a la Gorda que se fuera de ahí para que don Marcos pudiera contar alguna de sus historias parisinas picantes, ¡Lárgate de aquí, Gorda!, y le pedimos que nos contara, por ejemplo, la historia del condón, un condón que don Marcos había arrojado desde la cama contra el enorme espejo, en una maison close de refinado lujo.

¿Por qué?

Porque estaba rabioso, ¡qué!, aquejado de tristeza post coitum, y el semen había descendido lentamente por la superficie, oscureciendo el alambicado respaldo con florones dorados y guirnaldas, estilo Segundo Imperio, la muñeca sentada en una bacinica de porcelana, pestañas capotudas, pupilas inocentes, y en ese preciso instante, mientras el semen cubría el reflejo de los objetos que la fantasía de don Marcos diseminaba en aquella habitación, incluido el reflejo rosado de los pechos y de los muslos, de las valvas de la compañera de don Marcos, vimos, estupefactos, que Silverio salía del bosque a pocos metros de nosotros, a pata pelada, con la camisa inmunda y los pantalones rotos, lento, marcado el rostro por una expresión torcida, sombría, producto de un nudo que él mismo no habría conseguido dilucidar, un nudo que le trabajaría en la boca del estómago y que en el pecho le provocaría taquicardias, una prematura arritmia.

Don Gonzalo contó después que había pensado en esos

perros que desaparecen de las casas durante semanas y después vuelven asustados, esquivos, dando muestras de haber recibido demasiadas pateaduras en la etapa del vagabundeo. Todos tironeamos de la manga a don Marcos y éste, al divisar a Silverio, se puso de pie con solemnidad, moviendo las mandíbulas en silencio, como si su larga cháchara, debido a un efecto de inercia, se perpetuara en ese movimiento inútil. Todos sentimos miedo, pero después se comprobó que el viejo sabía muchísimo más que cualquiera de los que estaban en esa mesa: Silverio, con gestos de autómata, se limpió en el pantalón la mano que había convivido con sapos de manchas amarillas, culebras y lombrices, y apretó sin decir palabra la que le tendía don Marcos. Hubo un alivio general. ¡Hola, Silverio, siéntate!, dijo don Gonzalo, y don Marcos le dijo que se tomara una copa con nosotros, entre cumplidos caballeros, pero Silverio contestó que no, muchas gracias, sin fijar la vista en nadie, como si hubiera dado la mano a pesar suyo, cogido de sorpresa. Tengo que volver a la casa, agregó, y lo miramos alejarse con las manos hundidas en los bolsillos de los pantalones bolsudos. La Gorda, que no se había separado demasiado del grupo, también lo seguía con la mirada y hacía un movimiento para atornillar los pies desnudos en la arena.

Los azotes, había declarado Silverio el Viejo, para poner fin a la agria discusión con misiá Eduvigis, enseñan mucho.

¿Y si son injustos?

Sólo ahora, mientras decrecía el temblor de su voz y de sus manos y mientras pensaba con angustia que Silverio se había perdido en el fondo de la quebrada, entre túneles de helechos y burros que de repente surgían de la espesura y aplastaban, con sus patas torpes, colchones de hojas húmedas, ramas verdosas, podridas, conseguía misiá Eduvigis sujetarse el moño de pelo blanco.

¡Siempre son justos!, había exclamado Silverio el Viejo, furibundo, y si no, ¿quién le mandaba andar tomando litreado con Antolín, con ese roto desgraciado del Pat'e Jaiva?

¡Dime tú! Porque si no es verdad que andaba espiando a don Marcos Echazarreta, quiere decir que estaba emborrachándose en la fonda. ¡Una de dos! ¡Bien merecidos se tiene los azotes, entonces!

Silverio, en esa época, no podía tener más de quince o dieciséis años, dijo Sebastián Agüero, que se había acercado al grupo de Matías con un puro entre los labios y que con la edad se había puesto rollizo, pausado, aspecto de su personalidad que se revelaba mejor después de una buena comida, y que usaba, igual que su padre en aquellos primeros años de la Punta, géneros peludos, de aspereza deportiva, zapatos esponjosos, corbatas de lana de Escocia de tonos siempre opacos, pastel, relojes y cinturones, encendedores y lápices de una calidad desconocida en Chile, que producían en nosotros, todavía, un deslumbramiento infantil, una impresión de fábula, objetos llegados del inaccesible mundo exterior, ese mundo con el que Sebastián se codeaba, a nuestra remota, pobretona y provinciana ínsula.

Sí, dijo Matías, pero no sé por qué, ahora veo a Silverio alejarse de la mesa donde pontificaba don Marcos, encorvado, con los pelos de un rubio que tiraba a ceniza tocándole los hombros, la barba desparramada, inculta, las caderas gruesas y las piernas arqueadas, de huesos protuberantes, como cuando paseaba muchos años más tarde por la playa de los Queltehues, cuya extensión luminosa y cuya larga rompiente de espuma, frente a los altos acantilados que se perdían hacia el sur y que la vista de Silverio, con el cansancio de la edad, había llegado a reconocer como una masa desenfocada, incrustada en una perpetua niebla, eran lo único que se mantenía idéntico a través del tiempo, y se detenía a recoger una piedra que brillaba después del retroceso de la espuma, un ágata posible, una macha viva que desaparecía velozmente en la arena, protegiéndose con ayuda de sus poderosos músculos, miraba un segundo, con ojos que se habían hundido debajo de pobladas cejas rojizas, la cresta de las olas, y proseguía su camino, hirsuto, en esa época en que ya la Lucha se había ido a vivir a Santiago con sus niños, cansada de la vida primitiva, y en que se acercaba la elección presidencial del setenta, que nos pillaría a todos desprevenidos y que cambiaría, de una manera o de otra, el destino de todos.

III

EL GORDO Piedrabuena, que con los años sólo conservaba de Gordo el nombre, puesto que las aguas adiposas que habían sostenido su gordura juvenil se habían disecado, y la piel, fláccida, medio lampiña, se le había acercado a los huesos, contó que él también, después de haber conocido y sufrido en carne propia los feroces ritos de iniciación de la Punta, había sido invitado a participar en el saqueo de la casa de don Marcos. Las cosas habían sucedido más o menos así. Habíamos viajado a la Punta por una semana, dijo, durante las vacaciones de aquel invierno, y en las tardes, después de la caída de la oscuridad, a la hora en que el frío y la niebla se arrastraban por los faldeos de los cerros, mientras la humedad caía en gotas de las agujas rojizas de los pinos, y mientras las olas avanzaban por la playa y formaban contrafuertes, acantilados de arena, o llegaban hasta golpear en el parapeto de piedra, creando la sensación de que la Punta podría ser devorada por el océano tentacular, por un agua que bajaba del cielo y a la vez subía de las profundidades marinas, nos reuníamos en la casona fría, destartalada y espaciosa de Guillermo, en el salón cuyos muros estaban enteramente rodeados, en una estantería baja, por la amarillenta colección, llena de manchas de humedad en los cantos, de túneles perforados por las polillas, de la *Revue des Deux Mondes* que había pertenecido a don José Francisco, el padre de la señora Eliana, el arrebatado, quijotesco defensor de la convertibilidad de la moneda.

¡Qué diría si estuviera vivo!

Pues bien, en aquellas noches de invierno, de acuerdo con gustos musicales que habían surgido no se sabía exactamente cómo ni dónde...

Era Matías el que los había traído de Santiago, desde una parte de su existencia que no le conocíamos bien: unas sesiones invernales con personajes extraños, primos suyos en segundo grado o hijos de alemanes del sur, destinadas a escuchar óperas completas, de libreto en mano, en un silencio casi religioso.

Cometí la locura, dijo Sebastián, de meterme en una de esas sesiones, y casi me desmayé de aburrimiento.

Matías se rió de buen humor.

y que se habían propagado entre nosotros como un virus, escuchábamos en una vieja victrola, con agujas de cacto (¿te acuerdas de las agujas de cacto?), discos de Gustav Mahler, la *Canción de la Tierra* con sus acordes suspendidos, que permanecían vibrando, en el aire; de Ricardo Strauss (anuncios con trompetas contenidas, seguidos por descargas súbitas y ceremoniales, que nos ponían carne de gallina), y en la culminación de la velada, un disco rayado de la Procesión del Viernes Santo de *Parsifal*, cuyos coros lejanos y timbales rituales, en su ascenso de la Montaña Sagrada, nunca dejaban de imponer silencio. Alguno se levantaba de su silla, conmovido, y el Chico Santana, con los pelos disparados, movimientos bruscos y ojos luminosos clavados en el fuego de la chimenea, sumido en un ensimismamiento completo, dirigía una orquesta y un conjunto coral imaginarios.

Eran noches interminables, llenas de altibajos. Había momentos de culminación y baches a los que parecía que no podríamos sobreponernos. De la desenfrenada euforia pasábamos a un inapelable aburrimiento, a los bostezos y a uno que otro escandaloso ronquido, de boca entreabierta y cuerpo semi desplomado en un sofá, pero nadie se resignaba a disolver la reunión. Mientras hubiera noche había esperanza, alguna sorpresa podía depararnos el destino, podía aparecer, de pronto, una de las Cantantes, desmelenada, ebria de trementina, ansiosa de nuestros labios calenturientos, o presentarse en busca de consuelo la palpitante viuda que vivía en el sur de la quebrada, cerca de la Máquina (ya que el Tito también había viajado con sus padres a la Punta y los timbrazos de la Máquina no le permitían a la viuda dormir), y de repente, cuando todo naufragaba en la somnolencia colectiva, en el spleen de la Punta, para utilizar la frase con que Matías había hecho la parodia de don Marcos y la de Baudelaire, autor desconocido entonces para nosotros, brotaba inesperadamente un hilo de conversación fresca. Matías decía que Eliseo Porta, el hermano menor de la señora de don Juan José Echave, parecía un Baudelaire puntino, con su rostro pálido, su silencio enfermizo y en apariencia despectivo, sus cabellos ralos, su manera de andar encogido de hombros, levantando las rodillas como un autómata y arrastrando los zapatos.

Dicen que lo expulsaron del ejército, porque había tenido la peregrina idea de seguir la carrera de las armas, acusado de maricón, y Matías, reclinado en la repisa, se carcajeaba, sorbía la última gota de pisco. Si no saltaba en nuestra ayuda el tema de Eliseo Porta, Pablo Espínola, que a pesar de ser mayor que nosotros se había unido a nuestro grupo de puro aburrido de la vida, falto de escenario para sus hazañas sentimentales, pues tenía fama de ser uno de los más feroces donjuanes en quinientos kilómetros a la redonda, nos hacía el relato de cómo había seducido a una muchachita de diecisiete años, virgen como la más inocente paloma, en una familia compuesta por la madre divorciada, de cuarenta y dos, una hija de veinte y la cabrita de diecisiete que ya les conté, deliciosa, y el narrador, amparado en su sólida fama, daba unos pasos, observando a su auditorio y alisándose los bien ondulados y engominados cabellos, una verdadera maravilla, alta, pelo castaño, nariz respingada, ojos de gato, un par de tetitas duras, puntiagudas, poto redondito, y las manos del regocijado narrador, mientras se paseaba entre sus cada vez más excitados oyentes, describían aquellas redondeces, aquella piel de manzana, la delicada curva del vientre y la enhiesta dureza de los pezones, provocando alaridos de entusiasmo. No importaba un pepino que no le creyéramos ni la cuarta parte. Lo único que existía en aquel rincón cálido, protegido de la corrosiva sal del mar, era la inextinguible fantasía erótica de Espínola: primero la muchachita virgen, que lloraba de placer y de sufrimiento y que se había aficionado al fruto prohibido con singular rapidez, de modo que ahora se las ingeniaba para que nunca le faltase...

¡Preséntala!

¡No seái maricón!

Gritos que Pablo Espínola, hinchado de satisfacción, respondía con un gesto tribunicio de solicitar calma, un poquitito de paciencia. Pasaba a describir sus polvos con la hermana mayor, ¡una fiera!, y luego venía la parte más substanciosa, el plato de fondo, a una hora en que la noche había girado la curva de las tres de la madrugada y el mar, después de tanta agitación, se veía dominado por un súbito letargo, un silencio de algodones, en espera del alba gélida y trabajosa que aún tardaría largo tiempo en presentarse: el momento en que Pablo Espínola, aunque nosotros no le creyésemos ni la décima parte, entraba al dormitorio de la dueña de casa, cuya voz de ronca lujuria lo había llamado desde atrás de la puerta entreabierta, una noche en que las niñas habían salido, y la vieja me esperaba tendida en la cama, en una penumbra verdosa, enteramente en pelotas, con un cuerpo de veinte años, mejor que el de las dos hijas juntas, ¡se los juro!, y nuestro Pablo Espínola, comprendiendo que las palabras estaban de sobra, se sacaba los pantalones más que ligero y se lanzaba, esgrimiendo su yatagán, sobre la trémula cuarentona divorciada.

Nuestros aullidos retumbaban en la noche, donde la enorme corteza de un eucalipto se desgajaba con un chasquido, contestado en la distancia por el ladrido de un perro o por el sincopado rebuzno de un burro, seres invisibles, sumergidos en la niebla de las impenetrables quebradas, en regiones habitadas por los sapos gordísimos que dialogaban con Silverio Molina en su misterioso idioma, durante las excursiones nocturnas que Silverio tenía la costumbre de hacer desde el día en que el Viejo lo había azotado contra el árbol.

La conversación declinaba de nuevo. Un hilo de saliva, iluminado por los rescoldos de la chimenea, caía desde los labios de los que se habían echado a dormir y manchaba los repliegues del cuero de los sillones. Otros, resistiendo el sueño, hablaban de la enfermedad de don Marcos Echazarreta, agonizante en una clínica santiaguina; de lo increíble que resultaría su ausencia en el paisaje de la Punta, la ausencia de sus barbas manchadas de tabaco y cerveza, no menos increíble que la infamante, ¡increíble!, prisión de Silverio Molina.

¿Tú has entrado alguna vez a la casa de don Marcos?

Nadie, en verdad, podía sostener que hubiera entrado: hasta el repostero, sí, en los umbrales de la cocina oscura donde imperaba la vieja Teodosia, cómplice de las Hidalgo en el arte de la brujería, o hasta la salita que servía de vestíbulo, y luego, a través de la puerta entornada, la visión parcial de una armadura del Renacimiento, el pie de acero palmípedo, la bruñida pantorrilla, la articulación de la rótula, armería auténtica de Flandes, ¡qué! Pero la punta del bastón de don Marcos se clavaba de inmediato en el pecho del atrevido:

¡Deténgase, joven!

Nadie entraba, y nadie sabía, en consecuencia, si la leyenda de los tesoros de don Marcos carecía o no de sustento. Salvo, dijo Pancho Williams, el hermano menor de Guillermo, que nos metamos ahora a la casa, ahorita mismo, porque después caerán los parientes argentinos como mangas de langostas y arrasarán con todo. En cambio ahora, mientras el vejete agoniza...

¡No digái huevadas!, interrumpió Guillermo, que vivía

en estado de permanente irritación frente a las ocurrencias de su hermano. ¿Y cómo pretendes entrar?, preguntó alguien, el Chico Santana o yo mismo, que como testigo de las cosas me mantenía despierto, en tanto que los demás roncaban o ya se habían deslizado fuera del salón para irse a sus casas. Lo tengo todo estudiado, dijo Pancho, poniéndose de pie de un salto, sobándose las manos con ojos de codicia. Guillermo le murmuró al oído al Chico que Pancho estaba más loco que una cabra. ¡No había que hacerle caso! Pero algunos de nosotros, a la salida, mientras la niebla se arrastraba por entre las cortezas fantasmales y el rocío caía en gotas sobre la tierra de hojas, ablandada por las agujas de los pinos, perfumada por las cápsulas de los eucaliptos, prestamos oído a los planes de Pancho.

¡Es muy fácil!, sentenció, para resumir la cuestión, Pancho, y cuando la luna en cuarto menguante derivó hacia las montañas, y en la oscuridad del jardín sólo pudimos escuchar la succión de la espuma en la arena y en los intersticios de las rocas, ahí donde habitaban las jaivas de grandes tenazas y carreras oblicuas, miramos los barrotes de hierro que sólo protegían, en efecto, las ventanas del primer piso y que servían, en cambio, para escalar el muro hasta el segundo, apoyarse en las enredaderas, que en aquella parte poseían troncos bastante firmes, dar un empujón a la ventana de la esquina, que nos esperaba desprovista de toda protección, aferrarse al marco y en seguida saltar.

El último en hacerlo fue Pancho, nuestro joven cabecilla, que se había quedado atrás para evitar sorpresas en la retaguardia. Adentro de la casona había un olor rancio, olor a ropa vieja, a escupitajo, a óxido, a papeles amarillos y remedios, entre ácido y húmedo, indescriptible, que nos golpeó en las narices antes de que nos hubiéramos habituado a la oscuridad. Pudimos, sin embargo, aprovechar los restos de la luz de la luna, que se asomaba por los altos ventanales, entre las guías retorcidas de las bungavillas. Yo me puse a registrar los

cajones de un enorme armario, un armatoste colocado en un
pasillo, a un costado de la gran sala de ceremonia, pero se
asomaron otras cabezas por encima de la mía, y pronto las
cartas que había recibido en su larga vida don Marcos, las esquelas amorosas y las postales de saludo, los tarjetones en
agradecimiento de un pésame o de un ramo de rosas, las facturas del pastelero de París, del camisero, del dentista de
Buenos Aires, volaban por la sala. Alcancé a divisar, sin embargo, luchando para defender esas hojas de la dispersión frenética, la correspondencia dirigida a don Marcos por un señorón de las letras rioplatenses, novelista de barroco estilo y
extensas posesiones agrícolas, además de una esquela en la
que Paul Valéry, con letra menuda, de pata de mosca, agradecía una invitación y se excusaba, y una tarjeta desteñida
por el tiempo, cuyo perfume se había extinguido, y que mostraba el Paseo de los Ingleses de Niza en las postrimerías del
siglo. Mon cher ami, comenzaba, con caligrafía inclinada y
puntiaguda, aprendida sin duda en la madurez, a falta del colegio de monjas para señoritas de buena familia, y firmaba
Cléo de Mérode.

¿Qué se hizo Pancho?, preguntó el Pachurro del Medio,
levantando la cabeza de la tarjeta, y entonces comprendimos
que Pancho había tomado en serio lo del robo y nos miramos, asustados. Al fin y al cabo Silverio había terminado en
la cárcel, ya no éramos impunes. ¡Pobre Eliana!, dirían después, como se decía siempre, los hijos le habían salido, cada
uno a su manera, al Gringo tramposo, y al cabo de los años
las reacciones frente a la actitud de Guillermo se dividirían
entre la desdeñosa compasión y el odio, esa gente nos habría
exterminado sin la menor lástima, decían algunos, ¡mala raza!, de manera que había que aplastarlos, triturarlos en un
acto de justificadísima defensa, y si alguno emprendía la menor acción en pro de la simple cordura, del apaciguamiento
general, descubría en el ojo del vecino una repentina sombra,
una sospecha. ¡El caso era que todo había sido destruido! ¡El

paraíso infantil había quedado hecho pedazos!

¡No puede ser!, exclamé, pues había oído hablar en esa época de Cléo de Mérode, y porque la firma de la tarjeta de Niza decía ese nombre con tanta claridad que parecía un apócrifo, una broma, pero Matías, cuando le contamos a la mañana siguiente, dijo que sí, que don Marcos se había tirado a media Europa, afirmación que don Gonzalo Urquijo recibiría meses después con una sonrisa escéptica, teñida quizás por la envidia, a pesar de que don Marcos yacía ya en su tumba y su epitafio, dictado por él mismo, informaba que había sido malo, pero no tanto como los buenos, y a pesar de que don Gonzalo, de acuerdo con ciertos rumores, que no se sabía de dónde habían salido, pero que rodeaban a su persona de un aura extraña, no tocaba a las mujeres sino que se limitaba a fotografiarlas en parejas, él escondido detrás del trípode, bajo el paño negro, y ellas desnudas encima de colchas de raso, frente a falsas columnas y cortinajes de terciopelo.

Pancho apareció a todo esto desde las habitaciones del fondo, desmelenado, con ojos de loco, y anunció que él se quedaría con unos ceniceros de plata maciza que había encontrado en una cómoda, encima de una casulla morada con que el viejo, dijimos, debía de celebrar misas negras, con una estatuilla de marfil y unos adornos de porcelana, a ver si con eso conseguía comprarse un Ford 4, su gran obsesión, y nosotros nos dijimos que Pancho introducía en todo la desmesura, un grado de disparate inquietante. El Chico Santana dijo que él se habría robado una de las espadas, si no hubieran sido tan grandes, y el Pachurro del Medio lanzó una exclamación de júbilo porque había descubierto un botellón de oporto, una botella polvorienta, con telarañas, y cuyo contenido estaba espeso de borras y burujones, probable razón por la cual don Marcos no había dado cuenta de ella. Me acuerdo como si fuera hoy de que afuera soplaba el viento y de las bungavillas temblorosas, en sombra, frente al resplandor, que todavía duraba, de la luna.

¡Qué miras, mierda!, exclamó el Chico Santana, insultando los ojos huecos de una de las armaduras. Pancho y el Chico, entonces, sacaron sendas espadas de una de las panoplias y trataron de reproducir los combates de las películas de mosqueteros. Fácilmente nos habrían podido descubrir por el ruido, salvo que el caminante ocasional atribuyese los golpes a cosa de fantasmas, duelos de las almas en pena que sobrevolaban la Punta o se habían escondido en la forma de un burro, de acuerdo con las teorías de las Brujas Hidalgo, tres hermanas que eran contemporáneas de don Marcos y que habitaban al costado norte de la Máquina, en el faldeo de un cerro, pero nada ocurrió, y Pancho, antes de reintegrar su espada a la panoplia, junto a un personaje cuya nariz de acero nos olisqueaba en la penumbra, lanzó un feroz corte a un florero.

Todavía recuerdo, dije, la lluvia de florcitas secas, blancas, que se balanceaban en el aire oscuro, sin peso, entre la polvareda que se había levantado de los cojines y le había provocado al Chico un verdadero ataque de estornudos.

Lo que recuerdo después es que Pancho, dijo el Gordo Piedrabuena, antes de abandonar la casa por la misma ventana por donde habíamos entrado, entró de nuevo a las habitaciones de don Marcos y suponemos que robó algo más, algo de valor y que podía caber en un bolsillo, salvo que haya vuelto a entrar en las noches que siguieron, sin decirnos una palabra, y haya incrementado su cosecha. El caso es que las ventas en el cachureo de la calle Brasil, a pesar de la astucia y de los interminables regateos de Lauchín, el dueño, le dieron resultados tangibles. A los quince o veinte días lo vimos aparecer en la calle Napoleón, donde vivía en Santiago Sebastián Agüero, encaramado en el pescante de su Ford 4, radiante, iluminados los ojos de júbilo, y después del accidente, en la visita que le hicimos a la señora Eliana (ella nos vio y empezó a temblarle el mentón, no pudo contener el ataque de llanto; hasta nosotros, incomodísimos, con ganas de escondernos debajo de la tierra, hacíamos pucheros), tuvimos ocasión de entrar a su dormitorio, guiados por Guillermo, y encontramos la cama bien ordenada, el velador limpio, como si la ausencia del dueño, con su carácter definitivo, pudiera palparse en el orden, en la asepsia reinante, y descubrimos que la estatuilla de marfil continuaba encima de la cómoda, delante de una fotografía de Pancho con su caña de pescar, sonriente, de pantalón corto, en los roqueríos rugosos y debajo de los espinos del cerro de la Trinidad, en ese paraje donde a cada rato sacábamos anguilas enroscadas en los anzuelos y había que azotarlas contra las rocas, cosa que a Pancho no le daba el menor asco. Pues bien, ni siquiera había necesitado vender la estatuilla, y eso que Lauchín, a cambio de no hacer preguntas, pagaba precios de liquidación por incendio, pero ahí, en ese detalle, se demostró que don Marcos no había mentido acerca del valor de sus objetos, acerca de su antiguo esplendor. Un aspecto, por lo menos, en el que no había mentido, y que otorgaba verosimilitud a todo el resto.

Estoy viendo, dijo Sebastián Agüero, el Ford 4, y todos lo estábamos viendo, con sus ruedas altas y angostas, de rayos amarillos, su nariz metálica y sus faroles semejantes a ojos pedunculados, algo de insecto, pero cuando se ponía en movimiento después de darle muchas vueltas a la manivela, emitía sonidos humanos, estornudos, toses, una vibración que brotaba de las entrañas y subía por las más delicadas junturas, a pesar de lo cual, con un alarmante barullo de pistones y de válvulas enloquecidas, acezando, era capaz de ascender la cuesta arenosa, alentado por nuestros gritos y movido por toda suerte de toques y pases que hacía Pancho en el tablero de dirección, como un demiurgo, todavía dominado por la excitación de la novedad, del inaccesible sueño que había terminado por realizarse. ¡Bájense!, ordenaba, en el momento decisivo. Bajábamos de un salto, y el Ford 4, aligerado, llegaba lentamente a la cumbre, tan fresco sobre sus cuatro patas como un escarabajo tranquilo, inofensivo y a la vez invencible, protegido por caparazones metálicas. Nosotros, que habíamos subido la última parte al trote, lanzábamos alaridos de victoria. Después nos deteníamos para recuperar el aliento. Contemplábamos el mar que alzaba, allá abajo, en la sombra, su lomo enorme, y que al estrellarse contra las rocas disparaba columnas silenciosas de espuma. Luego, urgidos por su impaciente dueño, nos subíamos al cacharro a toda prisa, y observábamos por el espejo retrovisor su reconcentrado éxtasis mientras bajaba, a creciente velocidad, por el camino que se internaba en los recortes del cerro o salía a la orilla misma de los acantilados, provocando la sensación vertiginosa de colgar en el vacío, justo encima de los surtidores de espuma, cuyo estruendo se confundía ahora con el ruido y el repiqueteo del escarabajo.

¿Y si se cortan los frenos?

¡Cállate, huevón!, me respondieron, confiados en que los dioses nos eran propicios.

Más tarde, al abandonar la cuesta y atravesar unas dunas, al nivel del mar, viendo en la oscuridad el avance de la espuma, ramas petrificadas, blanquecinas, piedras y esqueletos de pájaros, los neumáticos empezaron a girar en banda y el escarabajo, en vez de avanzar, se puso a temblar como un poseso, hundiéndose en la arena. Todos nos bajamos a empujar mientras Pancho el Demiurgo, desde el volante, con los cabellos disparados, accionaba palancas misteriosas, y pronto habíamos conseguido salir de la zona de peligro, avanzábamos, raudos, por el pavimento, divisábamos en la distancia el titilar de las luces de Valparaíso. En un primer momento se podía creer que eran estrellas bajas, pero no, las luces de los cerros de Valparaíso se destacaban al otro lado de la extensa bahía, cada vez más nítidas, y nosotros nos desgañitábamos cantando, aplaudiendo, celebrando el espectáculo.

Yo no tengo plata, dijo el Chico Santana, que no tenía plata nunca, pero, ¡qué importa! ¡Vamos a bailar, que sea!, y levantó la mano izquierda empuñada, se puso la derecha en el corazón, entrecerró los ojos, como experto bailarín del Club

de la Medianoche.
La cuestión es que las putas no se hayan ido a dormir.
Yo, dijo Pancho, mirándonos por el espejo, es la primera vez que voy a putas.
¡Cómo!, exclamamos.
Pancho hizo un gesto afirmativo, sin apartar los ojos del camino, y acordamos por unanimidad que tendría derecho a escoger su puta primero y que después celebraríamos su descartuchamiento en forma, con todas las de la ley. ¡Sebastián invitaba!
¿Cómo te gustaría la puta?, preguntó Sebastián.
¡Gorda!, dijo Pancho, entrecerrando los ojos y mirando lejos. ¡Enorme!
¡Macanudo!, replicó Sebastián. Te conseguiremos una de ciento veinte kilos. ¡No te preocupís!
Y la que le conseguimos correspondía perfectamente a sus deseos. Sus pechos desbordaban, inmensos, gelatinosos, de su prisión de raso de color esmeralda, prisión duplicada por el rectángulo de la ventana rojiza en el cerro oscuro y por el foso que se abría entre la callejuela y la puerta verde, foso que había que cruzar por andariveles y escalerillas de madera húmeda, resbaladiza. El oro falso de los espejos brillaba en la penumbra de la sala, encima del revoloteo de las parejas, entre los acordes del piano y el tamboreo monótono que llegaban desde la tarima del fondo. El pianista, flaco y pálido, con alto copete de pelo negro, teñido, ojos pintados y mejillas empolvadas, nos miró con mirada de pájaro, enigmático, sin dejar de arrancar arpegios con las manos largas y lánguidas, que acariciaban las teclas. El del tambor era un mulato gordo, triste, y detrás había un cuadro de una odalisca desnuda, ofrecida por un mercader de ojos y manos sibilinas.
Me gusta la idea de una mujer inmensa, insistió Pancho, estirando los dedos como una tenaza, con los ojos fijos en su idea, tan fijos como cuando había tomado la estatuilla de marfil, en la cómoda cubierta por un ornamento de misa des-

hilachado, hilos de oro e hilachas de seda morada o púrpura, olor a sedimentos de polvo y medicinas añejas, pócimas mezcladas por la Teodosia e ingeridas por don Marcos entre gritos e insultos, escupos, exclamaciones de perplejidad y espanto, y había acariciado la estatuilla con las yemas de los dedos, en la misma forma como había acariciado el manubrio de madera, provisto de hendiduras en la parte interior para dejarse manejar con firmeza, y había dicho: Lo compro, impregnado el rostro por un éxtasis frío, disimulado (como si no sospechara, o más bien, por el contrario, intuyera el desenlace próximo, liberador, aferrado él a esa rueda de la fortuna donde había intervenido, en una curva imprevisible, la Pelada), y ahora clavaba los ojos en las piernas macizas, que al desplazarse por el laberinto de corredores, dejando atrás el retumbar monótono de la sala de baile, producían un roce de medias, de ligas en la carne compacta, elástica. ¿No esconderá un puñal ahí?, había preguntado, en un instante de explicable vacilación, puesto que los misterios de la casa de don Marcos podían ser mucho menos temibles que los de aquellos muslos desmesurados, aquellas esponjosas y superabundantes grasas, y nosotros le habíamos respondido que si estaba loco.

¡Estái loco!, le habíamos respondido, y Pancho, nervioso, había lanzado una carcajada.

¿De qué te ríes?, había preguntado la mujer, contando los billetes a la luz mortecina del velador.

De nada, había dicho Pancho, y la mujer se había levantado, se había sacado la blusa, conservando los sostenes cuya función consistía en sujetar los pechos sin cubrirlos, evitando que cayeran desparramados hasta la cintura, y en seguida se había sacado la falda y los calzones y se había tendido en el desvencijado camastro con las piernas abiertas.

IV

Yo había llegado en el anochecer del viernes, dijo el Gordo, acariciando la copa redonda, cuyo licor ambarino, un coñac Courvoisier que Sebastián había desenterrado de su despensa, entre aplausos y exclamaciones de júbilo, comenzaba a adquirir el calor de su mano, había conocido por casualidad a don Marcos sin saber qué pito tocaba, había participado después en la conspiración de Matías, y el sábado en la mañana, con gran ceremonia, discursos e intervención de la banda municipal de Mongoví, se había inaugurado la estatua de don Teobaldo. En la tarde, mientras nosotros ultimábamos los detalles del asalto bajo la dirección de Matías, que se había puesto a colocar los ingredientes del Bálsamo de Fierabrás en una gran ponchera de plata y a mezclarlos con un cucharón, Silverio, a pata pelada, pero abrigado con un chaleco de lana gruesa, ya que habían aparecido las brisas anunciadoras del otoño, se componía el cuerpo tomando tazas de café con pisco puro.

¿No vas a la kermesse?, le preguntaron, y él se encogió de hombros, indicando que se cagaba en la carpa del cura y en todos sus ocupantes, ¡una tropa de babosos! Yo subo a vestirme, anunciaba Luisito Grajales, que según misiá Eduvigis ya era viejo en las elecciones del año veinte, a pesar de que podía representar cualquier edad, cuarenta y ocho años igual que ochenta, y don Gonzalo Urquijo, de punta en blanco, gorra de tweed inglés y clavel rojo en el ojal, se detenía en su paseo, apoyaba las manos en la empuñadura del bastón y contemplaba el horizonte, que en esa etapa final del verano, a esa hora, comienzos del atardecer, tenía una claridad incierta, amenazada, puesto que la oscuridad y el frío, los zumbidos del viento entre los árboles, ya se hallaban encima. Silverio caminó por la caleta, estuvo conversando con uno de los Perales, uno de los más viejos, que le dijo que esa noche habría mar gruesa, en los anzuelos picaría mucho pescado inútil, pintarrojas y rayas eléctricas, anguilas enroscadas, y después se despidió y subió a la fonda de Carabantes, con toda calma, observando de reojo las luces encendidas, la ebullición febril de la gente que se preparaba para la fiesta, los sujetos que se habían afanado toda la semana en el polvo de sus madrigueras santiaguinas, encorbatados y abotonados, en trajes de murciélago, y las mujeres que sacaban las pilchas del fondo de los cajones y se miraban al espejo, angustiadas, expectantes. Frente al mesón, con las alpargatas viejas clavadas en el suelo de tierra apisonada, Antolín y dos de los Perales bebían sendas cañas de vino. Un peón de tierras adentro, de pantalones arremangados, chupalla recortada y ojotas, tupidas cejas entrecanas, pómulos hundidos, de color de arcilla, bebía en silencio, en un rincón, de a pequeños sorbos, mirando a su alrededor con ojos serenos y pacientes. Silverio invitó una corrida de trago y Antolín dijo que en Santiago, a los pocos meses de la elección, después de tanta promesa, de tanta palabra bonita, el gobierno ya se había puesto de acuerdo con los ricos. La kermesse, entretanto, había comenzado. De la carpa, situada unos ochenta metros más abajo, brotaban de cuando en cuando carcajadas colectivas y estruendosas, que se perdían en la noche. Carabantes llenó de nuevo los vasos y dijo que el año anterior había sido igual, los números de tonis habían hecho reírse mucho a la gente. Pero este año, además, explicó, tuvimos la inauguración de la estatua de don Teobaldo, un acto que resultó muy bonito.

¡Viejo de mierda!, exclamó Silverio, y Antolín se limitó a sonreír, con la discreción que era característica en él. Carabantes explicaba que gracias a don Teobaldo había pavimento y luz eléctrica en la Punta. ¡El progreso era el progreso! Con más que suficientes tragos en el cuerpo, a juzgar por su palidez cetrina, sus ojos vidriosos, su modo inseguro de caminar, el Pat'e Jaiva irrumpió en la fonda y pidió con un gesto que le sirvieran una caña. Los dedos indicaban una cañita modesta, sólo para mojar el güergüero. Usté está mal, le dijo Carabantes, sirviéndole de mala gana.

Estoy perfectamente bien, replicó el Pat'e Jaiva.

La tercera corrida la pagó Antolín y la cuarta el mayor de los Perales, el que sabía todo lo que sabía gracias a lo que le había enseñado, llevándolo de niño al mar, el Pica la Morena. Hablaron de Estados Unidos; de la derrota del Eje y de los rumores de que Hitler no estaba muerto sino escondido en el sur de Chile, en el fundo de unos alemanes, en cuyas caletas privadas, frente a una isla donde trotaban los venados en libertad, lo había depositado un submarino misterioso; de José Stalin, el camarada, como dijo el otro Perales, medio en broma; del traidor que se había instalado en la Moneda con el voto de todos nosotros, dijo Antolín, mirando de reojo a Carabantes; de la carestía de la carne y también de la escasez del agua.

¿Cómo anda el agua p'allá adentro?, le preguntaron al peón de chupalla recortada, que en las elecciones siempre votaba, corrían los decires, por los candidatos de la derecha, y el peón dijo que recontra escasa. Había partes donde el animalaje se estaba muriendo de sed.

¡Por la puta!, exclamó Silverio, que había estudiado agronomía, obedeciendo al proyecto familiar de que después administrara en forma científica, con mejor preparación que sus antepasados, las tierras del Viejo, y durante un tiempo se había interesado en la veterinaria. ¡Los perros y los caballos le gustaban apasionadamente!

Después de la quinta corrida, Silverio se dio media vuelta, levantando una mano para despedirse, y se tambaleó un poco en la tierra apisonada, con los cabellos disparados y la camisa abierta sobre el vientre blanco, de ballena, surcado de pecas y vellos rubios alrededor del botón negruzco del ombligo. En los buenos tiempos, se dijo al salir, reanimado por el aire fresco, en lugar de estas fiestas de pijes, de beatas con curas y niños bonitos, nos instalábamos debajo de un sauce, a la orilla de una acequia, con Antolín, mi abuelo, Pancho Soto, Perales el Viejo, el Camarón, mi tío Santiago, y algunas veces, cuando se hallaba en Chile, don Marcos, que llegaba de capa y polainas, hablando en castellano antiguo, y nos comíamos un cordero al palo, varias fuentes de cebolla con tomate y de papitas saltadas, melones y sandías refrescados en el agua de la acequia, a la sombra de los sauces llorones, vino a destajo, y después, para rematar la comilona, un inquilino colocaba encima de la mesa, en hilera, los ojos de mi abuelo brillaban de gusto, una colección de botellones de aguardiente: guindados, anisados, licores de manzana y de pera, ¡qué sé yo!, la rama rizada del apio adentro de la botella del apiado despedía brillos de un verde submarino, mientras el canalla de Teobaldo Restrepo, escondido detrás de la cola de sus pavos reales, decía que nosotros manteníamos el salvajismo en la Punta. Se crían como animales, chillaba, emborrachándose con los rotos.

Ha ido acaparando los terrenos mejores, decía Silverio el Viejo: ¡El muy pillo!

¡Shylock!, exclamaba don Marcos Echazarreta, a quien nunca le faltaba una referencia literaria o erudita: ¿No le han observado el caballete?

Ésa es la probable razón, dijo el Gordo, de que Matías haya decidido apedrearlo. Para destruir su memoria.

Símbolo, pensé, del espíritu mercantil, calculador y pirquinero, enemigo de las tradiciones feudales que sobrevivían en la Punta. Espíritu que se aliaba, en el caso de los Restrepo, con una apreciable dosis de jesuitismo: avaricia del dinero, avaricia del cuerpo y del alma. ¡Incluso del semen! ¡Por algo habían inventado la Máquina! Pero el Tito, a juzgar por las señales de alarma que se multiplicaban en las noches, coreadas por el rebuzno de los burros, era un caso irrecuperable. Con él, la dinastía estaba muerta.

Cuando Silverio entró en la carpa, tambaleándose un poco, puesto que los vinos de la fonda de Carabantes, pese a preservar su cabeza lúcida, se le habían ido a las piernas, que no lo sostenían con la seguridad necesaria, y a la lengua, que se le trababa al hablar, en forma estúpidamente delatora, las parejas todavía bailaban, perturbadas por las incursiones erráticas de los borrachos, y las señoras de buena voluntad, sin desprenderse de su más encantadora sonrisa, seguían despachando bebidas en provecho de las obras de beneficencia del cura, objetivo que las hacía mirar con ojos indulgentes, por única vez en el año, a los más encarnizados bebedores. Las dos hermanas solteronas de Gregorio de Jesús, Clotito y Terito, la perversa y la pavuncia, habían sacado al Tito a pellizcos y empujones, y el Tito había salido rebuznando, tropezando en las sillas, sin conseguir meterse las manos en los bolsillos de los pantalones porque la perversa se los había cosido. Había niños que todavía saltaban encima de las mesas, o que aparecían en cuatro patas, desmelenados, debajo de los mesones, porque esa noche de fin de verano nadie se enojaba, y algunos caballeros rubicundos, con las corbatas deshechas, contaban chistes picantes y lanzaban carcajadas atronadoras, mirando de refilón, con ojos de lagarto, en espera de sorprender alguna pantorrilla bien torneada, a las parejas de la pista de baile. El gordiflón embajador del Brasil, idiotizado de alegría, no podía disimular, según comentarios en sordina, por su pelo motudo y por el movimiento de sus caderas cuando bailaba, al abuelo negro, y muchas de las Cantantes tenían que defenderse de las frescuras de los Capeadores de Toros. Una de las Feas había conseguido un compañero de baile tenaz, consecuente, con gran asombro suyo y solapada envidia de las otras, que se miraban y se decían al oído que estaba como saco de borracho, a la mañana siguiente ni se acordaría, ¡qué vergüenza!, y Matías, llena de polvo la levita de payaso, desanudada la corbata de plastrón, esgrimía con gesto de furor melancólico una botella de pisco. Pancho le había pegado un alfilerazo en las nalgas a una de las Feas, huyendo en seguida con un aleteo de los brazos, como si quisiera emprender el vuelo, y don Marcos, antes de retirarse, había declarado a quien quisiera escucharlo que en las fiestas de su tiempo corría el champagne rosado y el de la Viuda Clicquot, el caviar fresco, recién llegado en barricas de San Petersburgo, y las bandejas con montañas de fresas del bosque... ¡Qué! ¡Ésas sí que eran fiestas!

¡Métete la camisa!, gritó Pancho, aleteando alrededor de Silverio igual que un cernícalo.

¡Y a vos qué te importa, mocoso huevón!, respondió Silverio, pero en ese instante la voz de misiá Eduvigis, algo enronquecida, le pidió que se fuera a dormir.

¿Por qué?

Porque ya es hora, dijo misiá Eduvigis. La carpa se ha llenado de borrachos.

¡Hasta cuándo jode!, protestó Silverio.

Tú también estás borracho, declaró ella, y es por eso que la gente no te puede tolerar. Misiá Eduvigis le dio vuelta la espalda, majestuosa, dejándolo solo en el centro de la fiesta en disolución, traspasada la boca de un sabor agrio, lleno de vengativos propósitos de irse a Mongoví a dormir con cualquiera de las putas gordas, descaderadas, que atendían en un caserón de atrás de la Plaza de Armas.

¿Qué cagada hicieron?, preguntó, al ver que Matías y nosotros formábamos un círculo y mirábamos, al hablar, por encima de los hombros, como si temiéramos ser escuchados por gente intrusa.

¡Nada!, respondimos, unánimes, y Silverio salió a la noche, fatigado, sintiendo las piernas tan endebles como debía de sentirlas don Marcos Echazarreta. Su padre había sido capaz a los sesenta y tantos años de beber ocho días seguidos, escuchando los chascarros del tío Santiago, que sentaba en su falda a una muchachita de quince años, sobrina de una puta, y le enseñaba a cantar los versos de un cuplé muy bonito que había oído alguna vez en Madrid, el rasgueo de las guitarras, viendo los pases de prestidigitación del Camarón Alzate, que según las crónicas había perdido la playa de los Queltehues jugando al cacho con Silverio el Abuelo, sin chistar, y su tatarabuelo, el Corregidor don Silverio de Molina y Azcárate, había, según rezaba la leyenda, domado potros a los ochenta y uno, además de engendrar, hasta los ochenta y cuatro, hijos en las hijas de sus inquilinos, hijos que las crónicas le habían atribuido hasta después de muerto, pero él, heredero de una fuerza que se transmitía de generación en generación, sin que prevaleciera la hostilidad o la astucia de los otros, sentía ahora un cansancio completamente inexplicable.

La fonda de Carabantes se había apagado y sobre los cerros despuntaba un resplandor muy leve. Silverio se rasmilló las manos en unos arbustos. Una rama con espinas le azotó la cara y le dejó un rasguño con pequeñas gotas de sangre. Él, sin embargo, se sentía bastante mejor, más tranquilo, al cabo de tantas horas de agitación. Los rebuznos habían cesado, como si la claridad que subía desde los cerros hubiera impuesto el silencio, pero se escuchaba un concierto lejano de ladridos, uno que otro grito, acompañado de canturreos, de insultos soeces, que las señoras con insomnio escuchaban debajo de sus ventanas, alarmadas, de los rezagados de la fiesta, y muy cerca de Silverio, escondido detrás de un arbusto, un gallo cantaba con todo el resuello de que disponía, estremeciéndose entero y agitando su cresta Silverio divisó en ese momento, a la salida del bosque, la espalda de don Teobaldo esfumada en la niebla, y recordó, como si despertara de un sueño profundo, que el velo sólo había sido descorrido esa mañana, entre fanfarrias, con el nieto del héroe, vestido de azul marino, en primera fila, echando globitos de saliva por la boca, de manera que la memoria de quien había sometido el suelo de la Punta, sembrado de cántaros quechuas, pulverizadas momias, cadáveres de extenuados pájaros marinos que se habían transformado, después de su largo vuelo, en alimento de las hormigas, y frecuentado, desde los tiempos de don José Silverio, el Fundador, por los pies de varias generaciones de Molinas, a la humillación del pavimento, y el paisaje a la afrenta de los hilos telegráficos y telefónicos, de manera que el reducto había quedado expuesto a las embestidas del mundo exterior, sin perdonar ganaderos alemanes, hilanderos sirio palestinos o empleados públicos en viajes de fin de semana, había sido honrada, para colmo, por medio de aquel fantasmón de mármol, cuello de la camisa, arruga de la chaqueta, oreja y peinado reproducidos con fidelidad minuciosa. ¡Estamos perdidos!, se dijo, con ganas de vomitar al pie de quien había dicho, hacía muchos años, a raíz de una cuestión de servidumbre de aguas, que donde había Molinas había jodiendas (con perdón de la expresión), que los Molina eran la peste negra, la plaga que contaminaba bosques, islas y poblados en centenares de leguas a la redonda, pero se contuvo porque ya estaba claro y porque la Teodosia, que todas las mañanas barría lo que don Marcos, mediante un pomposo galicismo, denominaba su entrada de aparato, podía aparecer de un momento a otro, armada de la escoba de ramas en la que habría cabalgado a horcajadas toda esa noche, en compañía de los murciélagos, provocando la dispersión de las cabras montaraces.

Silverio creyó al comienzo que la neblina, unida al cansancio, a los efectos retardados del pisco puro que le había pasado Matías, y a los temores, a los fantasmas del amanecer, le producía una sensación alucinatoria, un sueño en que la imagen de don Teobaldo había recibido ya su justo castigo, y después adivinó que se había dormido en nebulosos colchones, protegido por el aliento vaporoso de los burros, y que el rostro carcomido por los gusanos era una remota pesadilla, un punto sensible donde la pulimentada superficie perdía su lisura, muñón irregular, chancho de hocico aplastado o niño grandulote, retrasado y de labio leporino, pero los misterios matinales se despejaron pronto, barridos por la escoba de ramas, y él supo, huyendo de la Teodosia y riéndose solo, a carcajadas, que al falso profeta de la Punta le habían volado de un peñascazo la protuberante nariz. Se reía con tantas ganas, tan contento, que si algún rezagado de la kermesse lo hubiera visto, saliendo de la neblina en esa facha, borracho, embarrado, con el marrueco abierto y riéndose solo a gritos, con esa cara, le habría contado a toda la Punta que Silverio Molina se había vuelto loco furioso. Pero nadie lo vio, los canturreos y las imprecaciones de los últimos en abandonar la carpa se desvanecieron en el amanecer, y Silverio, después de tragarse un par de cervezas que tenía escondidas debajo de la cama, se hundió en las sábanas glaciales, húmedas, reconfortado en la imaginación por el abrazo fétido a pachulí de las putarraconas de un costado de la Plaza de Armas.

Y al día siguiente en la tarde, cuando todos los viejos hablaban del vergonzoso acto de vandalismo de la noche anterior, atribuido al resentimiento inconmensurable de los rotos de Mongoví, víctimas del veneno del odio de clases y del ancestro mapuche que les brotaba hasta por las orejas, no había más que verlos, y mientras él contemplaba la caleta, el vuelo de las gaviotas, el balanceo de las embarcaciones, con una sonrisa distante, bebiendo un tazón de café bien cargado y provisto, además, de una dosis secreta de pisco Peralta de cuarenta grados, mientras saboreaba aquella cálida mezcla, que ante los ojos inquisidores de Misiá Eduvigis no pasaría de ser un inocente café, y escuchaba las habladurías, los aspavientos, las conjeturas: la voz sentenciosa de don Alejandro Fierro proponía, aplaudida con entusiasmo por el Foca, que mostraba los dientes y rociaba de saliva a sus vecinos, organizar una devastadora expedición punitiva, no dejar en el pueblo de Mongoví piedra sobre piedra, para que aprendieran a ser rotos desgraciados, o bien otra voz, petulante y aguardentosa, interrumpía desde la segunda fila, sin pedir permiso, y decía que fuéramos todos, grandes y chicos, jóvenes y viejos, y nos cagáramos en el mismísimo centro de la plaza mongovina, frente a la puerta de la Municipalidad. ¡Convertir la plaza en una sola montaña de mierda! ¡Qué tal! Y los brazos malformados del Foca adquirían un movimiento epiléptico, impulsados por sus descoyuntadas risas.

Pues bien, dijo el Gordo, dejando la copa de coñac en la mesa de cristal y cruzándose de brazos, entrecerrando los ojos, mientras Silverio escuchaba esos comentarios y sorbía su café con malicia, el Panqueque, el hijo de la hermana mayor de los Pachurros y de Andrés Molina, el menor de los tíos de Silverio, se acercó sin aliento, inadvertido por la mayoría de nosotros, y tironeó a Silverio de la manga.

Algunos dicen que fueron a buscar a Silverio a la fonda de Carabantes, donde se componía el cuerpo con una chupilca bien espesa, una chupilca de harina tostada y pólvora molida.

Estaba en la playa, replicó Sebastián. Y las noticias que le llevaron no eran para menos...

¿Cuánto tiempo había pasado desde que el Viejo le había dado la tanda de azotes?

No sé, dijo Matías. Diez o quince años, por lo menos. Yo tengo un recuerdo muy confuso.

¿Qué querís?, preguntó Silverio, molesto: ¿Qué te pasa?

¡Apúrate!, gritó el Panqueque, y después le dijo que unos rotos habían insultado y le habían pegado a misiá Eduvigis.

¿Qué?

La trataron de vieja'e mierda y después la mechonearon, le tiraron arena a la cara, la botaron de un empujón al suelo...

¡Cómo!, bramó Silverio, y le dio atropelladas instrucciones al Panqueque para que le avisara a Pablo Espínola, al Burro Mendieta, al Pachurro Mayor, a todos los otros. Había que sacarles la mierda a los intrusos, hacer un escarmiento para siempre. ¡Corre! ¡Avísales!

Dicen que fue en la fonda donde le pasaron la navaja.

No es cierto, dijo Sebastián: Yo estaba en la playa. Me parece que fuera hoy mismo... Husmeó la brisa, mirando en dirección al Manquehue, y murmuró que convenía refugiarse en el salón. La Rubia anunció que ella también tendría que retirarse, y todos pensamos que sería mucho mejor continuar la conversación entre hombre solos, sin censura. Era así como brotaban las buenas historias, cosa que las mujeres intuyeron, puesto que la mujer de Matías anunció que ella aprovecharía para irse con la Rubia.

¿Me botas por ahí?

¡Te voy a dejar!, exclamó la Rubia, cogiéndola del codo con la más encantadora de sus sonrisas, y recordé esos tiempos en que las llamadas "decentes" acusaban a la Rubia de fresca, de puta (bajando la voz), tiempos extinguidos, puesto que en los años recientes la definición frente al poder, frente al socialismo y a la libre empresa, había relegado esas acusaciones juveniles a un segundo plano muy desdibujado.

Silverio se zampó el café de un trago, se amarró los pantalones, llamó a sus compinches a gritos, poniéndose las manos en la boca en forma de bocina, de cara al mar, y partió corriendo, algo grueso, panzudo, no tan ágil como en años anteriores, en busca de los agresores de misiá Eduvigis. Era el último domingo de febrero y los toros, enormes, reventaban frente a la playa y habían terminado por ahuyentar a los bañistas, incluso a los Capeadores y a los Ballenatos más audaces. Se decía que Gregorio de Jesús había partido a Mongoví a estampar su denuncia en el juzgado. Después de la destrucción de la estatua, se decía, la Punta nunca volvería a ser como antes. Bajarían hordas desde los cerros, llegarían en camionadas desde los cuatro puntos cardinales, y habría que defenderse a palos, a puñetazos, posiblemente a balazos. Don

Alejandro hablaba y don Gregorio Urquijo, escéptico, entornaba los ojos y pensaba en las torres góticas de Budapest, en la emigración de las cigüeñas. Don Marcos, semi ahogado por la excitación, por la ira que le producía no poder intercalar una de sus sentencias, y porque las cenizas y briznas de tabaco del puro, mezcladas con la cerveza, le provocaban un desagradable escozor, una verdadera obstrucción en la garganta, movía inútilmente las mandíbulas. El Panqueque, entretanto, obediente a las instrucciones de su primo, corría por la playa dando la voz de alerta, como un joven batidor, sin que nadie, ninguno de nosotros, pudiera imaginarse lo que se preparaba, el desenlace de aquello que parecía una pelea trivial entre afuerinos ebrios y pijes matones de la Punta, un desenlace que tú no podrías, dijo el Gordo, si analizaras bien las cosas, si las analizaras con la suficiente perspectiva, quiero decir...

¡Desde luego!

No podrías circunscribir a un navajazo y a unos pocos meses en la cárcel.

A eso hay que añadir, dije, los efectos de una meditación en la sombra, solo, en los comienzos de la edad madura, cuando ya la simple distracción, el movimiento perpetuo, no te bastan, y pides que la vida tenga algún sentido.

¡Harto huevonas, en todo caso, las conclusiones que sacó Silverio!

¡Quizás!, me atreví a decir, encogiéndome de hombros, y el Chico Santana me miró con una mirada extraña, oblicua, como si adivinara en mí, por primera vez, a un posible infiltrado. ¡Mejor nos tomamos otra copa!, dije.

¡Buena idea!, dijo el Chico.

V

Guillermo despertó con los ojos pegados, como si se hubieran formado, mientras soñaba con la Máquina, legañas de cemento. Soñaba con una Máquina mohosa, invadida por la hierba, en un período en que la familia ya había desechado su uso, resignada a lo peor, y en que el invento que don Santos, el cura de la Punta, había creído destinado a salvar a la Cristiandad, se había convertido en refugio de lagartijas. Al moverse en la cama notó que le dolían los huesos, como si en la noche anterior le hubieran propinado una pateadura. Sólo se acordaba, ahora, de cuando subíamos la colina, a la siga del Ford 4, de las dunas donde los neumáticos angostos habían girado en banda, de la callejuela llena de voces ásperas, de músicas chillonas que se confundían. ¿Dónde diablos había ido a parar? El techo, altísimo, tenía rosetones y guirnaldas de yeso sumergidos en la sombra, las persianas sólo daban paso a filamentos ínfimos de sol, y de la oscuridad colgaba una lámpara erizada de aristas, estandartes y guarniciones de bronce. Lo único que se había sacado para dormir, o que le habían sacado, y ahora recordaba que se los habían sacado a tirones, riéndose como imbéciles, y que de pronto se había dormido y ellos, los sátiros hediondos, rubicundos, hinchados de vino, el más audaz, al que llamaban "el Maestro", y el que parecía su acólito, le corrían mano por los muslos con sus palmas gruesas, de sangre caliente, y se aprestaban, se soltaban los cinturones, eructando, sofocados por la excitación, desenvainaban los sexos,

¡Fuera de aquí, degenerados!... eran los zapatos, los pantalones y la chaqueta, de modo que había dormido en calzoncillos, camisa, corbata y los calcetines rotos en el talón, molidos por el uso, y ni siquiera se había podido soltar el nudo, desabotonar el cuello, mientras el par de cabrones, sátiros de cola enroscada y puntiagudos cuernos, ojos capotudos, tambaleándose, luego de haber alcanzado a recorrer con sus gruesos y oleaginosos labios, ¿o lo había soñado?, acercándose a los puntos más sensibles con descarada impudicia, ¿o eran fantasías suyas?, le dolían los huesos y los vapores de su cabeza todavía no se disipaban, ellos salían haciéndose signos para indicarse silencio, en vista de lo cual se incorporó, bebió un sorbo del vaso de whisky que tenía en el velador y sintió deseos súbitos de vomitar, un mareo intolerable...

¡Ciérrenme la puerta, maricones!

...el corredor, sumergido en las tinieblas, ondulaba, pero no acudía nadie: las risas de los dos enanos se habían ido apagando en la profundidad, bajo las arquerías góticas. Tuvo que arrastrarse por la alfombra, convertido en un estropajo, cerrar, y después no recordaba si había vomitado en la alfombra o en el lavatorio tapado, con la loza carcomida por una substancia verde. Lo único cierto era que tres o cuatro horas más tarde había despertado tendido en la alfombra, en medio de un silencio denso, de una oscuridad que le impedía respirar, y treparse a la cama le había costado un terrible esfuerzo, castañeteos de los dientes, tiritones de angustia.

Ahora me acuerdo, había dicho. Estábamos en la falda del cerro Barón, en una calle tan concurrida como si fuera pleno día: había ventanas iluminadas, radios al máximo de su volumen que tocaban milongas de Francisco Canaro y su orquesta típica o congas de Xavier Cugat, grupos de voces alteradas por el tabaco, por los vinos ásperos y las incontables horas malgastadas entre Aduanas, Administraciones, Tribunales de Justicia y bares del puerto, mujeres que nos llamaban desde los portales con frasecitas dulzonas, obscenas, frasecitas que después, con los años, probablemente desaparecieron del léxico de las putas: papacito rico, mijito, vamos a hacer papita, papacito, borrachos que se tambaleaban, a punto de azotar la cabeza contra los adoquines, pero que conservaban un resto de dignidad, lucidez suficiente para sostenerse, cuando pasaba la pareja de carabineros, contra un muro, erectos, perdidos los ojos sanguinolentos en la plazoleta de abajo, donde brillaban los rieles entrecruzados de diversas líneas de tranvías.

Más tarde, mientras estábamos encamados con nuestras respectivas mujeres, se escucharon golpes, forcejeos, carreras seguidas de gritos destemplados y de insultos increíblemente soeces, proferidos por voces chillonas, puesto que la dulzona provocación se convertía en procacidad, en furor desenfrenado, de cuchilla en la liga, en cuestión de segundos. Volaron vidrios pulverizados. Y al salir de nuestros dormitorios y juntarnos en un saloncito, reanudada la calma, el ritmo de la orquesta sofocado por separaciones de tabiques, bebimos cubas libres frente a gruesas tulipas de cera, a un cenicero de cuyas aguas de porcelana surgía una sirena de tetas redondas y pezones diminutos, rosáceos, riéndonos de las variadas incidencias de la noche, de la corazonada de agarrar el Ford 4 de Pancho y venirnos, de la puta que le había tocado a cada cual y cómo era, qué tal cuerpo tenía, qué tales piernas, la curvatura del vientre y el dulce ombligo, la dulce boca que a gustar convida, los ojos claros, serenos, la mía se llamaba Filimelis, ¡Filimelis!, nombre seguramente inventado, de guerra. Filimelis pertenecía al vasto mundo de la siutiquería sublime, todo lo decía con frases perfectamente redondeadas, con pronunciación impecable, haciendo silbar las eses, y tenía macanudo cuerpo, la tonta, pero al introducirle el pene, como habría dicho con sonora desvergüenza y científica precisión don Marcos Echazarreta y Zuazagoitia, mirando hacia los costados para cerciorarse de que no había menores de edad, beatas u otros intrusos, la delicada vagina había emitido un ruido de globo que se desinfla en el aire, receptáculo de goma o serenata de pedos, de modo que la puntillosa Filimelis, debajo, había puesto cara de dolor, ojos de angustia, su frágil persona no podía tolerar esa grosera manifestación de las zonas inferiores, y llegado el momento de simular, o quizás experimentar, por qué no, el orgasmo, sus brazos como poderosas serpientes habían entrelazado mi espalda.

La tonta no era nada de mala, y alguien, acariciando un pezón de la sirena, observó que la siutiquería podía constituir un ingrediente erótico de notable eficacia. Desdeñarla, dijo (Matías no había ido con nosotros, y no sé quién más, esa noche, habría podido hablar en esa forma, quizás Guillermo, que aún no había tenido tiempo de ponerse tonto), sería un grave error. Al fin y al cabo el erotismo exige ceremonias, un lenguaje que no tiene por qué someterse a los puros requisitos de la información.

¿Querrá decir, entonces, que la hostilidad de la clase alta contra la cursilería, contra la divina siutiquería, corresponde a instintos castradores?

¡Era muy probable! Y me parece que fue entonces, impulsado por el entusiasmo general, mientras Sebastián Agüero llamaba a la empleada para que nos sirviera otra corrida de cubas libres, pues teníamos que dejarle tiempo a Pancho para que se descartuchara en forma (¡Eso es!, se dijo Guillermo: Estábamos esperando al huevón de Pancho, que en vez de pasar la noche apedreando gatos, examinando las perillas de su Ford o encaramándose a la ventana de don Marcos para sustraer alguna otra antigualla, había decidido descartucharse en Valparaíso y volver de madrugada a la Punta, y vio que encima del velador había un libro de cuentos de Edgar Allan Poe), cuando elaboré por primera vez la hipótesis de que el secreto deseo de muerte de la clase alta, predominante desde la guerra civil del 91, carnicería suicida que había puesto fin a nuestro sobrio y sólido siglo XIX, se manifestaba, entre otras muchas formas, en esa agresión en contra de los dulzones recovecos del alma del siútico, reflejo tornasolado de las antiguas jerarquías, especie que la uniformidad de los tiempos, el prestigio exclusivo del dinero amenazaban con la extinción, y esto de que la siutiquería se haya refugiado en los prostíbulos (*La caída de la casa de Usher*, leyó, negándose a indagar un poco más acerca del lugar donde había pasado la noche), no deja de ser revelador, demuestra que las putas son seres anacrónicos, reliquias patéticas del tiempo ido, con sus máscaras de cosméticos, sus refajos, su pachulí, sus muñecas sentadas en la silla del tocador, delante del espejo, sus huachos que aspiran a convertirse en contadores, practicantes o empleados de la aviación comercial, bellos destinos, hijos de su propio esfuerzo, y por eso, como madres previsoras, ellas votarían siempre por el candidato del orden, el de la escoba que barre los parásitos de la Administración pública o el que se la puede, ¿le entregaría usted una locomotora a un niño?, ¡usted, señor elector!, y se encogerían de hombros, desconfiadas, si les hablaran de los impenitentes charlatanes de la izquierda, ¡qué nos importa Rusia a nosotras!, lo que nosotras queremos es un candidato bueno para Chile, para Chile y para nosotras, ¿me entiende, mijito?

El Chico Santana, después de hacer su imitación y de ajustarse el imaginario refajo, volvió a su asiento. Ahora me digo que mi vocación de historiador databa de entonces, y que sólo un pudor excesivo me había reducido a la condición de historiador privado, memorialista secreto. El hecho es que hubo risas, ruido de copas, y alguien opinó que había que sacar a Pancho de la cama, ¡hasta cuándo tiraba! (oscilaciones del ataúd mientras avanza por el pasillo subterráneo, recubierto de planchas de cobre, acompañado de pasos femeninos que se alejan, pero no por el pasillo de la casa de Usher sino por una galería alfombrada, al otro lado de la puerta. En el ignoto mundo exterior hay rumores campestres, ladridos, voces, cantos de pájaros. Debo de haberme dado un costalazo, piensa, sobándose las costillas). Golpeamos en la puerta de su dormitorio, frente a un patio oscuro, y al cabo de un cuarto de hora, cuando salió, estaba pálido, terriblemente taciturno, como si ya tuviera los estigmas en el rostro, un aletazo de cuervo que hubiera volado entre aquellos muros, atontado, sin encontrar salida al aire libre.

Pero ésta ya era una observación retrospectiva, facilitada por el conocimiento del desenlace que se hallaba tan cercano. Esa noche, en el saloncito donde tomábamos cubas libres, abandonados ya por nuestras putas, que habían vuelto a la sala de baile a trabajar, como decían ellas, lo notamos irritado, descompuesto, dando muestras inequívocas de que las cosas no le habían salido bien, a pesar de que la puta de caderas y pechugas descomunales sonreía y le colocaba una mano encima del hombro. ¿Me convidan un trago, chiquillos?

Una hora después, hacia las cinco y media de la mañana, estábamos en un reservado, en una de esas calles cortas perpendiculares al Almendral, invitados por Sebastián y por un gringo de Valparaíso, amigo de Sebastián y que disponía, igual que Sebastián, de gruesos fajos de billetes, a comer cazuela de pava. Volaron por el reservado, de paredes pintadas de color acero y ojos de buey enchapados en bronce, las botellas de vino tinto, y un joven intruso, que nadie había invitado y que sólo el gringo, en su condición de porteño, conocía por lo menos de vista, ocupaba todo el umbral, clavaba en el centro de la mesa, entre las botellas y las humeantes cazuelas, unos ojos vidriosos, y nos espetaba, con lengua estropajosa, algo muy semejante a un discurso: frases cargadas de resentidas y complejas alusiones a nuestra dorada juventud y a la condición modesta pero digna, sencilla pero meritoria, mucho más meritoria que la nuestra, que lo teníamos, a juicio del joven intruso, todo: autos, dinero, placeres, ropa de lujo, brillantes amistades, pero carecíamos de lo principal, en tanto que la humilde condición del joven que había terminado por sentarse en una esquina de nuestra mesa, invitándose a sí mismo en vista de que nadie lo invitaba, constituía para él un motivo de legítimo orgullo (cuando la casa, por fin, se derrumbó sobre su desorbitado dueño, al conjuro de los feroces golpes que Ethelred, el héroe de Sir Launcelot Canning, propinaba a diestra y siniestra, las altas paredes de la habitación donde había dormido esa noche conservaron una inmovilidad desconcertante, cosa que le produjo bruscas palpitaciones del corazón y además, por algún misterioso motivo, hambre canina. Arrojó lejos a Sir Launcelot con sus trasnochados fantasmas, bajó de la cama de un salto y abrió una persiana), hasta que alguien, el Chico Santana o Sebastián, dijo que no le convidaran más trago a ese huevón latero, y el digno orador, herido en lo más sensible de su persona, transformada su obsequiosa dicción en hostilidad declarada, le dijo al insolente que si quería salir a la calle a pelear, puede que mis apellidos no sean tan sonoros como los suyos, no tengan tantas erres, ¡muy bien!, pero cuando se trataba de pelear a puñete limpio, de mantener la honra incólume...

¡Ya, hombre, córrase! ¡Hasta cuándo jode!

¿Por qué me trata de "hombre"?, contestó él, irguiéndose, estirando el cuello, relampagueantes de ira los ojos. ¿Acaso no merezco un tratamiento de persona individual, como cualquiera de ustedes?

Mire, señor, dijo el Pachurro del Medio, ¿por qué no nos deja tranquilos? Nosotros no le hemos hecho nada a usted, ¿no es así? ¿Le hemos hecho algo a usted? ¡Entonces!

Pero el joven borracho pertenecía a una especie viscosa, invertebrada, frecuente en algunos substratos de la sociedad chilena, sobre todo en aquellos años en que los niveles jerárquicos empezaban a modificarse, a desplazarse con lentitud, como esos movimientos geológicos que anuncian futuros cataclismos, pero que son apenas perceptibles para la medición científica. El joven borracho era un síntoma de aquellos desplazamientos sutiles, uno de esos seres que presentan una cara y en seguida otra, y más tarde otra, pero permanecen siempre en el mismo sitio, con los pies adoloridos, ya que todo el mundo les pisa los callos, pero ellos no se quitan del camino ni a cañonazos, tratan de ocupar todos los resquicios que se presentan, de aprovechar cada hueco, haciendo la vista gorda, chupando y mamando a dos carrillos y a la vez sufriendo de pudor atropellado, de dignidad herida, acumulando reservas de resentimiento, riquísimos filones de odio. Ante la frase del Pachurro del Medio, la única reacción visible del joven fue un brillo confuso, traicionero, de la mirada, brillo revelador de que el joven ya no sabía de qué pretextos agarrarse para permanecer ahí y que lo llevó, cuando habíamos cambiado de tema y tratábamos de olvidar su viscosa y enredosa presencia, a arrojar todos los pretextos por la borda. Él había aparecido en ese reservado, asomándose primero por el ojo de buey enchapado en bronce para ver a quiénes asaltaba, porque estaba en su perfecto derecho, ¡qué mierda!

¡Mocosos desgraciados!, gritó.

¿Cómo dice?

¡Sí!, repitió, desencajado, con una palidez que anunciaba peligro: ¡Mocosos degenerados! Si se atreven a pelear, ¡me los mamo a todos, uno por uno!

(el copioso follaje de un parque resplandecía, bajo un cielo azul intenso, y descendía por la falda de un cerro hasta desaparecer en una quebrada. En la otra ladera sólo se divisaban grietas de tierra arcillosa y roqueríos negros. Una antena esbelta, que debía de recibir mensajes del centro del océano, brillaba en la cumbre opuesta. A los pies de la antena habían construido con planchas de zinc, desechos de madera y papel de diario, una casucha que a duras penas se diferenciaba de la tierra, que sólo parecía una excrecencia de la superficie pedregosa, pero que tenía vista, a través de sus agujeros miserables, sobre los opulentos espacios de la Quinta y quizás, desde el otro lado, sobre el puerto, la bahía y la alta mar. A unos doscientos metros de la antena, manejados por manos que no alcanzaban a ser visibles, ascendían a tirones al cielo, trabados en singular combate, un par de volantines. En el parque había manchas de flores rojas, lilas, blancas, amarillentas, esparcidas entre los arbustos de diverso tono verde y el laberinto de un macrocarpa, cuya espesura y perfume creyó respirar desde la habitación donde un extraño, desde el instante mismo de abrir la puerta, habría percibido olor a emanaciones alcohólicas y a vómitos. Volvió a hundir la cabeza debajo de un chorro de agua fría, en el lavatorio donde la noche anterior, ahora se acordaba, casi se había metamorfoseado en foca, ante los chillidos de los enanos, que se lanzaban pescozones y caían de espaldas en la cama, levantando las piernas, azotaban los huesos en el suelo, con grandes golpes a los que parecían insensibles, junto a las botas de montar arrimadas en un rincón, y como no había toalla, o la toalla había sido utilizada por ellos, el par de obscenos samaritanos, para limpiar los desperdicios suyos, tuvo que secarse con las sábanas. Giró la manilla de porcelana con sumo cuidado, como un ladrón, y se asomó a la galería...)

¡Mire, señor...! El Gordo Piedrabuena y el Pachurro del Medio se pusieron de pie, dispuestos, ya que no se les permitía ninguna otra alternativa, a pasar a las vías de hecho, pero el joven borracho, con sus ojos redondos y nerviosos, expertos en calcular los límites de la paciencia ajena, se apresuró a manifestar, con una bobalicona sonrisa, que su propósito exclusivo, al acercarse a un círculo que demostraba poseer una educación superior, una cultura que obviamente contrastaba con la brutalidad del medio circundante, marineros ebrios, empleados tirillentos, gonorreicas putas, había sido entablar un diálogo además de agradable provechoso, muy provechoso para mí, por lo menos, ¡compréndanme ustedes!, intercambiar ideas, como quien dice, en este país donde las oportunidades de hacerlo son tan extraordinariamente escasas, y el joven, a pesar de que le declaramos nuestro nulo interés en acceder a dicho intercambio, permaneció sentado en una esquina de la mesa, flotando en una sonrisita extraña, enervante, envuelto en los pliegues de una invisible túnica de senador romano, y cuando le dijimos que se fuera, que simplemente no nos daba la gana de tenerlo entre nosotros, el gringo explicaba que era hijo de un profesor o de un funcionario radical y masón de la Municipalidad, alguien así, el joven se puso de pie, convencido al fin de que su presencia no era grata, y derribó el vaso del gringo con los pliegues de aquella túnica invisible.

(Una anciana encorvada, mofletuda, de vestido largo plisado, avanzaba lentamente, con la ayuda de un bastón de empuñadura redonda, por el corredor alfombrado. Su cara, de mofletes caídos, tenía un pronunciado color ceniza, el mismo color de sus cabellos lacios, y cuando vio a Guillermo se detuvo, desconfiada, y clavó en él sus ojos borrosos y a la vez intensos, alertados por la curiosidad y el recelo. Él saludó con una inclinación de cabeza, pero la anciana continuó mirándolo fijamente, sin abrir la boca. Entonces vio que los demás, afuera, sentados alrededor de una mesa, bebían un aperitivo de color naranja y se reían estruendosamente, provocando ecos guturales y múltiples en los papagayos cautivos, en las cacatúas y en los demás pájaros del parque. Guillermo se había declarado ateo hacía bastante tiempo, hacía dos o tres años, pero después contó que se había persignado y que había apurado el paso, diciéndose que la vieja, que había reanudado su marcha, era alguna de las encarnaciones del demonio. A su espalda creía adivinar la progresión oscilante, por el pasadizo recubierto de planchas de cobre, del ataúd de la casa de Usher. ¡Hola!, saludó, sintiendo que los latidos del corazón se le habían atravesado en la garganta.)

¡Hasta cuándo jode!, vociferó el Pachurro del Medio, dispuesto a estrangular esta vez al joven borracho, en tanto que el gringo amigo de Sebastián, con la flema de los círculos ingleses del Club de Granadilla y de las quintas de la Zorra, donde el León británico mantenía su pelaje mejor que en la propia Inglaterra, se ponía de pie lentamente, tragando saliva, pero el joven borracho extendió el brazo con un gesto tan ceremonioso que consiguió, por lo menos, desconcertarlos, y después, en la calle, en medio de la confusión, de los gritos, de las amenazas de un vecino de tirarnos una bacinica con mierda, de llamar a los carabineros, ¡pijes culiados!, el joven, con la mirada extraviada, tambaleándose, insistía en exigir explicaciones por alguna nueva ofensa, y Pancho, secundado por el Gordo, decía que él se volvía a la Punta, quería darse el gusto de manejar su Ford 4 en el amanecer, cuando las olas de verde frío, poderosas, rugientes, coronadas por crestas de espuma, se desprendieran de la oscuridad, y los demás nos metimos al auto del gringo apretados como sardinas. Alguien, antes de cerrar la puerta, le propinó un empujón al joven entrometido, puesto que a falta de explicación satisfactoria para su dignidad herida amenazaba con subir también y acompañarnos hasta el fin del mundo, insistiendo en que él, aunque no tan bien dotado por la diosa Fortuna, poseía, en cambio, cualidades que no eran, bien miradas, menos estimables, un empujón violento, que a punto estuvo de dar con esa resbaladiza y tenaz humanidad en los adoquines, pero el mono porfiado, a pesar de las reiteradas humillaciones que parecía destinado a sufrir a manos de ese grupo, se repuso de inmediato, arreglándose la corbata, con expresión algo alterada, y cuando rugió el motor del automóvil del gringo, sin necesidad ya de encender las luces, mientras Pancho y el Gordo, montados en el escarabajo rodante, doblaban la esquina, vimos al intruso haciéndonos tapas e insultándonos con desorbitada ira, despidiendo rayos asesinos por los ojos, en tanto que nosotros emprendíamos la subida por callejuelas estrechas, interrumpiendo con nuestros cantos y nuestras risotadas y aullidos la quietud de las miserables poblaciones aferradas a los cerros, y de pronto, al doblar una estrechísima curva, las poblaciones terminaron, el mar, donde la luz del amanecer había dibujado la silueta de los barcos, la mole chata, de proa en ángulo inferior agudo, del buque insignia, quedó atrás, y nos encontramos frente a una imponente puerta de rejas. La vegetación todavía somnolienta, a pesar de que habían despertado innumerables coros de pájaros, alternaba con el blanco de las estatuas y de los jarrones, de cuyos interiores brotaban lujuriosas buganvillas.

(Prueba, dijo el gringo, y el rubicundo enano principal, cuyos cabellos ralos dejaban al descubierto el cráneo en la región de la tonsura, y cuya panza amenazaba con reventar los botones de la camisa roja, con una mano velluda apoyada en el hombro de su acólito, miró a Guillermo con una intensidad que sólo se descubría en el fondo de sus ojos, ya que su cuerpo parecía perfectamente relajado, echado en la silla de lona, y le preguntó si ya se había encontrado con la anciana, encuentro que formaba parte de las amenidades y sorpresas del lugar.

¡Sí!, dijo: ¡Y me cagué de susto!

Nosotros soltamos la risa y el enano ventrudo, el Maestro, explicó que era la abuela de nuestro anfitrión. Guillermo, tartamudeando, trató de arreglar su metida de pata, pero el gringo no le daba la más mínima importancia al asunto. La vieja era hija de un inglés que se había enriquecido en los años de auge marítimo de Valparaíso, antes de que se abriera Panamá, y lo único que importaba, según supimos, era mantener a raya a ciertos parientes demasiado codiciosos, evitar que le diera a la vieja, en algún acceso de su impenetrable decrepitud, por la beneficencia, por la filantropía, por repartirle su dinero a los curas. La anciana, a todo esto, había aparecido en el jardín y se había internado por un sendero, de espaldas a nosotros. Avanzaba con grandes precauciones, colocando el bastón en los guijarros de manera rítmica y lenta, muy encorvada, indiferente al revoloteo de las mariposas, al zumbido de las avispas y matapiojos, a la confusa proliferación de rumores y chillidos, rodeada por y a la vez insensible al penetrante perfume de los arbustos y la tierra húmeda.

Una empleada se acercó al jardín, en la punta de los pies,

y le habló al gringo al oído.

¿Tú eres Guillermo Williams?, preguntó el gringo, puesto que aún no distinguía bien los nombres de los amigos de Sebastián.

Yo soy.

Te llaman por teléfono.

¡A mí!

Por usté preguntaron, dijo la empleada.

Volvió muy pálido, explicó más tarde el Maestro al Pachurro del Medio, que había sido el último en desprenderse de las sábanas y se había unido al grupo del jardín después de la partida de Guillermo, y nos dijo que Pancho, su hermano menor, había tenido un accidente.

¡Pancho! ¿Qué le pasó?

Todavía no se sabe.

¡Por la cresta!, dijo el Pachurro del Medio: Yo estuve a punto de volverme con él y con el Gordo. Y al Gordo, ¿le pasó algo?

No sabemos mucho, dijeron. No sabemos nada. Guillermo quedó de llamarnos.

Bebieron otra corrida de aperitivos de color naranja. Hablaron de las aventuras de Pancho, de la ocasión en que había perforado, disparando con un rifle desde el techo de su casa, el estanque de don Alejandro Fierro, de donde el agua, el bien más codiciado en la Punta, se había escurrido gota a gota. Alguien comentó que su padre era un estafador profesional, un fresco de siete suelas, y que eso explicaba, probablemente, las locuras de Pancho, y en seguida, diciendo que ojalá el accidente no fuera grave, aunque por algo habían llamado a Guillermo, que había partido con el cuerpo pésimo, hecho una piltrafa, pasaron a otro tema. El Maestro contó una anécdota increíble de muchachitas de la Isla de Pascua, relato rubricado por las repetidas inclinaciones de cabeza del acólito, y el Pachurro del Medio declaró que daría cualquier cosa por irse un año a vivir en la Isla.

He oído que los prejuicios sexuales no existen. Los padres llegan a ofrecerte a sus hijas de quince años en cuanto desembarcas.

¡No está mal!, exclamó el Chico Santana, sobándose las manos.

Al final del almuerzo presidido por la vieja, que había masticado lentamente y mirado uno por uno a los amigos de su nieto, sin dirigirles la palabra, con una cara que no presagiaba nada bueno, como si odiara sin tapujos a su nieto y a todo lo que lo rodeaba, escuchamos sonar el teléfono en el corredor. El llamado era para el gringo, y al poco rato éste regresó al comedor con cara seria y anunció que Pancho, a quien sólo había visto una vez en su vida, hacía muy pocas horas, había muerto, y que el Gordo Piedrabuena, a quien también había conocido en el restaurant del puerto, se había salvado. Estaba en un hospital de Valparaíso y sufría una ligera conmoción cerebral, pero sólo tenía heridas leves, rasguños.)

VI

PARECE que el Panqueque, con ojos redondos de excitación, llegó a contarle a Pablo Espínola, que estaba sentado en la arena y se sobajeaba los bíceps tostados, los muslos, se contemplaba las pantorrillas, y de repente vimos que Silverio corría por el malecón a pata pelada, agarrándose los pantalones con la mano izquierda, debajo de la guata hinchada de años de tomar vino tinto. Detrás de Silverio había nubes de niños que gritaban, que hacían preguntas, ¿qué pasó, Silverio?, ¿a quién vas a pegarle?, corrían tironeándolo de la manga, de los faldones de la camisa, y después divisamos a misiá Eduvigis al pie de una carpa, desmelenada, señalando con el brazo extendido, como el Ángel del Juicio Final, a los afuerinos que escapaban al trote, llevando a sus guaguas en brazos, arrastrando sus chales, canastos, paquetes, tiestos de variada especie, en desordenada fuga, porque habían descubierto que la playa de repente se había encrespado, se había puesto peligrosa. Todavía me acuerdo de cuando se metían adentro del Studebaker destartalado, con patente de Mongoví, apretujándose como sardinas, y del Studebaker que arrancaba, echando humo, cuando sus perseguidores ya se asomaban a las ventanillas.

¡Al Gran Hotel!, gritó alguien, uno de los energúmenos más exaltados, el Vaca Gutiérrez o alguno de ellos, dispuesto a seguir a Silverio en cualquiera de sus empresas destructivas, y nosotros subimos corriendo, preguntando qué crestas había pasado. Unos creían que los afuerinos eran los autores de la destrucción de la nariz, pero por qué Silverio se empeñaba tanto, entonces, en perseguirlos, y otros sostenían que habían insultado, que le habían faltado el respeto a misiá Eduvigis, decían que le habían lanzado arena a la cara y que después, como si fuera poco, la habían tirado de un empujón al suelo. ¡Si llegaba a pescar a uno, Silverio sería muy capaz de hacerlo papilla!

Llegamos al Gran Hotel con la lengua afuera, dijo el Gordo (que desde su llegada por primera vez a la Punta, hacía sólo tres días, se había visto metido en un increíble torbellino de acontecimientos), trastornados, y encontramos que la terraza estaba sembrada de vidrios rotos, que los afuerinos habían partido y que su feroz perseguidor, en la furia de no encontrarlos por un pelo, había destrozado las puertas, quebrado a puñetazos los vidrios, derribado sillas y lámparas. Por ese lado del Gran Hotel había pasado un vendaval, un terremoto rápido, aunque de efectos circunscritos a un espacio mínimo.

Nos dijeron, mientras las pisadas de los mirones hacían crujir el vidrio molido, que en el interior, en las dos habitaciones oscuras, Silverio, bramando de rabia, igual que su padre, según el comentario de don Gonzalo, que sonreía pensativo, moviendo la cabeza, había pescado las cortinas de color barquillo y las había arrancado de cuajo, ante la presencia impotente de un mozo viejo, de pómulos hundidos, estupefacto, que no atinaba a moverse, con su plumerito en la mano y un guardapolvo a rayas que le llegaba hasta la punta de los zapatos. Madame Laurent, la gabacha pintarrajeada y de nariz filuda, que había llegado de Francia y había invertido todos sus ahorros en el Gran Hotel, daba alaridos y se agarraba los cabellos teñidos de color de choclo, descompuesta, llorando de impotencia, a vista y paciencia de toda la Punta.

Calculando, dijo Matías, cuánto iba a costarle reparar

esos destrozos, quién se los pagaría.

Nosotros bajamos al camino, donde se escuchaban ruidos de neumáticos clavados en el pavimento, de aserruchadas con el acelerador a fondo, voces, gritos, órdenes contradictorias, y alcanzamos a divisar a Silverio en un asiento delantero, con la mirada fija en el camino, indiferente a la agitación que lo circundaba, como si tuviera conciencia de hallarse sometido a un destino, a una condición pesada y hereditaria, impuesta. El automóvil arrancó a toda velocidad y giró la primera curva oculto por un torbellino de polvo, puesto que el pavimento de don Teobaldo se había detenido en esa curva, frente a los neblinosos acantilados del sur, en la dirección de la playa de los Queltehues, de los arenales, del Valle de las Cuncunas.

Cuando volvimos a ver a Silverio, pocas horas más tarde, notamos que ya no era el mismo: el de la juventud, el de las monas descomunales y las peleas a bofetadas, el organizador de las primeras expediciones punitivas a Mongoví, el jefe de pandilla cuyos golpes de audacia habían entrado a formar parte de la leyenda puntina, había desaparecido para siempre detrás de aquellas últimas casas, envuelto en esa polvareda.

Si hubiéramos tenido suficiente perspectiva, dijo Matías, después de beber un sorbo de coñac, depositar la copa en la repisa de la chimenea y limpiarse con el dorso de la mano (idos eran los tiempos del exceso dionisíaco, del Bálsamo de Fierabrás preparado en poncheras y revuelto con grandes cucharones de plata, como si de calderos infernales y pócimas secretas se tratase), si hubiéramos podido tomar, en ese momento, la distancia de los historiadores, dejando la pasión a un lado, mirando las cosas con mirada serena, habríamos podido fijar el comienzo de la decadencia en ese instante preciso, cuando el polvo en suspensión empezaba, después del paso vertiginoso y trepidante de los automóviles, a disolverse en el aire de fines de ese mes de febrero.

El Pipo y tú, dijo Sebastián, corrieron a meterse a otro automóvil que partía de atrás, manejado por uno de los Te nistas, o por un Foca, o por uno de los Capeadores de Toros, no alcanzamos a fijarnos bien.

¡Vamos de testigos!, anunció el Pipo, estirando los labios con gesto de payaso, y el Tito Restrepo, en cuya presencia nadie había reparado, hizo también ademán de subirse, con cara muy seria, como si se hubiera atribuido a sí mismo una misión trascendental. ¡Vos te quedái!, le ordenaron, y a mí, en cambio, continuó Sebastián, me dejaron meterme cuando el segundo auto partía. Por eso me tocó declarar en el proceso, más tarde, aun cuando mi declaración, como menor de edad, no sirviera de mucho.

Él, comentaba Matías, mientras seguíamos a toda velocidad la columna de polvo arcilloso del auto de Silverio, que nos había tomado bastante distancia, diría que se necesitan personas que mantengan la cabeza fría, sobre todo en circunstancias difíciles, gente que actúe como testigo imparcial de los acontecimientos, a fin de poner más tarde las cosas en su sitio. Para memoria en lo futuro, insistía *él*, levantando el dedo, porque *él* había leído algunas veces el *Quijote*. ¡No se crean ustedes!

¡Exacto!, subrayaba el Pipo, clavados los ojos en los vericuetos polvorientos, en las rocas incendiadas por el sol de las cuatro de la tarde: Gente que ayude más tarde a reconstituir los sucesos. De lo contrario, ¿qué harían los historiadores?

¡Todo sería una confusión!

Si no hubiera sido por los mirones que estaban en la orilla, ¿qué sabríamos del combate de Iquique?

¡Ni una palabra!, continuó Matías, riéndose a carcajadas y saltando en el asiento delantero, tratando de horadar con la vista la cortina de polvo, de adivinar los designios que llevaría el desbarrajado de Silverio, en tanto que nosotros, los eternos rezagados, a los pies del Gran Hotel, escuchando los sollozos y lamentos de Madame Laurent, la escoba del mozo anciano que barría el vidrio molido de la terraza, ¿qué diablos pasó?, preguntábamos, ¿cómo fue?

Él aconsejaría prudencia, dijo Matías.

¡Seguro!, dijo el Pipo.

En las afueras del Gran Hotel, entretanto, se elaboraban conjeturas de la especie más extravagante, descabelladas hipótesis, ideas de venganzas ancestrales, de luchas civiles enconadas, que harían correr ríos de sangre, mientras en la playa la señora Eliana, de pie, miraba en dirección al camino y preguntaba si alguien había divisado a Pancho, ella siempre tenía miedo de que Pancho se metiera en líos, después resultó que Pancho, en piyama, intensamente pálido, con ojos cernidos por la fiebre, estaba dedicado a derribar moscas en la galería de la casa. A modo de proyectil utilizaba un tomo del *Diccionario Enciclopédico Hispanoamericano*, uno del *Nuevo Apéndice*, cuyos lomos, de tanto azotar contra las paredes, habían comenzado a descuajeringarse.

Alguien contó que eran unos mongovinos curados que se habían instalado en el medio de la playa como si fuera propiedad de ellos, con kilos de chancho arrollado, fuentes de cebolla con tomate y grandes chuicos de vino tinto, ¡una inmundicia!, ¡hasta cuándo teníamos que aguantarlos! Diversas voces pronosticaron que se armaría la de San Quintín: Silverio Molina, cuando estaba con pica, tenía fuerzas de elefante, era capaz de romperle la crisma a cualquiera de un trompazo, ellos nunca se atreverían a profanar de nuevo nuestra playa, la tierra y el aire de nuestros antepasados. ¡Qué se habían creído!

La fuerza invencible de los Silverios Molina, de generación en generación, explicó Matías, era otro de los tantos mitos de San José de la Punta. Silverio, después de tomarse media botella de pisco a las diez de la mañana, tenía la manía de levantar troncos de árboles, como Caupolicán, o de llamar a los inquilinos jóvenes para sentarse en una mesa de madera, frente a las bodegas, junto a los botellones de pisco, y hacer fuerza con las manos, tal como lo había visto hacer a su padre y como lo había hecho, según la tradición, Silverio el Abuelo, que hasta los cincuenta años no había sido vencido por nadie en doscientos kilómetros a la redonda.

El caso es que de repente vimos, relataría el Pipo, en medio de los nubarrones de polvo, que el cacharro de los mongovinos se había parado a la salida de la playa del Pirata, en el lugar donde el camino se interna entre las dunas, con un neumático pinchado.

Pinchadura que representó al destino, dijo alguien: Al menos para Silverio.

Él diría, comentó Matías, que la fatalidad, aunque parezca curioso, también puede presentarse en forma de pinchadura.

O en forma de mongovino, rectificó el Pipo.

Y pronto nos encontrábamos en la playa, cerca de un árbol seco y retorcido, nuestro grupo frente a los tres afuerinos, ya que las mujeres y los niños se habían quedado adentro del Studebaker y nos miraban por el vidrio trasero, como peces asomados a las paredes del acuario, abriendo la boca y clavando en nosotros, sus implacables perseguidores, los grandes ojos con angustia. El más robusto de los tres, en cuya expresión más bien había odio que miedo, pisó una rama caída del árbol seco, y Silverio hizo ademán de preguntarnos algo, ¿qué hago?, ¿le pego? Todos percibimos en el gesto de Silverio una sombra de inseguridad, algo que en otra circunstancia habríamos llamado miedo, julepe, si la leyenda de los Molina no hubiera estado ahí, detrás, para oscurecer nuestro juicio. Era una tarde espléndida, dijo Sebastián, todavía la estoy viendo: el verano que se obsequiaba con una despedida digna, llena de opulentos colores y destellos.

Esa tarde emerge ahora en la memoria, luminosa, aislada en el tiempo, dramática, después de tantos años y tantos acontecimientos. El sol rozaba el dorso de las olas hasta donde se perdía la vista, hacia el sur, y realzaba con sus rayos oblicuos, cuya inclinación, unida a un vientecillo fresco, anunciaba el otoño, el tono rojizo de la tierra, las grietas de arcilla, el amarillo peinado y ondulado, con las cumbres veteadas por la brisa, de las dunas, el verde polvoriento de los eucaliptos, desgajadas cortezas y troncos altísimos, el vado reseco por el que transitaba, en la distancia, mirándonos desde abajo de su sombrero lleno de parches, un campesino a caballo seguido de un par de perros.

¿Cuál es?, preguntó al fin, porque antes había esperado, sospecho, que la situación tuviera solución pacífica, puesto que había perdido el entusiasmo, la energía indómita de antes, y el afuerino más robusto, el que había hecho crujir la rama seca debajo de sus zapatones, un hombre de mediana estatura, de tez olivácea, dio un paso adelante. Silverio, entonces, se le abalanzó encima, y al comienzo creímos que lo masacraría, que habría necesidad de separarlos para que no lo matara, pero luego nos dimos cuenta de que el afuerino sabía boxear y de que era muy ágil, tenía reflejos de felino, muy peligrosos,

¿Para qué te habías unido al grupo?, preguntó el Secretario de la Corte.

Para ver, tartamudeó Sebastián, de pura curiosidad, y estaba, en efecto, colocado en primera fila, a dos o tres metros de distancia de los luchadores, así es que podía verlos perfectamente, sin perder un solo detalle.

Apunte, ordenó el Secretario, y la Underwood del año del ñauco empezó a tecletear, atascándose, cubriendo la hoja de papel sellado de signos y motes, letras encabalgadas y borrones, bajo la tuición adusta de los Presidentes del tribunal que habían sido y que colgaban retratados al óleo de los elevados muros de la sala.

y también nos dimos cuenta de que Silverio se había puesto grueso, pesado, de que ya no estaba tan ágil como a sus veinte años, la tomatina de los últimos días le había hecho mella, y al minuto de pelea notamos que acezaba como un fuelle, con la boca abierta y una especie de estertor, un silbido ronco, el labio inferior se le veía tumefacto, sanguinolento,

81

mientras el afuerino, igual de fresco que al comienzo y con una expresión de odio frío, reconcentrado, estudiaba a su contricante con toda tranquilidad, buscando el punto donde asestaría el otro golpe.

La verdad, reconoció Silverio, es que me vi apurao. El tipo ya me había partido este labio de un puñete y después me plantó un puñete en la oreja que me dejó medio groggy, que me hizo ver estrellas azules, ¿entendís? Bueno, y fue entonces, cuando sentí que me faltaba la respiración...

Dicen, declaró Sebastián, que alguien, en ese momento, le pasó la cortapluma, y el hombre, al ver brillar el filo, se agachó para recoger un palo.

¿Estás seguro de que le pasaron la cortapluma?, preguntó el Secretario, que era un hombre de aspecto fino, explicaría Sebastián, pelo blanco, cutis vinoso, un personaje de buena familia que se había venido a menos en el escalafón judicial, que vegetaba, me imagino, entre la sombra de los tribunales y los bares portuarios, jugando al cacho y contando anécdotas: ¿No crees tú que la llevaba encima?

No sé, respondió Sebastián. Es decir... No vi cuando se la pasaron. Pero es casi seguro.

¿Por qué?

Rojo como un tomate, Sebastián miró los artesonados del techo, los retratos adustos que comenzaban en las postrimerías de la Colonia con un caballero de peluca y ojos bizcos.

A ver, dijo el Secretario, sonriendo (había conocido en el colegio a mi padre, explicaría Sebastián, y mi padre lo describía como el ejemplo típico de persona bien que ha fracasado, a pesar de que había sido el mejor alumno del curso, ¡un caso sumamente frecuente!): ¿De qué tamaño era la cortapluma? ¿Te acuerdas?

Esa noche, contó el Pipo, encontramos a Silverio en un rincón del bar, rodeado de gente. ¿Y cómo diablos se te ocurrió sacar cortapluma?, le preguntó el Chuncho Salaverry, el abogado, en actitud muy grave, con cara de circunstancias, como si la causa de Silverio fuera de las más difíciles. Silverio se limitó a mirarlo. De no haber estado con la moral por el suelo, capaz que le hubiera tirado una bofetada a la jeta, pero estaba con la moral por el suelo, hecho pebre. ¿Qué me aconsejas, Chuncho?, preguntó, al cabo de un rato.

Por ahora, le dijo el Chuncho, escóndete. Después veremos.

¿Crees que meterán pleito?

Es lo más probable, dijo el Chuncho. Por ahora, ándate a dormir en algún lugar seguro, donde los carabineros no lleguen a buscarte.

Reconozco que fui una bestia. ¡Una bestia, por la grandísima puta! Llevaba más de una semana farreando, despidiendo el verano en los boliches de Mongoví, en la fonda de Carabantes, en el Siete Espejos y el Río de Janeiro, de Valparaíso, tomando ginger ale con pisco en la primera fila del American Bar, debajo de las piluchas, ya que me había pegado un viaje al puerto hacía pocos días, y el puñetazo en la oreja me trastornó: tenía que hacer algo para que el tipo, que parecía llevar acero en los puños, no me ahogara al golpe siguiente, para que no me hundiera el esternón y me hiciera escupir sangre. Así fue, no más. ¡Qué quieres que te diga! Me sentí perdido y metí la mano al bolsillo en forma instintiva, y cuando él hizo ademán de agacharse, de recoger un palo, me asusté y le tiré el navajazo. ¡Pa'qué te voy a venir con cuentos! Yo estaba con la lengua afuera, reventado, sin respiración, y parecía que la sangre se me hubiera transformado en veneno, en un licor frío, amarillo. ¡Si no resolvía la pelea en alguna forma, tenía la sensación de que me caería muerto ahí mismo!

Es la pura fatalidad, comentaría Antolín, alzando las cejas, estrujando el sombrero entre las manos callosas, cobrizas.

¿Y ahora?, preguntó Silverio: ¿Qué mierda hago? Entrecerró los dedos detrás de la espalda, mirando al Chuncho con una mirada intensa, implorante. Todos opinamos que estaba completamente jodido, que Silverio Molina se había terminado.

Depende de la gravedad de la herida, sentenció el Chuncho. Habrá que informarse en el hospital. Porque si el tipo, cosa que no te deseo, se despacha...

¡Por la cresta!, exclamó Silverio. Se pasó una mano por la cabeza. Después agarró el vaso de vino y lo golpeó contra el mesón haciéndolo trizas, pero los que habíamos presenciado la pelea, en la playa del Pirata, al lado del árbol seco, en el lugar donde comenzaban las dunas de más al sur, sabíamos que esa fuerza ya no representaba nada, bravatas, exasperación inútil, y Silverio, que también lo sabía, golpeó con el puño sobre el mesón lleno de vidrios, hiriéndose la mano, mientras nosotros, el Chuncho, algunos Capeadores de Toros, Pablo Espínola, creo que don Gonzalo Urquijo también había llegado, atraído por la copucha, y algunos más, observábamos la escena con una sensación de malestar, conscientes de que Silverio, a pesar de sus arrestos, estaba jodido. El que también observaba de reojo, con una mezcla curiosa de conmiseración y desprecio, era César Augusto, que desde su puesto detrás del mesón había visto y oído, en los últimos veinte años, más de alguna cosa, incluyendo los comentarios sobre el hipotético empujón de Silverio a don Marcos, desmentidos por aquellos que daban, como don Gonzalo Urquijo, más crédito a la versión de Silverio que a la del farsante de don Marcos Echazarreta y Zuazagoitia, las cábalas electorales de los rossistas, el pánico desatado por el triunfo de Pedro Aguirre Cerda, los anuncios de algunos de que levantarían sus casas y se trasladarían a vivir a Europa, pero cómo, no se encontraba Europa al borde de otra guerra... ¡No importa!, replicaba Juan José Echave, vestido de traje blanco y de zapatos blancos y azules, tenida que sólo el Gringo Williams, aparte de Juan José Echave, osaba ponerse en Chile, y que le había valido a don Juan José su sobrenombre de Heladero, apodo de origen desconocido para las generaciones jóvenes: La guerra la gana Hitler de aquí a Penco, eso es completamente seguro, y Europa se convertirá entonces en un lugar respirable, y procedía el Heladero a explicar, relamiéndose de gusto, con la sensación anticipada del triunfo brillando en sus ojos, escuchando de antemano clarines de victoria, que Franco, ayudado por Hitler y Mussolini, dominaba ya en todos los frentes, ¡qué tal!, y se sobaba las manos, paseaba la vista por las olas y los roqueríos, que hinchaban el lomo y lo saludaban, le decían buenos días, señor Echave, how are you?

¡Por huevón me pasó!, aulló Silverio, con un vidrio incrustado en el puño. El doctor Varas Saavedra, entonces, apareció detrás de nosotros, circunspecto y pulido como de costumbre. Con permiso, dijo, y tomó a Silverio del brazo como si se tratara de un loco más o menos peligroso, un loco que él, con su experiencia profesional y su ascendiente de familia, sabría mantener a raya. ¿Se acuerdan del doctor Varas Saavedra? ¡Cómo no íbamos a acordarnos! Andaba toda la vida de chaqueta de tweed inglesa y corbata de mariposa gris con puntitos, y sus modales eran de una finura extremada, cosa que al comienzo, se dijo el Gordo Piedrabuena, producía desconcierto, sobre todo a causa de su relación familiar con el desbarrajado clan de los Molina, de modales tan opuestos a los suyos, pero que después, cuando uno se acostumbraba, entraba a formar parte de la diversidad del paisaje, de sus necesarios contrastes, así como hay lagartos delgados y gordos, coníferas altas y enanas, sapos más oscuros o más amarillos, de mirada más intensa. Tenía que haber un Silverio que anduviera a pata pelada, recogiendo arañas peludas con las manos, y un doctor Varas Saavedra de modales pulidos y corbatita de mariposa, ¿no les parece?

¿Yo?, dijo Antolín, y se rascó una mejilla con el dedo índice, pensativo... Yo que usté me presentaba... ¿No fue en defensa de su señora madre que lo hizo? Pa'eso tiene buenos abogados, amigos influyentes. ¿Qué más quiere? Si fuera como uno... Pero la justicia, con ustedes los futres, nunca es tan dura como con nosotros los pobres... ¿De qué se preocupa, entonces?

¿Cómo es la herida?, inquirimos, mientras Silverio se dejaba llevar por el doctor Varas, y el doctor nos contestó que no tenía, pensaba él, tanta importancia como había parecido en un comienzo, la yugular sólo había sido rozada, aun cuando él, mis queridos amigos, no estaba en condiciones de pronunciarse, pero todos dedujimos de la cara del doctor, de la seriedad con que se llevaba a Silverio del brazo y de la desarmada docilidad de éste, que la cosa no había sido tan sencilla. Algunos contaron más tarde que Silverio, conducido del brazo por el doctor Varas, había llorado, pero el doctor era discreto como tumba, cargaba con todo el peso de sus secretos profesionales, que incluían el verdadero historial médico, las sentencias de vida y muerte, de la mitad de la Punta, y lo era muchísimo más cuando se trataba de cuestiones de su familia política. ¡Inefable doctor Varas Saavedra, que ahora reposa en el cementerio de los confines de la Punta, frente a la mar gruesa que baja desde Purcuy!

Se puede alegar la defensa propia, dijo una voz.

¿Qué defensa propia?, preguntó el Chuncho.

El estado de ofuscación, intervino otro, abogado aficionado, y el Chuncho Salaverry, que por primera vez en ese y en muchos veranos se veía convertido en personaje importante, indispensable, se encogía de hombros. Ya veremos, declaraba, misterioso, y algunos se alejaban comentando que si a Silverio lo defendía el Chuncho, seguro que lo condenaban a cadena perpetua.

Silverio sólo había visto llorar a misiá Eduvigis la noche de la muerte de Silverio el Viejo, hacía siete u ocho años, pero muy poco, sólo un par de lagrimones en el momento en que habían cerrado el ataúd, y después, en la misa y al empujar el ataúd al nicho, dentro del panteón de los Molina y Ascárate, presidido por las letras anticuadas y gastadas del Corregidor don José Silverio, nada, pero ahora también echó una lágrima, muda, y luego se la restañó con la punta del pañuelito que llevaba siempre adentro de la manga izquierda. Bien, dijo, con un gesto de estoicismo: Menos mal que tu padre está en la tumba. Así no podrá verte... Dejó el tenedor en el plato y le dijo a la Leticia que se lo llevara.

¿Qué le vamos a hacer, mamá?, dijo Silverio. ¡No me puedo pasar toda la vida escondido!

Ni siquiera hizo notar, comentó alguien, que se había metido en ese lío para defenderla, sacando la cara por la familia, por las tradiciones puntinas.

Eran tradiciones que habían hecho crisis. De manera que Silverio, como último retoño de los Molina, tenía que pagar las consecuencias. O incurrir en un acto de traición... Su fidelidad, a esas alturas, resultaba suicida, además de extravagante.

El Gordo sonrió y el Pipo, con un gesto enigmático, apuró su tercera copa de coñac. En la botella sólo quedaban dos dedos del licor dorado, tornasolado. Todas las mujeres habían partido y nos habíamos quedado un pequeño grupo de hombres solos, saboreando los restos del coñac y conversando.

Por lo que veo, dijo Sebastián, nos va a pillar aquí la hora de comida y quizás el toque de queda.

Con los años, y para sorpresa de todos nosotros, Matías se había convertido en un padre de familia ejemplar, católico observante, sin que esta condición fuese incompatible, ¡muy por el contrario!, con la de conspicuo representante y celoso defensor del establishment de la nueva empresa privada, que a tan duras pruebas se había visto sometida en los tiempos recientes. Bastó que alguien hablara de quedarse a comer para que él, en un gesto muy suyo, poniéndose el parche antes de la herida, anunciara que tenía un compromiso e hiciera ademanes de irse. Siguió, sin embargo, con la espalda apoyada en la repisa de la chimenea, fijando sus ojos inquisitivos en cada uno de nosotros, mientras flotaba en sus labios una sonrisa vaga, difícil de interpretar.

Por mí, dijo el Chico Santana, mientras exista Courvoisier...

Era cuestión de comer en la noche las sobras del almuerzo, que habían sido más que abundantes, y de seguir con whisky una vez que las reservas de Courvoisier se agotaran. Había que pensar que pocas semanas antes ni pisco Peralta se conseguía. ¡Hasta el vino había desaparecido del mercado! ¡Qué memoria más frágil la nuestra!

¡Yo también me quedo!, exclamó el Gordo, aplaudido por el Chico Santana. Misiá Eduvigis, a todo esto, se limpió los labios con la servilleta y se puso de pie, enhiesta pero desanimada, majestuosa y a la vez quebrada, agobiada por un rictus de amargura. Dobló la servilleta con cuidado y la puso junto a la taza de café. Miró a Silverio a los ojos.

Tienes que hacerle frente a tus responsabilidades, dijo.

VII

Después del período de las ceremonias, de los homenajes y las recordaciones, el Gordo Piedrabuena en su cama de hospital, debajo de un enorme crucifijo, recibiendo visitas y pensando ¡puchas, de la que me salvé!, ¡pobre Pancho!, sin salir todavía de su estupor, la señora Eliana de negro y Guillermo impenetrable, de manos en los bolsillos, observando por la ventana la salida de un barco, el remolcador negro y chato que señalaba el rumbo, abriéndose camino por las aguas densas y aceitosas, las evocaciones de sobremesa y el instante de silencio cuando alguien decía hoy, justamente, se ha cumplido un año, puesto que la fecha había quedado inscrita en nuestro calendario, ese día de salida del invierno de aquel año, y venía un olvido cada vez mayor, espeso, equivalente a una muerte segunda. Hablábamos de Guillermo, cuyas actitudes habían terminado por resultar incomprensibles, decididamente irritantes, no había derecho a reaccionar en esa forma, con amargura tan reconcentrada, ¿qué culpa teníamos nosotros?, ¿quién se había enamorado de una alemana putona, que le había puesto los cuernos hasta que le había dado puntada?, ¿nosotros?, ¿y quién había partido a Liverpool, en busca de una herencia imaginaria, y nunca más había dado señales de vida?, ¿su padre o el nuestro? ¿Y entonces?, ¿acaso nosotros teníamos la culpa? ¿Por qué nos hacía ese reproche constante, aunque no lo dijera, ese reproche mudo, con la mirada torcida, turbia? ¿Qué pretendía? Y de pronto alguien, ¿se acuerdan de Pancho?, preguntaba. Era más loco que una cabra, el pobre Pancho, pero más simpático, menos enrevesado que Guillermo, porque ahora veíamos que Guillermo, desde el principio, había tenido un carácter retorcido, lleno de venenos ocultos, de otra manera, ¿cómo te explicas tú?, y uno recordaba en cambio la cara de Pancho, ¿te acuerdas de cuando agujereó de un tiro el depósito de don Alejandro Fierro? La señora Eliana, que ya no tenía un cinco, había visitado a don Alejandro y le había ofrecido pagar, y don Alejandro, por supuesto, abogado del arzobispado y tantas otras cosas, podrido en plata, había dicho que de ninguna manera, Elianita, lo único que le preocupaba, a él, y debía preocuparnos a todos, era el crecimiento universal del vandalismo, la anarquía de las mentes juveniles, anunciadora de tiempos difíciles para nuestro pobre país, idea que la señora Eliana había acatado con humildad, bajando la cabeza, agobiada por los sentimientos de culpa, como si hubiera sido ella la que había apretado el gatillo del rifle de Pancho, ella la que había perdido el tren de la política parlamentaria, encastillada en un principismo intransigente, anacrónico, ella la que había dejado plantada a la familia para volar a Liverpool, cuando a la que habían dejado plantada, precisamente, era a ella, y no al revés, no era ella la que.

Para comprender el caso de Guillermo, un caso que cobraría inusitada actualidad para nosotros en los últimos años, pues quién iba a sospechar que las disparatadas ideas que anidaban en aquella cabeza, detrás de aquella mirada terca, se entronizarían un día en las máximas instancias de la Administración, y para comprender también el caso de Pancho, un caso de locura suicida, aun cuando la extravagancia social de Guillermo también tenía algo que ver, o mucho, si se reflexionaba bien, con el suicidio, había que conocer la historia de la señora Eliana y de William Williams, el inglés aventurero que había aterrizado entre nosotros como un meteoro, paralizando de estupor y de contradictoria admiración nuestro mundillo santiaguino: una característica historia del Chile de entre las dos guerras mundiales, e incluso remontarse a la historia de don José Francisco Alcorta, el abuelo materno de Guillermo y de Pancho. La historia de don José Francisco era típica, a fin de cuentas, de los años del parlamentarismo chileno, los años en que habían crecido nuestros padres y cuyos valores, por consiguiente, transmitidos en el seno de las familias, mamados con la leche materna, habían determinado nuestra formación. Había que concluir que éramos hijos del fuero parlamentario, del cohecho, de los privilegios caciquiles, y nuestra rebeldía se manifestaba en un espíritu de destrucción y autodestrucción, una exasperación anárquica, sin posibilidades de acción social efectiva, puesto que se basaba, en el fondo, en el desprecio, en un desdén clasista que llevó a Silverio a la encrucijada de esa tarde en la playa del Pirata, en las primeras ondulaciones de las dunas del sur, junto al árbol seco. En él se produjo, por el hecho de tocar los límites, un vuelco de noventa grados (aunque quizás, visto de cerca, ese vuelco no fuese más que otro matiz de la misma realidad, una nueva y engañosa máscara), pero nosotros continuamos encadenados al mismo banco, obnubilados, cómplices y víctimas del mundo que nos había parido. Pues bien, don José Francisco, que carecía de fortuna, que vivía de ingresos más bien modestos de la abogacía y el periodismo, además de la renta de unas casas viejas en Santo Domingo abajo, caserones heredados de la familia de su madre y que por el año veinte, cuando Eliana era muchacha, habían decaído a la condición de conventillos (en el fondo de uno de esos callejones, secreto celosamente guardado por don José Francisco, contaban las malas lenguas que vivía Luisito Grajales: por eso nunca daba otras señas que el Club de la Unión y por eso gastaba toda su plata en papeles para cartas y tarjetas de visita, en ropa y en ramos de flores), había sido en su juventud un destacado revolucionario contra Balmaceda, un parlamentario brillante, conocedor de las más avanzadas doctrinas constitucionales y económicas de su época. Don José Francisco había creído a pie juntillas, inspirado en teorías inglesas, que todos los males de Chile provenían de los excesos del poder ejecutivo, un poder que prodigaba las prebendas y los cargos públicos a fin de mantener el dominio de las conciencias, y que emprendía, antes de contar con el financiamiento adecuado, obras que la pluma de don José Francisco, en esos años de ardor juvenil, fustigaba con el adjetivo de faraónicas, precipitando así, con ese irresponsable manejo, el déficit fiscal y su secuela inevitable, la desvalorización de la moneda. Esta política constituía, según los apasionados alegatos de don José Francisco, un acto alevoso de traición a la confianza de los ciudadanos, un atentado contra el Ahorro, de manera que aquella sacrosanta virtud, británica por excelencia, resultaba castigada en la práctica por la misma autoridad cuyo deber consistía en protegerla y recompensarla. ¡Es una burla, honorables colegas! ¡Un verdadero escarnio! Por eso, llegado el momento, cuando todos los caminos pacíficos se habían revelado agotados y cuando se había visto que la hidra de la tiranía extendía sus tentáculos desde el palacio de la Moneda, manejada por la mano maquiavélica del Champudo y apoyada en el pueblo ignorante, en la demagogia, en los advenedizos del más variado pelaje, en una turbia mezcla de siúticos y hampones, no había quedado más remedio que levantarse en armas.

Primero estuvo escondido en un fundo de los alrededores de Santiago, dentro del recinto de un parque donde había flamencos rosados y gigantescas tortugas y donde un servidor libre de toda sospecha, instalado en el mirador de las casas, tocaba una campanilla cada vez que se avistaba un destacamento de a caballo, de manera que el joven diputado y los demás hombres corrían a esconderse en una galería subterránea, un socavón al que se entraba por un hueco del muro disimulado detrás de unos arbustos, colocando los pies adelante y deslizándose para adentro con todo el cuerpo, operación que un día había resultado imposible y les habría costado la cárcel, si el destacamento gobiernista se hubiera detenido a realizar su inspección habitual, porque Viterbo Echazarreta, el tonto de la familia, había metido primero la cabeza y se había quedado atrapado, pataleando en el vacío y lanzando sofocadas peticiones de socorro.

¿Por qué tienes que esconderte tú, so imbécil?

¡Porque también lucho contra el tirano!, había dicho, irguiéndose, arreglándose los cabellos y ajustándose la chaqueta, muy digno, Viterbo, a pesar de que no se le conocía más actividad que la de cantar en la iglesia del fundo, aprovechando su voz no mal timbrada de capón (se decía que las verijas no le habían bajado), y la de comer todo el santo día, sacando fruta de los árboles o comiendo paltas o castañas fuera de las horas en que correspondía pasar al comedor y comer la entrada, la sopa y los tres o cuatro guisos de costumbre, sin contar los postres y frutas. Hasta que don José Francisco, cansado de la inacción, había podido escapar a Valparaíso vestido de huaso, un huaso muy buenmozo, como habían comentado las señoras, acompañado de un muchachón del fundo y provisto de un buen caballo de remonta, y embarcarse en un carguero inglés, seguido por el muchachón, que al parecer le había tomado el gusto a la aventura, al Norte, donde se habían incorporado de inmediato, dispuestos a comprar su libertad a tiro limpio, al ejército congresista, don José Francisco en calidad de oficial y el muchachón al cuidado de los caballos, dado que en el fundo, al igual que Lautaro, había sido desde su infancia mozo de caballerizas.

Después de la batalla de la Placilla, en la que don José Francisco tomó parte como oficial de Estado Mayor, junto al coronel Canto (en la familia se conservaba una gorra de color azul y negro, con ribetes dorados, que Guillermo había visto durante largos años en el sitio de honor de una vitrina convexa, junto a unas medallas renegridas, y que después había desaparecido y reaparecido un día, en el bar de César Augusto, en la confusión de una borrachera colectiva, sobre la cabeza mareada y desmelenada, de ojos encendidos como faroles, de Pancho), don José Francisco entró a Santiago en triunfo, en medio de la euforia de los pobladores, cuando aún se desconocía el paradero de Balmaceda y cuando ya el general Baquedano, con mano de hierro, había reprimido los saqueos. El 20 de septiembre, en el Club Hípico, entre la cuarta y la quinta carrera (el almirante Montt, con la banda tricolor terciada al pecho, acababa de hacer su aparición en la tribuna presidencial y agradecía los aplausos del público, saludaba a diestra y siniestra con una sonrisa, por fin habíamos recobrado nuestras libertades, gobernaba la gente decente, las señoras, que se habían pasado los dos últimos años con el gesto agrio y la coquetería depuesta, habían sacado a relucir sus mejores joyas), Luisito Grajales, que en esa época no pasaría de los quince años y era un joven pecoso, flaco, de nariz respingada, hijo único de madre viuda, que se metía en todo, lo sabía todo, hablaba con todo el mundo, parecía estar en todas partes, igual que Tiburario, el loco, le dijo: ¿Sabes la noticia? Balmaceda se suicidó ayer en la tarde, en una buhardilla del último piso de la Legación Argentina. Se pegó un tiro en la sien.

¡Por Diosito santo!, exclamó una señora, persignándose, y don José Francisco movió la cabeza, profundamente pensativo.

En las carreras del 20 de septiembre del año 92, don José Francisco, todavía joven diputado, le confesó a Luisito que ahora veía las cosas bajo un prisma bastante diferente, ¡bastante diferente! ¡Yo también!, exclamó Luisito, y abrió muy grandes los ojos, decidido a no perder palabra de la explicación de don José Francisco. Pues bien, aunque fuese doloroso decirlo, la guerra civil, con sus miles de muertos, no había resuelto nada. ¡No exageres!, dijo Luisito, plantándose en sus dos pies, de manos en las caderas, con esa característica expresión con que lo había plasmado Mundo en el rincón de una caricatura de grupo, entre panzudos caballeros y señoras de sombreros de largas plumas y adornos frutales. ¡Nada!, replicó, tajante, el joven diputado. El despilfarro y el desorden administrativo seguían viento en popa. La burocracia crecía como un cáncer. El ejecutivo había perdido toda autoridad, ¿y quién lo reemplazaba, quién era capaz de imponer un mínimo de orden, un grano de cordura en el aparato del Estado? En lugar de los excesos del poder central, padecíamos los abusos de las facciones y de los favoritismos, infinitamente más costosos y estériles. Si continuamos así, había advertido desde las columnas de la prensa diaria la pluma de don José Francisco, que en esos tiempos, según opinión unánime, había alcanzado su estilo más incisivo y maduro, nos encaminaremos a un suicidio nacional a escala progresiva.

Palabras apocalípticas, comentaría el propio don José Francisco bastantes años después, citándose a sí mismo, en vista de que ya no había jóvenes que desenterraran los archivos, que hurgaran en las páginas aleccionadoras del pasado, los jóvenes sólo aspiraban, ahora, a brillar en los salones, a ganar dinero rápido, sin mayor esfuerzo, pero que han resultado, por desgracia, proféticas. Y se ponía a hablar, sacudido por la indignación, del último baile de sociedad, donde se habían arrojado millones por la ventana, en un derroche de lujo que constituía literalmente un escándalo, ¡un escándalo! (y al que Eliana había asistido con un traje de baile simple, blanco, y el collar de perlas y el anillo de brillantes que habían pertenecido a su madre, pero en los zapatos, en el corte del vestido, en la cartera, el ojo experto calculaba en fracciones de segundo el limitado, aunque digno, pasar de don José Francisco, un factor invisible que parecía envolver de pies a cabeza la figura de Eliana, de modo tal que su belleza, su nuca impecable, sus cabellos y ojos oscuros, perdían imperio, se transformaban en una belleza arrinconada, desteñida, bañada en un aura tristona).

En esos años, cuando Eliana tenía dieciocho, y ya un mal

incurable del estómago, persistentes dolores y hemorragias, habían llevado a su madre a la tumba, empezaba a resultar evidente que las ambiciones de don José Francisco, que en sus años juveniles, cuando recibía el aplauso ocasional de sus lectores, incluso en cartas al Director del periódico, o cuando sus alegatos suscitaban comentarios elogiosos en los pasillos de los Tribunales de Justicia, o en los momentos en que se decidía la suerte de la batalla de Concón en la otra orilla del río, entre el humo y el olor de la pólvora, daban la impresión de que lo llevarían a los destinos más altos de la República, quizás a la Presidencia misma, ¡por qué no!, habían sido frenadas, quizás frustradas para siempre, por la entrada en escena de políticos más fríos, horros de lecturas de Macaulay, Herbert Spencer, Anatole France o la *Revue des Deux Mondes*, menos escrupulosos que don José Francisco, pero incomparablemente más astutos y audaces, primero la macuquería criolla de un Barros Luco y después la desaforada demagogia de un Alessandri, que había irrumpido como un alud en el primer plano del escenario político, a rompe y rasga, haciendo tabla rasa de todas las prevenciones y de las etiquetas vetustas, de los apolillados formalismos.

Hay que añadir que don José Francisco, para colmo, pagó un tributo demasiado caro a su admiración por Inglaterra, porque al comienzo, cuando el Gringo Williams, recién llegado a Chile, había empezado a cortejar a Elianita, que entonces tendría unos veinticuatro años y provocaba en todos los que la veían una sensación precisa de desencanto, de que ya la hubiera dejado el tren, a pesar de que era en esa época, según concordantes y variados testimonios, una morena bastante buenamoza, más bien gordita, de formas redondeadas, no lo quiso admitir en la casa: le habían contado que no hacía más que dormir en el día y jugar grueso en las noches, en las mesas de póker del Club de la Unión, con una mano, eso sí, y una suerte pasmosas, pero la racha no podía ser eterna, y el jugador, el especulador, además del politiquero, del traficante de influencias, eran los caballos de batalla de la columna de don José Francisco, los chivos emisarios de sus filípicas, sus muletillas recurrentes, de modo que poquísima gracia le hacía incorporar a uno de ellos a su familia, aun cuando tuviese automóvil propio, ¡en esos años!, un espléndido Marmon azul rey que cruzaba las alamedas del Parque Cousiño a cincuenta kilómetros por hora, ante los ojos desorbitados de los mirones, y usara los trajes de colores más audaces y corte más moderno que se hubieran usado en Santiago hasta la fecha; pero amigos oficiosos, capitaneados por Luisito Grajales (que a la sazón debía de andar por los cincuenta años, ya que esto ocurría en los meses iniciales de la dictadura del Caballo Ibáñez, pero seguía, con su cara pecosa, sin arrugas, medio lampiña, y su cuerpo enjuto y pequeño, de jockey y con algo, también, de mono tití, representando veintisiete), a quienes el Gringo astuto había sobornado con algunas copas en la vara del Club y vagas promesas de negocios en que pienso pedirte ayuda, Luisito, le insinuaron a don José Francisco que la Elianita, pese a su juventud, a su encanto indudable, no podía seguir saliendo en sociedad sin mosquearse, sin desprestigiarse, ya no recibía, por ejemplo, tarjetas de invitación para los bailes de estreno, ya las tarjetas habían empezado a escasear en las orillas del espejo del cuarto de baño, aparte de que la fama de majadero que rodeaba gradualmente a don José Francisco, economista teórico, incapaz de administrar con éxito ni siquiera sus pocas acciones del Banco Hipotecario y sus cuatro destartalados caserones, envolvía a Eliana en su red maléfica (cuando adquirías una reputación determinada, en esos años, te perseguía como una sombra por el resto de tus días. ¿Y no es igual ahora?, preguntó el Gordo), y casi lo convencieron de que no te equivoques, el Gringo es buena persona, muy trabajador y busquilla, si le gusta jugar una manito de póker en las noches, una pasadita por las mesas del Club, lanzar unos pesos encima del tapete, que suyos son, al fin y al cabo, ¿qué tiene de particular? Es lo menos que puede hacer un hombre soltero. Otros se emborrachan, o se pasan la vida en burdeles, en casas de remolienda...

A don José Francisco le habían soplado al oído, en esos días, que en la Moneda existía el propósito de mandarlo al destierro, su nombre figuraba en una lista de puño y letra del Caballo, a menos que moderara sus ínfulas de plumífero de la oligarquía financiera, como se había permitido calificarlo un periodistillo a sueldo de la Secretaría de Gobierno, y él, que no disponía de rentas que le permitiesen vivir tranquilamente en Buenos Aires o en París, como muchos de los demás desterrados, había bajado insensiblemente el diapasón de sus filípicas, admitiendo que el Caballo, después de todo, por bestia que fuese, introducía un principio de orden, un mínimo de disciplina, factores que él siempre había estimado indispensables para la salud del país, y cuando William Williams, en su primera visita a la casa, le comentó que la democracia parlamentaria funcionaba perfectamente en Inglaterra, donde había requerido de una práctica previa de mil años, ¡mil años!, pero un país de indios y de raíces españolas como Chile necesitaba, nos guste o no nos guste, mano firme, don José Francisco, que se desengañaba desde hacía largo tiempo, con indecible tristeza, de la ilusión de que Chile fuese la Inglaterra de América del Sur, pensó que el Gringo, a pesar de la extravagancia de su vestimenta, no parecía tonto, y tampoco demostraba, había que reconocerlo, malas intenciones, y además, considerando que su hija estaba medio chiflada por él, que en sus ojos había una luz nueva, un destello que podía presagiar peligrosas locuras, desenlaces inesperados, quién le mandaba a él oponerse, los tiempos, al fin y al cabo, habían cambiado con una celeridad vertiginosa...

¡Por supuesto!, exclamó Luisito Grajales, aplaudiendo, y después, en plena vara del Club, contó que por fin había convencido al mañoso de José Francisco, ahora merezco un buen trago, ¿qué pretendía el viejo pedante, entonces, para su hija?, ¿el duque de Windsor? ¡Ja, ja, ja! Pero por fin había entrado en razón, el muy porfiado.

Las crónicas mundanas dijeron que el matrimonio de la señora Eliana con el Gringo Williams había andado mal desde la mismísima luna de miel. Así se dijo. Se sabe que la señora Eliana y el Gringo partieron a las Termas de Cayencura, a unos trescientos kilómetros al sur de Santiago, en el Marmon azul. A nadie se le había pasado por la cabeza, y menos que nadie a don José Francisco, que se preparaba, después de la agitación de las fiestas matrimoniales, para escribir una serie de artículos sobre la suplantación del salitre como industria exportadora, que en las Termas, y más que nunca en esa época de primavera, se armaba cada noche un póker de aquéllos, una de esas timbas que hacían volar plumas. Parece que el Gringo, que tomó las cartas desde la segunda noche, empleó sus tácticas habituales, procedimientos que en las mesas del Club de la Unión le habían dado resultados excelentes, y a fines de semana había conseguido despelucar a unas cuantas viejas y a un ex Ministro de la Corte de Apelaciones de Talca, un anciano alto y calvo, de huesos craneanos protuberantes, apellidado Valverde, a quien las habilidades del Gringo en el manejo del naipe, en las astucias del blufeo, no hicieron ni pizca de gracia: ¿hará trampa?, pero, ¿cómo?, ¿o es que juega con la cabeza fría, como profesional del póker, mientras que uno...? El ex Ministro se rascaba la protuberante coronilla y observaba al extranjero de reojo, inyectados los ojos de mala sangre. Habría que hacerle una parada en seco, murmuraba, acercándose a los jugadores más gruesos, que en esa zona tenían la costumbre de hacerse los lesos, los caídos del catre o de la luna, con sus pantalones grises raídos, sus zapatones embarrados, sus chaquetillas blancas de huaso, y la señora Eliana, en un vestido vaporoso, de amarras de tul en la cintura y gran sombrero de paja, aspiraba a todo pulmón el perfume de las flores, de los crisantemos y azahares, embriagada por el revoloteo de mariposas, abejorros, picaflores, matapiojos, seguía el trayecto de una chinita por la madera blanca y cuando estaba a punto de cogerla con los dedos, la chinita desplegaba sus élitros debajo de la armadura roja con puntos negros, digna de un mandarín de cuento de hadas, y desaparecía. Curiosas costumbres, las de William, se decía ella, y cavilaba que cualquier matrimonio, cualquier intimidad brusca, tenía necesariamente que implicar revelaciones, sorpresas, y con mayor razón cuando se trataba de un inglés, una persona que venía de ciudades tan neblinosas y remotas: almorzaba como un príncipe, sin reparar en gastos, detalle que por sí solo (había observado Eliana) producía inquietud, un dejo de irritación, en las mesas vecinas, dominadas por esa mezquindad tan autóctona, botellas de vino ordinario donde se colocaba, en el instante de salir del comedor, una marca de lápiz en la etiqueta, a fin de comprobar al día siguiente si no había bajado de nivel en forma indebida, por obra de algún mozo aficionado a empinar el codo, almuerzos de menú fijo, sin permitirse fantasía ninguna, jamás una incursión en las demás posibilidades de la carta, mientras William, desdeñoso y a la vez extrañamente insensible al ambiente, recorría la nómina de los Burdeos, pedía una media botella adicional para regar los quesos, protestaba por la mala calidad del café, y luego, sumergido en el fondo de las sábanas de hilo, con piyama de seda, persianas corridas a machote y tapones en los oídos (la llamaba para que se tendiera junto a él, ¡desnuda!, y ella obedecía roja de vergüenza, puesto que le habían enseñado obediencia y respeto, pero nadie le había dicho que esas cosas pudieran hacerse todas las tardes, un día tras otro, y en posiciones tan caprichosas y variadas; felizmente las persianas creaban una oscuridad muy profunda y ella, después de las dos copas de vino francés, estaba un poco ebria, ida, pero antes de casarse creía que eso se hacía una o dos veces por año, ¡máximo!, y además, en la misma posición siempre: las monjas incluso le habían aconsejado, en unos solemnes días de retiro anteriores a la salida del colegio, meditaciones destinadas a preparar a las niñas, a las que no habían revelado vocación de monjas, para la vida, que cruzara las manos sobre el pecho cuando llegara la ineludible ocasión, cruzara las manos y pensara en el mandato divino de procrear y educar a los hijos, consejos que ella, que a través de las revistas y de las novelas francesas se había formado una mente bastante más moderna, ante las protestas de Marujita Gómez, que se empinaba, erizada como un gallito de pelea, por supuesto que no seguiría), dormía una siesta larguísima, hasta las ocho o nueve de la noche. Al despertar leía los diarios sentado en la cama, apoyada la espalda en los edredones, con toda calma, de anteojos montados en la punta de la nariz, y luego venía el gran baño de tina con sales y jabones de lujo, escobillas importadas de diferentes grosores, esponjas, y sábanas de baño gruesas, blancas, recién salidas de la lavandería. En seguida, en contraste con los colores vistosos de la mañana, se vestía de estricto gris oscuro, corbata gris perla, un toque maestro al pañuelo blanco, una gota de colonia, y comía con regularidad de reloj un pedazo de jamón, un huevo duro condimentado con una pizca de sal, dos quesillos, una manzana y una taza de té. Llegaba a las mesas de póker cerca de la medianoche, fresco cual una lechuga, y encontraba a los demás jugadores, a los parroquianos antiguos de aquella sala, ajados, con varias copas en el cuerpo, enervados por el cansancio y por el humo. No permitía por ningún motivo que la señora Eliana lo acompañara, me traes la getta, le decía, tajante, sin mayores explicaciones, y ella permanecía en su habitación, sumisa, leyendo revistas atrasadas, novelas policiales inglesas desencuadernadas, y aburriéndose a muerte, comiéndose las uñas y los pellejos de los dedos hasta sacarse sangre, ¡qué diría mi padre si supiera!, ¡ojalá que gane de nuevo!, escuchaba la música y esbozaba unos pasos de baile, tarareaba Parlez moi d'amour, esa tarde el Gringo había tenido el capricho, en la penumbra listada por las rendijas de las persianas, de colocarla en posición normal, y ella, cuando el Gringo estaba encima, había sentido una vibración que se reproducía en ondas concéntricas, en lo más profundo de su cuerpo, y que se había interrumpido porque William, después de eyacular su semen, se había levantado, glacial, había ido al baño a limpiarse y a los tres segundos roncaba, dándole la espalda, mientras ella despertaba de un extraño sueño diurno en el que había proferido lamentos de placer y entrecortados, inverosímiles gritos. William cruzaba el umbral de la sala de juego con agilidad de pantera, sin dejar de captar, complacido y frío, la admiración que suscitaba en las señoras, menos disimulada mientras más descalabradas y marchitas estuviesen, y la curiosidad de algún ojo sanguíneo, cazurro, acostumbrado a contar los sacos de trigo, a calcular el rendimiento en quintales por cuadra según el color y la densidad de la plantación, la intensidad del verde y la ausencia de yuyos y otras malezas, a tantos pesos por quintal, menos el costo de la trilla, los jornales, etcétera, soportando esa curiosidad y arreglándose el pañuelo de hilo del bolsillo superior, procurando escoger sin equivocarse a sus víctimas, saludando e inclinando la cabeza, muy amable, ¡tan buenmozo!, ¡qué suerte ha tenido la hija de José Francisco Alcorta!, ¡una facha de príncipe!

Lo malo, dijo Matías, es que el Gringo había hecho un error de cálculo, desorientado por la clásica tendencia a la subestimación del adversario. ¿No eran unos huasamacos de provincia, sin idea de nada? Pues bien, ¡justamente! Los hacendados ricachones que frecuentaban esas Termas, a causa probablemente del ocio provinciano, tenían en el haber muchos decenios de familiaridad con las cartas, inviernos interminables en que habían afilado sus uñas curvas, color de nicotina, sus miradas de pájaros carniceros.

El Gringo había encontrado, comentó el Pachurro Mayor, la horma de su zapato.

Fue el primer golpe certero que le pegaron, confirmé, ya que la historia del Gringo también figuraba, sin omitir detalle, en mis apuntes. A partir de ahí no consiguió reponerse nunca. En efecto, al quinto día en las Termas, la racha favorable, que jamás había encontrado dificultades con los caballeros del Club de la Unión, tuvo su primer tropiezo grave. Don Modesto Urtaín, un hombre bajo, enteramente calvo, de cabeza rectangular y huesuda y expresión terca, que no se quitaba jamás el pucho amarillento de la comisura de los labios, examinando las cartas con ojos entrecerrados para protegerlos del humo, corredor poderoso de vinos y frutos del país, se convirtió en su bestia negra. Se lo encargo, le había dicho el ex Ministro de la Corte de Apelaciones, que deseaba saborear los placeres de su venganza, aun cuando fuese una venganza por mano ajena, que no le restituiría el dinero perdido, que tan sólo produciría un trasvasijo de su dinero de los bolsillos del Gringo a los de don Modesto. Pero el Gringo, amparado en la indulgencia de las señoras, a las que dirigía sonrisas y discretas zalemas, por descoyuntadas que estuviesen, poseía nervio, audacia, una ciega confianza en su buena estrella, amén de un talento indudable, ¡cualidades de líder, que en otro ambiente habrían podido engendrar otros frutos!, y al día siguiente de haber tocado fondo, cogido entre las tenazas férreas del corredor de vinos, se presentó en el comedor vestido de pies a cabeza de blanco, zapatos blanco y marrón, clavel rojo en la solapa, sonriente, y pidió, sin hacer caso de las protestas de la señora Eliana, ¡te prometo que el champagne me da dolor de cabeza!, y ella aún no sabía que el Gringo había perdido hasta el último centavo, un botellón de la Viuda Clicquot, ¡nada menos! A medianoche, frente a la mandíbula impávida y a las manos de acero de don Modesto, el ojo izquierdo esquivaba los espirales de humo, el derecho examinaba el naipe y cavilaba, se daba un poco de tiempo, la mala racha del Gringo, recién bañado, perfumado, cual repollo de fresco, ¡y tan buenmozo! (según las compasivas señoras), prosiguió sin alteración alguna, cartas monótonas en su mediocridad, blufeos inútiles, que don Modesto cazaba al vuelo, como los mastines encadenados cerca de los gallineros, cazando moscas a la hora de la siesta. El ex Ministro de la

Corte de Apelaciones de Talca, incapaz de contener una sonrisa de triunfo, aun cuando sabía perfectamente que el dinero ya no retornaría a su bolsillo, observó que el reloj de la pared marcaba las dos y siete minutos de la madrugada en los momentos en que el Gringo, sin que se le moviera un pelo, se ponía de pie, sacaba de un bolsillo del chaleco la llave del Marmon azul, se la entregaba a don Modesto, que en buena lid, gracias a un impecable full de reinas, había ganado el rutilante vehículo, se despedía de la concurrencia, que durante las últimas jugadas había guardado un silencio casi religioso, con su cortesía habitual, esa noche algo más distante, más impenetrable que de costumbre, daba después, observado con intensa curiosidad y todavía en silencio desde el interior de la sala de juego, un paseo por los senderillos bordeados de flores y arbustos, por los puentes colgantes sumidos en la sombra y donde el ruido del agua se destacaba apenas del silencio, contemplaba el cielo estrellado desde una de las glorietas neoclásicas, diciéndose que nunca en su vida había encontrado un hueso tan duro de roer, justo era rendirle homenaje, él había incurrido en el más craso de los errores de táctica, ¡el menosprecio!, y regresaba a la habitación donde Eliana, cansada de esperarlo, se había dormido con el libro abierto y la luz del velador encendida. A la mañana siguiente, después de haber fornicado y de haber reparado fuerzas con un sustancioso desayuno, mientras Eliana se maquillaba frente al espejo empañado del baño diciendo ¿qué será de mi padre? ¿no habíamos quedado de volver a Santiago a mediados de esta semana?, el Gringo había levantado la vista del periódico de la capital de la provincia, mal escrito, plagado de erratas, fiel reflejo, no obstante, de la mentalidad de los señorones que lo habían desplumado, que leía con las gafas caladas en la punta de la nariz, y había dicho:

Vas a tener que llamar por teléfono a don José Francisco.
¿Para qué?
Para pedirle que nos pague la cuenta y nos mande los pa-

sajes de regreso.

¡Cómo!

Ella se asomó desde el cuarto de baño, en enaguas, con el lápiz labial suspendido en el aire, cerca de la boca redonda, y una expresión extraña, una sonrisa forzada que se transformaba en una mueca, por qué me haces bromas tan desagradables...

¡Pobre Eliana!, exclamó Marujita Gómez: No tuvo más remedio que llamar a don José Francisco y pedirle la plata.

Al viejo casi le dio un infarto, dijeron. A los quince días de luna de miel, todos sus temores del primer momento quedaban rotundamente confirmados.

Yo intervine de buena fe, protestaba Luisito Grajales, poniéndose intensamente rojo. Al fin y al cabo, a la Eliana la había dejado el carro, y sin fortuna... ¡Qué quieren ustedes!

Eliana miró a William con expresión de miedo. Después quiso contarle a Marujita, pero llegado el momento tampoco se atrevió a contarle: la confusión, el remordimiento, permanecieron empozados en su pecho, sin salida. Don José Francisco, cubiertos los hombros por una chalina gruesa y larga, puesto que era de noche, había refrescado mucho, la esperaba en el andén casi desierto de la Estación Central, en compañía del infaltable Gervasio, el chofer, que había entrado al andén para ayudar a trasladar las maletas. Después de internarse bajo las altas bóvedas de hierro, lentamente, despidiendo silbantes columnas horizontales y verticales de vapor, el tren se detuvo, por fin, con un leve remezón y un quejido sucesivo de sus goznes, y ella, que soportaba en el corazón una carga que apenas le permitía respirar, sacar el habla, reunió fuerzas, sin embargo, para hacer señas con la mano desde la ventanilla, sonriendo un poco, señas que fueron captadas primero por el asmático Gervasio con expresión de auténtica y alegre sorpresa: su enorme boca se abrió, sus grandes orejas retrocedieron, y entre los afiches de Cinzano, Aliviol, los puestos de periódicos cerrados a esa hora tardía y las gorras rojas con un número en bronce de los cargadores, apareció la doble hilera de sus dientes, de tamaño y color caballunos. Don José Francisco, entonces, también la divisó. Los divisó, mejor dicho. William, con desconcertante tranquilidad, se arreglaba los puños de su camisa, abría la tapa de oro con dibujos en filigrana de su reloj de bolsillo, daba un toque a su pañuelo de hilo blanco y bordes azules, todavía fresco, a pesar de la hora, de lavanda, otro toque a la opulenta corbata. Con una sonrisa algo incómoda, don José Francisco se detenía frente a la ventanilla y saludaba. Eliana ya lo había notado pálido, roído por el intenso disgusto, la humillación de su vida, pero dispuesto, a la vez, a guardar las apariencias a toda costa, William, les gustara o no, había entrado a la familia, no había nada que hacer, y este descubrimiento le produjo a Eliana, a pesar de todo, el primer destello de alivio de todas las últimas horas. Propinó un sonoro y apasionado beso en las mejillas resecas de don José Francisco.

¡Hola, Gervasio!

¿Cómo está usted, William?, dijo don José Francisco, dándole la mano.

Esa misma noche, frente a la servilleta arrojada junto a una taza de café vacía, Eliana, tragando saliva, le preguntó a William que cuándo pensaba pagarle a su padre.

¡No puedo pagarle ahora, a las tres y media de la madrugada!, protestó William, levantando los ojos al techo.

Sí, dijo Eliana, pero, ¿cuándo?

¡Hasta cuándo jodes!, exclamó William, tomándose la cabeza a dos manos.

Tenía esa manera divertida, William, de agarrar los términos chilenos con su acento de gringo, ¿te acuerdas?

Marujita Gómez observó que algunos rollos de grasa habían deformado la cintura de Eliana, años atrás de avispa, pero aún se mantiene muy bien, pensó: la gimnasia sueca de todas las mañanas, con ejercicios de cintura y abdomen, la natación desde noviembre hasta fines de marzo en el mar frío, de donde emergía sacándose la gorra con un gesto de mareo y entumecimiento, sin habla, entrecortada la respiración... Si hubiera sabido olvidarse del Gringo, y si no fuera tan hija de familia, podría, se dijo Marujita Gómez, pero...

¡No es más que un Gringo fresco, Elianucha! ¡Sácatelo de la cabeza!

¡Tienes razón!, dijo Eliana, con un encogimiento de hombros, haciendo burrrrr con los labios, y arrojó la gorra de baño a la arena. Ya sentía un poco menos de frío. Observó, bajando los ojos, que sus pantorrillas continuaban más o menos bien, redondeadas y firmes, pero que las rótulas le sobresalían más que antes, como si le hubieran crecido los huesos. El doctor Varas Saavedra paseaba por el malecón y hacía ademán de saludarla, le sonreía. Una vez, al regreso de una sesión de bridge, había tratado de besarla en la puerta de su casa y ella se había resistido, terriblemente alterada, había subido las escaleras con palpitaciones y se había pasado toda la noche despierta, insomne, o soñando extrañas y pegajosas pesadillas. Al día siguiente, despierta, sentía que todo el mundo deambulaba en libertad, feliz de la vida, flexibles y ágiles los músculos, distendidos los rostros, y que ella, en cambio, se hallaba encerrada, en virtud de una fatalidad incomprensible, en una telaraña de hilos de acero, una prisión absurda, invisible para los demás, sólo perceptible en el trasfondo de palidez de su rostro, en su mirada suavemente opaca, melancólica.

¡Burrrrr!, dijo, y dio pequeños saltos para entrar en calor. Pancho, con los brazos extendidos a manera de alas, volaba entre los cuerpos tostados de los veraneantes, descendía en picada, con todos los motores empleados a fondo, giraba junto a la línea extrema de la espuma, espantando las gaviotas, y por la boca sus ametralladoras escupían fuego, derribaban al Stuka que se había colocado en su mira.

VIII

LAS NOTICIAS que le llevaron a la playa no eran para menos.

¿Podría explicarse mejor?, preguntó el Secretario, levantando la vista detrás de los gruesos anteojos.

Quiero decir, tartamudeó Sebastián, y después, de puros nervios, dijo, pedí permiso para ir a pegar una meadita. El Secretario le hizo un gesto al cancerbero de cara bovina, que dormitaba debajo del retrato de cuerpo entero de uno de los Presidentes, ya que la puerta de madera disimulada en los muros señoriales conectaba con una segunda puerta, hecha esta vez de fierro macizo y cuyas grandes aldabas rechinaron al abrirse. Era otra Corte sombría, laberíntica, traspasada por la humedad, llena de ratas y de piojos. Yo no podía creer, dijo Sebastián, que Silverio estuviera encerrado en una de aquellas celdas, pagando por lo que había hecho hacía pocas semanas en las dunas, en una época que ahora se había hundido en una bruma completamente legendaria, a pesar de que había transcurrido tan corto tiempo. Ya se había sabido que los mongovinos, en estado de movilización general, secundados por los campesinos de los alrededores y contando con la descarada ayuda de don Benedicto Cáceres Olaechea, que había saboreado los placeres de la venganza por la antigua humillación que le había inferido Silverio el Viejo, habían invadido la Punta con tres camiones, habían ocupado la playa durante más de seis horas y allí habían hecho sus picnics, habían tomado sus chuicos de vino y bailado sus cuecas, con gran jolgorio, convirtiendo la playa en un chiquero, observados desde sus ventanas, con lágrimas de impotencia, por los pocos veraneantes que quedaban en la segunda semana de marzo, y en medio de la indiferencia de los comerciantes y de los pescadores, de la actitud enigmática y contemplativa, quizás regocijada en su fuero interno, de César Augusto. ¡Era el ciclo de la decadencia, iniciado, sin que nos diéramos cuenta, en el campo de batalla de las dunas, hacía pocos días, y que ahora empezaba a manifestarse!

A todo esto, en el interior del laberinto, los presos de ojos brillantes y cabezas rapadas, grises como el color de las ratas, se agolpaban contra los barrotes para mirar al adolescente sonrosado, de expresión tensa, que ponía una pierna delante de la otra, como un autómata, mientras el carcelero rechoncho hacía sonar el manojo de llaves contra los muslos.

Ahí, me dijo, señalando una canaleta que resumía los orines, la densidad amoniacal de todo el puerto, entre moscas borrachas, ruidos obscenos, voces roncas que traspasaban los muros.

Hacía una semana, cuando Silverio, aconsejado por Antolín y frente a la resignación de misiá Eduvigis, había decidido entregarse, los presos del patio del fondo, el que remataba el círculo final de aquel infierno escondido detrás de las cariátides de la Corte de Apelaciones de Valparaíso, se habían detenido un momento, con la pelota de trapo en los pies, y habían observado de soslayo al pije grandote, de ojos azules y pelo rubio enmarañado, que había llegado esposado hasta una celda donde los débiles pasos y los imperceptibles quejidos de las ratas no abandonarían su compañía y que, antes de ingresar al recinto oscuro, había puesto dócilmente las manos para que le quitaran las esposas.

Ahí empezó a producirse, anoté años más tarde, horas después de un encuentro casual con Silverio, su transformación. A partir de esos primeros momentos de meditación en la sombra. La oscuridad caería temprano y él se quedaría despierto, mirando el patio iluminado por la luna, escuchando la lejana fiesta en los cerros de Valparaíso, imaginando el bombo incansable del Siete Espejos, a cuya sala de baile solía llegar en patota en tiempos mejores. Se diría a sí mismo que Antolín se había portado noblemente, guiado por su sabiduría popular y antigua, y que los amigos de su clase, en cambio, en la noche de la cuchillada, se habían corrido. A él le había bastado con ver las miradas huidizas, las risitas forzadas. Se te anduvo pasando la mano, viejito. ¡Qué mala cueva!

Al tercer día, después del interrogatorio, el juez le dijo que lo dejaría en libre plática. Misiá Eduvigis, en su primera visita, conversó con él largo rato, en una voz ronca y lenta. María Eduvigis, que había acompañado a misiá Eduvigis en esta primera visita y que miraba a su hermano encarcelado con aparente naturalidad, aunque con una fijeza, pensaba Silverio, reveladora de lo que le pasaba en esos momentos por la cabeza, el hermano con el que ella había crecido, con el que había transcurrido su adolescencia en las tierras de Mongoví, entre rejas, entre delincuentes y piojos, de manera que las barrabasadas juveniles habían terminado, tal como vaticinaban algunos, mal, dijo de pronto: ¿Sabes que se acaba de morir don Marcos?

¡Don Marcos!

Sí, confirmó misiá Eduvigis, y Silverio se quedó pensativo, como si la desaparición de don Marcos señalara el comienzo de la desaparición de la Punta, un proceso en que la tierra de la Punta empezaría a deslizarse por un embudo hacia el vacío, en forma lenta pero inexorable.

¡Por la puta!, exclamó Silverio.

¡No digas groserías!, protestó misiá Eduvigis, molesta, y María Eduvigis agregó que no había motivo para convertirse, más encima, en un roto.

El caso era que él estaba en la cárcel y don Marcos había

pasado a ocupar el sitio que había preparado para sí mismo en un rincón de su jardín, debajo de la pesada lápida de piedra, un sitio que Silverio sólo podía concebir hueco, lleno de aire, flatulencia retórica bajo los pinos aquejados hacía ya varios años por esa peste rojiza que les chupaba la sangre.

El tajo, sin embargo, dijo el Secretario, era bastante grande. Faltaron pocos milímetros para que no despachara a la víctima al otro mundo.

Sí, le había respondido Sebastián al Secretario, tratando de defender, como explicaría más tarde, al pobre Silverio, pero el señor Molina actuó en defensa propia. Eso fue lo que yo vi, al menos.

El Secretario, en lugar de sonreír ante la terminología jurídica que utilizaba el joven imberbe, inclinó la cabeza, se caló sus anteojos y empezó a examinar de nuevo los papeles.

La verdad es que siento la muerte de don Marcos, dijo Silverio, rascándose la coronilla. A pesar de que lo del empujón fue una maricondada suya.

Misiá Eduvigis lo miró a los ojos y Silverio adivinó que ahora, por primera vez, no le creía. La cárcel, por arte de magia, había hecho que todas sus palabras, presentes y pasadas, estuvieran desprovistas de solvencia. Pronto, gracias a la amistad de don Alejandro Fierro con el Ministro de Relaciones Exteriores de González Videla, consiguieron trasladarlo a Santiago, al anexo de Capuchinos. Misiá Eduvigis llegaba de visita y se asombraba del parecido entre la voz que resonaba en la galería vacía, cuyas tablas se veían iluminadas por un sol de finales de invierno, y la de Silverio el Viejo: un vozarrón cascado por la humareda de las timbas, por el abuso de los aguardientes de sesenta grados, aun cuando en el Viejo hubiera intervenido un factor adicional, el infinito goce del poder sin trabas de conciencia, sin complicaciones morales: voces de mando que retumbaban en las bodegas, gritos a los inquilinos desde la torre donde los enfocaba con un catalejo de almirante y los sorprendía, más de alguna vez, durmiendo debajo de un sauce, despatarrados, panza arriba, con la cara vinosa tapada por la chupalla, ¡rotos sinvergüenzas!, a esos indios había que mantenerlos con la rienda muy corta; factor que en el hijo no había entrado en juego, puesto que Silverio, a pesar de sus acuciosos estudios agronómicos en la universidad, estudios que le habían permitido nombrar con términos científicos las diferentes partes de una espiga de trigo o de una mata de cebolla, ante el entusiasmo y a la vez la disimulada confusión del Viejo, que sólo distinguía el trigo del maíz y la cebolla de la zanahoria por haber convivido con trigales, maizales y plantaciones de cebollas, zanahorias, tentaculares guías de alcayotas y zapallos, desde su más tierna infancia, crecido en sabiduría y fuerza entre sus brotes y el olor de la tierra de migajón recién regada, esponjosa, o frente a la acumulación de sus granos resecos, o por haber visto y haber participado en el desentierro de sus tubérculos, había abandonado las responsabilidades de la Administración (¡Ya me lo decía yo!, protestaba el Viejo, hundiendo el cuchillo en el jugoso corazón de la sandía y después dividiendo, sacando la impecable tajada: ¡Tanto estudio, tanto terminacho, nunca conduce a ninguna parte), cosa que sin duda había terminado por llevarlo, ¡menos mal que tu padre no vivió para verte ahí!, a ese maloliente y vergonzoso recinto.

El gendarme obeso y lampiño se paseaba por la galería de Capuchinos con las manos a la espalda, indiferente a su declamación, mirando por encima de los muros el techo de una tienda roja, descascarada, donde los neumáticos usados se apilaban hasta la vereda. Misiá Eduvigis, después de golpear, escuchó el silencio, el vozarrón súbitamente interrumpido, el libro dejado encima del velador, boca abajo, una mirada fugaz al espejo, la botella de vino escondida detrás de la cama, por si las moscas, y luego el peso de los pies desnudos sobre las tablas.

¿Para qué te dejas barba?, preguntó ella, alejando sus mejillas del roce áspero de las púas: ¿En qué puede ayudarte?

¿Y en qué me puede perjudicar?, preguntó él, con su obcecación característica, que lo había llevado, musitó misiá Eduvigis, a ese despeñadero: puchos aplastados, fétidos, que desbordaban del cenicero e invadían la mesa, las tablas del suelo, junto al diario marcado por circunferencias yuxtapuestas de color de vino.

Si lees tan fuerte, y además te dejas esa barba, van a creerte loco.

¡Mejor!

¿Mejor para qué?

Si me declaran loco, no podrán condenarme.

Pero te mandarán a la Casa de Orates.

Silverio, pensativo, enarcó las cejas. Se estiró, bostezando como un orangután, y luego se rascó la panza.

En esos días, dijo el Gordo, leyendo poesías del *Canto General*, que circulaban en folletos más o menos clandestinos,

¡Los vendían hasta en los kioskos!, dijo el Pachurro Mayor, vigorosamente apoyado por el Chico Santana.

y documentos contra González Videla, se le habían empezado a meter en la cabeza ideas comunistoides.

Anarquistoides, dije, en un intento de ser preciso.

¡Da lo mismo!, dijo el Chico Santana.

¿Sabes?, dijo Silverio: Necesito plata.

¿Para qué?

Me ha ido bastante mal en la timba.

¿Cómo?, preguntó ella: ¿Juegan aquí?

¿Aquí? ¡Todas las noches! Y me ha tocado una racha pésima...

Deberíamos haberte dejado en la cárcel común, opinó misiá Eduvigis, y vio a Silverio el Viejo en el patio, detrás de las casas y frente al huerto de limoneros, protegido por un chupallón y examinando una baraja española grasienta, de cachimba en la boca y ojos azules, hirsutas cejas rubias, abundantes cabellos, pecas colorinas. Cada cierto rato dejaba la baraja y repartía entre los potrillos de vidrio verde oscuro, sólidos y toscos, el contenido del chuico que guardaba en el suelo, al alcance de la mano. Exclamaciones súbitas. De pronto estallaba una carcajada, o una interjección de subido calibre, y Silverio, huraño, echaba una mirada a las ventanas del segundo piso. Él no admitía groserías en presencia de las señoras, en esto era inflexible, y Pascual, el administrador, estaba nervioso porque advertía que su invitado, el empleado de la notaría de Mongoví, ignoraba esta norma y para colmo, además de incurrir en el riesgo de recibir un puñetazo, perdía plata. Al fin sucedió lo que Pascual estaba temiendo hacía un buen rato. Misiá Eduvigis apareció en el huerto de los limoneros en el preciso instante en que el mongovino exclamaba ¡por la puta madre! Silverio, con su parsimonia habitual, dejó el naipe boca abajo, pero en vez de inclinarse a recoger el chuico, se levantó a medias y de un puñetazo tiró al advenedizo a dos o tres metros de distancia. El grosero, pálido, procurando erguirse mientras las piernas se le enredaban en la silla volteada, fue inducido por Pascual a pedir disculpas, no había que irse de lengua delante de las señoras, ¿no sabía eso?, después de lo cual Silverio le sirvió un vaso de apiado para que se repusiera. Todos brindaron, haciendo bromas. El Viejo, contento, acarició en la nuca a los perros que jadeaban, con la lengua afuera, les metió la mano entre los dientes viscosos, ellos habían parado la oreja, habían adivinado el paso de una liebre o el arrastrarse de una culebra entre las zarzamoras, y se reanudó la partida.

En cada habitación del anexo de la cárcel había una ventana enrejada y excusado propio. Las duchas, al final del corredor, eran comunes, y había un comedor grande provisto de mesones fraileros y banquetas, como si hubiéramos vuelto al colegio, salvo que todos mis compañeros, contaba Silverio años después, en los Queltehues, eran huevones grandes, hediondos, estafadores, un pobre diablo que había asesinado a su esposa y que se había beneficiado de circunstancias atenuantes, cornudo hasta la pared del frente, todavía conservaba en los ojos una mirada de miedo, de inextinguible angustia; un zapatero que se había enredado en un juego de cheques y a quien su familia, que llegaba todos los domingos al patio en pleno, sin que faltara ninguno, mantenía en el anexo con gran sacrificio económico. Para la Pascua, teníamos que tallar pinitos que distribuía el Comité Nacional de la Navidad de los Niños Pobres, presidido por la Primera Dama de la República. La Primera Dama, después de cada Pascua, tenía la delicadeza de enviar una breve nota de agradecimiento a los presos, en papel con timbre de la Presidencia de la República, nota que era leída por el Alcaide a todos los reclusos reunidos en la cancha de basketball. Reflexionen un poco, decía el Alcaide al terminar de leernos la misiva, sobre lo democrática que es nuestra Primera Dama. Piensen un poco. ¿Dónde se ha visto que la Primera Dama les dirija una carta de agradecimiento a los presos, a los delincuentes comunes?

¡No somos delincuentes!, solía protestar alguna voz desde la segunda o la quinta fila. Tenemos apelaciones pendientes. Y el Choro Zambrano, aquí, acaba de presentar recurso de revisión. Así es que no prejuzgue, por favor, señor Alcaide. El zapatero hacía un gesto afirmativo con la cabeza entrecana, y la angustia en los ojos del homicida parecía precisarse.

Todos somos, comenté (¿o éramos?), medio abogados en Chile.

¡Silencio!, replicaba el Alcaide, gesticulando con la mano derecha. A ver, ¡díganme ustedes! (con su cabeza cuadrada, su pelito corto, sus ojos brillantes, su cara de mono porfiado), ¿dónde se ha visto una democracia más perfecta?

¡Ni en Atenas!, exclamaba Silverio, metiéndose las manos a los bolsillos y agarrándose los testículos, riéndose, mientras el Alcaide, inseguro, buscaba con la mirada por encima de las cabezas.

En esos días, a comienzo del verano siguiente al de la cuchillada y al de la destrucción de la estatua, misiá Eduvigis había ido a la Punta a pasar el Año Nuevo, a descansar de su hijo, y la que visitaba a Silverio los días de visita, la que le traía los encargos, los cigarrillos, libros, menestras, hojas de afeitar, calzoncillos, era la Leticia, contó el Gordo, gran especialista en esta clase de intimidades: la hija de un compadre de Antolín, si no me equivoco, una niña de los Queltehues o del Valle de las Cuncunas, que apenas conocía Santiago. Silverio bajaba al patio con un par de chales, a pesar del calor: uno para sentarse, ya que los bancos de listones verdes, como los bancos de los parques, molían el poto, y otro para taparse las piernas y correrle mano por debajo a la Leticia, que protestaba, ¡déjese!, ¡no sea cargoso!, mirando de reojo, colorada, a la numerosa familia de Fermín González, el zapatero, que ocupaba un banco vecino, y Pablo Espínola explicaba que el animal de Silverio, al cabo de tres o cuatro domingos de paciente trabajo, había llegado a tirarse a la Leticia por debajo del chal, de costado, en posición bastante incómoda, pero, al fin y al cabo, teniendo en cuenta que estábamos en la cárcel y no en una estación de recreo, placentera, y que le murmuraba al oído, acezando, ¡tirái conmigo por lástima, porque me veís todo jodido!, y la dulce Leticia sonreía, tierna, con los ojos velados como las gatas cuando les acarician la panza, no decía una palabra, tuvieron que pasar muchos años para que le confesara a una amiga que don Silverio la había iniciado en el patio de Capuchinos, debajo de unos chales, y que había sido muy tierno, muy buena persona, después le había regalado plata y un par de vestidos, las primeras medias que ella había usado nunca. Una tarde, ante la consternación de Silverio, apareció en el patio la señora Eliana acompañada de Guillermo, que deseaban retribuir así la carta de pésame que él les había escrito desde la cárcel a raíz de la muerte del pobre Pancho, una muerte que a Silverio lo había impresionado mucho, tanto o más, debido a su carácter trágico, que la muerte de don Marcos, pero se fueron después de tres cuartos de hora, por suerte, y esta vez la Leticia, para no quedar embarazada, y por consejo del propio Silverio, había traído entre las menestras y los cigarrillos una buena caja de condones. Los humillados y los ofendidos del mundo se unen, comentaría Silverio, caminando por las tablas a pata pelada y metiéndose los dedos entre los pelos rizados del pecho, cantando, declamando, describiendo la visita de la señora Eliana, la vecindad de la compungida familia del zapatero, cuyo sacrificio para poder mantenerlo en el anexo era grande, sus maniobras y verdaderas acrobacias debajo del chal (cuando salga de aquí, Leticita, voy a tirar contigo hasta que me dé puntada, y la pícara Leticia, ahora, en lugar de ponerse colorada, de resistir, se moría de la risa), celebrando la designación del nuevo Alcaide, un señor gordito de apellido Tapia, medio huevón, pero cuya tolerancia contrastaba con la reglamentaria y relamida bestia que le había precedido en el cargo. La Leticia contó que Antolín andaba escondido por las tierras del interior, ya que a los dirigentes comunistas de Mongoví los habían relegado a Pisagua, y que habían tratado de hacer cantar al Pat'e Jaiva, pero el Pat'e Jaiva no había cantado. Silverio se acarició la barba, que había empezado a crecerle con fuerza, pensativo. En la noche había declamado, a voz en cuello, después de beberse solo una botella de vino, versos de amor y de protesta, de lucha, ya que aquellos libracos y folletos clandestinos, después de encontrar el camino de su dormitorio penitencial, habían permanecido abiertos junto a la botella, versos contra siúticos, validos, diplomáticos, radicales, e historias de banderas, de huelgas, de multitudes, o de cópulas desenfrenadas en un tren, entre depósitos de maíz y pieles de tigre, y uno de los presos, ajeno al grupo de los por ley de cheques y también al de los contrabandistas, uno que hasta entonces había parecido una persona silenciosa, enteramente inocua, cobró súbita vida, se le iluminaron los ojos, y terminó cantando de memoria, de lo más entonado, canciones de la guerra civil española. Más tarde, cuando Silverio, aislado en las casas del fundo, se recuperaba de su temporada en la cárcel, que gracias a la tolerancia del señor Tapia y a las visitas de la Leticia había terminado por ser más o menos llevadera, se comentó en la Punta que había salido lleno de ideas raras, incluso dijeron que se había puesto completamente comunista, un peligroso agente de Moscú, reclutado por Moscú en la mismísima cárcel. Salió mencionado con nombre y apellidos en el libro *La araña roja* que escribió un caballero de Santiago por esos días. ¡No puede ser!, protestó la señora Eliana, pero muchos en la Punta insistieron, dijeron que el autor del libro había estudiado a fondo el problema, obsesionado por la amenaza roja, y que Silverio siempre había sido un loco, un irresponsable. ¡Ser comunista y dueño de fundo era recontra fácil! Si había estado en la cárcel, era nada más que por culpa suya. Estaba muy bien defender a misiá Eduvigis, pero no lanzando cuchilladas como malo de la cabeza. No creo, replicaba la señora Eliana, estoy segura de que es mentira. En seguira, de acuerdo con una práctica tan frecuente, se entraba en una larga y complicada disquisición acerca de la verdadera fortuna de los Molina, cuánto valía la cuadra plana regada, ricas tierras de bizcochuelo, las viñas de más allá de Mongoví, cuántas cabezas de ganado había, etcétera, los interminables cálculos consumían veladas enteras, hacían flotar en la atmósfera la rutilante sensación de la opulencia, pero después de la muerte de Silverio el Viejo todo había comenzado a esfumarse, las farras de Silverio y los honorarios de los abogados, la incesante llegada de las cuentas de los doctores, obligaban a vender unas cuadras por aquí, otras por allá, hasta que se había producido, para colmo, el incidente de la cuchillada... Contaban que Silverio, antes del incidente, para poder jugar en las timbas del Club de Mongoví, organizaba robos del ganado de su propia madre: eran sus compinches los que hacían el robo, pero él les indicaba la pista, dejaba los portalones abiertos, ¡un loco furioso, un vástago degenerado! ¡Con él, la estirpe de los Molina se extinguiría para siempre!

Poco después de salir de la cárcel, debe de haber sido dos

o tres meses después, quizás menos, encontró en un bar de la Estación Mapocho, tomándose una caña de tinto y una empanada frita, a un antiguo compañero de universidad, Juan Romero, una cara que no veía desde los tiempos en que estudiaba para ingeniero agrónomo.

¿Dónde te he visto nombrado hace poco?, preguntó Romero, tratando de hacer memoria. Era un hombre de cara gruesa, picada de viruela, ropa desplanchada, bolsillos increíblemente atestados de lápices, libretas, facturas, papeles de diario. Silverio vio que se metía una de las empanadas fritas al bolsillo, de reserva, como si tal cosa, y parpadeó, pidió, para salir de su asombro, una segunda caña.

Me enredé en un lío harto feo, confesó. De puro crestón. Y contó que le había fallado la máquina (la del organismo, especificó el Gordo), que había visto la playa de los Queltehues, la misma playa donde antes, con diez años menos, había luchado solo contra siete en defensa de Pablo Espínola, el puta madre, que había tenido el desatino de sacar a bailar y de botarle palabra a la novia en un matrimonio de pueblo, el muy bestia, si él no interviene lo habrían molido a patadas, pero los años, comentó con melancolía, examinando la transparencia del mosto a contraluz, reflexión que captada por el mesonero en una de sus pasadas suscitó una sonrisa filosófica: Vi la playa de los Queltehues de color ceniza, ¡te juro!, como si el mundo, la interminable arena, los cerros tapados de espinos, algarrobos, arrayanes, boscajes de eucaliptos, las avanzadas sucesivas y superpuestas de la marea fragorosa, espumosa, su penetrante olor, el vapor que brotaba de las aguas en la tarde reseca, recubierta de una película universal de polvo, hubieran comenzado a disolverse, y él, súbitamente aterrorizado, sintiendo que su corazón era un tambor sordo, de materia porosa, semejante a las polillas gigantescas que se deshacían de un papirotazo, había sacado ese maldito cortaplumas.

¿Qué querís que le haga? Reconozco que me porté como un pije matón y cobarde, pero en la cárcel tuve tiempo de meditar mucho, no creái...

¡Curioso!, dijo Juan Romero, rascándose la barbilla, porque resultó que él había estado en Mongoví poco después de los sucesos, en casa de un pariente de la víctima, y había sido testigo de la movilización de todo el pueblo y sus alrededores, incluso había ayudado a organizar la expedición contra los pijes cuchilleros de la Punta, el picnic monstruo destinado a bajarles el moño, y si no se había subido a uno de los camiones había sido por razones muy personales. ¡Hay que ver!

Bebieron varias cañas de vino y terminaron contándose la vida y hablando de política. Juan, después de dos o tres años de Agronomía, se había pasado al Pedagógico y había terminado de profesor de Historia en liceos, un trabajo mal pagado, ¡como la mierda de ingrato! Pensaba que la sociedad chilena era profundamente injusta y había que cambiarla en forma revolucionaria, ¡de raíz!, ¿comprendes?, haciendo con la mano rechoncha, de uñas mal cuidadas, un gesto rasante por encima del mesón gastado, salpicado de manchas de vino y de quemaduras.

¿Estás en el partido comunista, tú?, preguntó Silverio, y comprendió de inmediato que ahora no había que hacer esas preguntas, que las razones de Juan Romero para no subirse a los camiones que invadían la Punta algo habían tenido que ver con eso. Silverio prefirió hablar, entonces, de sus lecturas en el anexo de la cárcel, de las poesías de Neruda, de *Don Segundo Sombra* y de una huelga obrera descrita en una novela de Nicomedes Guzmán. Se encontró con Juan Romero otras veces, en esos años, y en uno de esos encuentros Juan le propuso que fueran a la casa de unos periodistas amigos suyos donde había una fiestoca. La casa no quedaba lejos del bar de la estación. Juan le puso una mano en el hombro y le dijo: Para que te distraigái un poco...

Era un pequeño departamento en el segundo piso de un edificio viejo, en un callejón sórdido que debía de encontrarse por la quinta o sexta cuadra de la calle San Pablo, un callejón maloliente, lleno de basura, de inscripciones en que la obscenidad y la política, los primeros finteos de la elección presidencial siguiente, se repartían equitativamente el espacio, de pastelones de vereda rotos donde uno, si no andaba con mucho cuidado, sobre todo en esa oscuridad, podía zafarse un tobillo, sacarse la recresta, y de gatos cuyos maullidos adquirían de tanto en tanto una violencia histérica, mientras ensayaban escaramuzas alrededor de un tarro de basura, hacia el fondo del callejón, pero que en la fiesta, pese a que las ventanas permanecían abiertas de par en par, resultaban sofocados por los discos a todo volumen y por las deshilvanadas y atropelladas voces. El dueño de casa, en mangas de camisa, sonreía todo el tiempo de oreja a oreja y hablaba con acento impostado, sin parar, presa de gran excitación y a la vez controlado, estudiado, como si junto con dirigirse a nosotros se dirigiera a un público sumido en la sombra, a un auditorio instalado a nuestras espaldas.

Nos llevó sin más trámites a la cocina, contó Silverio, como si fuera el sitio mejor de la casa, y nos sirvió vino pipeño, tinto, en potrillos repletos hasta los bordes, además de unos pedazos de salchichón, algo de longaniza, restos de charqui, pan que untábamos en una salsera con pebre.

El socialismo con empanadas y vino tinto, comentó el Gordo, riéndose, pero el Chico Santana, que ya parecía resuelto a quedarse de toque a toque, hizo un gesto indignado. ¡Qué socialismo ni qué huevada!

Yo me retiro, anunció Matías, y todos insistimos para que esperara un rato más, todavía le sobraba tiempo. Era, según mis estimaciones, uno de los cumpleaños que estaba resultando mejor, a pesar de las dificultades. Como si los acontecimientos recientes hubieran dado una luz retrospectiva a las cosas, un broche definitivo a las historias.

Tomamos como carretoneros, agregó Silverio, y luego cantamos, abrazados por los hombros, bailamos, saltamos, hicimos rondas, le corrimos mano a las niñas, y yo, de repente, me puse a recitar *Macchu Picchu*, versos que había aprendido de memoria en la cárcel pública, ¡en la cárcel pública, sépanlo bien!, y que recitaba con la voz nasal, terrosa y medio solemne, medio ritual, del poeta, y saqué frenéticos aplausos, vivas, amén de un nuevo potrillo repleto de tinto. El living, a medida que avanzaba la noche, era una masa cada vez más compacta que bailaba, brincaba y se reía, sudorosa, con los brazos desnudos, mostrando generosamente las pechugas. El timbre había sonado innumerables veces, personas que llegaban tarde a la fiesta, todo un mundo santiaguino que era novedad para mí, abogados de bigotito, periodistas altos y escuálidos, de tez olivácea, nuez protuberante, nariz ganchuda y ojos amarillos de nicotina, o pequeños y rechonchos, hablantines como el dueño de casa, con los ojos brillantes a esa hora del domingo en la madrugada, después de las libaciones que habían comenzado a las dos de la tarde del sábado o quizás al caer la oscuridad del día viernes, hablando en la barra del Roxy, o en la Bahía, o en la del Agustín, de la popularidad que tenía el Caballo Ibáñez entre la gente de la Vega, índice bastante revelador, ¿no te parece?, y otros temas de igual o parecido estilo, señoras gordas y horrendas, el pucho pegado a los labios, alguna morena cuyo cuerpo se conservaba joven, aunque el rostro empezaba a mostrar el efecto de las trasnochadas, de los años, de los alcoholes cuya cruz había que cargar en las madrugadas, al levantarse gimiendo y hacerse abluciones antes de iniciar el ajetreo de las oficinas.

Lo que pasa, dijo Matías, es que esa gente lo acogió después de la cárcel y nosotros, en cambio, le hicimos la desconocida, a pesar de que en el fondo había defendido los valores nuestros, los valores representados por el aislamiento de la Punta, por su exclusividad despreciativa. Sentimos que Silverio había ido demasiado lejos, que se había comprometido demasiado, y le dimos la espalda.

¡Tienes razón!, exclamó Sebastián, y anunció que partía a la *cave* en busca de otra botella de Courvoisier.

¡Tenís otra!

Tenía otra, y nosotros, hundidos en los mullidos cojines del salón de Sebastián, entre los muebles y los cuadros que había coleccionado su padre, un industrial que había hecho figura más bien rara dentro de la sociedad santiaguina, un refinado, un esteta, instalado con sorna en un mundillo de mercachifles, adivinamos que también nos correspondía una parte de culpa, que Silverio Molina era merecedor de nuestra absolución póstuma, aún cuando el Chico Santana y el Pachurro Mayor probablemente habrían sido inflexibles, no habrían vacilado en condenar a Silverio a la horca y después al infierno, y no precisamente a causa del incidente de los mongovinos.

Ya no cabía un alfiler, prosiguió Silverio, y habíamos decidido no abrirle más la puerta a nadie: que el llamado del timbre se confundiera con la zafacoca lejana de los gatos, con las risotadas de los bailarines y las trompetas de la orquesta. El dueño de casa se abría camino entre las parejas, estirando los brazos para formar cuña, y seguía hablando como una tarabilla, riéndose solo, en el mejor de los mundos posibles. Ya se había encargado de cerrar la puerta con llave y de poner pestillo. ¡Está completo!, había declarado, golpeándose las manos, caminando con los pies en ángulo recto, con una cara que parecía explotar de satisfacción, y nosotros habíamos lanzado exclamaciones de júbilo: ¡ya nadie podría venir a jodernos, a destruir esa atmósfera espesa y voluptuosa, ese líquido de claustro maternal en que estábamos flotando, felices, babeantes de alegría! Pero de pronto escuchamos un ruido extraño cerca de una ventana y vimos que entraba, resoplando, introduciendo en el aire viciado del living una cabeza congestionada, ardiente, de ojos desorbitados e inyectados en sangre, después de haber trepado por las enredaderas y los barrotes de las ventanas del primer piso (detalle que el Gordo, el día que había escuchado el relato de Silverio, no había dejado de relacionar con el asalto nocturno de la casa de don

Marcos, a finales de aquel primer invierno, cuando don Marcos agonizaba en la clínica y se temía la aparición de sus remotos parientes argentinos, atraídos por la leyenda de los tesoros escondidos en la mansión de la Punta), vestido de zapatillas de tenis y overol blanco, uno de los personajes que sin duda había estado tocando el timbre sin obtener respuesta. Todos lo conocían mucho y aplaudieron, felices, comentando que su hazaña como escalador de paredes lo había hecho digno de hallarse en aquella sala, en el número de los escogidos. Al poco rato había cesado el baile y se había formado alrededor del hombre de overol un grupo que discutía a gritos, con pasión inusitada. Me acerqué, dijo Silverio, mientras el tipo de overol, moviendo los brazos como aspas locas y lanzando miradas fulminantes, echándose grandes tragos de vino tinto al cuerpo y haciendo gestos, al tragar, para que nadie le arrebatara la palabra, decía: ¡Ibáñez! ¡Se los tiene pampeados a todos!

Eran, explicaría el Gordo, que con los años había empezado a transformarse en el rapsoda, en el intérprete de nuestra generación, (yo era el cronista secreto), a pesar de su carácter inicial de advenedizo, de recién llegado, los primeros tiempos de la candidatura de Ibáñez, cuando los radicales ya estaban completamente desprestigiados y empezaba a hablarse de la candidatura de Salvador Allende, que se presentaría por primera vez apoyado por una fracción de los socialistas y por los comunistas, que estaban en la clandestinidad, pero ya habían empezado a levantar cabeza de nuevo.

¡Qué desastre!, exclamó el dueño de casa, llevándose las dos manos a la cabeza, a pesar de lo cual no se le borraba ni por una fracción de segundo la sonrisa dilatada, misteriosamente contagiada con el mundo gatuno del callejón de abajo: ¡Un viejo pelotudo y fascista!

¿Y por quién votái, entonces?, preguntó el del overol, poniendo los brazos en jarra, mirando al dueño de casa con cara de pocos amigos.

Por Allende, dijo el dueño de casa. Bebió un sorbo de su potrillo de vino, de lo más orondo.

¡Qué ridiculez! ¡No saca ni dos mil votos!

¿Y qué?

El dueño de casa, mirando hacia arriba al hombre del overol, sin dejarse intimidar, se limpió la boca con el dorso de la mano.

El triunfo de Ibánez hará cambiar todo el panorama.

¡Pero el país no cambiará nada! ¡O cambiará para peor!

Después de decir esta frase, el dueño de casa seguía sonriendo, con la boca dilatada de oreja a oreja. El fuego de la discusión, sin embargo, le había encendido las mejillas, se le había subido a los ojos. Hasta daba la impresión de que le hubiera erizado los cabellos. Silverio comprobaba con asombro que el dueño de casa era una especie de puercoespín agresivo, quizás temible.

¡Te equivocái medio a medio!, insistió el escalador de paredes, y un hombre de mirada oblicua y de cabellos prematuramente blancos dijo que a él, a él, lo que es a mí, el Caballo no me da la menor confianza, el equipo que lleva es de museo, una tropa de paquidermos, de ignorantes, ¿pero qué propone Allende, por su lado?

El socialismo, dijo el dueño de casa.

¡Qué socialismo ni qué perro muerto! Lo único que propone es transformarnos de esclavos de Estados Unidos en esclavos de Rusia, y yo no sé, francamente (moviendo la cabeza, clavando su mirada oblicua en los rincones, en los zapatos de una de las señoras gordas, que fumaba un puro pequeño y observaba la discusión impertérrita), con quién vamos a salir ganando.

Típico argumento de la reacción, dijo el dueño de casa, y alguien, para evitar que la sangre llegara al río, tuvo la buena idea de colocar el más estridente de los discos. El baile se reanudó con mayor frenesí que nunca: mambos, boogie-woogies, tangos que suscitaban infalibles manifestaciones de nostalgia, mientras una joven se subía arriba de una mesa y el dueño de casa, con gestos picarescos, con palabras impostadas de anunciador de circo, le subía las polleras, y ella muy sonriente, muerta de la risa, sintiendo las miradas hambrientas que se clavaban en sus muslos, en la conjunción de sus piernas.

IX

SIEMPRE se oyó decir que el loco de Pancho, de puro loco, había partido al amanecer en su Ford 4, producto de las ventas de las antiguallas de don Marcos Echazarreta, y se había estrellado contra un camión en una curva del camino, por un error de cálculo, muriendo así de una muerte que le cuadraba como anillo al dedo, digna de su locura, y que Guillermo, en cambio, había heredado la mala clase del Gringo Williams y eso había acabado por sumergirlo en una mediocridad pantanosa, resentida, llena la cabeza de ideas extrañas, proyectos utópicos, angustias financieras, complicaciones sentimentales indescifrables. ¡Pobre Eliana!, repetía Marujita Gómez, tapándose los oídos para no escuchar que la primera mujer de Guillermo, una alemanota del sur, Hilde Schumacher o algo así, había sido vista una vez en una boîte del centro de Santiago, borracha, dejándose recorrer los voluminosos pechos casi desnudos, las bien torneadas y robustas piernas, entre obscenas risotadas y reiterados brindis, por un abogado astuto y un regidor de extrema derecha, cuyas manos ávidas, traspirosas, se entrecruzaban en los vericuetos más recónditos, entre las piernas, ¡hasta en los vellos del pubis! ¡Pobre Eliana! Pero Guillermo, el infeliz, había conseguido la nulidad de ese primer matrimonio y había conocido, en alguna de sus correrías, a una viuda cuarentona, quizás cincuentona, voz ronca, de carabinero, cabellos lacios, funcionaria eficiente del Banco del Estado, de la Caja de Empleados Públicos o de otra institución muy semejante, y por añadidura allendista (¡Comunista furiosa!, dictaminó el Chico Santana), que terminaría por arrastrar a Guillermo a su redil político.

Un buen día, explicó el Gordo, Guillermo me contó que se había inscrito en el partido socialista. Eran los últimos años de Frei, y no le di demasiada importancia al asunto. Pensé, no sé por qué razón, seguramente por su pasado puntino, pero está visto que ese pasado puede conducir a definiciones muy divergentes, a vertiginosos extremismos (con los años y después de su aceptación por el grupo, después de que el grupo se hubiera olvidado de que alguna vez había sido un advenedizo, un recién llegado a la Punta, el Gordo se había convertido en la voz de la cordura, del justo término medio, a pesar de las críticas de su hermano mayor, el Cachalote, que sostenía que la incorporación del Gordo a la Punta era un desclasamiento, un salto social que bien podía equivaler a un salto al vacío. Lo más sano del país es la clase media, sostenía el Cachalote, fumándose un puro de fabricación chilena a grandes bocanadas), que formaría parte del ala moderada de su partido, como esos socialistas patacheros, logreros, parecidos a los radicales, que se veían antes. Pero después de la subida de Allende me lo encontré en el centro y había cambiado: tenía en los ojos un brillo intolerante, agresivo, como si estuviera calculándome la circunferencia del cuello para mandarme a la guillotina.

Nos habrían liquidado a todos, dijo el Pachurro Mayor, sin piedad, ¡y ahora se quejan!

En ese tiempo uno todavía se encontraba con el Tito en el centro de Santiago, todavía tenía la paciencia de pararse a conversar con el Tito, y el Tito, con expresión conspirativa y ojos hundidos, ojeras profundas, mirando por encima del hombro, decía en voz baja, puesto que los oídos del enemigo escuchaban por todas partes: Cuando ustedes fueron a devolver la nariz de mi abuelo, encabezados por la señora Eliana, una de las pavas del jardín puso un huevo. Entonces mi papá, mientras les hacía un discurso para que nunca se repitieran esos actos criminales, decía (retorciéndose los dedos y buscando la inspiración en la fragata a vela pintada por Wood desde un cerro de Valparaíso), y para que ustedes aprendieran a respetar a los grandes hombres que habían forjado la patria, decía, con su talento y con su sacrificio, porque ustedes, los jóvenes, no saben respetar nada, y después, cuando viejos, se arrepentirán, ¡ay de ustedes!, no pudo dedicarse a vigilar el huevo, como era su costumbre cada vez que la pava ponía uno, y los pavos reales, entonces, advirtiendo que tenían vía libre, porque son idiotas para muchas cosas, explicaba el Tito, reteniendo por el codo a su interlocutor, que empezaba a mostrar síntomas de fatiga, pero no para todas, se acercaron, tanteando en el colchón de hojas con una pata, en seguida con la otra, mudos, colgantes los pellejos de la papada, haciéndose los idiotas, y cuando comprobaron que no había nadie en el jardín, que la estatua no se movía, que los perros andaban preocupados de otra cosa, rompieron el huevo a picotazo limpio. ¡Pava puta!, y el Tito, en pleno centro de Santiago, entre nubes de transeúntes que parecían salidos de las poblaciones marginales, habiendo descubierto e invadido el centro hacía poco, vendedores de fruta, de peinetas y botones, de acróbatas de madera, ratones de acero, culebras de goma, sin que faltaran los indispensables abogados y los políticos de la prehistoria, con sus vestimentas de murciélago, brillosas, casposas, aunque en minoría con respecto a vendedores, charlatanes, pueblo que había acudido desde todos los rincones del Gran Santiago y que ellos, los abogados y los politicastros, observaban de reojo, con mirada torva, el Tito, en medio de todo esto, aspirando el olor a café tostado que salía de las cafeterías, estallaba en una risa convulsa, frenética, lanzando saliva como una regadera. En los últimos años, su padre, Gregorio de Jesús, tenía dos obsesiones dominantes: la reproducción de los pavos reales y la lluvia de polillas negras, aceitosas, que le hacían la vida imposible, pero siempre pasaba lo mismo, decía el Tito: don Gregorio de Jesús se descuidaba, después de horas de vigilancia en el jardín, y ¡zas!, venían los pavos malditos, cuyas pisadas ahogaba el colchón de tierra vegetal, y rompían los huevos a picotazos. Los pavos malignos se aprovechaban del menor descuido de su dueño, que se durmiera en el sillón, abotagado de tanto repetirse pastel de choclo, o se pusiera a sacar cuentas, tantas Banco de Chile, tantas Chiguayante, un dividendo de Disputada de Las Condes, crías por aquí, por allá emisiones liberadas a razón de una por cada 17, 32, pero el global complementario, la reparación de las cañerías de General Mackenna 17, no comas tanta mantequilla, suplicaba, mira que estamos en la ruina, en la cochina calle, y los pavos, de repente, ¡zas!, ¡pin!, ¡pin!, ¡zas!, ¡tras!, ¡pum!, aullaba el Tito, imitando los picotazos con el rápido movimiento de la cabeza pálida, ojos hundidos en las órbitas, sienes grises, corbata grasienta, deshilachada, mientras nosotros, comentaba Sebastián, recordábamos al Tito en la primera fila, el día de la inauguración de la estatua, de punta en blanco, terno azul marino, pelos erizados en la coronilla, cuello y cara sembrados de granos purulentos, amarillos de pus y rojos de sangre, ya que nadie lograba impedir que se los rascara furiosamente, abriéndose llagas, así como nadie conseguía impedir que se metiera las manos en los bolsillos de los pantalones y se frotara con la mayor desvergüenza, entreabriendo la boca de labios hinchados por la lujuria y lanzando globitos de saliva, el monstruito, el vástago degenerado, fin de su dinastía prevaricadora, la única forma era coserle los bolsillos por fuera, o arrastrarlo por las calles con las manos amarradas y con un collar de perro al cuello.

¿Saben por qué?, preguntaba el Tito, bajando la voz y mirando con desconfianza al suplementero viejo, de pantalones rotos y barba encanecida, que voceaba en la esquina los diarios del mediodía, *Las Últimas Noticias* con la caída del gabinete y la huelga del cobre, y que bien podía ser alguna encarnación del demonio comisionada para irlo siguiendo por el centro, para irle pisando los talones y acusarlo en caso de transgresión, pasar información sobre su mala conducta al Tribunal Supremo.

¿Por qué?, preguntábamos, y el Tito nos hablaba entonces de los diluvios de polillas y de las cuncunas perezosas y gordas, que plegaban el lomo al caminar y que Gregorio de Jesús temía más que a la peste, ya que polillas negras y cuncunas eran premoniciones de muerte, signos de olvido, las Brujas Hidalgo le habían confirmado esta sospecha, murmurando un conjuro y arropándose en sus mantillas, aspirando el humo y arrojándolo en largas columnas, y la destrucción incesante de los huevos de pavo real, así como la continua entrega de la simiente del Tito a la esterilidad de las sábanas, o a la cochina tierra, constituía un anuncio de que la dinastía sería tragada por las dunas, el viento de los Queltehues la cubriría como había cubierto capas sucesivas de cántaros, tejidos y osamentas quechuas, hacia el final de la playa, en los conchales calurosos, cóncavos como una región uterina, donde la arena no era más que polvo de huesos.

En aquella época se vio a Gregorio de Jesús en conciliábulos con don Santos, el cura, poseedor del secreto de un invento antimasturbatorio destinado a proteger a la Familia, y una noche los que vivían cerca escucharon por primera vez los timbrazos de la Máquina, que en los años siguientes formarían un elemento inconfundible, casi olvidado de tan habitual, de nuestro paisaje nocturno. La Máquina, en sus primeros tiempos, sólo consistía en un anillo de goma que se colocaba todas las noches alrededor del pene del Tito (un órgano como cualquier otro, y del cual no había motivo alguno para avergonzarse, explicaba don Santos, aun cuando a menudo formara bultos alarmantes en los pantalones, en el traje de baño, pero la erección, pontificaba don Santos, es un hecho biológico tan natural como la respiración o la deglución), y que al iniciarse la erección accionaba un dispositivo de alarma, alarma que daba tiempo a la familia para saltar de la cama, atravesar la galería a la carrera, irrumpir en el dormitorio del niño y sujetarle las manos, colocarle el órgano tumefacto, parecido en ese momento al garrote que sacaban los burros, en un vaso de agua fría siempre disponible para este objeto. El genio inventivo de don Santos perfeccionó año tras año la Máquina, añadiéndole ruedecillas finísimas, complicadas poleas, balanzas y sismógrafos que empezaron a extenderse por la galería de la casa, enredaderas metálicas cuya sensibilidad les permitía registrar las pulsaciones de los sueños más recónditos, sueños en los que Bernardita Pinto, su madre, muerta de un cólico cuando el Tito sólo tenía siete años, se maquillaba frente al espejo de cuerpo entero del cuarto de baño, en ropa interior, y él, desde el fondo de la sala, sábanas albas desplomadas en las blancas baldosas, cromos empañados, espejo limpiado por los dedos de Bernardita, espiaba a través del humo la carne tierna del nacimiento de los pechos, en un costado del sostén, y sentía que su pirulo vivía por sí solo, igual que un pájaro, y se ponía tan espeso, y sólido como el humo, mientras Bernardita, su madre, olvidada de aquellos ojos redondos detrás de las fumarolas, llegaba y se levantaba la enagua, se ajustaba las ligas, prendidas de la coraza de las fajas, encima de los muslos pálidos, y después, de pronto, los pezones de Bernardita se habían levantado en el espejo, como los pezones de un mascarón de proa coronados por una punta de espuma, de baba marina, y en ese preciso instante la Máquina, cuyas agujas habían empezado a registrar oscilaciones peligrosas, lanzaba su alarma estridente, lastimera, prolongada, seguida de ladridos de perros en la vastedad de la noche y movimientos confusos entre las ramas, debajo de las zarzamoras, y se escuchaba de inmediato el clic de una luz: era la tía Clotilde que buscaba las zapatillas con el tacto de los pies, bostezando, muerta de rabia y de sueño, para descubrir en seguida que en los labios del Tito había una sonrisa de pecaminosa beatitud y que su piyama se había cubierto de esperma. ¡Mocoso depravado! ¡Dios te libre de morir de aquí a mañana, antes de confesarte, porque te irías al infierno de patitas! ¿Me oyes? ¡Por qué no me oyes, animal! Escucha...

Sobrevino, sin embargo, un período, alrededor de un año y medio después de la instalación, en que la Máquina cesó de sonar, o solamente sonaba a ratos perdidos, una vez cada dos o cada cinco días, y don Santos, con los carrillos inflados de satisfacción, proclamó que habíamos triunfado en toda la línea, acariciando en secreto la idea de viajar a Roma y propagar desde ahí su invento hacia la Cristiandad entera, pero la tía Clotilde, menos optimista, andaba saltona, husmeando que don Santos y Gregorio de Jesús eran unos pánfilos, unos benditos, ella intuía que en el silencio de la Máquina tenía que haber gato encerrado, a mí no me vienen con cuentos. Pues bien, la que tenía razón era la tía Clotilde, a pesar de no haber salido nunca de las cuatro paredes de su casa, o quizás por eso mismo, y los que habían cantado victoria antes de tiempo eran los pajarones de don Santos, el cura, y de Gregorio de Jesús, el pater familias, porque figúrense ustedes: una tarde, a la hora de la siesta, la tía Clotis, dijo el Pipo Balsán, emprendió una visita de inspección por la casa, luego de comprobar que el niño no estaba en su dormitorio ni en el jardín y que reinaba en la casa un silencio que de pronto, gracias a su intuición aguda, a su espléndido olfato, le había parecido inquietante, anómalo, un silencio veteado por los rumores difusos del jardín a la hora de la siesta, las ramas inmóviles y el graznido de los gansos, el revoloteo de alguna gallina, el llamado histérico de las pavas. En el repostero escuchó un ruido extraño, un vago gemido que provenía de la cocina. Empujó la puerta batiente y la Chepa, la cocinera, dio un grito feroz, que casi fulminó del susto a la tía Clotilde, mientras el Tito caía de espaldas al suelo, enredado en sus pantalones, porque sólo se los había bajado hasta las pantorrillas y no había tenido tiempo de subírselos. El Tito recibió una tanda de feroces cachetadas de Gregorio de Jesús, además de innumerables pellizcos de la tía Clotilde, que trató de retorcerle las orejas, de levantarlo de los pelillos de las sienes hasta veinte centímetros de altura, y la depravada de la Chepa, corruptora de menores, china asquerosa, degenerada, fue expulsada con viento fresco esa mismísima tarde. Desde la ventana de su habitación, a través de las plantas del jardín y de las rejas, el Tito la vio alejarse cargando una maleta amarrada con cordeles, de cartón floreado, y un bulto hecho con una sábana vieja. La Máquina fue minuciosamente inspeccionada por don Santos, lubricada, sus tornillos más ínfimos ajustados, y empezó a sonar todas las noches, con una insistencia que nunca se había conocido en la Punta, hasta el extremo de que algunos vecinos contaron cincuenta e incluso sesenta alarmas en una sola jornada. La tía Clotilde se hallaba extenuada, deshecha. Una vez, mientras los ojos se le cerraban de sueño en la mesa, habría necesitado, para mantenerlos abiertos, clavar los párpados con agujas, murmuró que podríamos traer a la Chepa de nuevo.

¡Cómo!

Para que yo pueda dormir.

¡Inmoral!, estalló Gregorio de Jesús, rojo de ira, con las hilachas del cordero atascadas en la garganta, golpeando la mesa con el puño y haciendo saltar las copas, y don Santos, en vista de que no bastaba con amarrar las manos del Tito y dado que la Máquina, a pesar de su extraordinaria sutileza, estaba muy lejos de alcanzar la rapidez y la sutileza en la depravación de la mente del Tito, anunció que estudiaría un dispositivo que aplicara descargas eléctricas en el momento oportuno, a ver si eso daba resultado. No basta con las buenas intenciones, añadió: ¡A Dios rogando y con el mazo dando!

Algunos sostuvieron que don Santos se había trastornado en sus intentos de perfeccionar la Máquina, mientras el Tito, estrujado por sus propios delirios, consumido, disueltos sus jugos vitales en el semen que se endurecía en las sábanas, dándoles una consistencia de cartón, se transformaba en planta, en hierba lechosa y murmurante, babeante. En esa época se había empezado a hablar del cura de Catrileo, cura que se había transformado, sin decir agua va, en caudillo de los campesinos del interior, enviado del Cristo de los pobres a las tierras catrileanas para fustigar desde ahí a los falsos profetas capitalinos, a los politicastros logreros, a los demagogos y vendepatrias. Pero ésa es otra historia. El caso es que en los últimos años uno se encontraba con el Tito en el centro y comprobaba que el Tito ya difícilmente reconocía, saludaba. Se quedaba parado en una esquina, mirándolo a uno con gran intensidad, ojeroso, flaco, raído, con las sienes sembradas de canas y la expresión de quien confusamente recuerda algo hundido en la memoria, sepultado por densas telarañas, por capas de arena, y que no consigue desenterrar, trata, lleno de oscura angustia, y no consigue. Uno se daba vuelta a las dos cuadras y ahí seguía el Tito, encorvado, empequeñecido, mirando y tratando de acordarse todavía de dónde lo habré visto, estoy seguro de que alguna vez, en alguna parte, nos reímos a carcajadas juntos. ¿Dónde sería? ¡Hasta el nombre de la Punta se le había olvidado!

Consecuencia de la paja, opinó Sebastián.

Yo diría, más bien, comentó el Gordo, que la culpa la tuvo la Máquina.

¡Es muy posible!, dije, y alguien señaló que al Tito siempre lo recordaría parado en una esquina, en esos tiempos de suma decadencia del centro de Santiago, encorvado y tratando de averiguar, con sus ojos chicos y rodeados de arrugas, qué diablos sucedía, por qué mierda se había producido todo ese movimiento, ese bullicio, ese revoloteo de papeles y de motociclistas que aceleraban, de personas que corrían como si tuvieran que transmitir una noticia a gritos. En el medio de la calle habían encendido fogatas y los perros vagos, en su correteo sin rumbo, repartían los papeles quemados y los desperdicios por todas partes. Hacía poco rato que habían lanzado bombas lacrimógenas cerca de la Alameda, parece, y el escozor en la nariz del Tito lo hacía lloriquear y preguntarse dónde estaba, qué crestas había ocurrido, tratando en vano de mirar a través del humo negro y de la mugre, la gente gritaba cosas ininteligibles, protestaba, y un joven barbudo lo tomaba del brazo: ¿Sabe cómo volver a su casa?

Sí, respondía el Tito.

Vuélvase, mejor, entonces. Mire que los soldados andan con bala pasada.

¿Por qué?

Dicen que se sublevó un regimiento de tanques.

¿Tanques?

¡Sí, hombre!

Pero el Tito permanecía escondido en el umbral de un caserón viejo, con el cuerpo aplastado contra la pared, espiando la calle desde la sombra. El viento hacía revolotear los papeles sucios, de bordes quemados, y los perros quillotanos corrían, husmeaban, levantaban la pata y se ponían a mear en la escalinata del Banco de Chile, ante el convulso regocijo del Tito, que a todo esto no se despintaba de su sombrero enhuinchado y de su brilloso traje gris a rayas, a pesar de sus pómulos lívidos, hundidos, de las cerdas entrecanas de la barba que esa mañana no había tenido tiempo de afeitarse.

X

Fue en esa fiesta, explicaba Silverio, que conocí a la Lucha. Entré al repostero en busca de algo de comer, cuando ya amanecía, y encontré que ella y un par de tipos estaban sentados en el suelo, picoteando con sus tenedores una corvina fría medio desmoronada en una fuente. Ya se veían las puras espinas cuando entré, un esqueleto con restos de carne y la cabeza tumbada, pero ella, ¿te acuerdas?, me pasó un buen pedazo ensartado en un tenedor, y después preparó una paila común de huevos revueltos con tomate. ¡Qué tiempos aquéllos! (como diría Carlitos Gardel). Desde entonces, desde ese encuentro, comiendo pescado en un repostero, a las cinco o seis de la mañana, en los finales de una primavera santiaguina, cuando el maullido de los gatos del callejón se había calmado y la luz cordillerana empezaba a diseminarse por los techos de latón renegrido, comenzamos a salir juntos. Porque los dos tipos que la acompañaban, sentados en el suelo, disertando en mangas de camisa, eran un par de maricones inofensivos, uno bailarín y el otro actor del Teatro Experimental.

No te olvides de que la Lucha, dijo alguien, a pesar de todo, a pesar de su militancia furiosa, de su agresividad contra el mundo entero, siempre sintió una extraña debilidad por los maricones.

Rasgo curioso, si se lo examina con un poco de atención, aunque muy típico de las mujeres chilenas de ese tiempo.

Y fue ella, también, añadí, la que metió a Silverio en el partido comunista, ¿sabían ustedes?

A todo esto, ante los primeros y lejanos gritos anunciadores del desfile de ese nuevo candidato que había aparecido en la extrema izquierda, Salvador Allende, Luisito Grajales se había instalado en un descanso de la escalinata de acceso al Club, en un lugar desde donde dominaba la Alameda a todo lo ancho, la fachada de la Universidad de Chile, la cabeza inclinada de don Andrés Bello entre las hojas de los plátanos orientales, los árboles tierrosos y el reloj que desde que él, Luisito, tenía uso de razón, marcaba mal la hora, veinte minutos adelantado o treinta y siete minutos tarde, y donde su vista alcanzaba hasta los comienzos, si se empinaba un poco y estiraba el cuello, de la plaza Bulnes.

Todos los relojes de la Alameda marcan horas diferentes, dijo Matías, señal de que al país no podrán militarizarlo nunca.

Los gritos se acercaron y Luisito Grajales comprobó, aliviado, que era una columna rala, desharrapada, unos rotos que no debían de estar ni inscritos, encabezados por Allende y por algunos socialistas que no arrastraban a nadie, jóvenes imberbes o paquidermos prehistóricos, enteramente quemados. Algo duró el desfile, sin embargo, entre canciones y gritos, la escasez de las gargantas suplida por el entusiasmo de los participantes, y Luisito dijo que mejor, así le quitaban votos a Ibáñez. Siguió la dirección que le indicaba el brazo estirado del Zapallo Alménar, que había salido con él desde los salones para observar, con sus ojos expertos de diputado derechista y de técnico en elecciones, la manifestación, y alcanzó, estupefacto, a divisar, atravesando la esquina de Bandera, aullando consignas y levantando el puño, la cabellera desgreñada, rubia, del hijo de Silverio Molina y de misiá Eduvigis. ¿Sería posible? Luisito dio un pequeño salto de asombro y se rascó el trasero, excitadísimo. Junto a Silverio desfilaba una mujer de chasquilla morena y cutis pálido, expresión terca, que lo llevaba muy agarrado del brazo, una especie de arpía revolucionaria, comentó después, mojándose el gaznate con un pisco sauer, que bien merecido lo tenía después de su tarea de observación, y Luisito también reconoció, vestidos de cuello y corbata y con arrugados sombreros, al mayor de los Peralta, a Antolín y al Pat'e Jaiva, figuras inconfundibles de la Punta, le explicó al Zapallo, y que él nunca se habría imaginado hollando en zapatos el pavimento ciudadano, entre los alambres de los trolleys, los papeles sueltos, las manchas de aceite, los torbellinos de polvo súbitos y ambulantes.

¡Qué infeliz!, exclamó Luisito, con una mueca de profundo disgusto, sin dar mayores detalles al Zapallo sobre Peralta y Antolín, sin decir por qué el hecho de que Peralta, Antolín y el Pat'e Jaiva flanquearan a Silverio aumentaba su furia, le confería una dimensión más compleja, inexpresable y vasta, subrayando el alevoso, el negro carácter de la traición hecha por Silverio a las normas no escritas. ¡Qué profética razón había tenido el Viejo al amarrarlo a un árbol y sacarle la mugre a huascazos! ¡Ahora se comprobaba que el empujón no había sido, ni mucho menos, un engendro de la imaginación de don Marcos! ¡Las pinzas! ¡Pobre don Marcos, víctima de la violencia de un descastado, de un traidor a su clase! ¡Y qué habría dicho, murmuró Luisito, mientras el Zapallo Alménar, con gesto desdeñoso, calculaba el número de personas que podían desfilar por minuto, Silverio el Abuelo, nieto de los fundadores de la Punta, que no permitía que nadie se instalara, que nadie comprara terrenos ahí, aunque pusieran los billetes encima de la mesa, sin su riguroso consentimiento, que por similares motivos se había opuesto con inflexible saña, consiguiendo atajarlos durante más de una década, a los supuestos progresos de la luz eléctrica y el camino pavimentado, inventos del mercachifle de Teobaldo, a quien los muchachos, a fin de cuentas, habían hecho muy bien en volarle la nariz de una pedrada! (opinión que más de alguno había sostenido en la intimidad), y Luisito, después de mirar la cola del magro y miserable, harapiento desfile, con los dedos hundidos en los bolsillitos del chaleco, jugando con la cadena de oro (oro que se cuidaba muy bien de ocultar en las cercanías del conventillo), absorto, entraba por la puerta giratoria y paseaba la vista por los amplios, silenciosos y frescos salones, por el cuadro de una pastora reclinada en un promontorio rocoso y hasta cuyos oídos había llegado un eco extremadamente débil, remoto, de los aullidos y los denuestos de la plebe, que había vociferado contra la Ley Maldita y había gritado:

*¡Estos votos son de Allende,
no se compran ni se venden!*

Si tanto gritan contra esa ley, comentó Luisito, hundiendo las manos en los bolsillos, empinando los pies menudos y volviendo a bajarlos, en actitud grave, filosófica, significa que no es tan mala.

¡Exacto!, exclamó el Zapallo Alménar, que era rojo, de labios gruesos, piel porosa y abierta, voz retumbante, y hubo cabezas que se volvieron y después se inclinaron en señal afirmativa, a pesar de que muchos murmuraban que el Zapallo debía de tener sangre negra.

¡Pésimo el desfile!, agregó Luisito.

Para ser primera candidatura, dijo Crispín Varela, el dueño del departamento de la calle San Pablo, periodista en un programa de radio y en algunos diarios de la tarde, en el momento en que la concentración, después de haber escuchado al candidato, se disolvía, no está nada de mal. Nosotros podemos esperar tranquilos. ¡Ellos, no!

Así es, asintió Silverio Molina, acariciándose la barba, y alguien propuso seguir a un boliche de Teatinos arriba, cerca de los juzgados del crimen, un boliche donde nunca faltaban las longanizas de Chillán, las tortolitas, las perdices recién cazadas y escabechadas. A Silverio se le hizo agua la boca. Se golpeó la panza. ¡Vamos!, dijeron.

Arturo Matte está asegurado, pronosticó el Zapallo, hundido en su asiento de cuero y lanzando el humo hacia los arreboles del crepúsculo de la pastora.

¿Y el paco Ibáñez?

No tiene partidos, replicó el Zapallo, dejando caer la ceniza en un cenicero: Es imposible ganar elecciones sin partidos.

¡Cuidado!, advirtió Luisito Grajales: ¡Mira que tiene mucho pueblo! (no entró en detalles sobre las opiniones, las inscripciones en los muros, los vivas espontáneos, ya que los había escuchado y le habían dado materia para hondas reflexiones en las cercanías del conventillo donde vivía).

¡Eso no basta!, cortó el Zapallo Alménar, irritado, en un momento en que los gritos de la calle, mucho más compactos y roncos que durante la marcha, retumbaban en la penumbra, abolidas las palabras, eso sí, por los gruesos muros, los pesados cortinajes.

¿Qué gritan?, le preguntó Luisito a un mozo.

El mozo, con la bandeja a la espalda, se dirigió a un balcón y husmeó la calle.

Ibáñez, señor, dijo.

¡Ves tú!

Pero el Zapallo, con sus mejillas gruesas, que parecían pintadas de color anaranjado, se encogió de hombros: Nuestra gente no es de la que sale a dar gritos. ¡Ahí está la diferencia!

Nosotros, el Gordo, Sebastián Agüero y yo, pocos días después, vimos la marcha de Ibáñez desde una ventana del Barrio Cívico, en un octavo o décimo piso, y alguien, un político viejo, senador o algo así, hizo el siguiente comentario a nuestra espalda (lo recuerdo como si fuera hoy día):

No hay nada que hacer.

¿Cree usted?, preguntó Luisito Grajales, muy alarmado, como si el político viejo, de cabeza grande, descaderado, pálido, con manchas en el rostro, vestido de terno azul cruzado a rayas, fuese un oráculo infalible. Sebastián Agüero, que había desfilado el día anterior o haría un par de días en el desfile de Matte y que había dicho, al divisar a los caciques de la campaña fumando en sus cachimbas de oro, con sus abdómenes en punta, sus trajes de corte impecable, sus camisas de seda con las colleras de azabache bien a la vista, que harían mucho mejor en esconderse, o democratizarse un poco de aspecto (¡por lo menos!), esperó también con aire preocupado las palabras que seguirían saliendo de los labios del viejo.

Nada que hacer, ratificó, a espaldas nuestras, calculando desde la ventana del octavo o noveno piso el número aproximado de la multitud que se reunía en la plaza, la voz cascada, fría.

Sofocado de angustia, Luisito Grajales se pasó un dedo entre el cuello alto, almidonado, y la piel surcada de incontables arrugas, reseca. Esas carretelas llenas de gente que no terminaban nunca de entrar a la plaza, esos tamboreos, esos gritos atronadores que brotaban de una marea espesa, revuelta y a la vez profunda, de remolinos mortales, esas hordas en harapos que no dejaban un solo intersticio de pavimento sin ocupar, como hormigas, y que después de cerrar el último claro de pavimento habían empezado a propagarse por el verde de los prados, esos carteles mal dibujados, con las letras caídas y alguna falta de ortografía, le producían una sensación de vacío adentro del pecho, las piernas flacas de Luisito Grajales, en su habitáculo de ligas, calcetines, pantalones, perdían firmeza, y de repente, mirando por encima del hombro, adivinaba una forma rectangular y una semi diagonal, el resplandor de una cuchilla. Les diré, pensó (a los comisarios del pueblo que llegaran a golpear su puerta, a medianoche o en la luz lívida de una madrugada cualquiera), oprimido por la falta de aire, que vivo en un conventillo, que no soy más que un muerto de hambre, qué culpa tengo yo de... Mirando después desde el sitio que había dejado en la ventana el político viejo, viendo los harapos, las crenchas y adivinando los piojos, el olor a pequenes y a vino litreado, dijo, decidido, volviéndose hacia nosotros, únicos testigos de aquella afirmación, que era el colmo que esa gente tuviera el mismo voto que uno, que un voto de esa gente valiera como el voto de un ingeniero, de un abogado, de un senador de la República, ¡eso no era democracia ni nada!, eso era un disparate, ¡politiquería!, ¡demagogia!, ¡por eso estaba arruinado el país! Se arregló la chaqueta, se miró el nudo de la corbata en el reflejo del vidrio, frente a la mole difusa de la cordillera, gallo erizado que todavía no pliega las plumas, y se encaminó a la salita del fondo de la galería. En un rincón en penumbra, donde habían cerrado las cortinas para apagar el ruido que subía de la plaza, de manera que el griterío, el tamboreo, la bullanga llegaran de muy lejos, de una zona remota, en ese rincón, junto a una vitrina llena de marfiles y piedras duras, debajo del retrato de alguna autoridad colonial, algún Oidor de la Real Audiencia, peluca empolvada, ojos que el rudimentario pintor había hecho bizcos, un nombre y una fecha inscritos en los caracteres ingenuos de nuestro oscuro, inilustrado siglo XVIII, el Profesor, representante, a pesar de todo, de una mentalidad más moderna, apoyado el rostro de huesos anchos en la mano izquierda, aguardaba.

Mi padre, dijo el Profesor, sostenía (en privado, naturalmente), que era falso que el Caballo fuese tonto. Pillo, sí, macucazo, ¡pero de tonto ni un pelo!

Si me permiten, intervino Luisito Grajales, adelantando un pie menudo, bien lustrados zapatos negros (había llegado a la conclusión de que la salita en penumbra era mucho más sedante que la despiadada ventana): Prefiero siempre un pillo a un tonto.

¡No cabe duda!, exclamó el Profesor. El Profesor despreciaba por encima de todas las cosas a los tontos, a los farsantes, a los inútiles, aun cuando tampoco perdonaba a los intrusos, a los advenedizos, salvo, desde luego, si prestaban alguna utilidad, pero Luisito, sorprendido y encantado de la favorable reacción del Profesor, diciéndose que el encuentro en aquella salita, debajo del retrato del Oidor, era una oportunidad providencial, se rió con una risa sofocada, complaciente.

¡Bien!, anunció el Profesor, golpeándose la rodilla derecha con la mano: Yo me retiro. No había más vueltas que darle al desfile, la suerte estaba echada, y él consideraba prudente, no cabía duda, acogerse a cuarteles de invierno.

No vayan a reconocerlo, dijo Luisito, con cara de circunstancias. Nosotros observábamos desde la galería, desde un sitio que nos permitía divisar la plaza, la densa columna que todavía bajaba por la Alameda y desembocaba en el maremágnum, atascándose, formando remolinos y nudos, corrientes y compuertas, buscando espacio libre, de manera que ya había gente parada en los bordes de la pileta e incluso detrás, en las cercanías de la estatua del General Bulnes, y a la vez no perder detalle de la escena interior.

¿Quiere que lo acompañe?, inquirió Luisito.

¡No es necesario!, respondió el Profesor, cortante, y Luisito se quedó tieso, convertido en estatua de sal frente a los marfiles, a un arbusto de piedras duras, a la mirada desteñida y bizca que surgía de los pasillos penumbrosos de la Real Audiencia. Una señora le había contado al Profesor, antes de que el desfile empezara a invadir la plaza como una marea, que el hijo de Silverio Molina y Eduvigis, el que había pasado cerca de cinco meses en el anexo de la cárcel pública por darle una cuchillada a un tipo, había salido de la cárcel medio loco, tocado de la cabeza, y no había encontrado nada mejor que meterse al partido comunista. ¡Habráse visto! ¡Qué vergüenza más atroz!

Son los que don Pancho Encina, dijo el Profesor, llama desconformados cerebrales. Siempre los hubo en grandes cantidades en este país. ¡Muchos más de los que usted se imagina! Recuerde, por ejemplo, a los hermanos Carrera, a Bilbao, a Balmaceda mismo.

¡Y así estamos!, suspiró la señora, de cuyo sombrerito

caía, ocultándole los ojos artísticamente sombreados, de pestañas enderezadas con rimmel, y parte de la nariz filuda, azulina, un delicado velo negro.

¿Pero qué sucedería, preguntó alguien, si los desconformados cerebrales adquiriesen mayoría sobre el resto del país? A ver, dígame usted...

¡El país se hundiría! ¡Muy sencillo!

No se preocupen, dijo el hermano menor del Profesor, cuando éste iniciaba la retirada después de comprobar, mediante un golpe de vista al Barrio Cívico, que Ibáñez arrasaría en las urnas, ¡arrasaría! (pronunciando las erres y las eses con fruición malévola, destinada a provocar escalofríos en los espinazos de sus oyentes, malévola y aleccionadora): Cuando el pueblo se desilusione del paco, votará por nosotros. ¡Acuérdense de lo que les digo!

¿Y si nos quitan las cosas?

El hermano menor bajó el tono de la voz, adoptando miradas y aires confidenciales:

No nos quitarán nada. Lo único que quieren es mamar ellos, que les toque un poco a ellos. ¿Comprenden? ¡Si a éstos los conozco naranjos!

¡Dios te oiga!, exclamó una anciana de nariz de tucán, encorvada y bajísima de estatura, que participaba, dijo Sebastián Agüero, en las efemérides de la familia, matrimonios, investiduras y entierros, triunfos y fracasos, festejos y batallas, desde tiempos inmemoriales. Ella, con tantos años a cuestas, toda el agua que había pasado debajo de los puentes, las apariciones del tribuno en las plazas públicas, ¡esos sí que eran discursos!, levantaba los brazos en medio de las ovaciones, transfigurado, agarraba las prendas de vestir de los vecinos de balcón y las arrojaba al pueblo, pueblo que rugía, que raspaba los muros de su casa y convertía el polvo de cal y ladrillo en reliquia, pues bien, ella distaba mucho del optimismo del desaprensivo hermano menor, que ahora bebía su vaso de whisky y seguía al Profesor con ojos excesivamente brillantes. En la entrada, grave, sin decir palabra, el Profesor, ayudado por Luisito, acompañado por la dueña de casa y observado de cerca, a través de los pliegues de una cortina, por la nariz de tucán, se ponía su abrigo negro y su sombrero.

¿No quieres que te acompañe alguien?, insistió el hermano menor.

¡No es necesario!, ladró el Profesor, furibundo.

XI

DESPUÉS de lo que había escuchado esa tarde en el jardín, debajo de la galería, mientras ellos, encima de su cabeza oculta por un arbusto, revolvían la ponchera y se tomaban el Bálsamo, planeando el golpe en voz baja y riéndose a gritos, brindando, saltando de excitación, la Gorda Unzueta había resuelto ver a toda costa, no perderse un solo detalle. Por eso, mucho antes de la hora, había tironeado a don Gonzalo de la manga y le había pedido que le consiguiera unos dulces a escondidas, algunos sandwiches, una pechuga de ave y una coca cola, y en seguida, sin que nadie se diera cuenta, aprovechando que su padre y su madre, a esa hora, ya estaban borrachos, y que conocía de memoria, por haber espiado también los ensayos, cada uno de los chistes del número de tonis, se había deslizado fuera de la carpa, había botado las dos piedras pulidas que llevaba de lastre, había frotado la pata de jaiva y se había elevado en la noche sin la menor dificultad. Un golpe de viento la había llevado hasta cerca de la playa de los Queltehues, pero había conseguido regresar, moviendo los brazos con fuerza, y se había instalado a esperar entre las ramas de un pino, soportando el viento que calaba hasta los huesos y amenazaba de nuevo con arrastrarla.

El problema era que su escondite entre las ramas, a medida que transcurría la fiesta en la carpa iluminada y lejana, bulliciosa, de la que sólo se percibía un resplandor encima de los árboles, junto a la falda de los cerros, se había colmado de presencias hostiles, conjuradas por la figura gris de don Teobaldo. Ella pensó en dar un grito en la noche, a ver si las ahuyentaba, y de todos modos, para protegerse, palpó la tenaza de jaiva en el bolsillo con dedos ligeramente temblorosos, pero en esa posición la tenaza servía de muy poco, los ojos del gato gordo, hipócrita, brillaban en la oscuridad como lámparas verdes, y de pronto advirtió, sobresaltada, que don Teobaldo levantaba un brazo, rojo de furia, y discutía con alguien, en tanto que don Ramón, sin perder un segundo su calma chicha, pedía silencio.

Tengan cuidado, decía: La maniobra es muy peligrosa.
¿Por qué, don Ramón?
Yo les voy a explicar, comenzaba, pero antes se tomaba la pierna izquierda con las manos para colocarla sobre la derecha. El esfuerzo lo ponía intensamente rojo. Entonces movía el labio superior, y los bigotes lacios, que durante el almuerzo se habían ensuciado con vino, mantequilla y hollejos de choclo, seguían el movimiento. Entrecerraba los ojos celestes, con profunda parsimonia, como un pájaro, y encendía el cigarro puro. El fósforo lo dejaba en el cenicero. Ustedes comprenderán (atusándose los bigotes), que los liberales democráticos no se van a quedar tan tranquilos...

¡Sin duda!, brincaba don Teobaldo. Él ya lo tenía previsto. Pero la Gorda Unzueta, que algo adivinaba de una historia de letras de cambio entre su padre y don Teobaldo, saboreaba de antemano su venganza, a pesar de que la noche había comenzado a poblarse de ruidos sospechosos, crujidos, aullidos mezclados con carcajadas difusas y objetos que se rompían. De las tinieblas habían brotado reptiles, ratas, murciélagos que revoloteaban frente a los párpados de mármol, alacranes en posición de ataque, listos para embestir con su pinza curva, de suerte que la Gorda no podría volver a bajar del árbol, roedores de miradas agónicas, sanguinolentas, que ningún humano podía sostener sin convertirse en piedra. La

Gorda temblaba. La voluptuosidad de la venganza la mantenía ligada a su puesto con ataduras invisibles. Los seres de las tinieblas, que amaban hasta el delirio la sangre de las muchachas vírgenes, habrían podido derribarla del árbol y arrastrarla a sus cavernas, pero en ese momento escuchó las carreras, las voces apagadas, el fuelle de los pulmones jadeantes. El Pachurro del Medio se quedó a un costado del sendero, vomitando, palidísimo. Matías emergió del bosque con una frondosa peluca, nariz postiza color carmín, mejillas pintadas de blanco harinoso, y arrojó una piedra que rozó los cabellos del Prevaricador. La segunda, lanzada por uno que había llegado a la Punta la noche antes, se estrelló contra el hombro izquierdo, sin que don Teobaldo se inmutara en lo más mínimo. La tercera pasó a un centímetro de la nuca. La cuarta rebotó en una oreja y la Gorda Unzueta, exasperada, estuvo a punto de caerse de su escondite. Carlitos Ferrari, el jefe de protocolo, hizo un gesto desde atrás de las cortinas. Pase, le dijo don Ramón, con fingida impaciencia, pero contento para sus adentros porque la interrupción le había dado un respiro. Mientras Carlitos le hablaba al oído a don Ramón, entornando los ojos, Teobaldo observaba el contraste entre los zapatos ingleses de tacones impecables, relucientes, de Carlitos, y los bototos de suelas carcomidas, llenas de barro seco, de don Ramón, que parecían el reflejo de otro siglo, de otro país, incluso, pero en ese preciso instante uno de los proyectiles dio en la nariz, medio a medio, y Matías dijo que había que concentrar los fuegos en ese blanco. La Gorda se sobó las manos de gusto. Vio que Guillermo cerraba el ojo derecho, apuntaba, y ella frotó la pinza de jaiva para traerle suerte. Un golpe seco, y la nariz de don Teobaldo voló por los aires. La Gorda lanzó un alarido de júbilo y los atacantes, llenos de feroz alegría, levantaron los puños cerrados, pero Matías los conminó a regresar a la carpa a toda carrera. ¡Cállate!, le ordenó al Pachurro del Medio, que protestaba, con ojos vidriosos, y síguenos. La Gorda, entonces, cuando se apagaron las pisadas de los asaltantes, descendió y buscó la nariz de mármol, que estaba confundida entre los proyectiles. Permanecía intacta, el arco del caballete y la curva de las aletas pulidos, en contraste con la aspereza rota de la base. ¡Viejo de mierda!, murmuró la Gorda, guardando la nariz en su bolsillo, junto a la pata de jaiva, pero sin atreverse a mirar de frente el rostro desnarigado del Prevaricador, que se rascaba, meditabundo, y se decía que a pesar de todo, a pesar de la campechanía proverbial de don Ramón, o quizás, precisamente, a causa de ella, puesto que era, al fin y al cabo, una forma de astucia política (¡y muy eficaz!, subrayaría, en otra ocasión, el senador Valbuena), y a pesar de la exquisita amabilidad que había mantenido en su trato con él, algo había en el aire de la sala, el escritorio bañado por una luz verdosa, los muebles de cuero sumidos en una relativa penumbra, los retratos oficiales de los antecesores, uno que había ido sin zapatos a la escuela, en un pueblucho del sur, y otro que había bajado del sillón sin un céntimo y había tenido que ganarse la vida, según rezaban los manuales de historia, dando clases de solfeo y de gramática francesa y castellana, algo había en el silencio esponjoso, algodonoso, donde las gruesas paredes de cantería colonial y los pesados cortinajes mantenían los ruidos de la calle a distancia, que maniataba la voluntad con hilos invisibles, como los hilos, pensó Teobaldo, que habían maniatado a Gulliver en el país de los liliputienses, de manera que su idea previa de poner condiciones, de exigir, como don José Francisco Alcorta le había aconsejado hasta el cansancio, el paso inmediato a la convertibilidad monetaria, sin la cual, había dicho don José Francisco, levantando el índice huesudo, no había salvación posible, se convertía, en aquella sala, en un zumbido confuso detrás de la nuca, frases que había ensayado delante del espejo y que ahora se habían convertido en estropajos, materias inertes, deshechas. Elisa, bisnieta de uno de los rostros cenicientos anclados en la sombra, en cama, con la bandeja de laca japonesa sobre las rodillas, masticaba sus tostadas y abría la boca sólo para demostrar que no le había escuchado ni una sola sílaba, ¡ni una sola!, lo único que la preocupaba en serio era la institutriz inglesa que debía llegar, que no había llegado aún, que le enseñaría a comer a Gregorito de Jesús, a tomar los cubiertos como Dios manda, sin repartir comida por toda la mesa y hasta en la alfombra, a Clotildita, aunque Clotildita había salido fina de nacimiento, ¡qué suerte!, pero había heredado, para su desgracia, la nariz paterna, los ojos legañosos del abuelo, los labios resecos, mezquinos, que con los años, dijo Sebastián, se vieron coronados de bigotes largos, canosos o negruzcos.

La Gorda se asomó a la carpa, dispuesta a entregarle la nariz a Guillermo, ya que Guillermo la merecía por haberla derribado, ella era testigo, y porque deseaba ardientemente ser cómplice de la hazaña, pero los números acababan de terminar y su madre, muerta de la risa, se colgaba del cuello de uno de los Capeadores de Toros, en tanto que su padre, copa en mano, discutía a destemplados gritos, con la lengua un poco trabada, ligeramente traposa, sobre algún aspecto del reglamento de la cancha de tenis, de manera que la Gorda, en vez de buscar a Guillermo en el centro de la carpa, salió y se dirigió a la quebrada donde pacían los burros. Sabía muy bien, porque se lo había escuchado a las propias Brujas, que algunos de los burros, sólo algunos, eran burros auténticos. Los otros eran almas en pena, señorones muertos que en castigo de sus crímenes habían sido transformados en burros y que ahora, impotentes, exhalaban un ligero vaho por las narices, rompían las ramas pequeñas con sus pisadas, abriéndose camino entre los helechos, y de repente, bajo un alfilerazo del demonio, se ponían a lanzar rebuznos sincopados y terribles, que agitaban la noche. Acarició la parte roma de la nariz, diciéndose, sorprendida por su descubrimiento, que bien podía don Teobaldo, el viejo que había tratado de esquilmar a su padre, ser uno de los burros. Sacó la nariz del bolsillo y la golpeó contra unas piedras, comprobando que el mármol, pese a estar roto, era bastante duro. Elisa hizo crujir las tostadas entre los dientes. Después dijo que ella, a esa gente, la conocía muy bien, requete bien. Lo único que esa gente pretendía, dijo, era desplumarlo, explotar sus ambiciones para sacarle plata. Ella conocía mejor que nadie esas cosas. Por algo su padre, su abuelo, su bisabuelo, se habían arruinado en la política. A-rru-i-na-do, ¿entiendes? Se puso a mascar otra tostada. ¡Qué ingenuo te han de ver! ¡Qué pánfilo! Como le había ido bien en los negocios, y ellos, los politicastros, eran unos zánganos, completamente incapaces de ganarse la vida en forma honrada... Terminaron discutiendo a voz en cuello, sacándose los trapos de toda la familia al sol, sin dejar títere con cabeza: el judío de tu padre, el sinvergüenza del tuyo, el demagogo fracasado de tu abuelo, la puta de tu hermana, ¿qué dices?, ¡repítelo!, ¡ándate a la mierda!, y los empleados, al salir un rato después, impecable, con el rostro perfumado, como embalsamado, le hacían venias, carraspeaban, le abrían la puerta de calle con cara de circunstancias.

Necesitamos gente estudiosa, dijo don Ramón, que conozca los problemas a fondo... Como usted. ¡Mire que vivimos rodeados de charlatanes!

Teobaldo se aclaró la garganta. Juntó las yemas de los dedos, dispuesto a empezar su explicación.

Nuestro principal problema, Presidente, dijo.

Siempre he pensado, interrumpió don Ramón, que la convertibilidad es nuestra meta ideal. Una moneda sólida, que inspire confianza en Chile y fuera de Chile.

Me consta, intervino Valbuena, que don Ramón siempre ha pensado así.

Lo que sucede, dijo don Ramón, es que conseguir ese ideal, y sobre todo, agregó, clavando en Teobaldo los ojos celestes, impenetrables, y levantando el índice: mantenerlo, ¡mantenerlo!

¡Ahí está lo difícil!, exclamó Valbuena.

Parecía un atraco, admitió don Teobaldo muchos años

más tarde, un asalto a mano armada.

¡Ahí está! Usted, mi estimado amigo, se verá sometido a presiones tremendas. Llegarán los políticos a pedirle un puente por aquí, porque lo prometieron en la última elección de regidores, una estación de ferrocarril para Cobquecura, un cargo en la Administración de Correos para fulanito, otro en la policía para zutanito, un consulado limítrofe para merengano... ¡Entonces sí que lo quiero ver con sus planes, con su convertibilidad metálica! Porque criticar, mi querido amigo, es muy fácil, pero cumplir, gobernar... ¡En fin! Ya que le gusta el cargo...

Teobaldo, atónito, procuró explicar que a él no le gustaba el cargo. Es decir... El senador Valbuena y su viejo amigo Luisito Grajales...

Ya era viejo en el año quince, dijo Matías, y anunció, mirando el reloj, que ahora sí que tenía que irse. No quería pasarse una noche en la capacha. Y además, él era partidario de facilitarle la tarea a los milicos. Ya que habían establecido el toque de queda, cumplamos con el toque de queda. De lo contrario, no íbamos a ninguna parte.

¡No seái exagerado!, dijo el Pipo, y el Pachurro Mayor dijo que él también ayudaba al nuevo gobierno, pero a su manera, y eso del toque de queda no es para nosotros, dijo. Es para los extremistas, para toda esa gentuza.

Es una norma del gobierno, replicó Matías, dándole la mano a los contertulios, y yo prefiero cumplirla.

De manera que nos despedimos y lo dejamos en un taxi, en la esquina. Mientras caminábamos por la vereda, de regreso, Sebastián aseguró que había menestras y reservas de vino y de diferentes alcoholes como para resistir dos meses.

¡Formidable!, aplaudió el Chico Santana.

...habían llegado a proponérselo, sibilinos, bailando en la punta de los zapatos, y él había declarado, jugueteando con el reloj de oro, que tendría que reflexionar, exigir, probablemente, algunas condiciones.

Exige lo que quieras, había dicho Luisito, y Valbuena, ladeando la cabeza, inflando la papada como pájaro enfermo, había comentado: Eso es normal. Un Ministerio así no se acepta de buenas a primeras. Te arreglaremos una entrevista con don Ramón, quizás un almuerzo.

Actuaron en cumplimiento de instrucciones mías, precisó don Ramón.

¡Exacto!, confirmó Valbuena.

Teobaldo advirtió en ese momento que Carlitos Ferrari se deslizaba desde las cortinas, en la punta de los pies, flotando sobre las suaves pelusas de la alfombra, discretamente contoneándose, con un vago aire de contrariedad en el rostro pálido, esponjado por el agua tibia y el buen jabón, más el añadido de una ligerísima pizca de crema. Entregó un papel y don Ramón se caló los anteojos. Cuando la Gorda Unzueta regresó de la quebrada, Guillermo, Matías, el Pachurro del Medio, el Pipo, los demás, caminaban por el centro de la calle, abrazados, tambaleándose, gritándoles injurias a los murciélagos, a los sapos de manchas amarillas, ocultos entre las hojas de acanto y los helechos, y a las estrellas, riéndose desaforadamente y cayendo, rodando, bebiendo los restos de una botella de pisco. La Gorda, después de comprobar que su madre y su padre aún no habían llegado, subió a su buhardilla, abrió de par en par la ventana, aspiró el viento marino, que venía denso de sal y de yodo, y en seguida se desvistió, recordó la historia de Jonás y la ballena, la que más le gustaba de todas las historias de la Biblia, sobre todo después de haber divisado desde el aire la enorme sombra viscosa y el surtidor de agua de una ballena que había pasado frente a la Punta, en alta mar, sin que ningún otro de los veraneantes se diera cuenta, y durmió con la nariz de don Teobaldo debajo de su almohada. Silverio, contemplando la cara sin nariz, se cagaba, se estremecía de la risa. Don Ramón levantó la vista del papel y se quitó los anteojos.

¿Qué le parece que sigamos conversando el lunes?, dijo.

XII

Lo paradójico del caso, dijeron, es que Silverio Molina pudo salir de la cárcel, al final de ese invierno, precisamente cuando los comunistas habían sido expulsados del gobierno sin contemplaciones y acababa de promulgarse la Ley de Defensa de la Democracia. El Presidente de la República, aquejado de súbita amnesia, no recordaba una sola palabra de los discursos incendiarios que había vociferado de un extremo a otro del país durante su campaña electoral. Ahora se paseaba por Viña del Mar en bicicleta, haciendo ejercicio al sol primaveral y sonriendo en las caricaturas de *Topaze* con su doble hilera de incisivos, los chocleros de que hablaba el propio *Topaze*, y en un santiamén se transformaba de cuco, peligro rojo, en regalón de los salones de la llamada aristocracia castellano-vasca, donde las telarañas del pasado colonial y latifundista resultaban barridas por los sones novedosos de Pérez Prado o de los Lecuona Cuban Boys, y donde generosas provisiones de pez castilla, siempre disponibles para atender a la conocida exigencia del alegre Jefe del Estado, convertían los parquets, una vez retiradas las mesitas de marquetería francesa y enrolladas las suntuosas alfombras persas o chinas, en relucientes pistas de baile. Se decía que Pablito Espínola, precursor de Silverio en su condición de pije medio izquierdista, sarampión que había cogido en los primeros años de la Escuela de Leyes, lo cual demostraba, de paso, los peligros del excesivo estudio, la plaga del espíritu razonante y eternamente dubitativo, peste que Pablo sólo había contraído por contagio, por una vaga osmosis, había cruzado con su automóvil al de González Videla en una de las más peligrosas curvas del camino de Concón, había bajado el vidrio más que ligero y le había gritado ¡traidor!, ¡desgraciado!, ante lo cual un par de motociclistas lo había perseguido y lo había llevado de patitas a la capacha, pero el padre de Pablo Espínola, don Pablo, uno de los que se habían hecho amigos del Presidente después de su cambio de chaqueta, lo había telefoneado a la casa presidencial del cerro Castillo, utilizando el número directo y personal, y le había dado explicaciones.

¡Es un loco perdido! ¡No sé de dónde se le han metido ideas comunistas en la cabeza!

¡Bien!, respondía, desde su refugio del cerro Castillo, la voz presidencial, pero dile a tu hijo que no sea insolente. ¡Al fin y al cabo soy el Presidente de la República!

Voy a pegarle un buen raspacachos, contestaba don Pablo, confundidísimo, colorado hasta la punta de las orejas en el otro extremo del teléfono, transpirando de disgusto. Silverio, que continuaba en la cárcel, se reiría a carcajada limpia cuando Pablo le contara la anécdota durante una visita al anexo de Capuchinos, por comienzos de octubre de ese año, cuando ya empezaban a sentirse los primeros calores, y cuando los árboles del patio de Capuchinos ya mostraban hojas nuevas, brotes cuya fragancia provocaba a Silverio accesos violentos de estornudos. Pero fue en esos mismos días, por paradoja, estando prohibida la circulación de *El Siglo* y muy morigeradas las ínfulas populistas de la prensa adicta al régimen, que había archivado sin remordimiento alguno los ataques de los meses anteriores a Silverio Molina y a los pijes cuchilleros de la Punta, cuando la Corte de Apelaciones le rebajó la pena y él pudo salir, a pesar de que su víctima era radical y masón, pero, ¿quién, qué persona bien colocada, bien nacida, quería demostrar ensañamiento, ahora, después de años y décadas de maratones oratorias que culminaban inevitablemente con la petición de la horca o de la guillotina para los ricos, contra las familias decentes?... ¡Nadie! Aquellos odios pertenecían a los tiempos superados, felizmente olvidados, de la politiquería, de la lucha de clases, lucha ficticia, fomentada por los políticos para conseguir sus egoístas fines, siempre a costa del bondadoso y sufrido pueblo chileno. Hoy día, ayudados por la comprensión de los más amplios sectores y unidos todos los chilenos en un doble propósito de orden y de sensibilidad social, parapetados detrás del sólido escudo formado por la Ley de Defensa de la Democracia y contando con el poderoso apoyo financiero, militar y moral del Gran Vecino del Norte, sin el cual no había por dónde comenzar en el país (el ciego nacionalismo, desprovisto de los suculentos créditos del tío Sam, no pasaba de ser una utopía estéril), se iniciaría por fin una era de prosperidad y grandeza para nuestra patria, nación que merecía, por su magnífica y homogénea raza y sus gloriosas tradiciones, su indomable espíritu templado en terremotos, cataclismos y guerras, jamás doblegado, mejor destino.

Pues bien, Silverio Molina, que en el pensionado de la cárcel pública, además de intervenir en furiosas timbas y épicas borracheras con vino tinto, previa gratificación a ciertos guardias complacientes, que no rehusaban, por lo demás, un buen trago a hurtadillas, y aparte, también, de fornicar con Leticia debajo del extenso chal, en posición asaz incómoda, de medio lado, la pierna izquierda de ella sobre las suyas para dar entrada al instrumento y disimular, a la vez, frente a los familiares del carpintero, a escasos bancos de distancia, aunque no frente al guardia obeso, de bigotes, que no les despintaba la vista, el muy conchas de su madre, y se refocilaba observando sus lentas y complicadas maniobras (la necesidad, ¿no reza así el refrán?, tiene cara de hereje), había leído *Macchu Picchu, España en el corazón* y un folleto con el *Manifiesto comunista* que le había pasado un preso por giro doloso

159

de cheque, y que uno o dos años después de salir de la cárcel había asistido a una fiesta, por San Pablo abajo, llevado por un antiguo compañero de Agronomía que ya desde los años universitarios militaba en el PC y hablaba de la imprescindible reforma agraria, de la explotación imperialista, del problema de la sindicalización en el campo, fiesta en la que había conocido a Luisa Garay, la Lucha, hija de un coronel de ejército que había delatado, según las malas lenguas, el ariostazo, el golpe que había fraguado Ariosto Herrera contra Aguirre Cerda para impedir que el Frente Popular se afianzara en el gobierno...

Un Viaux de su época, comentó Sebastián.

¡Exacto! Y se decía que este coronel Garay había delatado a sus compañeros de conspiración por oportunismo, obteniendo así que uno de los primeros ascensos a general practicados por el Frente Popu fuera el suyo.

Muy instructivo, dije, devorando unos cubos de queso que el fiel Hermenegildo había puesto sobre la mesa de cristal, entre las revistas francesas y norteamericanas y las copas de whisky. Alguien agregó, entonces, que en vista de que habíamos infringido las normas sobre el toque de queda, por lo menos debíamos cerrar bien las cortinas y bajar las luces.

Así se hizo. La sala quedó en una penumbra extraña, casi conspirativa. Después de los cuadrados de queso, el providente Hermenegildo había colocado unos salchichones. Sebastián propuso que se confeccionara una gran paila de huevos revueltos con jamón y tomate. Y que se abrieran unos botellones de Macul Cosecha.

¡Perfecto!, dijo el Chico Santana, sobándose las manos.

¡Perfectísimo!, dijo el Gordo.

...terminó por enamorarse de esta Lucha, que después de un primer matrimonio con un tal Henning, dueño de fundo en Osorno e impenitente nazi, se había divorciado, trabajaba en Santiago en una Caja de Previsión y militaba en el partido comunista, por casarse con ella y regresar, en compañía de ella, a la región de sus antepasados, los antiguos dominios del Corregidor de Molina y Azcárate.

La primera noche de su regreso supo, en la fonda de Carabantes, que lo de la persecución y la Ley Maldita, cuando no se trataba de pijes comunistoides como Pablito Espínola, no era ninguna broma, había que tener mucho cuidado incluso con lo que se hablaba en el mesón de Carabantes, uno de los Perales aseguraba que Carabantes era soplón a sueldo, y otro, no seái hocicón, decía, pero se hablaba en voz baja, por si las moscas, haciendo ruido con los potrillos y carraspeando, observando la calle, Antolín se había escondido por miedo de que lo relegaran a Pisagua o a Putre, Carabantes, sin dirigirles la vista, el pucho humeante en la orilla gastada de la madera, enjuagaba unos vasos, Antolín, antes de esconderse, le había aconsejado al Pat'e Jaiva: sobre todo, no confiese por ningún motivo que es del partido, porque eso es lo que andan buscando, ¿entiende?, así es que no diga una palabra. Si dice le irá mucho peor. ¡Usted, niegue! ¡Niegue hasta el final! ¡Hágase el tonto! ¡Que de ahí no lo saquen!

¿Y qué le hicieron?, preguntó Silverio en voz baja, con la boca torcida, mirando para otro lado.

No le gusta contar, dijo Perales.

Tiene toda la razón, comentó la Lucha, que a pesar de que había bebido mucho vino esa tarde estaba sumamente nerviosa, como si el vino, en lugar de producir el efecto de anestesia que le producía en tardes normales, hubiera caído sobre alambres pelados y provocado cortocircuitos, insoportables chisporroteos. Pidió otro potrillo de tinto, fue servida por Carabantes con prontitud (demostración de que Carabantes no estaba tan distraído como pretendía), y no cesó de fumar como chimenea, acercándose el cigarrillo a los labios con mano temblorosa.

¿Quiere saber lo que le hicieron? Mire, señora: primero lo obligaron a desnudarse, con el pretexto de que tenían que practicarle una revisión médica, y después, sin dejar que se vistiera, a pesar de que la ropa la tenía por ahí cerca, pero le habían enfocado frente a los ojos una lámpara que no le permitía divisar la ropa ni el resto de la pieza, empezaron a hacerle preguntas inocentonas, despacito, con buenos modos, ¿desde cuándo conoces a Antolín? ¡Claro! ¡Desde siempre! Si has nacido y te has criado en estas tierras, igual que el viejo macuco de Antolín... Pero, ¿dónde se habrá metido, el viejo mañoso? ¡Si no queremos hacerle nada! ¿De dónde sacaste eso?... ¿Que no nos has dicho eso?... ¡Muy bien! Lo que no nos gusta es que la gente se esconda en esa forma. ¿Para qué? Da la impresión de que hubiera persecución política, y persecución política no hay, ¡ni la menor!, todo el mundo tiene derecho a pensar lo que le dé la gana. ¡Es un derecho garantizado por la Constitución! Lo que no queremos es que el viejo y otra gente como el viejo, gente mañosa, de cabeza dura como alcornoque, llevada de sus ideas, conspire contra la democracia, trate de aprovecharse de nuestras libertades para venir y destruirlas, ¿comprendís? No podemos permitir que se organicen tranquilamente para destruir la libertad. ¿Cuándo se había visto eso?... ¡Lógico! Por eso nos encontramos en la obligación de vigilarlos. Pero de repente, el sudoroso y bien hablado Guatón de la PP cambió de tono, como si le hubiera bajado un súbito acceso de locura, puesto que en ese instante no estaba preguntando nada concreto, más bien reflexionaba en voz alta, respondía él mismo a sus propias preguntas, y sin embargo: ¡Contesta, mierda!, aulló, desencajado, ¿crees que voy a estar toda la noche perdiendo mi tiempo? Es que no tengo la menor idea, dijo el Pat'e Jaiva, y el Guatón de la PP, entonces, dio un tremendo salto, después de tomar impulso con las piernas flexionadas y los brazos de mono, y le aterrizó con los zapatones gruesos en los pies desnudos. ¿Se da cuenta, señora?

¡Cresta!, exclamó Silverio, y la Lucha, entre las columnas de humo de su cigarrillo, puso cara de dolor y de ira. ¡Había que hacer la guerra contra esos degenerados, colgarlos de los faroles de la Punta (los que habían sido instalados durante la gestión municipal de don Tebas)! ¡No había derecho!

Y le saltaron así varias veces, hasta que se cayó al suelo, y cuando estaba en el suelo siguieron saltándole encima, dándole patadas en las costillas, y después agarraron la picana eléctrica y se la pusieron en las bolas, ¡quiero decir!, rectificó el Perales, reparando en la presencia de una dama, aun cuando la dama bebiera vino litreado en potrillos y fumara como chimenea, culto, neutro: en los testículos.

¡Chucha!, exclamó Silverio, y ella, con su voz más ronca que de costumbre, tonos pasionales en el fuelle de la garganta: ¡Desgraciados! ¡Asesinos! (Lo único bueno que había hecho su padre había sido delatarlos, solía decir, con un acento de complicidad filial, de ternura secreta.)

¡No!, suplicó el Pat'e Jaiva, convertido en una piltrafa humana, visibles y amoratadas las costillas, arrastrándose por el suelo, llorando, ¡No me peguen más! ¡Si nunca estuve en el partido! ¡Renuncá!, y como parecía un estúpido, prosiguió, un débil mental, los Guatones de la PP se quedaron medio desconcertados, un pobre diablo así no tenía ningún aspecto de pertenecer al PC, seguro que les habían dado una pista falsa, ¡como la gente se había puesto tan recontra hocicona!, y optaron por tirarlo a un jergón sucio y darle un par de aspirinas, y en la noche le dijeron que se largara: Estái libre. Pero si llegamos a saber que habís contao algo... Si inventái que te maltratamos y todo eso...

¡Le juro por Dios, patroncito!, inclinándose y haciendo ademán de tener un candado en la boca.

De manera que Silverio, resumió el Gordo, al cabo de cuarenta y ocho horas en el infierno carcelario de Valparaíso, entre las ratas, los piojos, las pequeñas moscas amoniacales de la orina, una humedad y una sombra que parecían brotar de todas las cloacas de la tierra, y de algunos meses en el purgatorio de Capuchinos, castigo bastante más amable, sobre todo a raíz de la inesperada y dulce aparición de Leticia, descubrió en sus viejas tierras puntinas el sabor áspero, sazonado en esos primeros años de la Ley Maldita por los peligros de la clandestinidad, de la política revolucionaria, descubrimiento que dio a su vida una orientación que resultaría definitiva y que la dividiría en dos mitades bien claras: la prehistoria matonesca, de oligarca feudal y pueblerino, cuya culminación sería el navajazo clasista y machista, en defensa del feudo pisoteado y de la madre ultrajada por el invasor de medio pelo, y en seguida, previa la cesura del descenso al Hades, de la visita al país de los muertos, Ulises de los mares y las cavernas puntinas, la militancia algo primaria, siempre sazonada de ingredientes utópicos, mezcla de anarquismo y comunismo primitivo en versiones criollas, pero militancia, al fin, en último término y a pesar de todo, disciplinada, fiel hasta las postreras y amargas horas en el hospital, herido de las coronarias y con las defensas del organismo minadas por la desesperanza, en medio del estampido de las balas que retumbaban cada noche, en distintos sectores de la ciudad, en los comienzos de una primavera decisiva.

La tradición familiar, propia de dinastías feudales y latifundistas, desdén por los afeites y las pompas civiles y urbanas, odio a las componendas de la política de capillas, a las ambigüedades del intercambio diplomático, amor a la existencia al aire libre, en contacto directo con la naturaleza, reforzó paradójicamente en Silverio la toma de posición política, que también implicaba el rechazo de las formas de convivencia social dominantes. A la vuelta de algunos años, se había convertido en un ser más hirsuto, más áspero, duras cerdas, lunares peludos, había engordado, sus huesos anchos se marcaban debajo de una piel bronceada que ahora carecía de la tersura juvenil, que mostraba, por el contrario, irregularidades, surcos, verrugas, lastimaduras en diferentes etapas cronológicas de cicatrización, protuberancias varicosas. El abundante vello del pecho había encanecido, entre venillas rotas e indefinidos machucones, y la barba crecía sin orden, disparada hacia los cuatro puntos cardinales, con el color rubio de antaño convertido en un pajizo grisáceo, ceniciento. A consecuencia de una batalla campal con el cura de Catrileo y sus partidarios, batalla que había tenido lugar en la terraza y en las escalinatas de piedra de doña Rosa Argandoña, las mismas por donde muchos años atrás había rodado dando tumbos don Marcos Echazarreta, en un incidente que nunca quedaría del todo aclarado y que había dado a Silverio la primera y carnal noción de la injusticia, en el entendido de que el viejo cínico de don Marcos hubiera inventado al vuelo lo del empujón para justificar su indecorosa postura, a consecuencia de dicha tumultuosa batalla en la que el cura y sus huestes, después de ejercitar su demagogia populachera en los salones amables de doña Rosa (prueba adicional de que el cura hacía el juego a la derecha y contaba con su apoyo efectivo, en ayudas de diversa especie y, ¡no faltaba más!, dinero contante, o cantante, cantante y sonante, platita que había manado de las arcas de la derecha económica y había llenado las faltriqueras del cura, para estimularlo y financiarlo en su trabajo de dividir a la izquierda), se había enfrentado con Silverio Molina y las suyas, ¡Cura maricón!, le había espetado Silverio de buenas a primeras, echando chispas por los ojos, ¡Traidor! ¡Y tú!, le había contestado el cura: ¡Pije cuchillero!, en medio de los gritos desesperados y de las peticiones de socorro de doña Rosa, que se mesaba los cabellos y trataba de que el fragor del combate, las patadas y puñetazos, se situaran lejos del alcance de sus colecciones de porcelana de Dresden, a consecuencia de aquella batalla que había hecho historia e incluso había salido en algunos pasquines de Santiago, le faltaba un diente en el centro de la boca y la mitad de otro, deficiencias que no había tenido tiempo ni dinero para reparar. Las venillas rojas de la cara, de la nariz y de la espaciosa frente, que antes sólo se acentuaban con la ingestión excesiva de vino, se habían instalado ahora como parte integrante del relieve de su rostro, y en la cabeza, ahí donde escaseaban los cabellos de paja grisácea, habían brotado unos cototos rosados, sólidos, que parecían articulaciones de huesos que no calzaran bien en el resto de su anatomía. En la casa de piedra y madera que se había construido sin ayuda de arquitecto, con diseño y mano de obra propia y de algún campesino del vecindario, había siempre, arrimado a la enorme chimenea, un gran caldero donde se cocinaban algas marinas, pedazos de luche, cochayuyos, o sopas de cangrejos y pulgas de mar donde a veces caía, con mucha suerte y entre las aspaventosas alabanzas del desdentado y espirituado Silverio, un trozo de merluza o de congrio.

En los primeros años, la Lucha le seguía el amén con gran seriedad, al pie de la letra, a menudo embarazada de más de cuatro meses, con las manos nudosas apoyadas en una inmunda falda floreada y los pies en alpargatas viejas, por donde asomaba la uña del dedo gordo, fumando como una chimenea y sin alejarse nunca, a partir de las seis o las siete de la tarde, del potrillo de vino, que siempre estaba por ahí, arrinconado en la repisa de la chimenea o perdido en la mesa del repostero. Se había identificado muy pronto con el mundo de Silverio, con la casa de piedra, con el caldero de sopa de pulgas y el sesgo arcaizante (rousseauniano, habría precisado Matías), que había introducido Silverio en su militancia comunista. Pero al cabo de algunos años, dijo el Gordo, allá por el 59 o el 60, ya se la veía cansada, confundida por una decepción secreta, inconfesable. A fin de cuentas, cuando había conocido a Silverio en la fiesta de la calle San Pablo, Silverio, a pesar de que salía de la cárcel, salía con una aureola simpática, de audacia juvenil y varonil defensa de valores ancestrales, en su caso particular legítimos, quien los heredaba no los hurtaba ni los simulaba, y poco después, con Silverio todavía joven, buenmozo, idealista, la vida primitiva en la playa de los Queltehues, unidos al mar y a la tierra y trabajando por la redención de los campesinos y pescadores de aquellos parajes, estaba muy bien, pero ahora, evidente el deterioro físico de Silverio, sin plata, agobiada por la rutina de la casa y de los hijos, y cuando la toma del poder por la izquierda, después de las maniobras de la derecha con el astuto y prevaricante cura, parecía postergada por tiempo indefinido... Ella, cada cierto rato, se limpiaba las manos en el delantal y buscaba el vaso de vino para echarse, con pulso tembloroso, un sorbo rápido y furtivo, que le daba ánimos para seguir bregando en medio de la mugre, bajo la invasión del polvo y las telas de araña, mientras su voz, más ronca que nunca, llamaba a Silverio desde los arcos de piedra o desde la arena, entre los pinos, desafiando el estruendo de las olas que rompían en ese paraje de la playa de los Queltehues con inusitada fuerza y lanzaban sobre el techo de carrizo briznas de espuma.

En esa época, dijeron, la célula del partido había empezado a reunirse en las tardes en la casa de Silverio, porque él mismo se había adelantado a ofrecerla y, de todos modos, tenía más espacio y era más cómoda que la de cualquiera de los campesinos y pescadores del lugar, incluyendo la de Antolín, el carpintero, y Silverio, además, había innovado en pro del bienestar colectivo y con las consecuencias de variada especie que ya se verían, colocando jarros repletos de vino en las reuniones, vino litreado, se entiende, y de vez en cuando unas pasas, unos pedazos de charqui, algún comistrajo cualquiera.

XIII

¡Qué diría *él*!, decía el Pipo, y ponía cara de enajenado mental, de pájaro atento al ruido de las lombrices. En la terraza de los Pachurros, a la una del día siguiente, escuchábamos pasajes de *Tristán e Isolda*, la espiral ascendente del filtro de amor, orgasmo perversamente postergado, el anuncio todavía incierto del caramillo pastoril, a la vez que hacíamos comentarios disimulados, despistadores, componiéndonos el cuerpo con pílsener y mirando el mar azul que resplandecía y se agitaba junto a los roqueríos, entre los árboles, que más allá de la Isla parecía reposar y fundirse con la luz.

¿Qué diría *él*, no?, retomaba Matías, sonriendo y tarareando, llenos los labios de espuma de pílsener, recién afeitado el rostro, fresco, después de los excesos nocturnos, como una lechuga. ¡Qué diría!

Es un desacato, diría.

¡Exacto!, confirmaba Matías, riéndose: ¡Un desacato! Hoy día no se respeta nada, diría. ¡Ni los monumentos se respetan!

¡Ni los monumentos se respetan!, repetía el Pipo.

¿Quién es *él*?, había preguntado el Gordo. Matías le había contestado que *él* no es nadie y al mismo tiempo es todo el mundo. Una síntesis. ¿Comprendís?

Comprendo, había dicho el Gordo, rascándose la coronilla, sospechando que el Cachalote, su hermano mayor, quizás los pies en la Punta, cuando le había vaticinado que en la Punta no lo aceptarían, que jamás, por mucho empeño que pusiera, conseguiría sentirse cómodo, en confianza.

Los monumentos son símbolos, diría, proseguía el Pipo, con la boca semiabierta. Si no se respetan, la sociedad se viene guardabajo.

¡Tú lo has dicho!, exclamaba Matías, y los tics, de pronto, bajando desde la mandíbula inferior a todo el cuerpo, en sacudidas eléctricas, lo convertían en monigote de trapo, autómata enloquecido, convulso. ¡Los monumentos son símbolos!

Y si nadie los respeta, diría, la sociedad se derrumba.

Estaría muy preocupado, intensamente preocupado. *¡Él!* Diría...

¡Hasta cuándo hablan leseras!, interrumpió, desde la calle, Luisa María, la mayor de las Cantantes. Había cosechado nutridos aplausos la noche anterior, tantos o más que la pareja de tonis, y el triunfo se le reflejaba todavía en el rostro.

¡Muy preocupado! Llegaría de visita a primera hora donde Gregorio de Jesús.

¡A primerísima hora!

Don Gonzalo Urquijo, bastón en mano, algo patuleco debido, en parte, a la trasnochada, y en parte a los achaques propios de la edad, se acercó a la terraza. ¿No serían, por casualidad, ustedes?, preguntó, en voz baja, asomando la nariz por entre unas enredaderas. Al lado de don Gonzalo apareció la cara impávida y atenta de la Gorda Unzueta, que estaba de pantalones arremangados, a pata pelada.

¡Cómo se le ocurre, don Gonzalito!, exclamaron ellos, mientras Matías elevaba el volumen de la victrola: ¡Si estuvimos toda la noche en la kermesse! ¡Todita la noche!

¿De veras?

¡Por supuesto! Fueron personas venidas de afuera, dijo Matías. ¡Gente que nos tiene pica!

Don Gonzalo Urquijo retiró su nariz de las enredaderas y decidió proseguir su camino. Levantó la mano para saludar a alguien que se había asomado a un balcón vecino, el Foca padre o alguno de los Vildósola (en la Punta había centenares de Vildósolas, todos anodinos, escasamente diferenciables). Después le hizo gracias y añuñúes al perro de Juan Pablo y María Eduvigis, que ladraba desde unas rejas de madera blanca. Había una brisa juguetona, y los abejorros y matapiojos, las mariposas anaranjadas y amarillas, un saltamontes de color verde y ojos burlones, revoloteaban alrededor de la terraza donde Matías y sus amigos escuchaban música. El perro de Juan Pablo y María Eduvigis se había puesto a correr ladrándole a su propia sombra y saltando, persiguiéndose la cola en el aire.

Cambia el disco, ordenó Matías, y el Pachurro del Medio, que obedecía las órdenes de Matías sin chistar, fue y buscó en los álbumes otro disco. Don Ramón, que ocultaba con la mano un bostezo muy profundo, de pronto se puso de pie.

Puede usted contar con todo mi respaldo, dijo: A ver si le va mejor que a los otros.

¡Ojalá!, resumió don José Francisco Alcorta, después de escuchar la versión de Teobaldo, pero tal como don Ramón plantea las cosas, me temo, mi querido amigo, que a usted le haya sido encomendada una misión imposible.

Alcorta es un envidioso, murmuró Teobaldo: ¡Un resentido inaguantable!

Sabe mucho más que tú, respondió Elisa, y Teobaldo, exasperado, se retiró del salón y se encerró en su escritorio. Escogió un volumen de su biblioteca y empezó a leer sobre los años finales del Imperio Romano. La guardia pretoriana, con el tiempo, en medio de la inmoralidad y el desorden, ante el vacío del trono, adquiría un poder cada vez más excesivo. Por esa vía, con los bárbaros en las puertas de Roma, se desembocaría muy pronto en un gobierno de sargentos. Los despojos del orgullo imperial tendrían que refugiarse en los cuarteles y las caballerizas.

Al cerrarse la puerta, Carlitos Ferrari, el jefe de protocolo, dijo que los políticos ricos, de fortuna personal, como era el caso de este señor Restrepo, le inspiraban a él muchísimo más confianza que toda esa tropa de arribistas de medio pelo, esos logreros que ahora aparecían hasta debajo de las piedras.

Los caballeros así no tienen necesidad de robar. A diferencia de los otros...

El edecán naval, que hacía antesala con el rollo de los planos de un nuevo acorazado debajo del brazo, lanzó un suspiro.

¡Pensar que las señoras, en otras épocas, entregaban sus joyas para defender el país!

¡Hoy día, exclamó Carlitos, arreglándose frente al espejo de la chimenea el frondoso nudo de la corbata, palpándose las colleras de azabache, sacando un buen trecho fuera de la manga los puños de la camisa, a fin de que el blanco almidonado contrastara con el azul oscuro y de que el azabache luciera contra el blanco, empiezan a llenarse de joyas cuando los maridos entran al gobierno! ¡Hay algunas que parecen árboles de pascua!

¿Me haría el favor de preguntarle si puede recibirme?, insistió el edecán.

Gente con odio de clases, diría *él*.

¡Gente amargada!

Gente que lo único que quiere es terminar con la propiedad, diría.

¡Comunistas!

¡Comunistas!, corroboró Matías, riéndose a mandíbula batiente. Esto ha sido obra de los comunistas, diría.

La Gorda Unzueta, en ese momento, comunicó que Gregorio de Jesús había viajado a Mongoví a poner una denuncia. Gregorio de Jesús había anunciado, bajo los propios ojos de la Gorda, con ademanes y un vozarrón tremebundos, que tendríamos una investigación policial completa, que no dejaría resquicio sin remover, y que los culpables, fueran quienes fueran, irían a dar con sus huesos a la cárcel pública.

¡Bien hecho!, comentó el Pipo, sobándose las manos. Si no se hace un escarmiento en forma, diría *él*, estos rotos se pondrán cada día más descarados.

Lo que sucede en este país, es que ya no hay autoridad. Se perdió todo sentido de la autoridad. Y sin autoridad, diría, no hay ninguna sociedad que funcione.

¡Desde luego! La culpa la tiene el gobierno, por no ponerse los pantalones.

¡Qué horror!, exclamó la Marujita Gómez, a quien esa mañana se le había pasado la mano con el maquillaje (parecía una mona): ¡El mismo día de la inauguración! ¡Qué espanto!

¡Con mucho gusto!, respondió Carlitos, pero al entreabrir las cortinas descubrió que el escritorio había quedado vacío. El viejo sapo había volado más que ligero, sin prevenir a nadie. Cruzó la moderna fachada de fierro y estuco, figuras alegóricas que sostenían un reloj, vaporosas, y naves metálicas que le recordaron las grandes estaciones de Europa, ¡qué bonito!, atusándose los mostachos, y pidió un boleto de primera clase para Viña del Mar. El boletero, detrás de la ventanilla, con los anteojos en la punta de la nariz y manguitas negras en los codos, examinó el billete de cinco pesos por ambas caras, el diario decía que circulaba mucho billete falsificado, lo guardó, receloso, de malas pulgas, y empezó a contar el vuelto. No se le pasó por la cabeza que el caballero de sombrero hongo, bigotes lacios y ojos azules, cuyas facciones, enmarcadas entre los barrotes de bronce de la ventanilla, había divisado en alguna parte, fuese nada menos que el Presidente de la República. Inmediatamente después apareció detrás de los barrotes una cara cuadrada, de bigotito negro, que parecía tener mucho apuro.

¿Segunda?

¡Primera!, respondió, furioso, el hombre de sombrero pajizo, bigotito negro, cuello y espaldas de toro.

Hay que hablar, sentenció el boletero, sin inmutarse ni levantar la vista, sellando el rectángulo de cartón con toda parsimonia: Yo no soy adivino.

El hombre no tuvo tiempo de responder. El rabillo de su ojo había captado a una pordiosera, una mujer inmunda, en harapos, cubiertas las piernas de costras negras, descalza, que intentaba acercarse con un niño en brazos a don Ramón. Pueden esconder hasta un puñal en el refajo, comentó después el hombre del bigotito, que había evocado su propia agilidad con suma complacencia, y su jefe, debajo del retrato de don Ramón de banda tricolor al pecho, dijo que a veces, por puro resentimiento social, esos rotos se sacaban piojos de la cabeza y se los tiraban a los poderosos, a los ricos, ¡a ver si les pegaban el tifus exantemático! De manera que el hombre de sombrero pajizo, bigotito negro y cuello de toro tenía el deber sagrado de andar siempre alerta, mirando con cuatro ojos a los diecisiete puntos cardinales, sin hacer caso de las discretas protestas de la máxima autoridad de la República.

Anda mucho anarquista suelto en estos días, don Ramón.

Un anciano con una medalla en la solapa intentó ponerse de pie y se llevó la mano temblorosa a la frente, convencido de que la campaña de Tarapacá se hallaba en todo su apogeo, sintiendo los toques de clarín, las voces de mando, el olor a pólvora de las primeras ráfagas, los acordes finales del *Adiós al Séptimo de Línea*. Don Ramón sonrió, dejó el bastón y el sombrero en el asiento del lado, se instaló junto a la ventanilla, observó las nervaduras metálicas del arquitecto francés, dignas de las principales metrópolis del mundo, y abrió su periódico. En la segunda página, él y su Ministro de Hacienda, inconfundibles en los rasgos ácidos del caricaturista, contemplaban embobados los precios del pan, del azúcar, del té, de la carne, que volaban, en palomas convertidos, hacia la estratósfera. Este niño Restrepo dará un poco de confianza, pensó don Ramón, suspirando: Al menos durante un tiempecito...

En su sitio predilecto de la barra del Club de la Unión,

un lugar donde la madera noble había sido gastada en parte por las yemas de sus dedos, marcada por las circunferencias de innúmeras copas de pisco sauer que antes de bajar por su garganta se habían posado ahí, el sector preciso, dentro de la geografía de aquella extensa barra, famosa por su longitud en todo el sur del continente, donde se reunían los hijos de los que habían entrado en las rotativas ministeriales de finales de siglo, los hijos de los vencedores de la terrible contienda, herederos de los últimos mayorazgos, en compañía de los allegados y los pateros que nunca faltaban en ese ombligo de la cosmogonía santiaguina...

¡Qué tiempos!, exclamó el Gordo Piedrabuena, a pesar de que sus antepasados a lo sumo habrían podido alcanzar el rol de comparsas, pero él, después de cumplir con las despiadadas pruebas de iniciación, de encontrarse una araña peluda en las sábanas y de ser arrojado desde la ventana del segundo piso de los Echáve, aterrizando, con grave disgusto de don Juan José, en un parterre de achiras, había sido aceptado por el grupo, su historia personal había pasado a formar parte de la historia de ellos, y viceversa.

...eufórico, alzando su copa (la posesión de noticias exclusivas de la Moneda era una de sus cartas de triunfo), Carlitos Ferrari anunció que había crisis de gabinete.

¡Cuenta!, exclamó Luisito Grajales, rojo de excitación, y Carlitos, inclinándose, advirtiendo al círculo de cabezas que la divulgación del secreto podía costarle el puesto, pronunció con su voz autorizada el nombre del nuevo Ministro.

Rico por lo Restrepo, dijo alguien, y en el círculo de cabezas se escuchó la palabra usurero, la palabra mercachifle, pedante, y una voz comentó que lo había conocido y que era un pesao'e sangre un farsant'e mierda...

A mí me pareció muy amable, replicó Carlitos.

¿Papelero?

¡Orero!, respondió Luisito Grajales, como si se tratara de algo evidente: ¡Orero fino!

Tiene, por lo menos, declaró Carlitos, entrecerrando los ojos y bebiendo un sorbo de pisco sauer, una considerable ventaja: ¡No llega con hambres atrasadas!

Era una de las expresiones favoritas de don Ramón, que a su vez se la había escuchado a su abuela, que la había recogido de su infancia en las postrimerías coloniales, y a Carlitos le gustaba repetirla como si fuese propia.

A ése, dijo un hombre muy alto, flaco, de nuez protuberante, movimientos rígidos, palidez casi cadavérica, que tartamudeaba como si tuviera la lengua enredada entre la epiglotis y los dientes, abriéndose camino en medio del círculo, copa en mano, lo educaron para Presidente desde chiquitito. En el colegio arreaba con todas las medallas. No le quedaba hueco en la chaqueta para que se las prendieran.

De nuevo se escuchó la palabra usurero en forma confusa, la palabra judío, unida a la palabra mierda, y Carlitos: Parece, dijo, adelantando la cabeza y permaneciendo cogido con el brazo izquierdo de la barra de bronce, ya que de otro modo, al perder el contacto con la barra más larga del hemisferio sur, corría grave riesgo de experimentar el horror al vacío, el horror vacui, que a él le ocasionaba un vértigo espantoso (por ejemplo, era incapaz de caminar solo por el centro de la Alameda, se mareaba, le daban comienzos de fatiga, prefería las callejuelas estrechas), que puso sus condiciones antes de aceptar. Seguro que volveremos a la conversión metálica.

¡Renuncia!, dictaminó, con voz rotunda y una mirada que volaba por encima de las cabezas y se perdía en la penumbra, a un costado impreciso de los vidrios de colores, el hombre de nuez protuberante.

Cuando venga la discusión del presupuesto, anunció Luisito Grajales, ¡ahí sí que lo quiero ver!

¡Se lo comerán vivo!, dijo el de la nuez.

Y así fue, comentaron: don Malaca, fundador y jefe de los demócratas, lo que un pasquín de la tarde había bautizado como Mamocracia, mamones a dos carrillos de las ubres fiscales, desde su asiento en el fondo del hemiciclo, se convirtió en la siniestra y tenaz pesadilla de Teobaldo. Los anteojos de don Malaca brillaban como lancetas y su dedo índice, al levantarse, le provocaba a Teobaldo, sentado en el sillón de tortura reservado a los ministros, un sudor frío en la espalda.

Después de leer el periódico desde la primera línea hasta la última, sin excluir partes de nacimiento, matrimonios, defunciones (Carlitos nunca se olvidaba de mandar flores o tarjeta de pésame, según el caso), avisos de píldoras mágicas para el estreñimiento y de fajas recién importadas de París, que aseguraban a su feliz poseedora una línea esbelta y moderna, don Ramón se había puesto a cabecear. El tren ya había dejado atrás las estaciones de Batuco y Til-Til, con su paisaje de carrizales, de espinos, de tierras pedregosas y negruzcas.

¿Se acuerda de unos tipos de afuera que aparecieron en la tarde en un tremendo auto?, dijo Matías: ¿Unos rotos de afuera?

Creo que sí, dijo Marujita.

Esa gente, prosiguió Matías, siente gran desprecio por nuestras tradiciones, por todo lo que nosotros representamos.

Me acuerdo, insistió Marujita, a pesar de que su expresión parecía revelar un estado de amnesia, de completo olvido.

Cuando Marujita se fue, convencida de que los afuerinos del auto enorme, lleno de cromos y pirinolas, habían sido los autores del desaguisado, ¡sin la menor duda! (a pesar de que todavía no conseguía recuperar la imagen del automóvil extranjero, lleno en su penumbra interior de miradas asesinas), la Gorda Unzueta atravesó la terraza con la mano en el bolsillo, semisonriente, sacó la nariz de mármol de don Teobaldo y se la entregó a Matías.

Matías se puso de pie y llamó a gritos al Pipo, moviendo el brazo derecho vigorosamente. Antes de bajar de la terraza le pasó unas monedas a la Gorda:

Para que te comprís un chocolate.

Se detuvo junto a la portezuela del jardín y miró a la Gorda. Ella permanecía inmóvil, hierática, como un gnomo que se hubiera asomado a la cumbre del Walhalla, bañada por el sol del mediodía.

Si seguís inventando leseras, Gorda de porquería, te va a llegar conmigo, ¿oíste?

La Gorda, sin dignarse responder, bajó los escalones lentamente y se internó en uno de los prados que bordeaban la casa. Estuvo jugando con los pétalos de una magnolia, hasta que terminó de destruirla. Después tomó un caracol entre los dedos, lo observó desde diversos ángulos, y volvió a depositarlo en el lugar preciso del muro de donde lo había levantado, esperando que sacara los cachos, después de pasado el peligro, y reanudara su peregrinaje.

¡Estamos jodidos!, exclamó el Pipo, sacando un palmo de lengua.

¡No!, dijo Matías. A esa Gorda del diablo hay que engrasarla. Dominarla por el estómago. ¿No ves que le tienen prohibido comer dulces?...

¡Verdad!, dijo el Pipo, moviendo la cabeza y dando pequeños brincos de gusto.

Le entregaron la nariz a Guillermo de sopetón, ya que te corresponde como autor del disparo, y Guillermo, en el primer instante, se puso pálido, hasta perdió el habla, pero después dijo que la escondería en algún cajón de su casa, al fin y al cabo era un trofeo de guerra, y el Chico Santana, deseoso de hacerse presente, le preguntó si quería que lo acompañara a esconderla.

No es necesario, replicó Guillermo.

En cuanto a la Gorda, Matías fue partidario de mantenerla entre el terror y el soborno.

El soborno sale recontra caro, opinó el Pipo: La Gorda es muy capaz de tragarse cuatro docenas de pasteles sin pestañear.

¿Y si la eliminamos?, propuso Matías, sobándose la barbilla y contemplando el horizonte con ojos mefistofélicos.

¿Cómo?, preguntó Guillermo.

La llevamos a dar un paseo en bote, por alta mar, y le sumergimos la cabeza durante un cuarto de hora por reloj. ¡Sencillísimo!

¡No es mala idea!, exclamó el Pipo, chupándose un dedo.

El Gordo Piedrabuena, perplejo, miraba a Matías y al Pipo, se acordaba de los consejos del Cachalote y a la vez, contra toda lógica, quizás por sus deseos de caer bien, se reía con una risita estúpida.

O le damos alfajores con veneno, propuso Matías.

¡Claro!, dijo el Pipo: ¡Macanudo!

¿Y si sale tan resistente como Rasputín?, preguntó el Chico Santana. Aquí no tenemos un río congelado para hundirla.

En ese caso la descuartizan, dijo el Pachurro del Medio: La cortan en pedacitos y reparten los pedacitos por la costa.

Me parece un método mucho más seguro, opinó el Pipo. *Él* diría que el crimen trae el crimen. Así como la virtud trae la virtud. Y la plata trae la plata.

¡Bien!, resumió Matías: La nariz ha llegado a poder de Guillermo, su legítimo dueño.

Guillermo la depositó al fondo del cajón de su velador, detrás de unos anzuelos viejos y de unos corchos que habían servido hacía cinco o seis años de jaulas para moscas, de las dos estampillas inglesas de la carta que le había enviado su padre desde Liverpool, de un rollo de lienza para pescar y de un billete argentino que le había regalado Sebastián Agüero al regreso de un viaje. En esa época, diría el Gordo, Guillermo todavía era un tipo simpático, divertido, pero la señora Eliana y sus dos hijos ya estaban empezando a sentir los primeros apretones de la pobreza.

Hasta el extremo, comentó Sebastián, de que habían visitado a mi padre para ofrecerle la casa de don José Francisco en venta, con gran secreto, ya que la copucha de su ruina se habría divulgado a gran velocidad (y a pesar de ese gran secreto continuaba divulgándose, la murmuración arreciaba en las tertulias de la Punta, y cada vez que hacía su entrada en un salón la señora Eliana, se producían miradas significativas, un silencio súbito), pero mi padre, ¿para qué la quería?, ¿qué le interesaba ese caserón viejo? Él habría participado en una colecta con el mayor gusto, pero hacerse cargo de un elefante blanco... ¡Para qué!

La señora Eliana, a todo esto, estaba aterrorizada frente a la posible reacción de Guillermo por los proyectos de venta de la casa, a la cólera asesina de Pancho. El robo de la casa de don Marcos, la compra del Ford 4, la misma muerte de Pancho, no fueron ajenas a las tensiones de la familia. Fue la época en que Guillermo se amargó. Hasta entonces, como decíamos, era un tipo simpático, alocado, disponible siempre para cualquier expedición, bombardear ventanales o irse a tomar poncheras a la casa de putas de la esquina de la plaza de Mongoví, la casa disimulada por el tronco y el follaje de un pimiento vetusto y cuyo portón de entrada, pintado de marrón oscuro, anodino, daba sobre un callejón lateral, pero fue por esa época, al pasar de quinto a sexto año de humanidades, o de sexto a primero de Arquitectura, poco después de la muerte de Pancho, que se amargó. Cambió completamente de carácter, en forma brusca, y todos notamos que se ponía más pálido, con un fulgor obcecado y retorcido, huidizo, en la mirada. Uno le decía cualquier cosa y contestaba con una pachotada cualquiera, o decía que tú podías permitirte tal lujo y tal otro porque eras rico, y que él, como era pobre, no podía. Por ejemplo:

Vamos a tal restaurant...

No puedo...

Nosotros te invitamos.

¡Les digo que no puedo!, replicaba Guillermo, con inaudita y desproporcionada furia, y a veces, a pesar de sus propios reparos, iba, pero llegado el momento de pagar la cuenta se ponía pálido y nerviosísimo, en sus ojos se incrustaba ese resplandor oblicuo, desagradable. Hasta que el Pachurro del Medio, en una fiesta donde todos nos habíamos emborrachado, para dar remate a una de aquellas inútiles y recurrentes discusiones, le dijo: ¡Sé pobre, si querís, pero no seái huevón!, y Guillermo le lanzó una bofetada. Rodaron por el pasto del jardín, trenzados en una pelea furibunda, de una especie que ya no veíamos desde los tiempos de los patios escolares, desaforados, rojos, enteramente frenéticos, mientras toda la fiesta acudía a presenciar el pugilato y algunos espíritus comedidos hacían un tímido intento de separarlos. A partir de esa pelea, si la memoria no me engaña, Guillermo se alejó de nosotros en forma mucho más definitiva. De vez en cuando recibíamos noticias suyas. Supimos, por ejemplo, que se había inscrito en Arquitectura, pero después nos llegaban rumores de que se había dedicado a la pintura, a la decoración de vitrinas, que había tenido un par de papeles secundarios en el teatro, que a veces conseguía un poco de plata por aquí o por allá, que pensaba montar una oficina de publicidad y luego, de repente, que le había dado por el corretaje de propiedades, por las agencias de turismo. Todo lo que fuera exterior, intermediario, pura vacuidad y apariencia. Se metía con gente rara, desquiciada, vestida con algo de exceso y recién llegada de alguna parte, ¿se han fijado en ese detalle?, de un campo de concentración ruso instalado en Polonia a fines de la guerra, de Bolivia, donde habían fracasado en alguna empresa extravagante, o de los Estados Unidos, y Guillermo les hablaba de nosotros con cierta sorna, entre envidioso y despectivo, riéndose de nuestras carreras y de nuestro trillado porvenir de "niñitos bien", como le había dado por calificarnos. Hasta que supimos que se había casado con alguien.

Esa alemana del sur, dijo el Pachurro Mayor, bastante putona y siútica.

Que le puso los cuernos hasta que le dio puntada.

¿Y él?, preguntó una voz: ¿Qué pretendía? ¿Qué diablos quería?

¡Nada!... Y todo.

¡Puchas que es jodido eso!, exclamó el dueño de la voz, perplejo. Pero después, mirando el techo, dijo que él también conocía gente así.

Y el descubrimiento de la nariz, ¿cuándo se produjo?, preguntó otro.

¡Mucho antes! La nariz fue descubierta dos semanas después del atentado, a comienzos de marzo, cuando la gente había iniciado el regreso a sus cuarteles de invierno. Todavía estoy viendo el acto de la devolución, con la señora Eliana al frente, muerta de vergüenza, de angustia, y los culpables un poco más atrás, dando muestras hipócritas de arrepentimiento, inclinando las cervices como sacristanes y disimulando las sacudidas de risa causadas por las frases que murmuraba Matías con los labios torcidos.

¡Pobre Elianucha!, repitió Marujita Gómez: ¡Qué mala suerte le ha tocado en la vida!

XIV

EL PACHURRO del Medio, que había sido entre nosotros uno de esos personajes que siempre están en la segunda fila, dispuestos a celebrar un chiste a mandíbula batiente o a poner la cara consabida de circunstancias, tristeza o indignación, furia o desánimo, según el caso, enamorado eterno y con esperanzas que todos considerábamos nulas de María Gracia, Luisa María o alguna otra de las Cantantes, amor que normalmente callaba con angustia y que confesaba en alguna borrachera, poniéndose terriblemente tartamudo, rojo como un tomate, confesión que tardaba muy poco en llegar a oídos, con lujo de detalles burlescos, de la inaccesible amada, la que a menudo, en virtud de la proverbial crueldad y de la coquetería maligna de las mujeres, le prodigaba una sonrisa destinada a alimentar sus esperanzas, el Pachurro del Medio, contaron, ¿te acordái?, conoció a María Olga Valderrama en la época de los bailoteos, por ahí por primero o segundo año de universidad, un poco después de la muerte de Pancho Williams, un poco antes de fracasar en Medicina, fracaso que algunos atribuyeron precisamente a su obsesión por María Olga, y de partir a la Isla de Pascua, resolución que para todos, incluido su hermano el Mayor, resultó inesperada, sorprendente. ¿De dónde había sacado esa personalidad el Pachurro del Medio, esa capacidad de sufrimiento contenido, de fijación acariciada, rumiada en domingos inútiles y noches de insomnio, hasta conducirlo a esa extravagancia, sepultado en el Ombligo del Gran Océano? Pero volvamos al tiempo de los bailoteos. Habíamos tomado la costumbre de encerrarnos en alguna sala apartada, un grupo de iniciados, y ahí formábamos cola para bailar con María Olga, desdeñando todo el resto de la fiesta. El secreto del asunto radicaba en que María Olga era la única niña de su generación que bailaba *cheek to cheek* sin disimulo ni recato alguno: apenas te tocaba el turno y la tomabas de la cintura, ella te ponía la mejilla y te pegaba el cuerpo, no creas que lo retiraba en lo más mínimo cuando sentía tu pájaro en erección, ¡todo lo contrario!, entrecerraba los ojos y tú la escuchabas resoplar ligeramente, como si fuera un volcán en una fase de activación preparatoria, subterránea. El Pachurro del Medio, desde luego, era de los que estaba siempre clavado en la fila, esperando su turno, los ojos ardientes sin apartarse un segundo de María Olga, pero ¿quién habría sospechado que pudiese llegar a esos extremos, a un grado de locura tan avanzada? Una vez el Pachurro Mayor lo llamó aparte:

Si sigues bailando todo el tiempo con María Olga, sin sacar de vez en cuando a las demás niñas, vas a agarrar mala fama, le dijo, las chiquillas decentes ya no querrán salir contigo, dejarán de invitarte, incluso.

La reacción del Pachurro del Medio fue sorprendente. Poco faltó para que le lanzara una bofetada al Mayor. ¿Quién te ha dado autorización, le preguntó, colorado de furia, para meterte en mi vida privada?, y el Mayor, perplejo, optó por soltar la risa: ¡Mocoso huevón!, le dijo, encogiéndose de hombros. Lo curioso es que las demás niñas, que jamás se habrían atrevido a entrar a la salita donde bailaba María Olga, puesto que habría significado desprestigiarse para siempre, caer en el fango, la seguían invitando a sus casas. Cuando salía del estado de trance que le producía el baile (sospecho que la salita pecaminosa, el apartamento del resto de la fiesta, el círculo secreto, la reprobación que parecía emanar del salón principal, miradas oblicuas y frases dejadas caer en voz baja, contribuían de algún modo a provocar ese estado extraño, esa respiración cadenciosa y profunda en la que había un desafío implícito, un núcleo de agresividad, y que una vez había obligado al Pachurro del Medio a salir de la salita con una mancha enorme en los pantalones, tapándose con las manos, lacre de vergüenza hasta la punta de las orejas), María Olga se convertía en una persona ocurrente y divertida, llena de mundo, excelente amiga, de una gracia bárbara, aun cuando la riqueza de su vocabulario y un imperceptible exceso de pronunciación traían el recuerdo de don Quintiliano Valderrama Mujica, su padre, por lo cual resultaba inevitable que se la catalogara de siútica, de siuticona, de manera que divertirse con ella bailando *cheek to cheek*, sobajeándola, contando después que te había dado mordisquitos en la oreja, derretida de calentura, que te había susurrado ¡amor mío!, en una competencia verbal a ver quién había llegado más lejos, estaba muy bien, ocupaba un sitio destacado en el anecdotario masculino, era muy de hombre, pero tomarla en serio, como la había tomado el demente del Pachurro, impresionado por el cutis de porcelana de María Olga, por los ojos verdes con que preguntaba, cándida y libertina, ¿a quién le toca el turno, ahora?, era un perfecto disparate.

Misiá Inés, la madre de María Olga, era una Echazabala Zuazagoitia, pariente de don Marcos, que había vivido en su juventud una historia de amor bastante confusa, que sólo conocíamos a través de versiones incompletas y contradictorias, (¡de tal palo, tal astilla!, ¡puta la madre, puta la hija!, etcétera), y había optado por casarse, cuando ya la dejaba el tren, con don Quintiliano, abogado radical y masón, de más años que ella, hombre astuto, de éxito profesional considerable, y que pertenecía, sin embargo, a esa especie retorcida, llena de suavidades y recovecos, dulzuras y ponzoñas, de los siúticos que alguien ha denominado "sublimes". A través de un proceso de susceptibilidades, orgullo lastimado, éxitos que le revelaban de inmediato sus límites, mundos donde jamás sería aceptado sin una sonrisa desdeñosa o una solapada burla, don Quintiliano había conseguido amargarse completamente, sin que de nada le sirviera su prestigio en los Tribunales y en la cátedra, prestigio que más bien ponía en evidencia la paradoja de su fracaso, y de paso había envenenado la vida de su familia, dándole vueltas incansablemente, sin tregua ninguna, al tema de su propia siutiquería. Cuando los amigos de María Olga, por ejemplo, se iban (nos íbamos) de la casa (una vez el Pachurro del Medio rogó a María Olga que lo invitara a comer, ya estaba trastornado por ella, y ella respondió simplemente, empujándolo por lo hombros y cerrándole la puerta en las narices: ¡No! ¡Ándate con los demás!, y en otra ocasión estábamos en el teatro Oriente y de repente, en lo mejor de la película, escuchamos una sonora cachetada, acogida en los asientos vecinos con toda clase de risas y cuchufletas, y a la salida supimos que el Pachurro, aprovechándose de la oscuridad y al mismo tiempo traspirando de timidez, desfalleciendo de angustia, había intentado agarrarle una mano a María Olga y había recibido su justo castigo, ya que bailar *cheek to cheek* en público, por turno, era bien diferente de manosearse en la sombra y con una persona en particular, sutileza que el animal del Pachurro no había captado), don Quintiliano, que hacía pocos minutos había salido de su escritorio y había dicho algún chiste fósil destinado a la juventud, sacando después su reloj de bolsillo, de oro puro, para dar la señal de partida (repetiría el chiste a la mañana siguiente para amenizar su clase de Derecho Administrativo, habiéndole servido de terreno de prueba el pequeño círculo de los amigos de María Olga), le decía: Hijita (dicen que le decía), no te hagas ilusiones. Esos muchachos sólo vienen a nuestra casa para reírse de ti. Tratarán de aprovecharse de ti y después te dejarán botada. ¡Acuérdate que somos siúticos! Ante lo cual misiá Inés, que había escuchado desde una pieza contigua, levantaba la vista de la novela rosa que estaba leyendo, la tercera que había leído esa semana, y gritaba: ¡Tú serás siútico! ¡Lo que es yo, no tengo un pelo de siútica!

¡Muy bien!, respondía don Quintiliano, ¡conforme!, pasándose las manos de uñas bien cuidadas, anillo de oro y zafiro en el meñique izquierdo, por los cabellos blancos, pero estás casada conmigo, mal que te pese, y la niña, para su desgracia, lleva primero el apellido de su padre, así es que la pobrecita no tiene remedio, e intentaba acariciarle los cabellos, pero María Olga, de pronto, se apartaba con un gesto iracundo. ¡Hasta cuándo!, estallaba, echando espumarajos por la boca, dando patadas en el suelo, ya que la dulce María Olga, cuando montaba en cólera, se transformaba en una fiera temible. Don Quintiliano, mirando las plantas del patio interior a través de los vidrios de colores, retorciéndose de amargura, saboreando la hiel de la incomprensión, el rechazo del mundo, pero estoico siempre, digno hasta el fin, suspiraba.

Dos o tres años después leímos en el diario que don Quintiliano Valderrama Mujica había muerto. En los patios de la Escuela de Leyes los alumnos decían en voz baja, echando vapor por la boca y sobándose la manos para combatir los sabañones, mirando el hielo que empezaba a deshacerse en las pozas, que se había suicidado. En esos días el Pachurro del Medio acababa de partir a la Isla de Pascua, aparentemente curado de su pasión no correspondida por María Olga, cuya casa habíamos dejado de frecuentar.

Alguien evocó, entonces, la imagen del Pachurro en la Isla de Pascua, alguien que lo había encontrado en la Isla, cerca del enorme cráter del volcán Ranu Raraku, cuando procuraba olvidar su obsesiva pasión por María Olga en los brazos de una belleza lugareña, ahogado por el asma y encerrado con su joven pascuence en una cabaña de muros recubiertos de papel de aluminio, ya que el papel de aluminio, a juzgar por una teoría elaborada por él mismo y para su propio uso, evitaba respirar cierto polvillo emanado de la madera en descomposición y que acentuaba el asma.

¡Ah, Humanity!, comenté, pensando en el magnífico Melville y a sabiendas de que la cita no sería captada por mis dos vecinos de ese momento, el Pachurro Mayor (el rígido opusdeísmo que lo había apasionado en los últimos años no le impedía en absoluto continuar asistiendo a los cumpleaños de Sebastián, tolerando los excesos orgiásticos, salidas en masa, por ejemplo, a una casa de putas, que solían revestir en las horas finales, excesos que esta vez, dadas las circunstancias, se habían limitado a permanecer bebiendo y conversando de toque a toque, con una sonrisa de hombre de mundo), y el Chico Santana, que no obstante me miraba con ojos muy abiertos, tratando de no perder una sola sílaba de lo que yo podría decir y a la vez de no demostrar ignorancia, provincianismo.

Las mujeres de la Isla que le gustaban al Pachurro del Medio tenían hermosos cuerpos bronceados, cimbreantes, largos cabellos y narices extrañamente aplastadas, y Josefina, o Josefa, la que se había ido a vivir con él a una cabaña, era una adolescente muy desarrollada, robusta de hombros, voluntariosa, de pésimas pulgas. Cada vez que encontraba al Pachurro dormitando, echado en su jergón revuelto, a las doce del día o a las seis de la tarde, lo sacaba a patadas y puñetazos, a despiadados escobazos que le dejaban los huesos molidos, y le ordenaba a gritos barrer la entrada de la cabaña, señalando con un dedo huesudo la mugre acumulada, o ir al pueblo de compras armado de una canasta y con una lista que ella, que sabía escribir muy mal, le dictaba. Los grandes ídolos de piedra, con su mirada hueca dirigida desde ese ombligo del mundo al interminable océano, debían de escuchar las discusiones del Pachurro y de la Josefa en un rincón ínfimo de su cerebro, al final de una escalera perdida, después del último rellano, mientras los terraplenes centrales de aquella arquitectura se veían ocupados por el silencio del horizonte, por el vuelo de algún pelícano, y quizás, conociendo de memoria las antiguas pretensiones del Pachurro del Medio, sus fantasías de adolescente iluso, esbozaban una sonrisa, o contemplaban imperturbables, desde su anfiteatro de lava, al angustiado Pachurro que partía en su caballo o se instalaba a rumiar su amargura sentado en las rocas, cerca de los gatos que esperaban con extraordinaria paciencia y astucia, tan inmóviles como los dolos, que apareciera un pez sabroso y desprevenido, ignorante de que su fin podría provenir de un zarpazo desde fuera de su elemento líquido.

¡Pobre Pachurro! Después de aquel intento de evasión en la Isla, que había terminado bastante mal para él, puesto que el Gobernador, al observar sus correrías y excentricidades, sus conversaciones netamente subversivas con los nativos, ¿por qué no van a tener derecho a tomar pisco?, ¿no son chilenos iguales que nosotros?, ¡qué se tiene que meter ese cura cabrón!, etcétera, un claro intento de soliviantar a esa población díscola pero infantil, bondadosa y cooperadora cuando no se hallaba sometida a malos ejemplos, ¿no les parece a ustedes?, había resuelto lisa y llanamente tomarlo preso con el pretexto, por si hiciera falta pretexto en esa Isla militarizada,

Anticipo del futuro, pensó alguien.

de la ebriedad, y aconsejarle, al cabo de una noche de calabozo, porque más no hacía falta y el encierro aclaraba las ideas, con muy buenos modos: Éste no es un sitio para usted, señor Echave, y esta mujer, si usted se descuida, sería muy capacita de molerlo a palos. ¿No se ha dado cuenta?

Bueno, qué quiere que le diga, había tartamudeado el infeliz Pachurro del Medio, quien, humillado por la feroz pascuence, destrozado por la combinación asesina del alcohol y el asma, a tres cuartos y un repique, se había olvidado hacía mucho tiempo de que era nieto de don Justo Echave, el que había sido millonario y hasta Ministro de Hacienda, antes de que sobreviniera la decadencia del salitre, producto en el que tenía colocadas todas sus inversiones.

¿Por qué no abandona la Isla, por su propio bien?

Saludable advertencia que movió al desesperado Pachurro del Medio a despedirse de los gatos pescadores, de Josefina, de la mirada en sombra de lo inmensos ídolos, y a tomar el barco al continente. Ahí se hundiría en un abismo gelatinoso, presidido por unos brazos colgantes, de carne fofa y blancuzca, y una triple hilera de elefantes y leones de dulce de membrillo que sufrían el picanazo de un tenedor, perdían sus miembros uno a uno, de picanazo en picanazo, y eran reemplazados por otros personajes, en vez de elefantes y leones, gatos y corderos, o por otras formas: promontorios ovalados y en filigrana en cuyos bordes, en la cresta de las almenas redondeadas, había un color más claro y una leve transparencia.

Pero ésta es otra historia, intervine, y el Chico Santana, riéndose solo y echando una saliva verdosa por la comisura de los labios, habló del Bálsamo de cuánto...

De Fierabrás.

que Matías había confeccionado en una enorme ponchera de plata en la terraza de los Echave, en la misma tarde de la kermesse, mientras se ultimaban los preparativos del apedreo y sonaban en la desvencijada victrola los acordes de la Tetralogía, sin saber que la infatigable Gorda Unzueta escuchaba debajo de las enredaderas.

Siempre nos espiaba, dijo alguien, para saber lo que haría Matías, y recordamos los increíbles ingredientes incorporados a esa ponchera: pisco puro, jugo de frutas, pimienta negra, coñac Tres Palos, mejor conocido como Tres Garrotazos, Cherry Brandy, canela y un toque, dijo alguien, pero nunca pudimos comprobarlo, de cocaína, y la interminable persecución a que la Gorda había sometido a Matías durante años: misivas, recados, signos encontrados por azar encima de su escritorio, el teléfono que llamaba y después había una persona al otro lado, una respiración, pero esa persona no abría la boca y al final, suspirando de melancolía, colgaba.

Hablamos de cuando la Gorda había sacado la nariz al día siguiente, en la terraza de los Pachurros, ante el estupor de Matías, y en seguida, con un par de frases, aludimos de nuevo a la historia ingrata de Guillermo. El Gordo acarició su copa de coñac, no de Tres Garrotazos, ahora, sino el Courvoisier que había sacado Sebastián en vista de que los tiempos del hambre, o al menos los tiempos de la alarma, de la insoportable incertidumbre, habían terminado, y comparó el caso del Pachurro del Medio con el de Silverio Molina, que en el fondo se parecen mucho, dijo.

¿En qué?, preguntó Sebastián.

El Gordo explicó que ambos se habían evadido y habían traicionado, en alguna forma, a su clase, pero la evasión del Pachurro, después de llevarlo a la cabaña de muros recubiertos de aluminio y a los parajes de los gatos pescadores, lo había conducido a una perversidad viscosa, versión perfeccionada del infierno en la tierra, con su castigo matinal de nervios destrozados por máquinas calculadoras, listadas facturas, bloques de cifras y campanillas de teléfonos, en tanto que Silverio encontraba refugio en una iglesia donde sus errores y debilidades eran enderezados, sus desviaciones y pecados absueltos después de la contrición, de modo que una disciplina sólida y un objetivo definido, que trascendía su ego, le impedían caer en las negras depresiones del Pachurro, en sus gelatinosos infiernos.

XV

SI LA MEMORIA no me engaña, fue Pipo Balsán el que estuvo presente en una discusión en la que Silverio, que había sido designado candidato de la izquierda al municipio de Mongoví, trataba de convencer a Emeterio Águila, el viejo inquilino de los tiempos de su padre y de su abuelo, para que votara por él, hijo y nieto de sus patrones, que ahora, en virtud de un vuelco del destino que Emeterio, si no fuera un cabeza de alcornoque, debería agradecer, defendería los intereses populares, es decir, los tuyos, no los de tus explotadores (estólido silencio de Emeterio, mirada penetrante y a la vez inescrutable, inexpresiva), en lugar de votar por Maturana, un hijo de campesinos que había llegado a ser propietario de dos destartalados camiones y había asumido de inmediato la defensa de los capitalistas.

¡Tienes!, repetía Silverio a Emeterio Águila, y Silverio, exasperado, se levantaba los mechones que le hostigaban la frente sudorosa, pero los mechones, tan testarudos como el propio Emeterio Águila, volvían a su sitio y se pegaban al sudor, al polvo que se había incrustado en las arrugas, en el pabellón de la oreja, en los recovecos más profundos de la barba. El abuso de vino litreado había horadado los dientes de Silverio, llenándolos de manchas negras, espacios recortados, túneles, y el régimen alimenticio a base de algas, lapas, pulgas de mar y en días de gran fasto jaivas, tenazas rojas, caparazones y pedunculados ojos que se iban amontonando en pirámides, a un costado de la mesa de gruesos listones, en tanto que el vino blanco, refrescado a la sombra de un sauce llorón, en el agua cantarina, chorreaba desde la comisura de los labios y a través de la maraña grisácea, pues la barba había sido desafiante, llameante y enroscada, escondiendo víboras de oro, barba de rey homérico, en la época en que aún no aparecía el aviso de cigarrillos Life en la cumbre, sobre la ondulación de los trigales, en que los cerros todavía exhibían el lomo árido, arenales mudos donde se habían clavado generaciones de pescadores, tejedores y pastores, sensación engañosa de inmediatez, le dije al Gordo, o traté de dar a entender, ya que aquel tiempo era ido, pretérito, la época de la dichosa, inconsciente juventud, pasada, y con su desaparición los tonos de ceniza se habían sobrepuesto al amarillo, habían aparecido ocasionales y cada vez más numerosos filamentos de plata, las estaciones, el repetido crepúsculo, las innumerables noches de la luna, el mugir del viento, las ramas desgarradas de los sauces, la ritual acometida de las olas, día tras día y año tras año, habían terminado por convertir lo que había sido una barba tonante en una barba más bien patriarcal, aunque de un modo muy diferente al de Silverio el Viejo y Silverio el Abuelo. Digamos que el violento de antaño se había puesto a sonreír, acariciándose con malicia, con un asomo de bondad socarrona, las puntas ensortijadas. Sus ojos se habían aposentado, sanguíneos, meditabundos, ocupados por la imagen inmemorial de los cerros, arenales donde Perico Unzueta, el papá de la Gorda, médico especialista en huesos, bosteza, el congrio le ha caído pesado, más bien dicho, la fritura, y Alicia, la mamá, escudada en la sombra del antebrazo, contempla el perfil de su pierna derecha, barnizada por óleos sacramentales y expuesta al sol, pero la celulitis puntea con crueldad en las inmediaciones del traje de baño, rebelde a todo régimen, sensible a la menor ingestión de alcoholes o grasas, y donde pasa, raudo, el Mustang o el Oldsmobile con olor a cuero sintético del funcionario internacional que se vistió de pantalón corto, igual como lo hacía en su anterior destinación de Tailandia, y que descubrió que en Chile, su nuevo destino, la piel se pega desagradablemente al cuero y corre, además, una brisa demasiado fría, traicionera, *treacherous*, una brisa que podría conducirlo, si no tomara precauciones de inmediato, con suavidad más que persuasiva, a la tumba... Arenales, conchales, polvo de huesos, y Silverio, rechazando toda tentación metafísica, ¡Tienes!, repetía, pero los ojos de Emeterio Águila, rodeados de surcos de arcilla, entre piedras y lagartos, no retrocedían en sus trece ni una sola fracción de milímetro. ¡Porfiado como mula, el vejete!

¡Qué decís, pu's!

¿Qué quiere que diga, pu's, patrón?

Deje al abuelito tranquilo, mejor, aconsejaba Menchaca. De sus ideas no lo saca nadie.

Pero, ¡cómo diablos se puede ser tan pelotudo!, exclamaba Silverio, agarrándose a dos manos la cabeza: ¿Cómo podís votar por el candidato del dueño del fundo? ¡Por el candidato de tu explotador! A ver... ¿Sabís lo que es el partido comunista?

Todos los partidos son iguales, decía Emeterio, en cuyos ojos empezaba a vislumbrarse una luz hostil, reconcentrada.

No pierda su tiempo, compañero, insistía Menchaca: Al abuelito no lo convence ni el Papa.

¡Qué viejo más porfiado!, y Águila, encogiéndose de hombros, murmuraba que cada uno con sus ideas. Yo con las mías y usté con las suyas. ¿Acaso trato de convencerlo yo a usté? Si a usté le gustan los comunistas, allá usté. ¡Lo que es a mí! ¿Trato yo de convencerlo, acaso, de que vote por el candidato mío?

De repente vota por nosotros, comentaría después Menchaca. Nunca se sabe. El abuelito es muy llevado de sus caprichos.

Águila vio que se agachaban para atravesar un alambrado de púas y que avanzaban por un potrero recién roturado. Capaz que les falte el agua en esa siembra, pensó: El maíz pide mucha agua. Por eso don Silverio, el patrón, que conocía estas tierras mejor que ninguno, nunca sembraba maíz en esta zona. Emeterio se sobó la frente con la mano cobriza, dura como palo, y se puso el sombrero. Después bebió y se limpió la boca. Una tarde así, hacía tiempo, él iba a caballo por los cañaverales cuando aparecieron los autos corriendo a toda máquina, lanzando una polvareda enorme. Desde los cañaverales escuchó frenadas, portazos, discusiones, insultos. Después hubo un silencio completo. Emeterio vio que habían empezado a pelear y que el más joven, aunque más flaco, tenía medio apurado al hijo de don Silverio. ¡Más que medio!

¿No era hijo del dueño de todo esto?

¡Hijo, era! Pero lo habían perdido casi todo... Entre él y las mujeres de la familia... ¡Mala cabeza!

Esa discusión tuvo lugar cuando Silverio fue de candidato a regidor, una elección que estaba perdida de antemano, ya que Mongoví y la Punta siempre habían sido de mayoría derechista. Silverio era el candidato ideal para una elección así. Aunque supiera que estaba perdido, no se le enfriaba el entusiasmo hasta el último segundo, hasta que una mano anotaba los resultados en una pizarra de la Municipalidad, delante de sus ojos. Era la época en que la célula del partido se reunía en las tardes en la casa de Silverio, porque él mismo había ofrecido su casa, más cómoda, y además había innovado poniendo jarros de greda con vino tinto al alcance de los compañeros, y de vez en cuando unas pasas, unas nueces, unos pedacitos de charqui. No hay ningún motivo, argumentaba Silverio, en anticipada réplica a las críticas posibles, para que las reuniones del partido no puedan tener algún detallito agradable, un vasito de vino nunca le ha hecho mal a nadie, y algo para picar, para entretener el diente. Así, por añadidura, se atrae a la gente, se fomenta el compañerismo, los más tímidos se despercuden, se atreven a hablar, ¿no les parece? Todo este ascetismo, esta beatería, ¡por la cresta!, para decir las cosas por su nombre, estaba muy bien para la época de Stalin, del camarada Stalin, pero no para hoy, ¿qué dice usted, compañero? Antolín, que no necesitaba de tantos argumentos para tomarse un trago de vino, asentía con la cabeza. Menchaca, tiene razón, decía: un vasito de vino nunca le ha hecho mal a nadie, sobre todo cuando uno viene de terminar el trabajo, pero la mujer de Menchaca puntualizaba, con su buena dosis de suspicacia, de reserva: siempre que el trabajo no resulte perjudicado, ni la salud tampoco. La mujer de Menchaca siempre había sido hostil a las reuniones de célula en casa de Silverio, potrillo de vino en mano, y los hechos posteriores demostraron que no se equivocaba, al menos desde su punto de vista de esposa y de militante del partido. La célula, sin que ellos mismos se dieran cuenta, comenzó a alcoholizarse, a un potrillo de vino seguía el otro, las lenguas, a la hora y media de conversación, se habían trabado o se habían relajado en forma insensible, y las reuniones desembocaban, a menudo, en desordenadas discusiones ideológicas entre Menchaca, el Pat'e Jaiva, Silverio, la Lucha y algún otro, lenguas de estropajo, pasos vacilantes, destempladas voces y gritos, mientras la mujer tomaba del brazo a Menchaca y le decía, ¡Ya, vení p'acá, vámonos!

¿Qué se discutía?, preguntó el Chico Santana.

Se discutía de todo un poco. Las ideas de Mao sobre la guerra atómica, el Che Guevara y la supresión de los estímulos materiales en la economía, la personalidad de Salvador Allende, si era o no era un verdadero dirigente popular, si se daría vuelta la chaqueta como González Videla o no se la daría vuelta, Silverio sostenía rotundamente que no, que él ponía sus manos al fuego, los hábitos de vestimenta del candidato, ¿qué importancia tenían?, ¡qué sé yo!

¡Huevadas!, comentó el Chico Santana, metiéndose las manos en los bolsillos y encogiéndose de hombros.

Antolín, con su discreción habitual, sin que ellos se hubieran dado, en medio del atropellado intercambio, ni cuenta, se había retirado hacía más de una hora, y Menchaca se ponía cargoso, tomaba los potrillos de vino tinto al seco, de ojos cerrados y mano izquierda en la costura del pantalón, en posición firme, como si luego, después de reparar fuerzas, tuviera que reanudar un combate. El asunto, en los últimos tiempos, solía rematar en una pelea a gritos, salpicada de soeces improperios, entre Menchaca y su mujer, que no cejaba en su empeño de llevárselo aunque fuese a la rastra. A menudo tenía que intervenir Silverio, tambaleante, los ojos extraviados, inyectados en sangre, la expresión embrutecida, para defenderla de los pesados manotazos de Menchaca el grueso, el opaco, hombre de pocas palabras, mediero de profesión, buena persona, opinaron, al examinar el problema que se había planteado en la célula de los Queltehues, los jefes provinciales del partido, militante leal, de una sola línea, pero no había que permitir que ese grupo le pusiera demasiado entre pera y bigote, se había relajado la disciplina, era muy fácil que el grupo queltehuano, si seguía por ese camino, se maleara totalmente.

Eso es lo que yo he venido a desplicarles, dijo su mujer, estrujándose la falda con las manos. El señor Molina, quiero decir, el compañero Molina, les pasa demasiado vino en las reuniones. Llegamos a cada reunión y ahí están los jarros de vino listitos, esperando. Porque él ya no será tan rico, habrá tenido que vender muchas tierras de la familia, pero para vino litreao todavía le basta y le sobra.

El jefe provincial, sentado en una silla de paja, de corbata gastada, brillosa, camisa de manga corta, chaqueta colgada del respaldo de la silla, arriba una fotografía de Elías Laferte y otra de don Pedro Aguirre Cerda, don Tinto, el Frente Popu, una bandera chilena, como corresponde, se aclaró la garganta y dijo que para las elecciones de parlamentarios, cuyo resultado, compañeros, será de gran importancia para nuestra causa popular, habrá que trabajar con el máximo de disciplina, cada militante deberá realizar un esfuerzo supremo, un sacrificio máximo...

El cajón de tablas cepilladas y sin barnizar, madera de los eucaliptos que se divisaban en los faldeos de los cerros, inmóviles a esa hora de sol reverberante, osciló encima de los hombros de sus portadores, que llevaban el sombrero en la mano libre, se habían puesto su traje dominguero y corbata, y parpadeaban, mirando el camino arenoso, pedregoso, para no tropezar y para no perder la ruta, ya que el cementerio, a causa de los ventarrones de aquella zona, solía desaparecer tragado por la arena. Sólo las cruces más altas, las de fierro forjado de los campesinos ricos, se salvaban. Algunos comentaron que el viejo, Emeterio Águila, que había conocido a cinco generaciones de Molinas y que nunca, en su larga vida, había viajado más lejos que Mongoví y Valparaíso, debía de ir rabiando dentro de su prisión de tablas. ¡Más llevado de sus ideas! ¡Porfiado como mula! Debía de llevar los puños de tierra, de pedruscos y terrones agrietados por la sequía, crispados, ¡el viejo mañoso!, y de repente alguien, el hermano menor del abuelito, que iba adelante, abriendo la marcha, levantó la mano izquierda y dijo: ¡Paren! Ya llegamos. Había restos de flores, cintas carcomidas, floreros rotos, letras de aluminio que la humedad había encarrujado y triturado. Las tumbas un poco mejores estaban protegidas por un rectángulo de rejas herrumbrosas. Sólo una cruz de palo señalaba la fosa donde tendría que reposar Emeterio Águila, pero el hermano menor, que también era un testarudo, alegó que la tumba no pensaba en ser ésa. Hubo una discusión en sordina, todos empezamos a buscar la tumba verdadera, unos por un lado, otros por el otro, y como el viejo Emeterio, no obstante su fragilidad terrosa y reseca, pesaba, los portadores optaron por depositar el ataúd en el suelo mientras se resolvía lo de la sepultura. Después resultó que el hermano menor había encargado una cruz de fierro, diciéndose que más tarde le tocaría el turno a él, frente a las avanzadas espumosas del mar de los

Queltehues, pero no habían alcanzado a colocarla. Silverio, olvidando sus diferencias políticas con Emeterio, había mandado una corona de claveles blancos preparada por una señora de la Punta que tenía negocio de flores, al fin y al cabo había sido leal a su padre y a su abuelo, una simple víctima de las relaciones de clase paternalistas, propias del inquilinaje, y había, además de la corona de Silverio, que entre la tierra, las cruces de palo y los tarros a manera de floreros, se veía suntuosa, un ramo de modestas violetas y otro de siemprevivas.

Así transcurrían los días y los años en los Queltehues. En la cruz de palo anotaron el nombre y la fecha de la muerte de Emeterio Águila. Nadie pudo averiguar la de su nacimiento, ni siquiera su hermano menor, hermano de Emeterio, según supimos entonces, sólo por parte de madre. El viejo, después de dos horas de despotricar contra moros y cristianos, diciendo que las autoridades del país eran una banda de ladrones, una tropa de coimeros, y que los demás, los de la oposición, sólo esperaban que se quitaran los otros para ponerse ellos y empezar a mamar a dos carrillos, había apoyado la cabeza cansada, que en los últimos meses había dado la sensación a la familia y a los vecinos de haberse achicado, en la tabla, había pedido una sandía para la calor, porque le había bajado un verdadero acceso de calor, el cuerpo enjuto y rugoso se abrasaba, era un montón mínimo de piel y de huesos en estado incandescente, y cuando le trajeron la sandía había sentido frío, se había puesto a dormir, y había sido curioso que soñara con Silverio el Abuelo en el extremo de la galería, de sombrero aludo, poderoso vientre y barba frondosa, que golpeaba con el bastón en el suelo, marcando el ritmo de las faenas, hasta que en los listones del suelo se abría un hoyo y toda la galería comenzaba a desplomarse, como si la hubiera estado devorando durante mucho tiempo, sin que nadie lo hubiera advertido hasta entonces, una muchedumbre de langostas. La mar está en calma, había pensado Emeterio Aguila, tranquilo.

En la noche, como había continuado sumergido en un sueño tan apacible, había venido su hermano menor con su mujer y uno de los hijos, sobrino suyo, lo habían tocado y habían descubierto que estaba frío.

Don Silverio vino, comentó la mujer del medio hermano de Emeterio Águila, con la señora, que ni para visitar al difunto se cambió los pantalones, como si fuera tan bonito, ¡mujeres en pantalones!, y no se sacaba el pucho de la boca, fumando como chimenea y en pantalones delante del finao, que se quedó en el sueño, por muy pobre que sea, y aceptó, don Silverio, una copa de combinado, por la radio dijeron que nos había caído una onda de calor, ni de noche aflojaba. Pero el abuelito ya había cumplido con creces su tiempo en la tierra, había alcanzado a conocer a mi bisabuelo, ¡imagínate!, y tuvo, al fin y al cabo, la muerte mejor, la que uno se quisiera, y los responsos del cura, que para echarlos, antes de sacar el cajón p'al cementerio, se puso una estola blanca y tenía los zapatos y la sotana llenos de tierra y de barro seco, sonaron muy lindos, a mí, que la muerte del abuelo no me había tomado de sorpresa, todos estábamos esperándola, si ya era viejo cuando mi padre era joven, figúrense ustedes, se me salieron las lágrimas.

Don Silverio miraba con toda seriedad mientras echaban paletadas de tierra encima del cajón. Sus ojos redondos, azules, parecían de cristal, y la mujer, que ni para ir a despedir a un difunto se sacaba los pantalones, la muy creída... Terminó el entierro y el pequeño grupo, siete o nueve personas, quizás doce, se fue dispersando rumbo a las quebradas o en camino a la playa de los Queltehues, disminuyendo de tamaño en la distancia, a la orilla del mar, o confundiéndose con los faldeos grises. Yo descansé un rato, sentada en una piedra, debajo del sauce, al lado del agua que corría por una acequia, porque el entierro me había dejado un poco cansada, con los huesos adoloridos, y después me puse a lavar la ropa. Si no, ¿quién lo hace? El abuelito se habrá muerto, pero nosotros tenemos que seguir viviendo, ¿no le parece? Así es que...

Hay que considerar, prosiguió el jefe, luego de encender un Cabañas especiales, buscar un cenicero con la mirada y lanzar el fósforo al suelo, que la campaña demagógica del cura de Catrileo, financiada por la oligarquía, está arrastrando a mucha gente ingenua. No debemos engañarnos: hay campesinos poco formados, personas de escasa madurez política, que siguen al cura como a un oráculo, por lo cual se ha convertido para nosotros, compañeros, para nuestro partido, en el enemigo número uno de este momento, el enemigo principal, ¿me entienden? El enemigo, entiéndanmelo bien, sigue siendo la oligarquía, el imperialismo yanqui, pero este cura desgraciado se ha convertido en su mejor instrumento. Para combatirlo hay que estrechar la alianza con los compañeros socialistas y demás compañeros del FRAP (llevándose el pitillo a la boca, aspirando con fuerza y lanzando una potente bocanada de humo, los ojos amarillentos fijos, a través de la ventana, en las olas cuyo fragor espumoso se escuchaba apagado), y hay que atraer el mayor número de independientes, trabajadores y capas medias, aprovechando el desprestigio del gobierno del Caballo, su estrepitoso fracaso, que nosotros habíamos anunciado, y el levantamiento, por fin, después de tantos años de heroica lucha, compañeros, de la Ley Maldita, empleada exclusivamente contra nosotros, prueba de que lo que más teme la derecha es el partido, ellos sí que saben que representamos al pueblo.

Ahora bien, agregó, cambiando de posición en la silla y aplastando el pucho detrás suyo, en una esquina de la mesa: para conseguir estos objetivos es indispensable que mejoremos nuestra disciplina, que nuestro ejemplo en toda esta región sea intachable, ¡intachable! (mirando a la concurrencia con ojos serenos y a la vez enérgicos, en medio de un silencio en el que sólo se escuchaba, aunque apagada por la ventana, la espuma invasora, en incesante asedio). Debemos tener presente siempre, a cada instante, que somos la vanguardia del proletariado. ¡Esto supone una responsabilidad tremenda, compañeros! (Silencio. Miradas que se pretendían neutras, opacas. Leve movimiento de los cuerpos. Crujido de las sillas. El jefe hablaría después con Silverio y le diría: Mire, compañero Molina, lo que ocurre... No es ninguna falta grave, ¡conforme!, pero... Las acusaciones internas, los procesos inquisitoriales, todo eso pertenece al pasado... Ya no utilizamos esos procedimientos, que fueron debidamente denunciados por el camarada Kruschev... Pero... Eso no quita que la disciplina sea un valor indispensable. Hemos superado el abuso, la etapa del culto de la personalidad, con todas las deformaciones que implicaba, pero nuestra organización, para actuar con eficacia, exige... ¡No hay que confundir!... También habló con cada uno de nosotros y nos dijo, después nos alentó a que siguiéramos pa'delante, que nos olvidáramos rápido del asunto. ¡Échele pa'delante, compañero! Así le había dicho a Silverio al final de la conversación, junto al mar, y en seguida había botado el pucho a la espuma de la orilla.)

Son muchísimos años de experiencia, comentó la Lucha más tarde, cuando regresaban solos a la casa, puesto que Silverio ni siquiera había podido poner en ejecución su idea de invitar al jefe provincial a la casa, y Silverio se encogió de hombros, irritado, encorvado e hirsuto como un puercoespín, y llenó hasta los bordes un vaso con el borgoña que le había preparado al jefe. El gran jarro de vino con frutillas se había quedado esperando, lo mismo que las porciones de charqui y las eventuales almejas, disponibles para el caso de que el jefe hubiera aceptado, después del trago, quedarse a comer, pero en vista de que ni siquiera se había podido plantear lo del trago: Menos mal que no le dijiste nada, dijo la Lucha, y él: ¿Crees que soy huevón? La intervención del jefe indicaba muy a las claras, según el resumen que hizo la Lucha, que ya no todo podía reducirse a comilonas y tomatinas. Los tiempos del patacheo, de la improvisación, del huevoo criollo, habían terminado. Ahora ingresábamos a una etapa muy diferente. La cosa iba en serio, ahora.

Tú te entusiasmaste un par de años con el trabajo del partido, prosiguió la Lucha, y luego el entusiasmo se te pasó. Él, en cambio, lleva toda una vida, sin alharacas, dedicado de lleno, en las buenas y en las malas.

Se han puesto iguales al partido radical, replicó Silverio: tratando de atraerse a la clase media, a los pequeños empresarios.

Bebió un trago y dejó el vaso en la repisa de la chimenea: Lo único que les importa, hoy por hoy, es ganar elecciones. Todo su trabajo va dirigido a eso. ¿Qué diferencia les ves tú con los radicales?

El que parece radical eres tú, respondió la Lucha, calmada, semisonriente: Todo el santo día tomando y comiendo, sin pensar en ninguna otra cosa.

Silverio, dominado por un absurdo temblor, cogió el vaso de borgoña y bebió todo el resto. Pero, ¿qué diferencia les encuentras con los radicales?, insistió, consciente de que sus argumentos perdían pie, de que repetía las cosas como un niño malcriado, un disco rayado: ¡Dime!

¡No seas latero!, exclamó la Lucha, mientras Silverio, extrañamente alterado, la mirada turbia, un gesto de obcecación intensa, se servía otro vaso de vino.

¿Latero?... ¡Se han vuelto completamente oportunistas! ¡Peores que los rádicos! La política internacional soviética, sus componendas, el freno a la revolución en todas partes, los tiene paralizados, jodidos. ¿Por qué crees que el Che?... Como los soviéticos son unos reformistas de mierda...

Entró el mayor de los niños, a pata pelada, con la cara sucia y llena de mocos, y Silverio lo miró fijo, sin decir una palabra, como si toda clase de conjeturas y angustias, presentimientos negros, agobiadores, acusadores, ¿quién había condenado a sus hijos al fracaso, a la mugre?, desfilaran rápidamente por su cerebro. Vio al niño convertido en un bobalicón grande, indeciso entre una izquierda petrificada, burocratizada, y una burguesía desdeñosa, implacable, que le haría pagar muy caros los delitos de clase cometidos por su progenitor. ¡Acabáramos!, se dijo, y se restregó la barba repetidas veces. En el mar, mientras descendía la oscuridad, se escuchaba el graznar agudo, lastimero, de las gaviotas. Sonidos que después se infiltrarían en sus pesadillas. Pensó en los alfareros quechuas, trozos de tejido con manchas de sangre reseca, pedazos de greda que conservaban el fragmento del dibujo de un laberinto, quizás una clave del misterio de los Queltehues, y luego pensó en el bobalicón de su hijo convertido en hombre grande, gordote, guatón de caprichos infantiles, pantalones bolsudos, cuello de la camisa triturado de arrugas, entre dos aguas, dos tiempos, puesto que la vida robinsoniana de esas playas implicaba decisiones que no podían transmitirse por herencia y que formarían parte, sin embargo, para esos niños, como para él lo habían formado los hábitos, las normas no escritas, los dominios de Silverio el Viejo, de las cargas, de las deudas hereditarias irrenunciables.

Y si son tan reformistas, ¿por qué no te separas del partido y haces tu propia revolución?

Silverio dejó el vaso en la repisa de piedra, con furia. A punto estuvo de romperlo en mil pedazos, pero ese vidrio basto y opaco, de junturas mal ensambladas, agarraba de repente una gran resistencia. ¡Al carajo!, murmuró, y agregó, parado en el centro de la vasta sala, vaso de tinto en mano, ojos algo vidriosos y deprimidos, pequeños, desusadamente hundidos en las órbitas, mientras su hijo mayor, desde atrás, boquiabierto, lo observaba:

¿Sabes por qué? ¡Porque soy un viejo maricón! ¡Un cobarde!... ¡Y tú también!, añadió, ¡Vos también!, con deseos de causarle daño, de herirla, pero la Lucha, como quien oye llover, encendió un cigarrillo y tiró el fósforo al hueco de la chimenea, donde se había acumulado y emblanquecido la ceniza del recién transcurrido invierno.

Sobraron lentejas del almuerzo, dijo ella: ¿Quieres?

Gregorio de Jesús Restrepo, en ese mismo instante, sacaría infinitas cuentas, lápiz en mano, llenando las esquinas de la hoja bursátil del periódico y siguiendo por detrás, entre los avisos de remates, en un recibo de arriendo que estaba cerca, en el espacio todavía libre de un secante. Determinaba su patrimonio exacto de ese día y calculaba, en seguida, cuánto subirían las acciones en el resto del año si las cosas continuaban bien, si la cosecha de trigo era abundante y si el precio del cobre no experimentaba una baja brusca, cuánto dinero acumularía si las Banco de Chile, que estaban en 757 puntos, llegaran por ejemplo a 800, a 900, a 1.000, ¡a 2.000! (¿por qué no?), también podían llegar a 3.000 si seguía subiendo el cobre, y en ese caso, etcétera.

Se había puesto viejo, comentó el Gordo, achacoso, pronto se le quitaría la manía de proteger los huevos de los pavos reales. ¡Los pavos reales, con sus huevos, sus picotazos traicioneros, sus papadas escamosas, podían irse al quinto infierno!

Como ustedes ven, dije, a pesar de todo, la disciplina comunista salvó en último término a Silverio Molina, que nunca pudo abandonar la militancia, a pesar de sus amenazas, de sus bravatas, de los desprecios políticos que le hacía la Lucha, y a pesar también, o quizás por, el hielo social que eso provocaba alrededor suyo, entre la gente de su antigua clase, sus amigos de infancia y la casa de su hermana María Eduvigis. Desdenes que él recibía con energía, sustentado por la buena conciencia, por la eficacia callada de su organización. El Pachurro del Medio, en cambio, al carecer de una base parecida de sustentación moral, fue poco a poco tragado, devorado por las aguas pantanosas, por el universo de gelatina, en un cuarto desbaratado, en penumbra, invadido de puchos apagados y botellas semi vacías, y donde los lamentos, los estrepitosos orgasmos de María Olga habían llegado a destrozarle los nervios, a pelarle los alambres.

No está mal, dijo Silverio, tranquilizándose, sobándose las manos, acariciando la cabeza de su hijo y sacando un pañuelo del bolsillo para limpiarle los mocos: Lentejas frías. Como entradita...

XVI

Fue después de un almuerzo bien regado, dijo Sebastián, un sábado en la tarde, a la tercera o cuarta copa de pisco, allá por fines de los años cincuenta, o a comienzos de los sesenta, que el Pachurro del Medio, después de confesar con ojos de carnero degollado, al filo de las lágrimas, brillo y fijeza obsesivas, que estaba enamorado hasta las patas de María Olga, cada humillación, cada ausencia, cada sospecha aumentaba el delirio, me convenció para que lo acompañara y partimos de visita, en virtual misión de pedidura de mano, a pesar de que María Olga había tenido ya una experiencia matrimonial previsiblemente fracasada, iniciada y deshecha mientras el Pachurro se hallaba en Pascua, en los faldeos del Ranu Raraku y bajo la dominación de Josefa, y había conseguido anular su matrimonio (situación que reforzaba el violento rechazo del Pachurro Mayor, convertido con la edad madura a un integrismo cada vez más intransigente, con probable adhesión, según sospechaba el del Medio, a la sociedad opusdeísta). Misiá Inés ya había pasado muchos años de viudez en cama, con las persianas y las cortinas corridas, comiendo, lloriqueando, leyendo novelitas rosas, cuando nos recibió en la penumbra de su habitación, entre sábanas y tules de color celeste. Sus mejillas se habían inflado de tal manera que amenazaban con ocultarle los ojos, y la carne le colgaba de los brazos, inmensos, blancos, surcados de gruesas venas azules. Junto a la cama, al alcance de la mano, misiá Inés tenía en una mesa especial un plato con un elefantito de dulce de membrillo y otro con un leoncito cuya melena y cabeza ya habían sido mutiladas a golpes de tenedor, a picotazos, pero además de los moldes de dulce de membrillo había un pañuelo de encaje, pañuelo que esa tarde justificaría repetidas veces su cercanía, puesto que mi aparición emocionó hasta las lágrimas a misiá Inés, amiga de la infancia de mi madre (pese a la idea fija, no del todo infundada, de que mi madre la había mirado en menos y se había alejado de ella después de su matrimonio con un siútico), y me preguntaba, conteniendo a duras penas la emoción, estrujando el pañuelo de encaje entre los dedos rechonchos, por mi vida, por mis negocios, por mis aventuras sentimentales, repitiendo las preguntas a cada rato, con una respiración corta, algo asmática, sin acordarse de que hacía dos minutos ya se había contestado exactamente las mismas preguntas (como si su cerebro estuviera en pleno proceso de transformación en dulce de membrillo), y de repente hablaba de don Quintiliano, el profesor, víctima de la maldad sin límites de la gente, de la corrosiva envidia:

Tú no puedes imaginarte, Sebastián, porque ustedes nunca se dieron el trabajo de conocerlo (alusión a los desprecios de mi madre, a esa frialdad profunda, pero revestida de cortesía, de impecables modales, que asumía en la vida social mi padre), cómo era de bondadoso, de atento, qué persona más delicada, y la gente, a cada rato, mandándole anónimos inmundos, diciéndole las cosas que más le podían doler, tratándolo de coimero, de ladrón, de arribista, hablando asquerosidades de la pobre María Olga, ¡unos anónimos inmundos (recogiendo in extremis el pañuelito de encaje), asquerosos!

Tuve (había contado en aquella época, con lujo de detalles, Sebastián), que dedicarme a consolar a misiá Inés. Le pasé el brazo por detrás de sus hombros lechosos, inmensos, ¡qué quieren que hiciera!, porque se había puesto a llorar a gritos, estremeciéndose de arriba a abajo, sin recato alguno, con las compuertas del llanto derribadas, arrasadas por caudalosos y salobres ríos, mientras el fresco del Pachurro se deslizaba, huyendo de la escena, en busca de los brazos más alegres y juveniles de María Olga. Aun cuando María Olga, después de su primer matrimonio, se había puesto caprichosa, cambiante, súbitos accesos de sadismo encendían sus ojos: a veces, después de la comida, rodaba con el Pachurro del Medio (que me hizo una tarde la confidencia en la barra del Capulín, después de su cuarto o quinto pisco sauer), por las alfombras del salón, derribando las sillas más pequeñas, una mesita cubierta de pisapapeles de cristal y cajas de porcelana (¡Qué pasa!, inquiriría misiá Inés a gritos, y una vez su voluminoso cuerpo, vestido con una bata de raso, había obstruido el umbral de la puerta doble, pero no había dicho una palabra al sorprender al Pachurro, desmelenado, cabalgando sobre la niña, sólo había clavado en el bulto unos ojos desorbitados, parecidos a bolitas de porcelana, había dado media vuelta, triturando el pañuelo, y había regresado a refugiarse en la masticación y la lectura de novelitas rosas), y otras veces lo rechazaba a patadas, golpes de puño y arañazos que, si el Pachurro del Medio no hubiera alcanzado a defenderse a tiempo, habrían causado estragos terribles.

Aquella tarde salí de la habitación sin haber conseguido consolar a misiá Inés, aprovechando que el ritmo de los sollozos amainaba. En el salón, el Pachurro, semi tendido en un sofá, intentaba el asalto de María Olga, que se defendía con risas provocativas y me lanzó una mirada de fingida alarma, una mirada que posiblemente implicaba una invitación, una insinuación, al menos. En seguida, María Olga se puso de pie, se arregló el peinado, se alisó la falda, lanzándome de reojo miradas de falsa pudibundería, nos dijo que nos fuéramos (mi madre está un poco nerviosa), y se despidió de mí con un beso muy cercano a la boca.

No puedo más, me dijo el Pachurro a la salida. Me caso.

¿Qué quieres que te diga? Si estás tan empeñado en casarte...

Y el Pachurro, entonces, me miró a los ojos y me estrechó la mano, emocionado. Gracias por haberme acompañado, dijo.

El Gordo intervino para contar que había pasado muchos años sin ver al Pachurro del Medio y a María Olga, ¡años de años! Sabía que se habían casado por el civil y de repente recibía vagas noticias, rumores (el Pachurro del Medio, ¡un demente!, ¡qué diferente de su hermano!; la María Olga, ¡una puta!; el Pachurro del Medio era un cafiche, ¡vivía de María Olga, de explotarla!; dicen que el Pachurro del Medio tomó píldoras para suicidarse... ¿Será verdad?), y allá por 1966 o 1967, una tarde, había partido de visita a casa de mi hermano, el Cachalote, al terminar el día de oficina, y había estacionado el automóvil detrás de la plaza Ñuñoa, para estirar un poco las piernas. Iba por una calle más o menos apartada, muy tranquilo, respirando los efluvios de la primavera, el perfume de las bungavillas y de los rosales, de los crisantemos y magnolios, a esa hora en que el sol todavía no se escondía detrás de la Cordillera de la Costa y en que los dueños de casa, en mangas de camisa, regaban sus jardines, escuchando las voces de los niños en los patios traseros, el bordoneo de las abejas y matapiojos, que se confundía con el murmullo del agua sobre las plantas, el choque contra las hojas y los tallos rígidos, tensos, el chorro amortiguado en el colchón de tierra vegetal, oscura, cuando me pareció reconocer al Pachurro del Medio, bastante envejecido, calvo, algo encorvado, amarillento el cráneo, y a María Olga, transformada en una matrona voluminosa, robusta, lejanamente parecida a su madre, aunque no mal proporcionada dentro de sus generosas curvas, bien torneadas las pantorrillas, que caminaban como unos treinta metros más adelante. Me disponía a llamar al Pachurro cuando adiviné una agitación extraña, creí percibir el eco de una discusión, insultos proferidos con violencia y a la vez en sordina, y vi con estupor que María Olga se lanzaba contra las enredaderas del costado, se cubría la cara y rompía a llorar a gritos, olvidando toda la discreción de unos segundos antes.

Como digna hija de misiá Inés, que había fallecido hacía poco tiempo, comentó Sebastián. Seguramente había sido necesario confeccionarle un ataúd a la medida.

Enterrarla, dije, en compañía de alguno de los moldes de dulce, de algún gato y algún elefante, para que su espíritu se alimentara en el más allá, como los faraones egipcios, o nuestros antepasados quechuas...

Ya había comenzado hacía rato el toque de queda y nosotros habíamos comido en abundancia de las sobras del almuerzo. Sebastián anunció que tenía calor y se asomó al jardín, sin dejar de escuchar desde el umbral la narración del Gordo. Al Pachurro Mayor, que había permanecido con nosotros, no le hacían la menor gracia los cuentos de su hermano, pero los escuchaba, se reía, y de pronto hacía gestos ostensibles de disgusto y exclamaba, ¡qué infeliz!, ¡qué pobre ave! Todavía se escuchaban tiros en algunos sectores de Santiago y había dos o tres helicópteros que sobrevolaban la ciudad todo el tiempo. La brisa era de primavera, fría pero suave, llena de perfumes.

María Olga lloraba, desplomada contra el muro, y el Pachurro del Medio le decía algo al oído, a toda boca. Seguramente la seguía insultando. Después se dio por vencido y caminó en dirección contraria, enteramente alterado, como desesperado, pero sin reconocerme todavía, mientras yo, acortando el paso, aparición inoportuna y estúpida en aquella calle donde qué tenía que andar haciendo, no atinaba a cambiar de rumbo. Los pelos disparados del Pachurro, a los dos lados de la pelada, le daban aspecto de toni de circo, pero sus ojos, en contraste con ese aspecto de payaso, relampagueaban de histeria. En ese instante noté que me había visto y que disimulaba muy bien su sorpresa, su disgusto. ¡Qué haces con una mujer así!, exclamó, levantando los brazos, con la familiaridad de alguien que fuera tu amigo íntimo y que te hubiera dejado de ver hacía un par de horas, y ella, que apenas me conocía, que probablemente ni recordaba mi cara, y menos mi nombre, puesto que yo no había sido de los asiduos en la cola de los que esperaban para bailar en contacto con sus mejillas, trató sin más trámite de enrolarme para su causa: Todo el santo día me insulta, de la mañana a la noche, y cuando no me insulta, me pega. ¿Ves este moretón? (mostrándome un antebrazo), ¿y éste? (levantándose las polleras y exhibiendo un hematoma lila y amarillo, con gradaciones de arco iris, en el muslo izquierdo). ¡Es un sádico! ¡Una bestia humana! Y yo, ¿qué le he hecho? ¿Por qué me he merecido este trato? ¿Me lo podrías explicar?

¡No había ninguna duda de que yo no estaba en condiciones de explicárselo! (Nosotros nos reímos, secundados por el Pachurro Mayor, y Sebastián, desde el umbral, dio vuelta la cabeza.) No podía ni pretendía explicarle nada. Me despedí más que ligero de la inocente y gorda paloma de pintarrajeados labios y moretones lilas y del Pachurro del Medio, tan maniatado en su berenjenal de neurosis que los ojos se le extraviaban, parpadeantes, detrás de las órbitas, rodeados de ojeras profundas. ¡Llegaba a dar miedo! Y sus ojos, por lo demás, bajo las cejas encrespadas y los cabellos ralos, denotaban miedo y angustia. Adiviné, a pesar de todos los años que habíamos pasado sin vernos, que hubiera querido suplicarme que lo ayudara, pero un resto de orgullo le impedía dar ese paso, se lo impedía entonces y se lo impediría siempre, por lo menos frente a sus amigos de juventud, a los que habíamos sido testigos de su existencia anterior. Su desclasamiento era lamentable, con algo de patético y a la vez, algo rastrero, equívoco, de perro apaleado, pulguiento, degenerado... ¡Es posible que exagere! Es posible que tiñan esta visión esos prejuicios robustos que constituyen la base de mi salud mental, según comentaban ustedes con Matías en la Punta hace mucho tiempo (un arribismo sólido, habíamos comentado también, en ausencia del Gordo, sin vacilaciones, que en el esfuerzo de trepar desde su agujero de clase media le ahorra toda incertidumbre, toda visión de paisajes laterales que hubiera podido perturbarlo, distraerlo), cuando recién empezaban a descubrir mi paciencia tenaz, esas reservas que compensaban en mí, a diferencia del pobre Pancho Williams, de Guillermo, del mismo Pachurro del Medio, el instinto de muerte con Eros, con el deseo irracional y arrollador de vida. ¡Es más que posible! El hecho es que la cercanía del Pachurro del Medio se me hizo tan odiosa, tan perturbadora, que atravesé la calle a la carrera y desaparecí detrás de la primera esquina, arranqué a perderme, como si me hubiera encontrado a boca de jarro con el mismísimo demonio y sus cohortes infernales. (¡Gente nefasta!, sentenciaría el Cachalote, cruzando los dedos rollizos: productos de la época de crisis moral en que vivimos, y la cuñada del Gordo y esposa del Cachalote asentiría, con cara de circunstancias, mientras el Gordo pensaría que no habría esperado de su hermano una reflexión tan general y filosófica, tan exenta de ironía mundana; esa inusitada reflexión, que en otras circunstancias el pudor, el temor al ridículo, habrían sofocado, era quizás, tanto como la escena que acababa de sorprender junto a las buganvillas, otro signo de los agitados tiempos que corrían, de los amenazantes nubarrones que se acumulaban en el horizonte inmediato.)

El teléfono de mi casa sonó a la mañana siguiente. Era el Pachurro del Medio para darme una larga y desabrida explicación, el Pachurro que buscaba pretexto para aferrarse a mí como lapa, sin deponer, por supuesto, ese maldito orgullo de los años de la Punta, ese orgullo que lo había llevado a buscar otros círculos, a crearse un mundo diferente, donde nadie se interesaba demasiado en sus orígenes sociales, en las erres de sus apellidos de emigrantes vascos del siglo XVIII, reyes del calcetín, como los denigraría el poeta, y donde nadie, además, se habría imaginado que tuviera orígenes dignos de mencionarse, a fin de que no fuésemos testigos, después de haberlo sido de su adolescencia y juventud en la Punta, de su actual degradación, de sus delirantes obsesiones. No le di pretexto de ninguna especie (contó el Gordo), me mantuve incólume, y al fin, al cabo de un silencio interminable, tragando saliva reseca, polvo, viendo con lucidez las áridas semanas que se extendían al frente suyo, la infernal postración, el miedo que surgía en borbotones de espuma en las comisuras de los labios, mientras yo me controlaba para no interrumpir el silencio y tender algún puente, solicitar alguna ínfima tregua, porque sabía que el Pachurro, a estas alturas, ya no tenía remedio, su salvación, si es que existía la posibilidad, sólo estaba al alcance de él mismo, ninguna ayuda del exterior habría podido surtir el menor efecto; al fin, pues, separó el fono, que se había puesto pegajoso, de la oreja, lo miró, quizás, desengañado, perplejo, con una frustración que conocía de memoria y a la que no lograba, sin embargo, acostumbrarse, el instinto de vida, lastimado, malherido, palpitaba todavía en el Pachurro del Medio, y colgó. María Olga, sobre la cama, en enaguas, recibiendo en las gruesas y, a pesar de todo, hermosas piernas, en los bellos muslos dignos de una flotante alegoría de Rubens y en los bien torneados brazos, muy diferentes, pese al aire inconfundible de familia, de los brazos del gelatinoso monstruo en que se había convertido su madre en sus últimos años de vida, un hilo de sol que se filtraba por la persiana, dormía con la boca entreabierta y ladeada, roncando. Reparaba así su agotamiento, sus nervios, de los que cada noche abusaba hasta el límite, sin excluir en el amanecer algún toque anacrónico y falsamente reparador de cocaína, un nuevo ciclo de embriaguez que se confundía con la luz fría.

Pasada la una de la tarde se desperezaría, restregándose los ojos de gata egipcia con los dedos regordetes, de uñas azules, y bebería un vaso de yoghourt con una cucharada de miel de abeja, tragaría sus infusiones de yerbas macrobióticas, respetando escrupulosamente los complicados principios del yang y del ying, que sólo ella comprendía. Luego se instalaría en la cama a llamar por teléfono, a escuchar y divulgar chismes, a bromear, a coquetear con abogados, con funcionarios, con periodistas, con politicastros, preparando el programa nocturno y manifestando, a propósito de cualquier cosa, su inconmensurable odio a los demócratas cristianos, peores, incluso, a juicio de María Olga, que los comunistas, su confianza inconmovible, producto de su fe en el orden natural del universo, en que el pueblo sabría elegir, llegado el momento decisivo de depositar el voto en las urnas, al caballero sensato, honesto, de experiencia y austeridad probadas, cuya fortuna personal era una garantía, precisamente, de que no malversaría ni desfalcaría los fondos del Estado, en lugar de los demagogos que andaban exhibiéndose en la plaza pública, ávidos de poder, llenos de hambres atrasadas, lanzando a manera de anzuelos sus discursos a diestra y siniestra. Ella confiaba en que el pueblo, con su buen sentido proverbial, entre los hechos tangibles y las cortinas de humo de palabras, escogería al hombre de los hechos testarudos y parcos, ¿no te parece?

Olga, le dije. ¡Olga!

Ella entreabrió los ojos. ¡Déjame dormir, desgraciado!, murmuró, con su voz arrastrada, segura de sí misma, de la perversidad de su timbre ronco cuyo eco, a través del tabique delgado, perforando la oscuridad desde el secreto de la habitación contigua, me agarraba como una tenaza invisible de la nuca y del vientre, de los testículos, y me sometía a su implacable dominio. Era el maridaje del cielo y del infierno, de la gloria, como dijo alguien, uno de nuestros próceres, y la mierda. Al llamar a María Olga esperaba ese insulto, que revivía la atmósfera de la noche anterior, y con su sabor en la punta de la lengua, con la mente acribillada de imágenes inconexas, llenas de viscosa voluptuosidad, me iba al trabajo. Algo de fibra debo de conservar, de todos modos, ya que cada mañana reúno, sospechando que a la mañana siguiente seré incapaz de hacerlo, pero sigo, una mañana tras otra, mis acosadas energías, y después, durante siete horas seguidas, controlo depósitos, sumo y resto sin equivocarme, anoto en un enorme libro, comento con el vecino, por encima del bullicio de las máquinas de escribir y de calcular, de los teléfonos, de las voces de los clientes detrás del mostrador, el match de fútbol de anoche o las fabulosas imágenes de los astronautas que llegaron a la luna la semana pasada, sus saltos en cámara lenta y sus pasos de robots sobre la misteriosa superficie llena de cascotes y desperdicios estelares. Mientras la nave espacial avanza, rauda, en el silencio de las esferas armoniosas, a veinte o treinta mil kilómetros por hora, ella se ríe a gritos, medio borracha de vino blanco helado, los principios macrobióticos le impiden beber otra cosa, ¿El exceso de vino blanco se compadece con los rigurosos principios macrobióticos? ¡Cállate! ¡No seas imbécil!, y se desabrocha con las uñas azules, que lanzan destellos, los botones de la blusa de seda, dejando al descubierto el sostén de color carne, transparente, que ciñe sus opulentos pechos, quizás parecidos en el volumen a los del monstruo de dulce de membrillo, pero sólo en el volumen: al arrojar el sostén a un rincón de la habitación, aparecen duros, tensos, admirablemente formados. Ríe a carcajadas, bebe otro sorbo de vino y me ordena, con los labios torcidos por el desprecio, que salga. Yo, sin apartarme del ritual, suplico que me permitan quedarme unos minutos, mirar aunque no sea más que el comienzo, los tanteos iniciales, no abriré la boca, me esfumaré en la sombra, les traeré en una bandeja el vino frío, como perfecto eunuco, y ella mira a su compañero por encima del hombro, ¿qué te parece?, y lanza una carcajada, levantando los brazos para que las manos recorran en libertad los voluminosos pechos. De pronto estira el brazo poderoso, el mismo con que me había castigado en la oscuridad del Oriente, hace muchos años, y me expulsa del recinto con el gesto inapelable del ángel de las puertas del Paraíso. Yo consigo, con el pretexto del vino helado, regresar, y antes de salir de nuevo me pongo de rodillas, pido que me escupan, que me golpeen con fuerza, le ruego a ella que abra las piernas y se mee en mi cara, ¡Méate en mi cara!, le suplico, pero esta vez no habrá concesiones, están cansados de mis manías, ¡deja el vino en la mesa y ándate, huevón, desaparece! Obedezco, arrastrándome, cierro la puerta y me hundo en cuclillas en el rincón más oscuro de mi dormitorio, temblando, atravesado por los escalofríos, diciéndome que la insensatez humana, mientras el lamento sofocado, angustioso, atraviesa el tabique con su persistencia, rítmico (¿no es eso lo que más te gusta?, preguntará a la mañana siguiente, candorosa, desdibujada, revenida la pintura negra de sus grandes ojos de gata, devorando sus yerbas macrobióticas, llena de hilos y filamentos verdes en las comisuras de los labios), y me sumerjo, abismado, en la sombra polucionada, frecuentada por las ratas, con razón el Gordo Piedrabuena, sin ceder un solo milímetro de terreno, sin dar espacio alguno a la sensiblería de las evocaciones comunes, de la antigua camaradería, no dijo una palabra, aguantó, implacable, el prolongado silencio a través de las líneas, y no tuve más remedio que separar el fono de la oreja, donde se había pegado a causa del calor, de los músculos de la mano que se agarrotaban y lo aplastaban, mirar un segundo el auricular mudo, estólido, con la perplejidad de comprobar que las previsiones habían sido exactas, lo previsto, tan increíble como la muerte o la decrepitud, se ha cumplido, uno se ha transformado para los demás en un indeseable, un animal sarnoso, y pensativo, con la boca abierta y los ojos dilatados, fijos en la penumbra donde ella todavía duerme, ronca al cabo de una noche más agitada que otras, colgar.

Otro día prometió que se portaría bien, juró de rodillas que se portaría bien, agregando, estoy loco, lo reconozco, mientras María Olga, con las faldas de seda levantadas a causa del calor y los gruesos, suculentos muslos al aire, rumiaba sus yerbas, sus yoghourts con trozos de plátano, y escuchaba, impávida. Fueron a una fiesta donde había personajes ambiguos, que el Pachurro, a pesar de haber visto bastante, no había visto nunca en Santiago: una señora de cara de muñeca y vestido de seda que parecía reforzado con armazones o cilindros metálicos, como ceñida armadura para batallas eróticas, y una mujer extrañamente pálida, como si se hubiera maquillado con polvos de arroz, de grandes pechos lechosos expuestos hasta el borde mismo de los pezones, que hablaba en forma arrastrada, con entonaciones de huaso de Perquenco. Todos parecían esperar algo, formando círculo, sentados o de pie, copa en mano, los hombres vestidos de azul marino, con perla en la corbata, oro en los relojes pulsera y anillo en el meñique, o de pantalones de sport, sweater de lana fina y camisa abierta, pelos entrecanos sobre los pechos bronceados, todavía robustos, y las mujeres de ojos muy pintados, ojos que se clavaban en uno u otro rostro con atención insinuante, con atrevida fijeza, ya nos conocemos, ¿no es verdad?, pero esta noche, ¿qué nos espera? Al salir del baño, el Pachurro escuchó una conversación entre hombres que hablaban de traer cocaína, de poner cocaína en los sexos de las mujeres, en la punta de los falos, además, naturalmente, de aspirarla, ¡qué tremenda fiesta se armaría!

¡Hay que ver!, sonrió el Pachurro del Medio, sorprendido in fraganti por los confabulados, pero no pudo evitar un golpe de rubor en las mejillas y hasta en el pabellón de las orejas. A la mañana siguiente, entre el malestar del alcohol y la confusa sensación de haber aspirado, cuando estaba muy borracho, cocaína, recordaría que las luces, de pronto, habían sido apagadas, que alguien, obedeciendo a una consigna tácita, se había deslizado hasta el interruptor y las había apagado, y que María Olga, despojada de su vestido, en medias caladas de color lila, ligas negras, calzones y sostenes de encaje negro, bailaba en una salita con uno de los hombres de traje azul marino y perla en la corbata, uno que se había sacado la chaqueta y le mordía, congestionado, los hombros, le metía las manos entre los calzones y las nalgas. Después entraban a una habitación del segundo piso de aquella casa y María Olga le decía al hombre, ¡déjalo entrar!, ¡no seas pesado!, ¡mira que le gusta mirarme!, y el hombre, al fin, con un encogimiento de hombros: Bueno. ¡Entra, huevón! ¡Ya que te gusta! ¡Date gusto en vida! El Pachurro se recordaría tendido en la cama del lado, boquiabierto, acezante, mientras María Olga gemía y el hombre del traje azul marino, desnudo, corpulento, de piel desagradablemente blanca, resoplaba encima de ella, que entrecerraba al cabo de un momento los ojos y se ponía a lanzar gritos inverosímiles, gritos que se escucharían, calculaba el Pachurro, en toda la casa y hasta en las casas vecinas, y cuya estridencia, cuya histeria profunda, cogían al Pachurro de las raíces de los cabellos y parecían levantarlo en el aire de la habitación, cámara de tortura o delicia, transfigurado.

Me gustaría filmarlos, dijo más tarde el Pachurro del Medio, babeante, acercándose a la cama, o grabar el ruido en una grabadora, por lo menos, y el hombre corpulento, de piel blanca, que bebía un vaso de whisky repleto hasta los bordes, tomó un poco de distancia, con toda calma, y le dio un golpe con el dorso de la mano, una mano que pesaba como piedra, le sacó sangre de narices.

¡Por qué le pegas, desgraciado!, gritó María Olga, y en seguida, ante las carcajadas del hombre, acarició los cabellos largos y ralos del Pachurro, le habló con una voz mimosa, como si se dirigiera a un niño, ¡pobrecito!, ¿por qué le pegan? Si no nos ha hecho nada... El Pachurro se vería después en la cama, entre María Olga y el hombre, cuya pesada mano, en vez de pegarle, ¡qué extraño!, le tocaba el sexo y le decía, en voz baja, cálida, ronca: ¡Méteselo!, y en seguida, incorporándose, mirando a María Olga de cerca, con los ojos inyectados en sangre y una voz deformada, tiránica y a la vez abyecta: ¡Goza, yegua, que te están metiendo un pico bien gordo! ¡Goza, puta! ¡Yegua degenerada!, sin que la mano regordeta y tibia se apartara de la conjunción de los sexos del

Pachurro y de María Olga, sin que cesara de palpar y explorar aquellas regiones tibias, y al Pachurro, cuya hemorragia nasal había sido interrumpida con agua fría, volvió a salirle sangre, regó de sangre las sábanas limpias, de hilo, y el cuello albo de María Olga, ceñido por una cadenita de oro.

¡Pobre Eliana!, repetía Marujita Gómez, porque después de hablar del Pachurro del Medio, que alguien había encontrado en la calle y estaba loco de remate, era un caso perdido, se había hablado, durante la sesión de canasta en la terraza del doctor Vargas Saavedra, de Guillermo, otro caso, y del Gringo Williams, que había partido cuando Guillermo y Pancho todavía eran niños chicos a Liverpool, en busca, según él, de una herencia, y se había confundido con la neblina, hasta el punto de que el único testimonio de su existencia actual era esa foto junto a un enorme San Bernardo, en una plaza que de puro anodina llegaba a parecer irreal, sólo el paradigma de una plaza cualquiera. ¿Qué diría, si viviera, don José Francisco Alcorta? Fue la desaparición del Gringo la causa de todo, o más bien, como sostenían algunos, el orgullo insensato de don José Francisco, su falta de sentido de la realidad, ¿cómo se podían aplicar a Chile soluciones que estaban buenas para el Imperio Británico, fórmulas mágicas que podían funcionar muy bien a orillas del Támesis, pero que aquí, en las riberas del Mapocho, carecían de todo sentido? ¡Si somos un país de indios, qué mierda!

Don Benigno se había puesto, al final de su vida, sordo como una tapia, pero eso no le impedía, cada vez que captaba en el runruneo del comedor un nombre o una circunstancia conocida, apoderarse de ella y elaborar a partir de dicha circunstancia o de ese nombre, con lengua de estropajo que parecía impedirle articular bien, como si tuviera en la boca una descomunal papa caliente, un discurso cuya conexión con el tema central era más bien escasa. Después de raspar el plato, don Benigno declaró que el chupe podía caerle mal al estómago, pero ¡en fin!, suspiró, ¡habrá que apechugar!, y contó que don José Francisco cerraba el libro, porque todo el santo día se lo pasaba leyendo, y decía: lo terrible es que estoy completamente de acuerdo, la Revolución constitucional fue un fracaso, y estas ideas me alejarán en forma paulatina de la sociedad, me conducirán, junto con mi familia, marginado de las componendas, del compadrazgo todopoderoso, quizás a qué desvanes, a qué patios traseros, a qué suburbios de la vida chilena. ¡Qué caras me costarán! ¡Qué ruinosas serán sus consecuencias!

¡Era un teórico!, decretó don Benigno, con un arresto de furia. En seguida, tranquilizado, abrió las ventanas del comedor, con manos trémulas, y respiró la brisa del mar. Si él, don Benigno, en lugar de los politiqueros, del Hablatario Número Uno de la Nación, de los rádicos insaciables, del Caballo de los Establos Políticos, hubiera llegado a la Presidencia (¡Oiganme!, gritó don Benigno, furibundo, a los que se retiraban del comedor en puntillas, huyendo de sus archiconocidas latas: ¡No se vayan!), habría convertido a Chile en un poderoso país marítimo, en una potencia naval, pesquera y mercantil, y la mano temblorosa, rugosa, sembrada de manchas de color de nicotina, parecía apuntar hacia el Almirante Latorre, la mole insignia con su proa en ángulo agudo hacia abajo, evocadora de ilustraciones de la guerra del catorce, que brillaba en medio de las aguas quietas del puerto. Mientras los comensales se disgregaban, y unos partían a dormir la siesta, otros tomaban sus trajes de baño y se lanzaban en sus automóviles a Reñaca o a Cochoa, Sally bostezaba y decía que le encantaría jugar un partido de golf, pero quién quería acompañarla, ¿nadie?, don Benigno, absorto, se veía a sí mismo pasando revista a la escuadra, desde el puente de mando del barco insignia, recibiendo honores de pito a nivel de Comandante en jefe de las fuerzas de aire, mar y tierra. ¿A quién saludará?, se había preguntado Sebastián, sonriendo, ya que don Benigno, con inspirada solemnidad, se llevaba la mano derecha a la frente. Retumbaron las salvas en el anfiteatro de

las colinas y la bandera, estremecida por el viento, hendió la
luz gloriosa, torrencial, realzada por el blanco de las gorras y
de la espuma y por el resplandor intenso y dorado de los
bronces.

XVII

SE PRODUJO en una etapa una manía acumulativa, nostálgica, manifestación superficial del gusto por la historia que reincide en Chile, aunque de diferentes maneras, a través de las generaciones. Ya he dicho que a Matías le había dado por reunir objetos coloniales, santos agusanados del Alto Perú, rejas de fierro forjado, pescados y gallos de pelea labrados en plata, objetos distribuidos en una atmósfera de paredes blancas, vigas de madera oscura, mesas de las llamadas fraileras, rebordes y pisos de ladrillo quemado, mecedoras de comienzos de siglo.

En cuanto a nosotros (ya que el caso de Silverio, que también cayó, de otro modo y con otras premisas mentales, en la obsesión del coleccionismo, merece capítulo aparte), que nos habíamos formado casi sin darnos cuenta a la sombra de Matías, empezamos a frecuentar ciertos remates donde sabíamos que saldrían piezas auténticas, de tradición chilena y buen gusto seguro, gruesas porcelanas blancas con el anagrama del fundo de la Compañía, o espuelas de plata de Chañarcillo, pesados estribos, un arcón que había pertenecido al Conde de la Conquista, pectorales araucanos o cerámica negra de Quinchamalí, guitarras guatonas y chanchos que cumplían su modesta y temporal función de alcancías rompibles. Fue así como nos encontramos, el Chico Santana, el Gordo, y yo, un sábado en la mañana, en un verano de fines de la década del sesenta, en esa mansión de la Zorra donde habíamos ido a parar después de una borrachera en Valparaíso, hacía más de veinte años, ¡el mismo día de la muerte de Pancho Williams!, un personaje cuya memoria se nos había ido borrando, como las fotografías de familia que se destiñen al fondo de los cajones.

¡Tienes razón!, exclamó el Chico Santana, dando un salto de asombro, puesto que la entrada de la Quinta, con las banderas de remate y el gentío, y debido al estado de abandono en que se encontraba el parque, con las buganvillas de los jarrones de mármol resecas, los macrocarpas sin podar y la maleza crecida entre los arbustos, ahogando las plantas, resultaba difícil de reconocer, y lo más extraordinario de todo era que la anciana que habíamos visto perderse hacia el fondo de su jardín, encorvada sobre su bastón, y que después había presidido el almuerzo donde habíamos comido un cordero con salsa de menta, cordero preparado y servido conforme a ritos que probablemente en la mismísima Inglaterra habrían caído en desuso, había sido muchos años después asesinada a palos, un domingo al anochecer en que la servidumbre, con la sola excepción de una cocinera medio sorda, había salido, asesinato cuyas circunstancias nunca habían podido ser bien dilucidadas. Se habló de una confabulación de la propia servidumbre, pero todos, al parecer, tenían o se habían fabricado una coartada impecable, lo cual no excluía, desde luego, que hubieran actuado por medio de cómplices de afuera, y hasta se dijo que la habían matado unos sobrinos nietos que conocían el escondite de una colección de brillantes sin engastar, gordos como peñascos o huevos de paloma, y que además habían oído hablar de una gruesa suma de dólares en billetes. ¡Vaya uno a saber!

Fue ahí, dijo una voz: En ese cuarto de baño.

El cuarto de baño era enorme, blanco, lleno de luz que penetraba por altas vidrieras empavonadas. Tenía una espaciosa tina con argollas y pasamanos de bronce muy trabajados, sostenida sobre pezuñas mitológicas, poderosos grifos, opulentas esponjas, escobillas de mango largo para escobillarse la espalda (hasta eso había sido puesto en subasta por la familia), y al fondo, casi se diría que bajo palio, un trono de losa floreada, rodeado de alfombras peludas, con una magnífica manilla dorada para tirar y desencadenar las cataratas purificadoras. A través de los vidrios opacos se divisaba la silueta profusa de los árboles, sombras deformadas y estremecidas por la brisa, chillidos de pájaros, nubes que ocultaban por un momento el sol y volvían después a descubrirlo.

Parece que la vieja, que tenía un oído de lince a pesar de la edad, oyó ruidos y pegó un grito. Por eso la mataron.

Estaba sentada en ese trono, con la misma mirada impasible, ¿te acuerdas?, párpados capotudos y pupilas veladas, mofletes colgantes, gesto despectivo, malhumorado, con que presidió la mesa del cordero en salsa de menta. El perro pekinés, en el centro del tablero negro y blanco formado por las baldosas, husmeaba, movía la cabeza y la cola, y lanzaba breves y rápidos estornudos.

Los periódicos dijeron que era sorprendente, a juzgar por la autopsia, la energía con que a su avanzada edad se había defendido. La cocinera medio sorda vivía al final del corredor, más allá del repostero, a más de sesenta metros de distancia, y al encontrar el cadáver, a la hora de servir el plato de sopa de la noche, casi le había dado un infarto. Interrogaron a toda la servidumbre, a los pobladores del cerro del frente, a la numerosa familia, pero nunca se sacó nada en limpio. Es uno de los muchos crímenes que han quedado sin resolver en el historial chileno...

¡Qué horror!, exclamó alguien, llevándose una mano enguantada, rodeada por un puño de encajes, a la boca.

Esas escenas inglesas de cacería me gustan mucho, dijo otra voz, menos aficionada que Matías, probablemente, al primitivismo colonial, y más al siglo XIX, y alguien comentó que eran buenas, auténticas, grabados que ahora costaba muchísimo conseguir Pero las cosas estaban saliendo a precios locos. La gente se había trastornado, para gran satisfacción del martillero, que pedía a destemplados gritos, con esa confianza que le daba el hecho de conocer a casi toda esa clientela, de saber de memoria quiénes compraban y quiénes iban sólo por el espectáculo, de ser amigo de algunos y pariente de otros, silencio. Corresponde rematar, ahora, la sala de billares... ¡Silencio! Y se comenzaría por otra colección extraordinaria de grabados ingleses de la primera mitad del siglo XIX, no escenas de caza, esta vez, sino peces de la costa del Pacífico basados en dibujos hechos por Charles Darwin durante su viaje, tirada original de sólo ciento cincuenta ejemplares, colección absolutamente única en Chile y seguramente en toda Sudamérica. Estado de conservación perfecto. Los doce grabados se dividirían en tres lotes de cuatro cada uno, cuatro cada uno, vociferaba el martillero, mirando después a sus ayudantes con expresión de impotencia, manos levantadas, ¿Cuándo diablos se civilizaría esta gente? (él había dicho que cambiaría su trabajo de martillero en Valparaíso por uno de barrendero en París, frase que solía citarse en conversaciones, como se citaba la idea de vender Chile a los norteamericanos y comprar algo más chico cerca de París, idea producida por el ingenio y la desaforada nostalgia de Acario Cotapos), y señalando los grabados por encima de las cabezas del público, que entonces giraba en la dirección indicada por el martillo, con opción, explicaba el martillero, a quedarse con los tres lotes. ¿Comprendido?

El encuentro en ese remate había tenido lugar en la misma época en que la Rubia, en ese cumpleaños de Sebastián de fines de los años 60, probablemente el de 1969, había anunciado que les repartiría armas a sus inquilinos más fieles. ¡A ella que no le vinieran con cuentos de reforma agraria! A los funcionarios del gobierno, vociferaba la Rubia, echando chispas por los hermosos ojos, cerrando los puños, en una actitud que no permitía abrigar la menor duda sobre la seriedad de sus advertencias, los recibiremos a balazos. ¡A balazo limpio! ¡Que me manden un cuerpo de ejército, si son capaces!

¿Ves?, comentó el abogado, satisfecho: Este país lo sostienen las mujeres, ¿no te decía yo?

De manera que ellos, los que no alcanzaron a envejecer junto con nosotros, los que no adquirieron el tic del coleccionismo, la papada del profesional exitoso o del hombre de empresa, el furor reaccionario que exhibía la Rubia en aquella fiesta de cumpleaños de Sebastián, allá por el año sesenta y nueve, los que fueron, por el contrario, cayendo en plena juventud, en forma siempre diferente, sorpresiva, pero perfectamente lógica, si uno se detenía a reflexionar un poco, de una coherencia impecable, estaban condenados de antemano. Eso era lo que se habría podido leer, si alguno hubiera sabido efectuar esa lectura a tiempo, antes de que la historia particular pusiera las cartas sobre la mesa, resolviendo los enigmas, en el brillo de los ojos, en el rostro pálido, en la manera de caminar descuidada y a la vez personal, manos en los bolsillos, cabeza inclinada, cabellos en desorden, zapatos sucios, en el rictus amargo, pronto a la réplica, a entusiasmos y desdenes sin medida, signos exteriores de la fiebre que los devoraría. Era una enfermedad perceptible a simple vista, difundida, pero nosotros, en los años anteriores, en los tiempos de la fantasía juvenil, todavía estábamos ciegos. Cuando notamos que el velo se había descorrido, descubrimos que los peligros que nos habían amenazado a la salida de la adolescencia, los riesgos mortales que habíamos sorteado sin darnos cuenta, con la osadía de los inconscientes (que no debe confundirse con la valentía), habían pasado a la categoría de recuerdos amables, amenas evocaciones de sobremesa en las que el nombre de un amigo desaparecido tan sólo introducía una sombra, la conciencia fugaz de que nos habría podido tocar a nosotros y de que nuestros cálculos, después de todo, en definitiva, nos habían permitido obtener una prórroga, pero no conseguirían salvarnos, no se salvaría nadie, nuestro plazo, por fin, se cumpliría, como todos los plazos, y la ejecución postergada seguramente sería más cruel, más implacable, ni el más leve asomo de exaltación o inconsciencia acudiría en nuestra ayuda.

El desagrado que provocaban estas reflexiones no duraba, sin embargo, más de algunos segundos. Arrugábamos el ceño y nos abstraíamos en lo mejor de la bulliciosa charla, con el vaso de vino en el aire, observándonos, quizás, de reojo, en el espejo del fondo del comedor, entre la espalda de la dueña de casa y las cariátides hercúleas de un reloj de bronce. El ceño después se desarrugaba, el líquido de terciopelo pasaba por la garganta, regresaba la copa a su lugar en el mantel de hilo y la perturbadora intuición, con la misma rapidez con que se había presentado, desaparecía: el pavoroso abismo que de pronto se había abierto debajo de la mesa, en plena fiesta, quedaba rápidamente borrado, suplantado por las risas mundanas y el tintineo de los cubiertos. El Gordo, entonces (en esos días su nombre incluso había sonado para Ministro), miraba los pechos blancos de su vecina, estremecida por la celebración de una salida oportuna del abogado, y pensaba que con gusto los mordería, que se ensañaría en ellos sin compasión, por más que la provocativa vecina, que quizás no había contado con llevar la provocación a esos extremos, gritara, pataleara, le diera puñetazos con los nudillos filudos y le clavara las uñas pintadas de rojo en la espalda.

Así que te defenderás a tiros...

¿Yo? ¡A tiros!, repitió ella: Que me quiten todo. ¡Muy bien! ¡Pero antes tendrán que pasar sobre mi cadáver!

¡Así me gusta!, celebró el abogado, golpeando la copa con el tenedor, en la comisura de los labios una ligera mancha de espuma. El Gordo, después, aprovechando que el abogado, que no podía permanecer tranquilo en ningún lugar de la fiesta, había partido a escuchar lo que se decía en otros sectores, y en vista de que ella le había contado que su marido andaba en Nueva York, bajó un poco la voz y dijo que ahora, antes de que la Revolución llegara, sería bueno permitirse algunas expansiones, ¿no te parece?

Ella lo miró con expresión cándida. En seguida, con (¿fingido?) disgusto: ¡Qué cínico más grande!

Te voy a llamar por teléfono uno de estos días, insistió el Gordo. Ella, su vaso se había detenido cerca de los labios, sonreía en forma enigmática, fijaba los ojos, elusiva, en una túnica de lanilla de color marfil, recién traída de Buenos Aires y que hacía, según pensaba ella, observando a su portadora, muy bonita espalda.

¿Quieres que te confiese una cosa?, insistió el Gordo, calculando que se podía avanzar otro paso sin correr demasiados riesgos.

El vaso se desprendió de los labios. Los ojos, por un instante, se apartaron de la espalda de lanilla, bellos omóplatos que se perfilaban en el ardor de la conversación, siguiendo el impulso de los brazos, y aguardaron

Hace años que tengo ganas de hacer el amor contigo, murmuró el Gordo, con la vista clavada en las flores orientales de la alfombra.

¡Eres un fresco de siete suelas!

Lo que pasa es que tengo ganas, insistió él: ¡Qué quieres que te diga!

¡Te quedarás con tus ganas!, dijo ella, riéndose, y bebió un sorbo de whisky, miró al abogado invitándolo a que se acercara de nuevo. El abogado hizo un guiño, pero había algo que lo retenía en ese otro grupo, algún tema interesante que se hallaba en pleno desarrollo.

El lunes próximo te llamo, entonces, dijo él.

Ella levantó la vista para acoger al abogado que por fin se acercaba, moviendo el hielo dentro de su dosis redoblada de whisky, rubicundo, risueño, indispensable, inyectados en sangre los ojos y los cabellos en ligero desorden. Notó que la lengua se le había trabado un poco cuando dijo, muerto de la risa, que en el grupo, a propósito de las elecciones, cantaban victoria por adelantado... No estoy tan seguro como ellos, articuló, con los labios húmedos.

¡Yo tampoco!, exclamó la Rubia, con pasión.

En el remate de la Quinta, Sebastián había levantado el dedo para el primer lote de cuatro, pero él y todos los demás postores fueron arrollados por un señor pequeño, atildado, de anteojos, que parecía actuar por cuenta ajena, alguien dijo: de un Banco, otro nombró a un millonario que vivía en Europa, y que levantaba el dedo sin dudar y sin inmutarse, con gesto de autómata.

No hay manera de competir, murmuró Sebastián, encogiéndose de hombros, y la pareja vecina, que había conocido hacía años en alguna parte, sonrió con aire comprensivo. Todavía no hemos podido ni levantar el dedo, dijeron, con lo cual subentendían que si ellos, personas de situación más que acomodada, qué quedaría para los otros, y agregaron que habían resuelto reservarse para algunos de los bocetos de Rugendas.

¡Es lo que más me gusta de todo el remate!, exclamó Sebastián.

¡Ojalá que no nos hagamos pelea!, dijeron ellos, caballerosos al extremo, encantadores, y Sebastián, ojalá que no, que se pusieran de acuerdo: a él le interesaba la escena de los faldeos cordilleranos, la del hombre de a caballo cubierto con un poncho y de alto sombrero.

Te la dejamos.

¡Macanudo!, dijo Sebastián.

Es así como hay que hacer en los remates, comentó ella, posando en Sebastián sus ojos sonrientes, de grandes pestañas, que quizás ocultaban, pero Sebastián no habría podido asegurarlo, una chispa insinuante. El verde veteado de marrón de esos ojos, las pestañas sumidas en una luz suave, entre aguas quietas, le produjeron un súbito escalofrío, como si de pronto los espacios inaccesibles del mundo lo golpearan. La atmósfera de la Quinta, en esa parte secreta de Valparaíso, detrás de los cerros, más allá de las poblaciones miserables que daban la cara al mar, asolada en ese momento por la nube de langostas de los subastadores, le producía un estado de erotismo inquietante, exasperado y melancólico. El previsible comentario de Matías habría sido que el gusto por las antigüedades constituye un síntoma pésimo. Afirmación que de ningún modo excluía, síntoma doblemente revelador, ese gusto en el propio Matías. ¡Todo lo contrario! Las palabras enlazarían el placer y las premoniciones de muerte: el gusto por las antigüedades y por las jóvenes púdicas, de cutis de porcelana, púdicas y, para colmo, ajenas. Los objetos del pasado y la mujer del prójimo, convertidos en deseos siempre renovados, insaciables por definición, huyendo delante del deseo, en continua metamorfosis, delataban la misma inadaptación, idéntica enfermedad. Sebastián se dijo que podría invitar después a la pareja a tomar un aperitivo en algún lugar de Viña del Mar, y se dedicó a mirar los objetos, calándose los anteojos y pegando la nariz contra las vitrinas, a seguir las posturas, impasible, recordando el caminar encorvado, lento, la mirada increíblemente remota y terca, de la anciana, convertido (Sebastián), a falta de mejor alternativa, en testigo resignado de la masticación, de las devorantes mandíbulas que luego dejarían los muros pelados, las tablas del piso desnudas, las baldosas negras y blancas del baño, donde la anciana había azotado la cabeza y entregado, al cabo de una lucha desigual y tenaz, la vida, vacías. La anciana pegó el dedo al timbre, viendo las formas borrosas que hablaban entre sí, en voz queda, y entraban al recinto, y recordó que la cocinera, única persona que había permanecido ese domingo en la casa, estaba sorda como una tapia. Le pareció que el perro daba un gruñido muy breve y después se alejaba, moviendo la cola, y se dijo que el perro se había puesto demasiado viejo: sus ojos lagrimeaban, vidriosos, petrificados en una actitud de súplica inútil, convertidos en nada. Entonces puso (la anciana) un puño pequeño pero reconcentrado, duro como piedra, al frente, a fin de interponer un obstáculo entre el pecho frágil y la forma borrosa, que ahora no decía una palabra, sólo respiraba con fuerza, muy cerca, a un ritmo algo rápido. Alguien, un retazo de conversación, o algún objeto, me había recordado en el remate a Teobaldo Restrepo, Teobaldo y sus ambiciones políticas, su maximalismo financiero, frustrados. Los puntazos y los flechazos de don Malaca, disparados desde el banco del fondo de la sala a la izquierda, lugar que correspondía en aquella Cámara a las filas de los mamócratas, habían sido los primeros en socavar el andamiaje de Teobaldo, como precursores del peñascazo de Guillermo y de la Máquina del Cura: la insistencia infernal de don Malaca había introducido gastos supernumerarios por aquí, compromisos por acá, enredos sin número, ovillos liliputienses, invisibles, y a la vez sofocantes, abrumadores, interminables. Después de la discusión en la Cámara, Teobaldo había regresado a su casa malherido, lleno de sentimientos contradictorios, despechado, confuso.

Se detuvo frente al dormitorio, con los pies juntos; golpeó con los nudillos, tres veces, y en seguida entró. Elisa, sentada en la cama, miraba el ramaje de los árboles al otro lado de los vidrios y de las cortinas, de los florones de fierro del balcón, respirando hondo, con los nervios bastante alterados, temió Teobaldo, y comía una manzana a mordiscos, sin haberle quitado la cáscara roja. Gregorio de Jesús hojeaba revistas en una esquina de la cama, sobre la colcha de raso, pero si se hubiera puesto a chillar, Elisa habría tirado del cordón y le habría ordenado a la mademoiselle que se lo llevara de un ala, vite!, a Chabelita la toleraba incluso menos que a Gregorio de Jesús, nunca la quiso, comentaba, en su mal castellano, la mademoiselle, y en el repostero llegó a murmurar que la señora era perversa, ¡perversa!, cosa que la Domitila, la cocinera, al fondo del dormitorio en penumbra, retorciéndose los dedos, resumió de la manera siguiente: ¿Sabe, señora?, la francesa es mala. ¡Figúrese lo que anda diciendo de usté!

¡Perversa!, exclamó Elisa, lanzando una carcajada estrepitosa: ¿Me encuentras tan perversa?

Edelmira Bermúdez, que había sido casada con un hacendado colombiano y que ahora vivía parte del año en Chile y parte en París, sonrió: No tanto, chiquitita, murmuró, acariciando sus sienes. Elisa, en esos días, había resuelto hablar en su casa únicamente lo indispensable, no reír para evitar que se acentuaran las arrugas, no perder jamás, ni por una fracción de segundo, la calma, dormir por lo menos diez horas y evitar con el máximo escrúpulo toda comida excitante o grasienta.

No me toques, le suplicó a Teobaldo, alzando una mano con el gesto de ponerle freno. ¡Bien!, dijo Teobaldo, mordiéndose la coyuntura del índice derecho, terriblemente irritado, ¡Muy bien!, y salió del dormitorio a paso firme, lleno de ridícula solemnidad.

¿Por qué serán tan pobres diablos?

¡Olvídate!, replicó Edelmira: Los hombres chilenos son así. Le dio cuerda al gramófono y puso la aguja, con sumo cuidado, en el disco. ¡Qué maravilla!, suspiró, al escuchar los primeros acordes de la *Consagración de la Primavera*, con la vista perdida en la distancia. Levantó los brazos, lentamente, entrecerró los ojos y elevó la pierna derecha. Elisa sintió un nudo en la garganta. ¿Qué sentido tenía vivir así, arrugarse y consumirse poco a poco en esa provincia, lejos de todo, luces, perfumes, música, revoloteo de pecheras y vestidos de seda, instrumentos que se afinaban en el foso de la orquesta, súbito silencio, aplausos y más tarde burbujas del champagne, discretas risas mundanas, comentarios sutilmente malévolos, mientras un hombre a su lado sólo pensaba en cotizaciones de la Bolsa santiaguina y rumiaba su amargura porque sus contemporáneos no habían reconocido su talento, no habían admitido que fuese el miembro de la tribu más dotado para regir los destinos comunes, dejándolo caer sin compasión para entregarse a ojos cerrados, protestaba Teobaldo, a los falsificadores, a los aduladores, a los traficantes, a los profesionales de la mentira, propietarios exclusivos, proseguía, del prestigio falso, deleznable?

Teobaldo tascaba el freno y Elisa se deslizaba por un bulevar cubierto de nieve, protegidas las manos por manguitos de piel de nutria. El susurro seductor en sus oídos la hacía estremecerse. Las puertas se abrían de par en par y los cuerpos rígidos en la armadura de los fracs, los rostros pasmados, enrojecidos, los ojos donde las burbujas bailaban, se volvían al unísono, con cierta dificultad, oprimidos los cuellos por las colleras de nácar, las aristas almidonadas, pero la excitación del momento hacía superar con creces toda aspereza, cualquier estorbo. Quiero que pongamos el gramófono en las rocas, susurró Edelmira, frente a la isla, para sentirme contemplada y acariciada por la luna, que es mujer, ¿comprendes?...

Emeterio Águila se quedó con la boca abierta. Contuvo la respiración de miedo de que lo pillaran espiando. ¿Para quién bailará?, preguntó: ¿para los pingüinos?

Don Silverio movió la cabeza, intrigado. Con esa juventud, dijo, esa noche, después de beber su taza de café y su copa de aguardiente el país se va a hundir. ¡Acuérdense ustedes de lo que les digo!

Emeterio Águila recordó a don Silverio cuando pasaba a caballo por las colinas, seguido de sus perros. Una vez, dijo, me le insolenté. Señaló la boca desdentada con el índice: Me había tomado unos tragos en la fonda de Carabantes... Muy bien, pues: el caballero echó mano atrás y me largó como a cuatro metros de distancia de una bofetada. Si parece que todavía me doliera, agregó, cogiéndose la mandíbula y sonriendo, evocando, sin dientes, rodeados los ojos de surcos en la greda, cejas de color de polvo.

XVIII

En vista de lo cual, los grandes potrillos de vino quedaron proscritos y las reuniones de la célula volvieron a efectuarse en diferentes lugares, tal como se había hecho antes de que Silverio se instalara en los Queltehues con la Lucha, y algunas veces le tocaba el turno a la casa de Menchaca, el grupo se reunía en el corredor de atrás, frente al huerto, entre las carreras de los perros y el paso exploratorio de las gallinas, que lo picoteaban todo y dejaban su minúscula huella de caca en todas partes, o al patio interior de la carpintería de Antolín, que hablaba en voz muy baja, casi inaudible, como si el carácter clandestino que habían tenido aquellas reuniones en los años de la Ley Maldita e incluso en épocas anteriores, legendarias, en los tiempos de don Elías Laferte y del gobierno represivo de Arturo Alessandri, se le hubiera metido en la médula de los huesos, y sonreía, y que después, cuando la reunión había finalizado y los demás habían partido, conscientes de las tareas que debían cumplir y de la línea serena y constructiva del partido, de su lucha sindical y a la vez parlamentaria, puesto que también había que servirse de la legalidad burguesa y evitar, junto con las provocaciones de la derecha, las de la extrema izquierda aventurera y vociferante, solía llevarse el índice rugoso y moreno a los labios, con aires de complicidad, y ofrecerle un vasito de vino a Silverio y a misiá Luchita: Ahora que ya terminamos de conversar de las cosas serias, ¿por qué no? Silverio le guiñaba un ojo y se bebía el vino al seco. ¡Puchas que me hacía falta, compañero!, decía, y a menudo, a poco de terminar la reunión, encontraba por las calles altas de la Punta, en los límites, tan precisos que no habría tenido ningún objeto señalarlos, entre el territorio popular y el de los caballeros santiaguinos, a don Gonzalo Urquijo haciendo footing, muy orondo, contento de explorar aquellos límites y hasta de sobrepasarlos, de confundirse con el pueblo, vestido con la tenida siguiente: pantalones blancos impecables, de corte y raya perfecta, reliquias de sus tiempos de Ministro en Budapest, en vísperas de la guerra, época en que los utilizaba (los pantalones) durante sus veraneos en la cercanías de Duino; zapatos blancos dotados de una franja azul y perfectamente mantenidos a base de creta blanca, estrenados en 1938 en Venecia con ocasión de un almuerzo en el yate de Antuco Pérez, hijo de uno de los grandes especuladores chilenos de la Bolsa de París a comienzos de siglo; camisa blanca cuyos puños habían sido virados con destreza tal, que parecían recién salidos de la camisería de la calle de Castiglione, a pocos metros de la Place Vendôme; chaqueta azul marino con escudo británico debajo del bolsillo superior izquierdo, encima del cual florecía un pañuelo de seda azul con pintas blancas; gorra de capitán de barco y bastón de cedro con anillo de plata que exploraba el terreno, facilitando la tarea de don Gonzalo de estirar las piernas y de aspirar los efluvios del crepúsculo. Les sons et les parfums tournent dans l'air du soir, habría recitado, levantando su bastón con gesto pedagógico y adivinando en el interlocutor al nativo ignaro, con olor a pata, don Marcos Echazarreta, pero don Marcos había muerto haría unos quince años o más. ¡Cómo pasaba el tiempo! Al divisar a Silverio descalzo, hirsuto, y a la Lucha demacrada, con profundos surcos que le habían puesto cara de bruja, fumando como una chimenea y embarazada, quizás, de cinco o seis meses, de su cuarto o quinto hijo, ¡vaya uno a saber!, don Gonzalo se detenía en el medio de la calle, de humor espléndido, y se sacaba la gorra marinera con una ligera genuflexión, lleno de exquisita galantería, como si se hallara en el umbral del café más concurrido de Buda en los años de la preguerra, entre el humo y los acordes vibrantes de los violines.

¿Cómo les va, muchachos?

Muy bien, don Gonzalito, replicaba Silverio, encantado de la vida, en tanto que don Gonzalo se acercaba y besaba a la Lucha en sus mejillas ajadas, cinceladas por los desengaños y además, por la obstinación ideológica.

¿De dónde vienen?

De dar un paseíto, igual que usted, contestaba Silverio, de humor más que excelente, y don Gonzalo, levantando una mano con cierta vaguedad, como si se tratara de un grupo mucho más numeroso, se despedía y proseguía su camino. Silverio le contaba entonces a la Lucha, por enésima vez, la historia de don Gonzalo, la mejor garganta del partido conservador en la época de la obstrucción parlamentaria, cuando los conservadores hablaban horas de horas en la Cámara, días y semanas enteras, para impedir que las leyes laicas fueran puestas en votación, y a quien después, en pago de sus servicios y en vista de que su presencia en Santiago, con la modificación de los reglamentos de la Cámara, se había tornado inútil, le habían dado un cargo en la diplomacia y había terminado su carrera en Budapest, dedicado a fotografiar mujeres desnudas en su estudio de fotógrafo aficionado, mujeres tendidas encima de un sofá recubierto de seda roja, entre bronces, cojines de terciopelo, cortinajes y fotografías de otras mujeres desnudas, solas o en parejas, incluso en grupos, distribuidas por los muros... Por eso, cuando las señoras observaban en la playa que don Gonzalo, distraído, clavaba la vista demasiado rato en la pelusilla del rostro de una niña, en las redondeces de una pantorrilla o de una cintura adolescentes, tomaban a la posible víctima de la mano y se la llevaban más que ligero, como si el mismísimo demonio, envuelto en nubarrones de azufre, semejantes a los nubarrones que disparaba su máquina cuando apretaba, refugiado en la vasta y acogedora oscuridad del manto negro, el obturador, estuviera pisándoles los talones.

¡No puede ser!, comentaba la Lucha, riéndose, y Silverio saltaba por entre los peñascos del camino en pendiente, eufórico. ¡Me habría gustado verlo!, decía, y se sobaba las manos, mientras don Gonzalo, al divisar a don Alejandro Fierro y su esposa, muy del brazo, doblando la curva y subiendo con pasos disciplinados, energéticos, desde las cercanías de la quebrada, adoptaba un aire profundamente digno.

Don Alejandro y su esposa dirigían a Silverio y la Lucha un saludo terco, hipócrita, con una sonrisa imperceptible y algo torcida, divorciada ella y comunistas ambos, a pesar de ser hijo, él, de Silverio Molina, que siempre fue un salvaje, pero, de todos modos, dígase lo que se diga, en versión algo rústica, un caballero a carta cabal, y de la Eduvigis. ¡Viejos de mierda!, murmuraba Silverio, cuando notaba que se habían alejado algunos metros.

Son muy capaces, decía la Lucha, de haber financiado a ese cura demagogo para dividirnos.

¡Capacísimos!, exclamaba Silverio, dándose vuelta para observar la espalda malévola y achacosa, completamente indignado. Y por Frei, como no les quedaba más alternativa, se habrán sacado la cresta. ¡Con tal de atajarnos a nosotros! Y le parecía que la flema de las carrasperas de don Alejandro, su tos fétida, salían de alvéolos venenosos, incrustados de polvo y materias corrosivas, mohos, líquenes y herrumbres.

Alguien dijo que la última vez que había visto a Silverio Molina había sido precisamente, ya que habíamos hablado de espíritu anticuario y de subastas, en un remate de fundo, allá por el año sesenta y seis o sesenta y siete. La Lucha había partido a Santiago con sus hijos hacía tiempo, más de un año, y Silverio había sacado una nueva compañera, como él decía:

una flaca feúcha, deslavada, aunque bastante joven, de pelo recogido en cola de caballo, blue-jeans incoloros y zapatillas de tenis viejas. Silverio estaba en ese remate empeñado en subastar una trilladora en desuso, de aspecto semejante a una locomotora de vapor.

¿Para qué?, había preguntado el Pachurro Mayor, que en esos días había ido a inspeccionar la casa de la Punta, gravemente agrietada en el último terremoto. Decían que el muro del frente podía derrumbarse sobre la calle y producir alguna desgracia, y una de las grietas, la más ancha, se había formado justo debajo del marco de la ventana de donde había colgado el Gordo Piedrabuena, esa mañana en que lo sometimos a las pruebas de la iniciación, al día siguiente de su llegada, en vísperas del apedreo de la estatua, entre los acordes del *Crepúsculo de los Dioses* y los angustiados gritos y lamentos del Gordo, sus amarillas súplicas, pero la crueldad a menor escala, el espíritu excluyente y a la vez destructivo, eran consubstanciales con nuestro mundo, parte esencial de nuestro código, y no hubo para el Gordo Piedrabuena la menor compasión, fue colocado fuera de la ventana del segundo piso y sus manos sudorosas, que se aferraban desesperadamente al marco, golpeadas con tacos de zapatos y por fin, gracias a la fértil imaginación de Pancho Williams, clavadas con un alfiler que constituyó el argumento decisivo, de manera que la voluminosa humanidad del Gordo, húmeda de calor y de miedo, había azotado contra el parterre de achiras, provocando las iras de don Juan José Echave, que había salido del excusado de la planta baja en suspensores y con un ejemplar atrasado de la revista *Hoy* en la mano, insultando a la víctima por aplastar sus achiras, que él limpiaba todas las madrugadas con una mota de algodón, eliminaba las hormigas y otras adherencias, en lugar de increpar a los torturadores, cuyas carcajadas, confundidas con las trompetas wagnerianas, resonaban en el hueco negro del segundo piso.

¡Para nada!, respondió Silverio, irritado, adivinando en

la pregunta un atisbo de sorna o de reproche: ¡Para mirarla!

¿Para mirarla? ¡Te sobrará la plata, entonces!

Sí, contestó Silverio, con cara de pésimas pulgas: ¡Me saqué el gordo de la lotería!

Date gusto, entonces, le dijo el Pachurro Mayor: Si te sacaste el gordo de la lotería, ¡qué te importa! ¡Hay que darse gusto en vida!

Ahora que empieza a venir tanta gente por estos lados, explicó Silverio, recobrando la calma: turistas argentinos, funcionarios internacionales, turcos, judíos, siúticos de toda especie, he pensado en instalar una boîte frente a la playa.

No era mala idea, comentó alguien, pero resultaba curioso que Silverio hubiera pasado del rechazo romántico, exasperado, condenado de antemano al fracaso y a la amargura, a esa forma pragmática de aceptación de la realidad, que no se contradecía en absoluto, a pesar de las apariencias, más bien lo contrario, con su militancia comunista.

Quiero pintar la trilladora de verde y de rojo, prosiguió Silverio, y que las parejas bailen adentro, entre luces sicodélicas, con un sistema de parlantes distribuidos y disimulados entre los fierros. ¿Qué te parece? ¡Me voy a hinchar de plata!

La pista les quedará un poco chica, comentó el Pachurro, riéndose, observado de reojo y sin humor ninguno por la flaca en zapatillas de tenis, pero lo extraño era que Silverio, cuando su padre había llevado por primera vez una máquina trilladora al Valle de las Cuncunas, donde se cultivaba mucho trigo en los potreros de la parte norte, al pie de los cerros, había manifestado su apasionada preferencia por las trillas a yegua, mucho mejores, mucho más bonitas y además, de rendimiento muchísimo más alto, ya que esa máquina infernal seguramente perdería la mitad del trigo. Silverio el Viejo le había espetado, mientras contemplaba la máquina con la boca abierta y la acariciaba, palpaba sus tuercas relucientes y sus curvas con los dedos encallecidos: ¡No digas estupideces!, y el administrador del fundo, que parecía participar, aunque en forma silenciosa, desde un segundo plano, del entusiasmo de Silverio el Viejo, había comentado que la máquina era un adelanto muy recontra grande.

Más tarde, cuando el tiesto ya se había rematado, Silverio confesó con tristeza que no se lo había podido llevar. Había pasado de quinientas lucas. ¡Qué disparate! Se había llevado, entonces, para no perder el viaje, ya que el remate se había efectuado como a cincuenta kilómetros de la playa de los Queltehues, una colección de cinco hachas de diferentes tamaños, que habían salido baratísimas.

¡Cinco hachas! ¿Para qué quería cinco hachas?, preguntaron, riéndose, y el Chico Santana hacía gestos con las manos y con la cabeza, como si estuviera saturado de escuchar tantos disparates. La segunda botella de coñac estaba por terminarse, de modo que Sebastián optó por pasarse al whisky y servirse un vaso con hielo y agua de Panimávida fresca, con toda la fuerza de sus burbujas. Agitó el vaso y volvió a salir al jardín a respirar un poco de aire puro. Uno de los helicópteros pasaba cerca, vigilando las manzanas más próximas al cerro San Cristóbal, puesto que era perfectamente posible, en realidad, que las bandas de extremistas se escondieran en la región del cerro y aprovecharan la oscuridad para meterse y diseminarse por Pedro de Valdivia Norte. Caminó hasta un extremo del jardín, en un sector despejado, de arbustos bajos y césped, revolviendo el hielo, bebiendo su whisky a pequeños sorbos, contemplando la noche con sus resguardos y sus amenazas. El helicóptero, ahora, después de avanzar hasta la orilla del cerro, regresaba. Sebastián, medio borracho, miró la nariz de metal con ánimo de dirigirle un saludo, un gesto cómplice, y en ese preciso instante, provocándole un salto brusco del corazón, una insólita sensación de haber sido sorprendido en falta, los reflectores del escarabajo de metal se encendieron y lo iluminaron ahí, algo borracho, en mangas de camisa, con el vaso de whisky en la mano, parado sin demasiada firmeza en el espacio cubierto de césped. ¿Qué hacía él en ese lugar, en pleno toque de queda? El helicóptero roncaba, inmóvil, a muy escasa distancia, y lo seguía iluminando.

Sebastián dio media vuelta, baja la cabeza, sometido con humildad al poderoso chorro de luz, y entró, cerró la puerta envidriada, corrió las cortinas, se puso el índice en los labios e hizo señas, lívido, para que sólo dejaran la luz más pequeña.

No pueden hacernos nada, opinó el Chico Santana: Estamos adentro de una casa particular. Y además, dijo, riéndose con una risa que algo tenía de simiesca, todos somos momios hasta la pared del frente.

Las hachas siempre sirven, explicó Silverio, observando la perplejidad del Pachurro Mayor, aparte de que salieron botadas.

Se las mostró a Menchaca, esa tarde, con gran orgullo, porque colocadas de mayor a menor contra la pared de piedra le habían parecido mucho más bonitas, y Menchaca, estirando el labio inferior, pasó el índice calloso por el filo.

¡Botadas!, insistió Silverio, como si temiera, en su fuero interno, el examen demasiado concienzudo de Menchaca, que la flaca deslavada y en zapatillas, con su nariz de punto, observaba de reojo, pero Menchaca, con un signo lacónico, se limitó a responder que sí, que no habían salido caras, empuñando una, la más pequeña, que por su tamaño era simpática, y haciendo ademán de cortar un leño invisible.

Hay que afilarla, por supuesto, puntualizó Silverio.

Menchaca, enarcando las cejas, la devolvió a su sitio en el muro, que había empezado a llenarse, con los años, de un cachureo heterogéneo, indescriptible: trastos renegridos, aplastados por gruesas capas de polvo y telarañas (la Lucha había hecho limpieza de vez en cuando, cada tres o cuatro meses, con el pucho en la esquina de los labios, el potrillo de vino cerca, la escoba o el trapo de limpiar en las manos algo temblorosas y con manchas de color tabaco, pero a la flaca de zapatillas ni siquiera se le pasaba por la mente la idea de sacudir el polvo de todo ese entierro, habrían podido asomar insectos medievales, brotar gusanos en forma de matracas, y así y todo no se le habría ocurrido, habría preferido abandonar la casa en lugar de combatir la cochambre); un globo terráqueo destripado, proveniente de la sucesión de un notario de Valparaíso y que había sido necesario bajar desde el estudio del notario hasta la calle mediante un sistema de poleas, ya que no pasaba por ninguna puerta; un par de trailoncos araucanos y un pectoral, todos antiguos y de plata maciza, caciquiles y guerreros, que evocaban los tambores y las trompas fúnebres de Yumbel y de Carampangue, joyas adquiridas durante un viaje al sur financiado con restos de la herencia de misiá Eduvigis; la caja completa de un ascensor de madera, provisto en su interior de taburete plegable, espejo y tapicería de felpa, de los tiempos, comentó uno de nosotros, de don Federico Puga Borne y del Marqués de Montemar, del Doctor Máusica y la Bruja Fortunata, y donde Silverio, susurró Sebastián, que ya, con ayuda de dos tacos de whisky, se había repuesto de la impresión provocada por los haces de luz acusadora, tenía la manía de encerrarse con la flaca, bajarle los pantalones y los calzones y tirársela, aprovechando el espejito para mirar desde arriba las nalgas de la flaca en movimiento, blancas en contraste con el color tostado de la piel que no había sido cubierta por el bikini, desplomándose, pero sostenida en su caída por la madera antigua y la felpa del taburete, único sitio de toda la casa donde conseguía, según él mismo, a la tercera copa, lanzándote una poderosa tufada de vino, confesaba, una erección aceptable, de modo que la flaca, que por ella habría preferido mil veces el lecho matrimonial, no ponía inconvenientes; un arpón ballenero cuyos garfios curvos transmitían la sensación de la hincadura en la carne aceitosa, pero Silverio explicaba que las ballenas habían emigrado de aquellos litorales, sólo permanecían los pobres pingüinos en su isla perforada de galerías, cámaras secretas y laberintos subterráneos; un tejido quechua con desvaídas manchas de sangre, señales de que había servido de mortaja al guerrero difunto; un gramófono a cuerda, rematado en una lujuriosa corola esmeraldina y de cuyo cascarriento embudo aún brotaban, para permanente alegría de Silverio, los tonos aterciopelados de Tito Schipa o los cavernosos bajos de Chaliapin.

En resumen, un museo de porquerías en constante aumento, que invadía los espacios libres, hasta el punto de que ya resultaba dificultoso desplazarse por esa casa, como si los objetos amenazaran con expulsar a sus habitantes, imponiendo el dominio cada vez mayor y más tiránico de la herrumbre y de las sabandijas, dominio que crecía en la misma medida en que la conquista del poder por la izquierda se tornaba cada vez más utópica, un espejismo que cada año y con cada elección se alejaba un poco más todavía, puesto que la unión de las fuerzas burguesas avanzaba con rapidez y consistencia infinitamente mayores que la de los partidos populares, o una peligrosa forma de masturbación intelectual, ¿establecer guerrillas en los cerros de Chena?, ¿apoderarse de la isla de Juan Fernández e invadir la costa?, ¿instalar una república independiente en la isla, con Robinson Crusoe en el bando de la revolución, además de las langostas, y reconocer a Fidel Castro? Lo único tangible era que el centro, tan pronto como se vislumbraba una elección y a la menor señal de peligro, se olvidaba de sus ejercicios y truculencias verbales y aceptaba sin chistar los requiebros de la derecha, como se había demostrado en los días de aquella historiada elección parcial de Curicó, que con tan fervorosos vinos habían celebrado Silverio, la Lucha y algunos amigos en una terraza del centro de Santiago y en la que mucho más le hubiera valido al FRAP no emplearse tan a fondo. Silverio había bailado solo y cantado, abriendo los brazos, golpeándose el pecho como un gorila, lanzando alaridos de triunfo, después de haber despachado un chuico de Concha y Toro él solo y de haber devorado ingentes tiras de carne a la parrilla, variados causeos, abundantes papas asadas, gloriosas ensaladas de apio con palta y nueces y de cebolla con tomate, con derecho a repetición hacia las cinco de la madrugada del lunes, cuya luz pálida, junto con ahuyentar las sombras de las terrazas de cemento y de las chimeneas grises, había mostrado las destartaladas micros que subían jadeando por la Alameda, igual que todos los lunes a esa misma hora, rechinando y despidiendo vapores negros de bencina, y desde cuyas ventanillas, al parecer indiferentes a la victoria parlamentaria de su clase, los obreros se sobaban los sabañones y contemplaban con ojos somnolientos las calles aún vacías, donde la selva de carteles de propaganda y de inscripciones en los muros daba testimonio de una lucha que no parecía despertar en ellos excesivas ilusiones.

La Lucha lo había abandonado hacia mediados del año sesenta y cinco, precisó el Gordo, en los primeros meses del gobierno de Eduardo Frei, cuando sus ilusiones políticas parecían congeladas por largo tiempo. Hacia fines de los sesenta, envejecido, abrumado por estrecheces que ya no se sentía en edad de soportar, a pesar de que todavía conservaba tierras de la herencia paterna en el Valle de las Cuncunas, aparte de un terreno hacia el límite sur de los Queltehues, en ese lugar donde el vapor que brotaba de las aguas arremolinadas creaba una especie de niebla perpetua, fantasmagórica, terreno que se valorizaría mucho, argumentaba él, en el futuro, pero ¡quién iba a ir a meterse a ese baño turco!, abandonado, puesto que el episodio de la flaca feúcha había sido breve, la función adentro de la caja del ascensor había terminado por exasperar a la flaca, amén de que el taburete de madera y felpa no había resistido la presión de los cuerpos, se había desfondado una noche, hecho trizas, y la flaca se había herido en una cadera, Silverio se hallaba convertido en una ruina, caricatura desdentada, tumefacta, maloliente, de lo que había sido hacía no demasiado tiempo.

Sebastián contó que por esos años, en la época en que la

playa de los Queltehues había empezado a convertirse en un sitio concurrido, Silverio había ofrecido su casa de piedra, tan venida a menos, maloliente, deteriorada y desdentada como su dueño, a unas niñas jóvenes, hijas o quizás nietas de gente de su tiempo, para que se desvistieran y se pusieran en el interior los trajes de baño, ya que todavía no hacían su aparición las carpas, y a una de las jovencitas que se había quedado rezagada, luchando para abrocharse en la espalda el tirante del bikini, se le había tirado encima como un tigre, después de haberse tomado un buen vaso de vino tinto para darse coraje y fiel a su teoría reciente, desarrollada en la fonda de Carabantes y en otros lugares igualmente adecuados para la elucubración y la disquisición, de que el ataque frontal era la táctica más efectiva y de que nadie, ninguna mujer en su sano juicio, se ofendía de veras por el exceso de la pasión masculina. Los alaridos de la niña, cuyo tirante voló lejos al primer agarrón, y los arañazos, las patadas, incluso un feroz mordisco en el cuello, mordisco cuya impronta violácea fue observada por algunos en los días que siguieron, obligaron a Silverio a soltar su presa, lívido, ahogado por el esfuerzo, tembloroso, deshecho por la angustia, por la conciencia de ser una bestia descontrolada y desquiciada, en un tris de reventar de un infarto. El asunto trascendió, se comentó esa noche en la Punta, desde la fonda de Carabantes hasta la sobremesa de don Alejandro Fierro, ¡Silverio había heredado atavismos indígenas, de origen oscurísimo!, y al día siguiente, entre corrida y corrida de pisco sauer, en la vara del Club de la Unión de Santiago,

Siempre he dicho que los Molina son gente peligrosa.

Éste se hizo comunista.

¡No puede ser!

¡Te juro por Dios! ¡Comunista!

¡Ya ves! ¡No te decía yo!

y los hermanos de la niña, agricultores de la zona de Graneros, hablaron seriamente de organizar una expedición punitiva a los Queltehues, armados de cuchillos y palos, en caravana, había que darles una buena lección a esos comunistas conchas de su madre, capar a Silverio a uña y no dejar en su casa piedra sobre piedra, una expedición como las que emprendíamos en nuestros buenos tiempos contra Purcuy, corriendo a toda velocidad en el Ford convertible, a altas horas de la noche, llegando a la costanera plana, solitaria, donde sólo se divisaba la sombra inmóvil de las casas y la espuma del oleaje, el mástil inclinado de las embarcaciones varadas en la arena, haciendo añicos los vidrios de la primera línea de edificación y desapareciendo en menos de lo que canta un gallo, a la misma velocidad con que habíamos llegado, mientras se encendían luces dispersas, desagradablemente arrancadas del sueño, y la vieja italiana de la Residencial Capri, la dueña, lanzaba los primeros aullidos, después de comprobar que las vidrieras que se habían desplomado bajo los peñascazos y cuyas explosiones, con voluptuosa insistencia, todavía resonaban en nuestros oídos, eran las de su comedor de honor, detrás de las polvorientas curvas de ese camino, dijo el Gordo, por el que llegué por primera vez a la Punta, después de haberme bajado del trencito de trocha angosta que terminaba su recorrido en Purcuy y de haber viajado dando saltos y mirando el crepúsculo sobre el mar, los nubarrones de polvo rojo y amarillo que las llantas del camión despedían a bocanadas, junto a un hombre de tez cobriza y mirada tranquila que, según comprobaciones que haría más tarde, era el propio Antolín. La expedición de los hermanos, comentada a gritos en la tribuna de un rodeo de Rancagua, entre cachos de chicha, quedó en nada, al fin, porque los tiempos ya no estaban para lances caballerescos de esa especie y porque todos, hermanos, amigos, enemigos, consejeros oficiosos y oficiales, convinieron en que Silverio Molina se hallaba reblandecido, no era más que un pobre diablo, comunista por deseos de llamar la atención, y en consideración a que era hermano de María Eduvigis, casada con Pablo Quiñones de Lara, gran persona, sin olvidar, más encima, el peligro de que los diarios copuchentos agarraran la noticia y la convirtieran en algo muy perjudicial y molesto para nosotros mismos, ¿entendís, huevón? Las niñitas, después de todo, habían sido unas perfectas estúpidas, y no se podía descartar que hubiera una solapada dosis de provocación en su actitud. ¿Acaso no sabían que Silverio Molina se había convertido en un sátiro beodo y casi anciano? ¡Capaz que sus ideas comunistas también hubieran hipnotizado a esas tontonas! Era un hecho que toda la juventud estaba infiltrada hasta extremos increíbles, contaminada por el morbo, cuyo contagio había invadido los reductos más inexpugnables. Ibas a casa de fulanito de tal, senador nacional, hijo y nieto de próceres conservadores, dueño de viñas y titular de numerosos directorios de sociedades anónimas, y el hijito que te miraba con ojos de odio desde un rincón de la mesa, descamisado, pálido, melenudo, con grandes ojeras que denunciaban una noche en blanco, resultaba un mirista fanático, peligroso, capaz de colocar una bomba en su propia casa. ¡Casos así se habían visto, y cuántos quedaban por verse! ¡Cría cuervos! Los principios de nuestros antepasados, el orgullo de las antiguas familias, habían caído al polvo.

El caso es que Silverio fue severamente amonestado y amenazado, de una vez por todas y para siempre, ya que los escándalos de esa especie hacen enorme daño a nuestra causa, compañero, usted lo sabe tan bien como nosotros, con la expulsión definitiva. Antes del XX Congreso no te habría salvado ni el Papa, Silverín, dijo uno de los compañeros, que le tenía buena barra. Si se salvó, cosa que al comienzo parecía muy difícil, casi, por así decirlo, imposible, fue por la notable humildad y sinceridad con que reconoció su falta, destacando paralelamente la provocación a que lo habían sometido las desvergonzadas jovencitas de buena familia, que ahora trataban de desquitarse de su educación en las monjas, las muy putas, y porque los responsables provinciales, que venían de vuelta del sectarismo de otros tiempos, aun cuando su sectarismo asumiera otras formas, menos palpables, más sutiles, conocían su inocencia de espíritu y sabían aquilatar, por lo demás, su voluntad de oro: cuando se trataba de trabajo, por sacrificado y difícil que fuera, se sacaba la cresta, sin desdeñar otro factor muy sumamente importante, compañerito: siempre conseguía, por su familia o por sus relaciones sociales, contactos utilísimos para nosotros, nunca le faltaba algún pituto en la Administración, algún conocido en la sección jubilaciones o en Impuestos Internos, elementos que no había que desdeñar por ningún motivo, jamás olvidemos la praxis revolucionaria, de manera que siempre, aun cuando muchos lo hicieran a regañadientes, refunfuñando, terminaban por perdonarle todo.

Hasta que la norma que provocaba invariablemente, en cada coyuntura de peligro para el sistema, la unión del centro con la derecha, esa simple cábala de la política criolla, falló, debido a numerosos factores a los que no era ajena, tampoco, la proverbial soberbia de los antepasados de Silverio Molina y del propio Silverio, salvo que en Silverio, a partir del incidente con los de Mongoví y a partir de su temporada en el infierno carcelario de Valparaíso y en el purgatorio de Capuchinos, esa soberbia se manifestaba de distinta manera y con muy opuestas consecuencias políticas, provocando una definición de extrema izquierda y no de extrema derecha, como había sido siempre normal, desde las épocas coloniales del Corregidor, en el clan de encomenderos y terratenientes, con la consecuencia de que ahí estaría Silverio, el último vástago de la dinastía, al cabo de una larga, tortuosa y paradójica evolución, el cuatro de septiembre en la noche, transfigurado, con el puño en alto, cantando la Internacional en el medio de la Alameda de las Delicias, con lágrimas de alegría en los ojos, en las primeras horas de ese triunfo que a lo largo de tantos años, desde la ya remota y paupérrima campaña de 1952, en la que había participado con sus escasas huestes de la Punta, había llegado a parecerle inalcanzable.

¿Te acuerdas que vimos el desfile de Ibáñez desde un octavo piso del Barrio Cívico?

¡Cómo no me voy a acordar!

Pero el desfile de Allende de hacía ya dieciocho años, tres campañas atrás, había sido alegre dentro de su condición desharrapada, desenvuelto, dominado por la euforia de saber que González Videla finalizaba su período sin pena ni gloria, en medio del universal descrédito,

¡Es vergüenza nacional

el partido radical!, coreaba Silverio,

y en cambio la situación actual era muy diferente, marcada por una tensión palpable, terrible, algunos rostros estaban deshechos por la emoción y otros, en las ventanas de la calle Mac Iver, contraídos por el odio, la presencia de Silverio en esa remota marcha de los años cincuenta había sido premonitoria, de pésimo augurio, ahora ya no estamos para esas bromas, murmuró alguien.

Ese cuatro de septiembre en la mañana Silverio fue uno de los primeros en votar en la mesa receptora instalada en la parte alta de la Punta, a un costado de la cancha de fútbol y a veinte metros de la fonda de Carabantes, bajo vigilancia de una pareja de carabineros, de tres soldados con sus respectivos fusiles y un oficial de ejército. Estaba Carabantes de vocal por Alessandri, vigilando la urna con cara de malas pulgas, como si ya presintiera la derrota; el doctor Varas Saavedra, severo y pálido, por Tomic, (era demócrata cristiano disciplinado, desde los tiempos del padre Vives, pero habría preferido un candidato más circunspecto, menos incendiario en sus discursos), y el segundo de los Pastene por Allende. Silverio colocó el voto bien doblado, después de firmar donde le había indicado el Presidente de mesa, y se sobó las manos. Los burgueses empezarían a votar a partir de las once y obtendrían, con la ayuda de sus sirvientes apatronados, la mayoría, aunque quizás, y eso ya constituiría un gran triunfo y una recompensa de su trabajo, mejor dicho, de todo el trabajo del partido en la Punta, los Queltehues y sus alrededores, dicha mayoría fuese más estrecha ahora que en elecciones anteriores. Saludó a los carabineros, caras conocidas desde hacía tiempo en la Punta, se subió a su camioneta silbando, canturreando marchas y consignas de la campaña, de pronto un tango de la vieja guardia, una melodía del gordo Aníbal Troilo con su fuelle, su fueye, contento de contemplar el mar resplandeciente, azul, que retrocedía por entre las copas de los pinos, más rápido a medida que hundía el pie en el acelerador, y pasó toda la mañana movilizando gente en su camioneta, incansable, así se trabaja, le dijo Antolín al oído, y esa frase, por algún motivo extraño, le produjo un golpe de emoción intensa, transportándola de su casa a la cancha de fútbol y de la cancha de fútbol a su casa, la gente respondía a las mil maravillas, incluso el anciano de la casucha de los pantanos salitrosos, junto a los cañaverales, agarró su bastón y su sombrero y se subió, con ayuda de Silverio, al pescante, qué pasaba, ¿No será que esta vez ganaremos?, ¡Fíjese bien, compañero! No sea que después le anulen el voto, aunque para eso estaba Pastene de apoderado de mesa, creo que en un día así, ¡hasta Emeterio Águila hubiera votado por nosotros! Capaz, replicó Antolín, que en una esquina, a pesar de lo que le costaba mantenerse muchas horas de pie, las piernas, después de los setenta, habían comenzado a flaquearle, conversaba con los que habían votado, les daba ánimo, hacía alguna broma, de vez en cuando les ofrecía un cigarrito: pescadores, inquilinos de las antiguas tierras de don Benedicto Cáceres Olaechea, el hacendado millonario que por no tomarse una copa de vino a la fuerza, en la mesa instalada por Silverio el Viejo en la mitad del camino de tierra, había regresado a su fundo del interior y había jurado no poner nunca más los pies en la Punta, jóvenes de los Queltehues o del caserío de las Cabras que acababan de cumplir la edad de votar, cómo se hace, preguntaban, sonrientes, y marcaban su preferencia con trazo grueso y decidido junto al nombre del candidato de los pobres, de los jóvenes, de los humildes, mirando bien para no equivocarse, rascándose la cabeza, y depositaban en seguida la cédula cuidadosamente plegada en la urna y permanecían unos segundos inmóviles, como preguntando si eso sería todo, ¿no se habrían saltado algún trámite, alguna ceremonia?, y viejos que apenas se movían, pero cuyos votos, susurraba Silverio, eran los más seguros: uno de esos veteranos, allá por el año diez, había visto al mismísimo Recabarren parado en un banco de la plaza de Mongoví, con el sombrero pajizo en la mano y los pantalones gris oscuro llenos de tierra, arengando al pueblo, que había empezado a reunirse y escuchar con atención, aplaudir de vez en cuando, hasta que había llegado la policía de la época, servidora de la plutocracia parlamentarista, y a lumazo limpio había dispersado a los manifestantes, ¡Parece, compadre, que lo estuviera viendo!, mientras Silverio el Abuelo, de pistola al cinto, distribuía a su gente, armada de escopetas, palos, laques y azadones, para defender la cosecha de trigo.

¡Cómo serían esos tiempos!, se dijo Silverio, rascándose la barba y observando que ahora votaba Pérez Lopetegui, el farmacéutico, voto clavado para Alessandri.

En la tarde comprobó que los primeros escrutinios eran favorables: la derecha obtenía en las mesas de la Punta el margen de ventaja más escaso de su historia. Juan Pablo, su cuñado, debido a esa capacidad de autoengaño que es tan recontra típica de los momios, dijo Silverio, con voz socarrona, riéndose para sus adentros, unida en el caso de Juan Pablo a la fanfarronería de nacimiento, a una petulancia sin límites, se paseaba con aires de triunfo, contoneándose, sobrando a medio mundo, exhibiendo el chaquetón de gamuza color pimienta adquirido en un viaje reciente a Buenos Aires y una pipa negra, de superficie rugosa, tildada con el inconfundible punto blanco de la marca Dunhill, detalle que nadie, con la sola excepción de sus amigos y del descastado de Silverio, comprendería, pero eso qué importaba, tropa de rotos alzados, ignorantes, Alessandri, a la primera, tendría que formar un gabinete militar, de otro modo se lo comerían vivo. ¡Gabinete militar! ¡Nada de cuentos!

Detrás de él venía Pablito, que en un abrir y cerrar de ojos se había convertido, descubrió Silverio, en un grandote de dieciséis años, corpulento, con algo de la apariencia rubicunda y voluminosa de los Molina, pero desvanecida completamente su fuerza hirsuta, su vigor y su fulgor huraño, desafiante, vestido, el sonrosado grandulón, de pelos de buena calidad, lanillas y cachemiras importadas, medallita de oro al cuello, y flanqueado por un amigo que parecía su acólito, un narigón pálido, de aire sumiso, y a pesar de que el par de mequetrefes todavía no tenía derecho a voto, le dijeron al tío Silverio, el tío comunista, dándole palmotazos en la espalda, desafiándolo en sus barbas: ¡Ya ganamos!

¡No canten victoria todavía, cabros de mierda!, les replicó Silverio, indignado: ¡Miren que la Punta no es Chile!

María Eduvigis, más equilibrada que los varones de su casa, conversaba en una esquina, frente al sitio donde se había levantado antaño la carpa de la kermesse famosa, cuyas carcajadas, rasgueos de guitarras, silencios y aplausos súbitos perduraban todavía en las noches puntinas, llevados por la succión de la espuma en la arena de la orilla, por los vaivenes del oleaje, con misiá Clementina Olavide, que ya debía de encontrarse muy cerca de los ochenta, pero seguía entera, con sus anchos huesos faciales, sus ojillos inquisidores y su espalda corpulenta y enhiesta. La expresión de ambas era muy seria, llena de mesurada inquietud, como si no estuvieran nada de seguras del triunfo, ¡pero nada!, la atmósfera de la elección no les anunciaba nada bueno, a pesar de la euforia de los hombres, siempre dispuestos a entusiasmarse por cualquier motivo, a convertir sus deseos en realidades. Misiá Clementina ni siquiera se dignó saludar a Silverio, traidor a su clase, por mucho que estuviera con María Eduvigis y por amiga que hubiera sido de Eduvigis su madre, pero también la traicionada era la pobre Eduvigis, ¿no es así?, y María Eduvigis, que con los años había empezado a desarrollar un parecido sorprendente con su madre, la misma forma imperativa de levantar y ladear un poco la cabeza, se limitó a alzar las cejas en señal de haberlo visto. La fonda de Carabantes estaba cerrada, en cumplimiento de la Ley de Elecciones, pero sus parroquianos habituales, alessandristas, allendistas y un partidario de Tomic, el hijo de la señora Filomena, la costurera, formaban pequeños grupos frente a la galería exterior, junto a los postes de madera recorridos por las hormigas, y conversaban en voz baja, discreta, fumando y escupiendo de vez en cuando en el suelo.

Me tinca que ganamos, murmuró Silverio, de manos en los bolsillos, observando de reojo a su hermana, que ahora conversaba en la otra esquina con Juan Pablo, y ordenando con la alpargata gastada unas piedrecitas del suelo.

El resultado de aquí, por lo menos, me parece bueno, dijo Antolín, con su ponderación de costumbre (ya había visto demasiadas cosas, triunfos convertidos en retrocesos, como el de la elección de González Videla, derrotas en victorias, etcétera), y los primeros resultados que dan las radios, también, pero esperemos a ver qué dice la capital. No sé por qué me tinca que ahí están reteniendo los resultados.

Una hora después, Silverio apretaba a fondo el acelerador, aferrado al volante de su camioneta, cuyos neumáticos saltaban sobre los cascotes filudos del camino de tierra, con grave riesgo de reventar. En las afueras de Mongoví, los faros iluminaron a unos campesinos de chupalla, poncho y ojotas que gritaron ¡Viva Allende!, con el puño en alto. Silverio clavó los frenos y se bajó a preguntarles noticias, ya que sólo conocía los resultados parciales transmitidos por la radio de Antolín hacía más de media hora.

¿Ganamos?, preguntó.

Los campesinos se replegaron en un silencio entre burlón y receloso.

¿Ganó Allende?

Parece que sí, dijo uno de ellos.

¡Ojalá!, dijo él, sobándose las manos, y reanudó su carrera en la noche, entre hondonadas, cerros inhóspitos, caseríos, maizales, trigales, canturreando, hablando solo (¿Creís que nos dan un golpe, Menchaca?, y Menchaca opinaba que había que movilizar al pueblo, que ahí estaba la respuesta. ¿Y el ejército? Hasta ahora, explicaba Menchaca, la actitud del ejército ha sido correcta, no tenemos de qué quejarnos. Yo no confío pa' na' en el ejército, intervenía la Lucha, y Silverio ¡Cállate!, le decía: ¡No seas jetona! ¿Y crees, continuaba Silverio, que Estados Unidos se queda así nomás, cruzado de brazos, cuando en Vietnam ya veis lo que están haciendo? Perder Chile sería más importante para ellos que perder Vietnam. ¡No te hagái ilusiones!). Sonriendo en la oscuridad y saltando en el otro asiento, rodeado del estrépito de las junturas y del chirrido de los resortes cansados, el fantasma de Menchaca no daba respuestas demasiado precisas: la situación, había que reconocerlo (parecía indicar la sonrisa enigmática del fantasma), no admitía respuestas fáciles, y la sombra de Antolín, avanzando desde atrás con un dedo puesto sobre los labios cobrizos, avisaba silencio y meditaba. Silverio se puso a charlar, entonces, lleno de vivacidad, dividiendo su atención entre la huella pedregosa del camino y el hueco del otro asiento, con la Lucha, a quien no veía desde hacía meses, desde un domingo en que había llegado de Santiago a visitarlo con los niños. Silverio descubría en ese momento que le habría gustado celebrar el triunfo con ella, con los niños, que ya habían crecido mucho, con algún amigo de confianza, Juan Romero, por ejemplo, ¿te acuerdas de él?, nunca se olvidaba de su encuentro en un bar de la Estación Mapocho, a la salida de Capuchinos, celebrarlo frente a un suculento y descomunal asado, a inagotables damajuanas de algún mosto generoso, conversando hasta esas horas blanquecinas, irreales, en que el frío baja de la cordillera y disipa los somnolientos vapores, provoca un estado de lucidez tranquila, una equilibrada y misteriosa confianza.

El divorcio se había producido porque la Lucha, de un modo que no tenía nada de arbitrario, si se reflexionaba un poco, había llegado a la conclusión de que el primitivismo de la vida en los Queltehues, eso de alimentarse durante días enteros a base de luche cocido y sopa de pulgas de mar, sin ponerse zapatos, pasando un frío de pelarse en las horas altas de la madrugada, cuando las brasas de la chimenea se habían apagado y la humedad del mar invadía, poderosa, hasta los intersticios de las piedras y los rincones más recónditos de las sábanas, resistiendo y tragándolo todo a fuerza de vinos ásperos, celebrando con exagerados aspavientos algún ocasional cangrejo, una jaiva, no hablemos de una corvina, un caldillo de congrio como Dios manda, estaba bien por un tiempo, mientras se conservaba la juventud, mientras persistían, suspiraba la Lucha, lanzando delgadas columnas de humo al techo, las ilusiones románticas, pero de ahí a educar a los hijos en esa forma, ahora que la derecha, en santa alianza con la democracia cristiana, se había instalado en el poder por veinte años más...

Así parecía, dijeron, en esos comienzos de Frei.

Pero se farrearon su oportunidad.

Igual que todos los otros, comentó el Chico Santana.

De tanto trabajar en esa casa incómoda y enorme, construida con teorías pseudo comunistas para ser habitada por señorones arruinados, con piedras de las canteras del Valle de las Cuncunas y troncos de alerce, sin la más mínima sumisión al american way of life, a los hábitos de la sociedad de consumo, que se propagaban, como florescencias exóticas y singulares en el caldo de cultivo de la pobreza, por encima de las harapientas poblaciones, de los niños de ojos desorbitados y panzas redondas, hábitos que según Silverio eran la causa precisa de nuestra debilidad, el opio que nos había enviado el Norte para adormecernos y pervertirnos, opinión que Menchaca escuchaba sin excesivo convencimiento, olfateando en

Silverio los gérmenes de la herejía maoísta, en tanto que Antolín, a quien la difusión de los adelantos mecánicos, la imitación, por rudimentaria que fuese, de la sociedad de consumo al estilo yanqui, amenazaba en su oficio artesanal de carpintero, asentía con la cabeza vigorosamente, y además, de tanto fumar, sin cesar, desde luego, de ponerle duro y parejo al vino tinto, a la Lucha se le había marcado una cara extraña, fantasmagórica, hasta el punto de que Silverio, a veces, no podía dejar de acordarse de la mayor de las hermanas Hidalgo, cuyas historias de brujería y espiritismo se habían incorporado a la mitología puntina hacía décadas: el humo le ascendía por los surcos del rostro, enroscándose en las órbitas de los ojos y en los enmarañados cabellos, ¡igual que a la Bruja!, exclamaba Silverio, saltando de la risa en el pescante de su camioneta, de modo que los que lo hubieran visto desde la orilla del camino, en esa noche memorable, lo habrían tomado por loco de remate, pero él, indiferente al mundo exterior, pensaba que la Lucha, debajo de su cara de aquelarre, escondía un cuerpo duro, bien torneado, de muslos sólidos y pechos opulentos y hermosos, en absoluto caídos. Canturreando, tarareando y produciendo sonidos de trompeta, de claros clarines triunfales, con los carrillos inflados, estacionó la camioneta en la calle San Pablo, a la altura del Mercado, por ahí cerca de Donde Golpea el Monito, tienda cuyo nombre se había sumergido en sus recuerdos de adolescente y que ahora resurgía, como si lo nuevo, lo insólito de aquella noche se aliara extrañamente con lo antiguo. La estacionó allí porque tenía una imperiosa necesidad de caminar para serenarse, y mucho le habría gustado caminar descalzo, como en la arena de los Queltehues, pero acontecía que la calle de San Pablo, y luego la del Estado, la de Huérfanos, las de Ahumada y Agustinas, en lugar de arena tenían adoquines y colillas de cigarrillos, manchas dudosas, frescos esputos de mendigos tuberculosos, clavos y papeles miserables. Así, bajando por Mac Iver, llegó a la Alameda cuando hacía un rato que las masas, el pueblo victorioso, habían empezado a congregarse frente a la Federación de Estudiantes. Las ventanas de la Federación estaban iluminadas que era un gusto, y de los balcones colgaban estandartes de todos los partidos, pendones rojos y negros, carteles llamando a nacionalizar las minas, exhibiendo en una mal dibujada versión la típica figura del Che Guevara con su boina de guerrillero y su mirada perdida en las llamas de la conflagración latinoamericana, y el hombre que estaba al lado suyo, parecía un obrero, le dijo: el candidato está ahí adentro, ¿se fija?, en esa pieza de la que se veía una parte del techo, el artesonado de comienzos de siglo, probables guirnaldas de yeso, y un fragmento de muro empapelado y cubierto de afiches. Una voz comentó a la espalda de Silverio que ya había treinta y tantos mil votos de diferencia reconocidos por el Ministerio del Interior.

Santiago está rodeado de tanques, dijo Sebastián, que simulaba conservar la calma, pero cuya voz había perdido seguridad, aplomo, y se había enronquecido. Parece que los milicos toman el gobierno esta misma noche.

No seas optimista, dijo el Gordo.

Lo sé de buenísima fuente, insistió Sebastián, súbitamente confundido, enfermo, escuchando por el teléfono a una persona, quién, ahora se había olvidado, que le aseguraba que esa noche los tanques avanzarían hasta los portones de la Moneda. El maricón de Frei se cagaría en los pantalones.

¿De quién?, preguntó el Gordo, exasperante en su precisión, irritante.

¡Mira!, dijo Sebastián: Lo único que puedo decirte...

¿Qué?, preguntó el Gordo.

¡Espérate! Dejó el teléfono en la mesa y fue a servirse otro poco de whisky. Cuando regresó, el Gordo ya le había cortado. Ahora se acordará, murmuró Sebastián, de sus orígenes de clase media, de su dificultad para ser admitido en el grupo puntino, de su padre ibañista y allendista, etcétera, y se hará comunista, ¡ese maricón! ¡Así conseguirá colocarse! ¡Seguro! Empezó a marcar el número de Matías para contárselo, bebiéndose un buen trago. En ese momento se miró al espejo y se vio desmelenado, con ojos de loco. Colgó. Voy a llamar al Gordo, se dijo, y le voy a preguntar por qué me colgó. Levantó el fono y era el Gordo.

Has caído, le decía el Gordo con voz pausada, en esa típica tendencia a confundir los deseos con las realidades, propia de la extrema derecha y de la extrema izquierda.

Pero el centro no es nada, le replicó Sebastián, agresivo: ¡Es una pura mierda!

La voz dijo que los votos de ventaja de Pedro Aguirre Cerda habían sido muchos menos. ¡Menos de cinco mil! Con uno de ventaja, basta, acotó otra voz, cuyo dueño, de cara cetrina y gesto agrio, capaz de aguar la fiesta en varios metros a la redonda, buscaba por encima de las cabezas al propietario de la voz primera. Lo que corresponde, ahora, opinó Silverio fuerte, aunque sin dirigirse a nadie en particular, no es discutir sino trabajar firme, ponerle el hombro a la cuestión. ¡Eso!, exclamaron otros: ¡Tiene toda la razón el compañero aquí!, pero el candidato salía al balcón, en ese preciso instante, levantando los brazos, y Sebastián, que escuchó por la radio la ovación poderosa, multitudinaria, que invadía la Alameda, difundiéndose por los cuatro puntos cardinales, volando por encima de las cúpulas y de las claraboyas renegridas, agobiadas por el excremento de palomas, de la Biblioteca Nacional, y rebotando en los desgajados eucaliptos y los centenarios pimientos del cerro, sintió que su corazón, a pesar de los cinco whiskys que había ingerido, se dilataba y luego se encogía adentro del pecho, lanzando bocanadas de humo sucio. Apagó, con dedos temblorosos, la radio, pero el silencio de la sala le resultó insoportable y marcó por séptima o novena vez el número del Gordo. Como el Gordo ya no contestaba y Matías estaba de una reserva y de un humor tan poco reconfortantes, marcó el número de ese diputado radical que había conocido en un cóctel hacía un par de noches. ¿Qué te parece?

¡Bastante jodido!, respondió el diputado radical. Reconozco que nos confiamos demasiado, pero el diputado radical era partidario de tomar las cosas con calma, de reflexionar un poco antes de actuar. Todavía tenemos muchos ases en la mano, dijo, muchos más de los que ustedes se imaginan, y el Pachurro Mayor, cuando Sebastián Agüero le transmitió esta observación del diputado radical que había conocido hacía dos días en casa de la Pepa Sullivan, una alessandrista furiosa, casada con, dijo que de eso no le cabía ni la menor duda, la María Eduvigis Molina, por ejemplo, ya se estaba organizando con sus amigas para crear el desconcierto entre las dueñas de casa, acaparar un día el aceite, otro día los fideos, correr la voz, dándole al teléfono duro y parejo, de que el azúcar estaba a punto de terminarse, llamen a todas sus amigas y díganles que formen provisiones de azúcar. Que ellas a su vez llamen. Cada persona, explicó el Pachurro Mayor, que reciba un llamado tendrá que llamar a su vez a cinco personas y transmitir la consigna, como en las cadenitas de Santa Teresa. El plan era de una eficacia salvaje. Crearía en toda la ciudad una verdadera telaraña de llamados telefónicos. Y cuando escaseara el azúcar, el aceite, el pisco, el té, la harina, ¡ahí sí que veríamos! ¿Iban a seguir, esos maricones de los demócratas cristianos, comiéndose las uñas en los salones de la Moneda? Y los generales de ejército, ¿qué dirían? ¿No tienen señora, no tienen familia los generales de ejército? A ver, ¡contéstame tú! Espérame un momento, dijo Sebastián, más animado. Mira que están tocando el timbre.

¿No les decía yo?, dijo la Rubia, moviendo las manos huesudas, pálidas, finas, cuyo único adorno consistía en un enorme solitario. Ella conservaba su calma glacial, una sonrisa desdeñosa, sonrisa con la que sin duda hubiera subido al patíbulo si hubiese sido necesario, pero el fulgor de sus ojos parecía más acerado que de costumbre, más incisivo, dispuesto a no dar un solo segundo de tregua. ¡Estos degenerados de los demócratas cristianos tienen la culpa de todo! ¡Son unos beatos nefastos! ¡Y para qué decir los curas comunistas, que han surgido como las callampas!

¡Así es!, asintió el abogado indispensable, con la cara roja, desordenado el pelo, fuera de su centro la corbata, revolviendo el hielo en su vaso de whisky. Supe que el pobre don Jorge está deshecho.

¡No es para menos!

En lo primero en que había pensado Gregorio de Jesús había sido en tomar sus bártulos y huir a Buenos Aires, pero ya estaba viejo Gregorio de Jesús, achacoso, el reumatismo le agarrotaba las caderas y las rodillas. El Tito, en cambio, después de escuchar los resultados transmitidos por la radio y percibir la angustia que había penetrado hasta el último rincón de la casa, el pánico en el rostro ajado de su tía Clotilde, la fiebre en los ojos de su padre, había salido de pronto de la fijeza catatónica en la que estaba sumergido desde hacía años, se había encerrado en la cocina espaciosa y oscura, el lugar de la casa que prefería desde que la cocinera, muchos años atrás, le había hecho señas desde la sombra del fondo, a la hora de la siesta, se había levantado las polleras, sin calzones debajo, y le había pedido que se acercara, ¡tócame!, le había dicho, no tengas miedo, ¡en vez de andarte toqueteando tú mismo!, se había sacado el órgano inesperadamente erecto, tan duro como en aquellos años remotos, frente a la tabla de mármol donde todavía se observaban huellas de sangre, y había empezado a frotárselo a todo lo que daba, dichoso, riéndose a gritos de los timbrazos de alarma que emitía inútilmente la Máquina del Cura. Había continuado así toda la noche, babeando de gusto, sin que nadie acudiera desde los altos de la casa a sujetarle las manos: los había dominado el estupor, la decrepitud, y el mundo, además, había cambiado mucho, se había quedado sordo. Al amanecer del día cinco, observando la intrincada sombra de la Máquina sobre los techos grises, las chimeneas torcidas, las planchas de zinc encarrujado, puesto que ya no estaban en la Punta, descubrió, sino en la casa de Catedral abajo que habían demolido hacía treinta años, y cayéndose de sueño, dándose golpes contra las puertas y las paredes, creyó entender que la gente se iba, que las tiendas habían bajado sus cortinas metálicas y las oficinas habían colocado fundas negras encima de los escritorios y candados, chapas de siete llaves, que en alguna parte estaban dando gritos, cantando y tocando tambores, pero que otros, furibundos, amenazando con los puños desde atrás de sus ventanas, protestaban, decían que habían escuchado tiroteos en la plaza, cosas de bandidos, de malhechores que ahora andaban sueltos por la calle, los perros vagos ladraban y dispersaban los papeles encendidos de las fogatas, propagaban la mugre y los incendios, se metían a los boliches abandonados y husmeaban la comida descompuesta.

¿Quién entiende todo esto?, dijo el Tito, repitiendo una de las frases predilectas de Gregorio de Jesús, y a los pocos segundos roncaba encima de su cama, con el marrueco abierto, sin haber alcanzado a desvestirse.

¡Salucita!, exclamó Antolín, sonriente, y al Pat'e Jaiva, cuya lengua se había puesto estropajosa de tanto empinar el codo, le dijo que se anduviera con mucho cuidado, compañerito, mire que los futres son muy capaces de volverse locos de rabia.

XIX

EL GORDO se había cansado de escuchar la radio, había llegado a la conclusión de que los resultados ya no podrían cambiar mucho, había conversado por teléfono con un senador de la democracia cristiana y le había preguntado ¿qué opinas tú?, ¿crees que los parlamentarios DC votarán por Allende en el Congreso? Creo que sí, le había dicho el senador, salvo que Frei haga algo muy efectivo, pero ¿qué?... Yo también creo que sí, le había respondido el Gordo. Después había colgado y había dejado sonar el teléfono, a sabiendas de que Sebastián, un poco más borracho que en el llamado anterior, con la lengua un punto más esponjosa, saldría con una nueva teoría favorable a sus propósitos: ya no serían los tanques de la guarnición de Santiago los que intervendrían para alivio de su angustia sino, esta vez, un milagroso acuerdo entre Alessandri y la democracia cristiana, un acuerdo que consolidaría la paz, la tranquilidad de todos, durante por lo menos veinte años. ¿Qué te parece?

Conozco bastante más que tú a la DC, le interrumpiría el Gordo, que alguna vez, en los años de gobierno freísta, había coqueteado con la democracia cristiana, pero Sebastián, eufórico, aferrado a su tabla de salvación imprevista, repentina y definitiva: Lo que pasa es que la DC nunca se ha encontrado en una situación como ésta. ¿No te das cuenta? Entre el comunismo y la libertad, ¿tú crees que la DC votará por el comunismo? ¡Ni locos!

Es que las cosas, Sebastián, no se plantean en esa forma.

¡Antes no!, replicaría Sebastián, cuando todo no pasaba de ser un juego, una lucha por el poder entre personas más o menos iguales, y supe, me contaron, porque no fui de los que llegaron a buscar consuelo a su casa esa noche, opté más bien por escuchar los resultados y meditar, reflexionar sobre las alternativas, haciendo algún comentario por teléfono con parientes, con amigos de confianza, la tía Esperanza lloraba, histérica, pero mi madre estaba sorprendentemente tranquila y el tío Ricardo, que había pasado con mucho de los setenta, vaticinaba un golpe militar muy próximo, pero decía que el daño para la economía, de todos modos, ya estaba producido, por el solo efecto del pánico, ¿me entiendes?, que Sebastián, errando como alma en pena entre el salón, el comedor, el jardín, vuelta al salón, al comedor, al repostero, se tambaleaba, descubría, de pronto, que estaba de veras muy borracho, tomaba el vaso con la mano izquierda, antes de que la mesa, el punto de apoyo sólido que tenía ese vaso, desapareciera tragada por las aguas revueltas del muro, y bebía un sorbo, el whisky se le metía entre la camisa y la corbata y le mojaba el pecho, ¡pero ahora!... ¡Ahora los que vienen son otros, viejito! ¡La cosa es muy distinta! Tropezaba, en su retroceso, con el sofá y caía sentado, sonriendo con una sonrisa en que la esperanza no alcanzaba a imponerse, una sonrisa interrumpida por nuevas impulsiones, nuevos espasmos de miedo. Ni siquiera el otro vaso conseguía ahogarlos, y entonces, auxiliado por el Chico Santana, que había llegado de visita y se había encontrado con el extraño espectáculo, Sebastián solo y curado como tetera, los cojines por el suelo, una silla caída, un par de vasos rotos, el teléfono colgando de una cómoda francesa, había puesto la cabeza debajo del agua fría de la ducha, ¡por la puta!, había exclamado, resoplando, pero la herida en carne viva, en la caja del pecho, no se le calmaba. ¡Estái loco!, le murmuraba el Chico al oído, con acentos maternales, limpiándole la cara con una toalla: Si todos nos desmoralizamos en esta forma, ¡ahí sí que estamos jodidos!

Después de cambiarse de camisa y ponerse una corbata nueva, un toque de lavanda inglesa en el pañuelo de hilo, por ningún motivo había que echarse a morir, el Gordo se dirigió al barrio bajo, estacionó su automóvil lejos de la manifestación, en previsión de que las masas eufóricas cometieran al dispersarse actos de vandalismo, de venganza contra los símbolos más ostensibles de la riqueza, y la más triste demostración de nuestra miseria, se dijo, de nuestro subdesarrollo, es que un simple Mercedes Benz sea considerado como uno de aquellos símbolos, y se acercó a mirar la manifestación desde las gradas de la Biblioteca Nacional. Fue en ese momento cuando divisó a Silverio Molina en el medio de la Alameda, con el puño en alto, en lo más denso de una multitud que le produjo al Gordo la desconcertante sensación de que las poblaciones periféricas hubieran tomado el centro: el cinturón harapiento que el Gordo miraba distraído desde el pescante, cada vez que cruzaba el puente de fierro en su éxodo de los fines de semana a la costa, miserables cabañas de fonolita, papel de diario y pedazos de tabla a la orilla del río, seres identificados con la piedra sucia del tajamar, la tierra incolora, el agua de color de barro que arrastraba ratas y perros hinchados, jirones de ropa inmunda, a veces una guagua muerta, ocupando ahora, con alucinante propiedad y naturalidad, el espacio que el Gordo recorría todas las mañanas en su camino a la oficina, movimiento centrípeto de las desharrapadas poblaciones que esos treinta y tantos mil votos de diferencia habían desencadenado y en cierto modo, pensó el Gordo, legalizado, en ese día que ahora parecía un plazo fatal que se había cumplido por fin y que nosotros, se dijo, en nuestra somnolienta desidia, no habíamos querido admitir que estaba inscrito en los muros de la sala del banquete desde hacía mucho tiempo, todo era cuestión de saber descifrar los signos, y nosotros, desde luego, a lo largo de años en los que se acumulaba la evidencia, no habíamos sabido. Esa ocupación anómala de una parte de la ciudad que el Gordo creía suya, asociada a sus hábitos cotidianos, provocó en él una debilidad de las piernas enteramente inesperada. Los músculos se le habían convertido en lana en cuestión de segundos, de modo que tenía que apoyarse en las bolas de estuco negro que flanqueaban la escalera, a pesar de que esas bolas también podían ceder, desmoronarse transformadas en harina de polillas muertas, como las que atrapaba Gregorio de Jesús en los pliegues de su piyama. La sensación sólo podía compararse con la que había experimentado cuando colgaba de la ventana de los Pachurros, durante los suplicios de su iniciación en la Punta, pero los suplicios estaban agudizados ahora por un factor de incertidumbre, puesto que no sabía a ciencia cierta desde qué altura caería, a qué distancia se encontraba el suelo y qué consistencia tenía dicho suelo, si era una roca porosa o un nido de avispas, o un criadero de gusanos fétidos, y cada rugido de la multitud, en respuesta a las arengas del personaje que agitaba los brazos en el balcón, acentuaba la desagradable impresión, el cosquilleo maligno. El Gordo, de color cerúleo, pómulos y órbitas hundidas, sudores fríos en la espalda, se sintió incapaz, de pronto, como si la voz de Sebastián en el teléfono, a la que se había sumado el espectáculo de la multitud vociferante, hubiera terminado por transmitirle sus toxinas, de llegar hasta el automóvil y manejarlo hasta su casa. Optó, en vista de eso, por encaminarse lentamente al departamento de sus padres, escuchando a su espalda los gritos unánimes, los estribillos, las vibrantes consignas y las canciones, mirando la fachada de la DC, la antigua Falange, muda, semidesierta, con sus carteles de propaganda tomicista que se habían vuelto curiosamente anacrónicos, y las grutas góticas del cerro, sus estalactitas y rejas inquisitoriales, coronadas por balaustradas, columnas, pórticos y cúpulas neoclásicas, escalinatas que simulaban con su doble abanico la concha de la que había nacido Venus, como si viera por primera vez el pomposo escenario que habían inventado los ediles patricios del siglo XIX y que formaba un tan curioso contraste con lo que ocurría en esos instantes un poco más abajo, aun cuando la formación afrancesada de aquellos ediles no fuera del todo ajena, si se analizaban bien las cosas, a los gritos que atronaban el espacio frente a los balcones de la Federación. En el departamento de la calle Lastarria o Merced que el Gordo, enflaquecido y a la vez enriquecido con el transcurrir de los años, le había financiado a sus padres, don Eladio, flaco desde siempre, girando en condiciones no demasiado brillantes la curva de los sesenta y nueve años, con un chaleco de lana verde roto en los codos y la voz más ronca que de costumbre, ya que a la sempiterna bronquitis se habían añadido las intensas emociones y los comentarios febriles de la jornada, hablaba por el teléfono de forma vertical, modelo que ya se veía en pocas casas, sujetando el tubo de dudosa higiene cerca de la boca, con antiguos ibañistas, un vendedor de automóviles de segunda mano, un Coronel de ejército en retiro, un cantante de ópera, un ex Cónsul en Arequipa que Ibáñez había transferido, para evitar que el Perú nos declarara la guerra, al cargo de gobernador de una provincia del sur, y que había terminado, después de meter la pata con una frecuencia superior al promedio durante su breve paso por la administración pública, vendiendo por ministerios, empresas semifiscales y otras oficinas céntricas, una loción milagrosa contra la calvicie, receta que le habían transmitido en Arequipa unos curanderos indios del Altiplano, con amigos allendistas, de esos que habían sido jóvenes, casi adolescentes, en la época del Frente Popular, y más tarde socialistas populares en los años cincuenta, esto es, populistas, partidarios de mi General, y decía, excitado, fumando un cigarrillo tras otro y tosiendo, carraspeando para que la voz se le aclarara: Bueno, ahora queda por ver si lo dejan llegar a la Presidencia... Yo apostaría que sí... ¿Cómo lo atajan, ahora? Entre Alessandri y Allende, los diputados jóvenes de la DC... Si no votan en esa forma, quedan desenmascarados para siempre. Otra cosa hubiera sido si Tomic hubiera entrado segundo, pero ese viejo patuleco y momio de Alessandri... ¡Por supuesto!... Si los propios alessandristas, antes de la elección, exigieron que el Congreso confirmara la primera mayoría relativa... ¡Cómo se sentirían de seguros! Y ahora... ¡Te das cuenta! El problema es que no le permitan gobernar, que traten de fomentar el caos, cosa muy recontra fácil en este país, a no ser que se dé vuelta la chaqueta, que tengamos otro González Videla, pero yo no creo, ¿tú crees?, yo tampoco creo, etcétera, esos jóvenes del Mapu, dicen que el Mir seguirá escondido, ¡por si las moscas!, Fidel Castro, Estados Unidos, los rusos, y pedía que por favor le dieran el nuevo teléfono del candidato triunfante, ¡cómo estará de contento!, sí, mira que el que llevo anotado en la libreta de direcciones es muy antiguo.

La voz le contestaba que era el mismo, salvo que también existiera un número secreto, que no figurara en ninguna parte, excepto en la memoria de una reducidísima camarilla, en cuyo caso el número que leía don Eladio Piedrabuena, de anteojos montados en la punta de la nariz, aclarándose la garganta estrepitosamente, en su libreta de direcciones, número que alguna vez había sido inscrito con orgullo y parsimonia en el lugar de honor de la primera letra, sería igual que la carabina de Ambrosio, a lo más respondería el ayudante del responsable de una secretaría de barrio, o la compañera de colegio de una sobrina, de turno en la casa, y de ahí don Eladio, que por los años cuarenta se había tuteado con el joven parlamentario de entonces, no pasaría, la voz que había sido familiar para él en los años cuarenta resonaría ahora en salas inaccesibles, aisladas por los corredores sombríos, los silenciosos y altos vestíbulos con retratos históricos y banderas, los pesados cortinajes y las inmóviles tapicerías desplegadas en las inmediaciones del Poder. En fin, suspiraba don Eladio, perdida ya la voz, tosiendo, enredado en sus flatulencias y fumando, sin embargo, sin parar, con inseguros dedos de color de nicotina, no obstante la persecución de misiá Chela, las amenazantes advertencias del médico, advertencias que ella se encargaba de recordarle a cada rato, con infatigable majadería, pero los esfuerzos de misiá Chela, reiterados a lo largo de los últimos veinte años, se demostraban perfectamente inútiles, los ceniceros de la calle Merced o Lastarria, atestados de colillas, despedían un repugnante olor a tabaco enfriado y rancio.

Trataré de llamar una última vez a ese número, ¡nada más que para felicitarlo!, no pretendo pedirle nada, ¡a mi edad!, a pesar de que más de algún servicio le he prestado a lo largo de su carrera, ¡más de alguno!, y hay cargos en los que uno de estos jovencitos inexpertos que pululan por ahí podría dejar la tendalada, ¡no te creas tú!, pero yo no pretendo absolutamente nada para mí, repetía, con ojos de loco, levantando el índice nervioso, ínfimo y de color tabaco oscuro. A pesar de que a nosotros, sus amigos de los antiguos tiempos, más de algún mérito nos corresponde en el triunfo de hoy día, ¿a ti no te parece? Yo, qué quieres que te diga, me atrevería a pensar que algo le hemos aportado, ¡algo nos debe!...

¡Ahora sí que lo quiero ver!, comentó misiá Chela, mal agestada, sacando las pelusas del sofá con la mano, yendo a la cocina a botar los puchos en el tarro de la basura: Ahora que le toca llevar sus ideas a la práctica.

Don Eladio hacía un gesto con los labios y movía las manos, como respondiendo que todo eso era una bicoca, que las cargas se irían arreglando en el camino, lo mismo, pensó el Gordo, que habría dicho don Ramón Barros Luco, enjuagándose la boca con un sorbo de vino tinto después de haber almorzado con choclos cocidos en el comedor presidencial, mirando a Teobaldo Restrepo, su flamante Ministro de Hacienda, y explicándole con voz suave y persuasiva que la convertibilidad monetaria era una aspiración muy sentida de todos nosotros, pero había que darle tiempo al tiempo, la alianza con los democráticos, para consolidarse, exigiría una enorme repartija de pegas, desde ministros y subsecretarios hasta porteros, detalle esencial que don Ramón se guardaba debajo del poncho, teniendo buen cuidado de no transmitirlo a su joven Ministro, ya aprendería solo, o volvería, si no era capi de aprender, a los negocios particulares de donde había salido, ¿no les parece? ¡Exacto, Presidente!, respondían, bajo la batuta de Valbuena, sus conmilitones: El salto de los negocios a la política no es tan sencillo como se lo imaginan algunos.

El Gordo se encerró en el baño. El olor reconcentrado del tabaco, de las colillas a medio fumar aplastadas contra los ceniceros, lo había hecho sentirse mal, con una opresión que le provocaba náuseas, o había sido, quizás, se dijo, más que el olor de los puchos, el insólito espectáculo de la Alameda, transgresión de los hábitos urbanos que había coincidido con una brisa cordillerana glacial, que le había enfriado el estómago, y escasamente tuvo tiempo de levantar la tapa del excusado antes de vomitar hasta el alma. Cuando cedieron las arcadas, se lavó, se miró al espejo y comprobó que le habían aparecido ojeras profundas. Era extraño, pensó, que los fenómenos ciudadanos, a él que se creía más o menos inmune, por encima de la contienda, instalado en una posición de centro que hasta entonces, además de sensata, le había parecido cómoda, pudieran provocarle esos trastornos biológicos. Misiá Chela, sin decirle una palabra, le ofreció una taza de té caliente, una sopita, quedaba un concho de la botella de pisco que él mismo había llevado el otro día, ¿no quieres que te sirva una copita? ¡Nada! Sólo un poco de té caliente. ¿Sabía que el estúpido del Cuto (el marido de Chela María), vuelto loco, había llamado hacía media hora para decir que estaban haciendo las maletas y que partían esa misma noche en automóvil a Buenos Aires, con toda la familia? Durarán tres días, comentó el Gordo. Que se vaya el turco Yarur, pero el infeliz del Cuto... ¿Qué sacan?, comentaba don Eladio, desmelenado, con un aire de inquietud y a la vez de orgullo, de victoria, sin sacarse de los labios el pucho amarillento y húmedo: ¡Están dementes! ¡Estos momios son capaces de llevarnos a cualquier parte!

El problema, dijo el Gordo, con un encogimiento de hombros que indicaba ecuanimidad, indiferencia frente a los alcances personales que podía tener la situación, es que van a hacer papilla la economía, sin hablar de los efectos propios del pánico, que empezarán a sentirse desde mañana mismo. ¡Ya verás cuando se abra la Bolsa! ¡Si es que se abre!, y su madre le pasó con un gesto suave, señalándole con los ojos que no discutiera, como si don Eladio fuera un hospiciano al que no valía la pena irritar, pacífico, pero al que no convenía, por precaución, sacar de sus casillas, una taza de té puro y unas galletas de agua.

Lo mismo decían, murmuró don Eladio, con ojos perdidos en su recuerdo, en tiempos de Pedro Aguirre Cerda, y lo mismo, insistió, en la noche del triunfo de Ibáñez. ¡Me parece que los estuviera escuchando!

Conforme, replicó el Gordo, pero tienes que reconocer que el comunismo es otra cosa. Yo me iré del país, y me quedaré tan tranquilo, pero los que estén obligados a quedarse y pasen de la categoría de rentistas, agricultores, gerentes de sociedades anónimas, a la de obreros, ¡peor que obreros!, porque siempre llevarán el estigma de haber sido gerentes o rentistas...

Y don Eladio, súbitamente más tranquilo, apagaba la colilla en el cenicero repleto, miraba al Gordo, juntaba frente a la cara los dedos de la mano derecha y le decía: ¡Si Salvador Allende jamás en su puta vida ha sido comunista! ¿No ves que lo conocí naranjo?, y tornaba a coger el teléfono de cordones enredados, el tubo vertical, sucio, lleno de saltaduras en la pintura negra, y al cabo de varios días seguía marcando el número del candidato triunfante, sólo después de la elección en el Congreso pleno podrá ser considerado Presidente electo, precisaba, utilizando un tecnicismo constitucional aprendido en los periódicos, marcaba por última vez antes de pasar al comedor, infatigable, ronco, por si se producía la coyuntura propicia, el candidato podía ir entrando en ese preciso momento a su casa y descolgar el fono, seguro que lo reconocía por la sola voz, pero no, el llamado resonaba entre los muros modestos de los tiempos anteriores, sin respuesta. Ahora, en alguna parte del centro de Santiago, en un punto neurálgico y misterioso, se había constituido, al cabo de poquísimos días, una Moneda chica, tanto o más inaccesible que la Moneda grande, en la que Frei y su gente, abocada pero no resignada a entregar el poder, seguía mangoneando y moviendo sus hilos.

Con el general Ibáñez, decía don Eladio, y misiá Chela observaba que tenía los ojos ligeramente húmedos, a tal extremo había llegado su obsesión, su angustia, poco antes de la confirmación por el Congreso, salíamos a conversar tranquilamente por el barrio de su casa, por las tardes, y los vecinos, en mangas de camisa, lo saludaban, le hablaban desde atrás de las rejas de sus jardines, uno le pedía que no se olvidara de un sobrino que había trabajado mucho por él, estaba en el Ministerio de Obras Públicas, y ahí los radicales lo tenían muy postergado; otro, que su deber era hacer algo en favor de Linares, su ciudad natal, que se hallaba en un estado de abandono calamitoso, en cambio La Serena, por el solo mérito de que González Videla hubiera nacido allí, ¡ya ve usted!, y de pronto, en el colmo de la exasperación, llevándose las manos a los cabellos grises, después de haber marcado el maldito número más de quinientas veces, don Eladio gritaba: ¡Bueno! ¡Qué se vayan todos a la mismísima mierda! ¡A mí qué me importa! Descubría, entonces, desde su sitio en el comedor, frente a la sopa de fideos que había dejado enfriarse, que se hallaba clavado como un insecto en un insectario por la mirada clarividente de misiá Chela. ¡En fin!, comentaba, probando la sopa: debe de tener mil ocupaciones, además de las nubes de pedigüeños que le habrán caído encima. Lo asediarán, proseguía, más animado, desde los menores escondrijos, le caerán como invasiones de langostas, ¡con milenios de hambre!, formarán verdaderos muros, regimientos apretados de chupamedias, siempre ha sido igual, me contaron que ahora los llaman chupamaros, de chupamedias y tupamaros, ¿entiendes?, y lanzaba una carcajada estruendosa, disparando chispas de sopa de fideos hacia los cuatro costados. De todos modos, voy a intentar una última vez. ¡Ésta sí que es la última!, y arrojaba la servilleta a la mesa sin escuchar las protestas de misiá Chela y del Cachalote, que había llegado de visita con su familia, se sentaba junto al teléfono, se calaba los anteojos por automatismo, ya que no tenía ni la más mínima necesidad de leer el número, había llegado a soñar con ese número, a tener pesadillas en que las cifras adquirían formas rugosas, consistencia de galletas ásperas, dejaba el cigarrillo humeante en el borde de la madera, con el riesgo mil veces advertido por misiá Chela de provocar un incendio, y empezaba a marcar en forma lenta, cuidadosa, con la boca pegada a la bocina anticuada y algo maloliente.

El Cuto Santillana volvió con toda su familia al cabo de ocho días, diciendo a los cuatro vientos, para no dar su brazo a torcer, para no reconocer que había metido la pata en un acceso de histerismo, que salía macanudo negocio pedir los dólares de viajeros, vender una parte en la bolsa negra y con el resto hacer el viaje, comprar ropa, incluso podías vender una parte de esa ropa y el resto te salía gratis, hasta sobraban, al final de toda la operación, algunos dólares para el bolsillo. ¡Qué más quieres!

Lo peor es que es cierto, observó el Gordo, sin que nadie, fuera de misiá Chela, en medio de la confusa conversación, del griterío, lo escuchara: Aunque todavía no nos demos cuenta, la ruina del país ya ha comenzado.

A todo esto, gracias a un amigo que encontró por casualidad en el café Haití, uno de esos personajes vagamente conectados con el periodismo y con la política y que si uno dejaba de ir al Haití durante un tiempo largo ya los notaba engordar, envejecer, mejorar de ropa o adquirir el brillo de los ternos raídos, aproximarse en forma segura a la cirrosis o al infarto de miocardio, don Eladio consiguió ver al candidato en su casa, a la hora del café, a pesar de las advertencias de los familiares de que tenía que subir a dormir su siesta, pero resultó que el candidato estaba de un humor espléndido, ¡ya voy!, decía, y continuaba conversando con Eladio Piedrabuena de los viejos tiempos, de los amigos comunes, de su primera campaña parlamentaria por el sur, en el año del ñauca, cuando los votos había que ganárselos a pulso, uno por uno, trasladándose en micros destartaladas o a caballo por caminos infernales, por barriales que podían tragárselo a uno con caballo y todo, después de semanas de lluvia incesante, mandando telegramas de triunfo de un pueblo al siguiente a fin de levantar la moral de los conmilitones.

El candidato le habló después de la situación presente y le confesó, entre nosotros, sé de fuente segurísima que algunos grupos quieren matarme, pero tú comprendes, yo no puedo andar escondido, mañana tengo una concentración en la plaza Victoria de Valparaíso y por muchas precauciones que tomemos, que las tomaremos, desde luego, si quieren matarme desde cualquiera de las ventanas que dan a la plaza, me matarán con toda facilidad, ¡no hay tu tía! Don Eladio le dijo al Gordo, por teléfono, en estricta reserva, con voz que se había contagiado de una imperceptible solemnidad, como si hubiera sido ungido para alguna dignidad o un indefinido secerdocio, que existía una conjura para asesinar al Presidente, ya que después de aquellos veinte minutos de charla en el escritorio privado nunca más lo mencionó por su nombre de pila, siempre dijo "el Presidente", y le explicó a toda su familia, dándose un aire de modestia evidentemente falsa, que la amistad era una cosa, pero el poder otra cosa muy distinta, ¡y muy seria!, ¡sumamente seria! El Gordo, sin hacerle comentario alguno a don Eladio, recordó conversaciones que había sorprendido, proyectos incompletos, que sólo se insinuaban, en los que sonaban los nombres de unos sobrinos de Matías, de un hijo del Pachurro Mayor, junto a nombres de personajes desconocidos que habían empezado a tomar contactos con gente de negocios, norteamericanos, yugoeslavos, brasileños, chilenos de los que nunca se había oído hablar antes en Chile, y el Gordo pensó que se respiraba, en efecto, se husmeaba una atmósfera de complot, de violencia retenida, como si hubiera un mar de fondo en alguna parte, un huracán que todavía no había soltado sus primeros rayos y truenos, pero cuya cercanía se percibía en la brisa, en una sensación difusa de bochorno, reveladora de que el país había cambiado para siempre, de que los tiempos de las excursiones al Siete Espejos, de las sesiones de espiritismo en casa de las Brujas Hidalgo, de las tiradas retóricas de don Marcos Echazarreta frente a su vaso de pílsener, pertenecían a un pasado remoto. ¡Ten cuidado!, le aconsejó a su padre al final de una conversación por teléfono: Mejor que no te metas.

¿Y en qué quieres que me meta?, gesticuló don Eladio, aplastando el pucho. ¡Si hoy día nadie le hace caso a los viejos! ¡Qué quieres que haga!

A la mañana siguiente lo llamó Matías para decirle que acababan de asesinar al general Schneider.

¿Cómo?

¡Te juro! Acabo de escucharlo por la radio. Matías pensaba que habían tratado de secuestrar a Schneider, provocar así una reacción del ejército, decretar el estado de sitio y que el ejército tomara, en esta forma, el control del país, pero uno de los muchachos se había puesto nervioso y había apretado el gatillo.

¡Qué huevones!

El tiro les va a salir por la culata, sentenció Matías.

A todo esto, ¿en qué andará el huevón de Guillermo Williams?, se le ocurrió preguntar al Gordo.

¡Anda tú a saber! Debe de estar metido en la UP hasta la camisa. ¡Con lo descriteriado que es el pobre!

María Eduvigis Molina marcaba el número siguiente de su lista, en bata de seda, reclinada en el sofá, recién bañada y perfumada, hundidos los pies entre los cojines, y advertía que ahora la consigna era comprar todo lo que se pudiera de fósforos, dejar los Almac y todos los supermercados conocidos, el almacén de la esquina, las tiendas chicas, limpios de fósforos. ¡Que no quedara ni un solo fósforo en muchos kilómetros a la redonda! ¿Entendido?... ¡No seas tonta! ¡Tienes perfecto derecho a comprar todos los fósforos que te dé la gana! Si los pagas... ¡Qué mejor se quieren ellos! Bien... ¿A cuántas personas te encargas de telefonear?... ¿A diez?... ¡Conforme! Y trata de que esas diez llamen a otras diez. No puede ser más sencillo. Y de que todas sean personas de confianza. No dejar recados a nadie, aunque sea la hija o la sobrina. Mira que se han infiltrado en las familias más increíbles... ¡Te juro por Dios! Así es que ¡cuidadito! ¡Que no vayan a meter la pata!

Estamos jodidos, resumió el Gordo, ¡enteramente jodidos!

¡Paciencia!, replicó Matías.

Don Eladio le dijo, pero no se lo repitas a nadie, que el Presidente le había ofrecido un consulado en Tacna, o en Arequipa, o en Salta, algo así, y que él le había respondido que le agradecía mucho su confianza, pero que ya estaba viejo para cambiar de vida en esa forma, su único deseo era que le permitieran colaborar desinteresadamente con la obra del gobierno. ¡Más no pedía! Y te advierto, añadió don Eladio, muy serio, mirando al Gordo a los ojos, que los proyectos que me han comunicado son fantásticos, fabulosos. Se han recibido ofertas francesas, italianas, holandesas, de los países socialistas, incluso coreanas y chinas, para financiar industrias novedosísimas, formidables. Los rusos, por ejemplo, se ofrecen para organizarnos la pesquería. ¡Si la merluza, que aquí se bota, vale en Europa poco menos que el caviar! ¡Y tenemos merluza para alimentar a Europa entera! Además se explotará la centolla, el cordero de Magallanes, se aprovechará la energía solar del desierto de Atacama. Y como está subiendo el precio del oro, se pondrán en movimiento minas de oro abandonadas desde hace más de un siglo... ¡Qué sé yo! ¡Será el mejor gobierno de la historia del país! ¡Eso puedo garantizártelo!

¡Ojalá!, comentó el Gordo, sin dejar asomar su sorna, diciéndose que la situación general, y sobre todo el cuarto de hora con el candidato triunfante, con quien había tenido alguna relación vagamente amistosa en los años cuarenta y cincuenta, habían trastornado al vejete. Como se había demostrado en la época de Ibáñez, el viejo tenía una manera muy chilena de acercarse al poder, una manera sinuosa y ambivalente, que podía conducir a la sumisión incondicional y también, ante el menor tropiezo, ante la menor irritación de una susceptibilidad siempre despierta, abierta como esas heridas que no cicatrizan bien, al odio obsesivo, rabioso.

Lo más probable era que nadie, pensó el Gordo, le hubiera ofrecido consulados ni nada que se pareciera.

XX

El asunto de los reflectores no le había gustado nada. Sin examinar demasiado lo que le había ocurrido, se había sentido humillado, deprimido. Al fin y al cabo, antes no tenía que rendirle cuentas a nadie sobre si salía o no salía, de día o de noche, a cualquier hora del día o de la noche, a dar un paseo por su jardín, a sentir a veces el frescor del rocío nocturno en la planta de los pies, en horas de insoportable calor e insomnio, o a intercalar una pausa en la conversación saboreando su vaso de whisky en compañía de los arbustos, cerca de las rosas perfumadas. Pero había que comprender, se dijo, pese a que no lograba sobreponerse a su desagrado, la racionalidad de la medida. Los nubarrones que se habían acumulado en el horizonte habían sido temibles. Eso que en años anteriores había constituido un rumor de fondo, un tam-tam lejano, proveniente de un sector impreciso de la selva, de pronto lo había visto transformado en griterío ensordecedor, caras pintarrajeadas y tatuadas, narices monstruosamente deformadas, atravesadas por argollas de marfil o pendientes de fierro, sanguinolentos ojos trastornados por las infusiones de hierbas alucinógenas, formas gesticulantes, turba que brincaba y echaba espumarajos por la boca, desenvainados los cuchillos para el degüello, sedientos de sangre. Los abnegados muchachos del helicóptero, después de haber salvado su vida y su hacienda, no hacían otra cosa, ahora, que cumplir con el ineludible deber de vigilancia, enfocar los torrentes de luz sobre los claros de la jungla, por si de pronto, en medio del silencio sepulcral que había caído sobre ella, saliera de la espesura algún hotentote extraviado, lanza en ristre, ignorante de que su tribu ya había sido exterminada o dispersada por el horizonte.

El caso es que Sebastián, hacia las cuatro de la mañana, cuando el sueño había empezado a dominar a los contertulios, escena que le recordó vagamente las tertulias de las vacaciones de invierno en la Punta, casi veinte años atrás, se sintió más tranquilo, como si una neurosis que lo trabajaba, que roía su cerebro, se hubiera evaporado de pronto, ahuyentada por ese silencio extenso y particular, adelgazado, que precedía al alba, y él hubiera recuperado el ritmo normal de la respiración, una circulación pausada, sedante. Se puso de pie, contento, y sugirió, antes de que el grupo se instalara de cualquier manera a dormir, ya que faltarían camas en la casa, que comiéramos unos huevos a la paila, una gran paila común de huevos, jamón, pedazos de tomate y vino tinto. Además, consecuente con la munificencia que solía servirle de remedio para los estados melancólicos, de bálsamo para las heridas morales (como el de Fierabrás), bajó sin decir palabra a la bodega, sacó una botella de champagne francés, un Laurent Perrier del año de gracia de 1969, y la puso en el freezer. Sólo serviría para una corrida, después de los huevos revueltos y del vino tinto, y decidió guardarla como sorpresa: una digna despedida de esa noche de sus cuarenta y cuatro años.

Los huevos revueltos con jamón y tomate, preparados por Sebastián con ayuda del Chico Santana y espolvoreados de pimienta, leche, ají verde a elección, además del vino tinto, tuvieron el efecto de despertar a los reunidos y de animar la conversación más que bastante, conversación que a todo lo largo de la última hora, a pesar de la voluntad general de solemnizar el rito de estas celebraciones, había decaído en forma visible, y el Gordo, ante una pregunta que incidía de lleno en uno de los elementos esenciales del rito, la recordación reiterada de las andanzas, excesos y achaques de Silverio Molina, dijo que a Silverio, ingeniero agrónomo recibido...

¿Recibido?, preguntaron algunos, con la boca abierta de sorpresa, porque teníamos tendencia a olvidarnos, bajo la impresión del Silverio rousseauniano, primitivista, de ese importante detalle.

¡Sí! ¡Recibido! Le habían dado un puesto público relacionado con la Corfo, o con la Reforma Agraria, no me acuerdo bien, pero lo notable, prosiguió el Gordo, saboreando la copa de tinto demasiado frío, pero que trataba de calentar con la palma de la mano, esa mano que ya no era rechoncha como en su juventud, cuando lo habíamos conocido en alguna parte, en el patio del colegio o en algún bailoteo, a orillas de alguna piscina, poco antes de incorporarlo al grupo de la Punta, sino provista de una piel que se había secado y replegado sobre los huesos, arrugándose, ausentes las humedades sudorosas y las grasas de antaño, que habían terminado por soltar el agarradero en el marco de la ventana de los Pachurros y permitir que el voluminoso cuerpo, globo arrastrado por una ley de gravedad implacable, cayera en picada y azotara contra el parterre de achiras, es que se puso cuello y corbata desde el día mismo en que le anunciaron que le habían dado ese puesto, a diferencia de tanta gente que se descamisaba precisamente en esos días, de tantos jóvenes descamisados y melenudos que habían comenzado a pulular a la sombra de las administraciones. En Silverio surgió un conservadurismo extraño, inesperado, propio de una persona que durante períodos de dominación tradicional había tenido el prurito de llevar la contra, de comprender las razones de los minoritarios, de los humillados y los ofendidos, de las masas oprimidas, y que cuando la tortilla se daba vuelta recordaba, con obcecación extravagante, con ofuscación tenaz, solo y a contracorriente, ciertos hábitos de sus mayores. La corbata se la puso al regresar de la Cora o de la Corporación de Fomento, después de la mañana en que lo habían llamado y le habían dicho dicho que necesitaban técnicos, sobre todo si eran personas de confianza, allendistas de toda la vida, y aunque la capacitación técnica de Silverio suscitaba más de alguna duda, sonrisas burlonas entre los parroquianos que nunca lo habían visto lejos de la barra, nunca al aire libre, enfrentado a una hilera de perales aquejados de peste o a un surco de cebollas, no se crean ustedes, jamás se debe juzgar por las apariencias: Silverio, no obstante sus largos años de hombre selvático, émulo de Robinson Crusoe junto a la arena brillante, pletórica de vida, de saltarinas pulgas y pequeños moluscos, y a los atardeceres multicolores, había hecho excelentes estudios de Agronomía en su juventud, aunque los hubiera hecho con el solo objeto de impresionar a Silverio el Viejo, o movido, quizás, porque tampoco debía descartarse por principio esta hipótesis, por el mismo temor reverencial a Silverio el Viejo que dominaba en cientos de cuadras a la redonda y del que Silverio, a pesar de sus ínfulas de matón pueblerino, sólo estaba libre en apariencia, ya que era, probablemente, ese temor secreto el que determinaba aquellas ínfulas. De manera que Silverio, si de algo sabía, sabía justamente de agricultura. Porque la lucha con su padre había sido, dijo alguien, en un pequeño alarde de lenguaje, una contradicción dialéctica. Y Silverio, en su juventud, se había especializado en asuntos de regadío y de aprovechamiento de aguas, con esa pasión terca y exclusiva que ponía en las cosas, quemándose las pestañas noche tras noche, frente a enormes mamotretos y planos, y empleando después los días en mirar canales, tranques, acequias, en discutir durante infinitas horas, con técnicos y con inquilinos, sobre problemas de riego, deteniendo su camioneta con una frenada brusca, excitadísimo, y corriendo a observar un sistema de riego instalado en un faldeo de cerro para cultivar una viña, soñando con terrenos ganados al secano, desiertos del norte convertidos en vergeles, la rueda de la fortuna, el vellocino lleno de opulentos frutos, rojas granadas, jugosas uvas y peras, tintineantes monedas de oro, y los rumores, la maledicencia alimentada por la escena de la cuchillada en los Queltehues y por los meses de cárcel, no habían impedido que una pequeña parte del fundo familiar, detrás de los cerros de la Punta, en ese pequeño valle anterior al de las Cuncunas llamado del Chiguay, nombre indio que significa niebla, estuviese mantenida por Silverio como un vergel, en impecable estado, sonriente de verdura, con plantaciones de maíz en hileras pletóricas, abundantes hojas y mazorcas por las que ya asomaban pequeños penachos, magníficos ciruelos cuyos frutos no convenía comer a la hora del calor, ya que provocaban, según las advertencias de Silverio, diarreas fulminantes, redondos y dorados limones, naranjos y paltos de calidades raras veces vistas en la zona, prueba de que Silverio, en circunstancias diferentes, habría podido amoldarse sin problemas al destino de los primogénitos de su familia. Ese resto de la propiedad familiar hacía las veces de muestra, de rasgo hereditario dominante.

El Chico Santana murmuró, con aire más bien escéptico, que no conocía esas cualidades de Silverio, que le parecía que no pegaban con el personaje, pero yo, que había cabeceado un poco y que ahora estaba despierto, lúcido, le confirmé que así era, yo había visto el Chiguay, en los mejores años de la administración de Silverio, con mis propios ojos.

Además, dijo alguien, la vida con la Lucha y con los hijos algo le costaría. No todo serían pulgas de mar. Tenía que financiar sus desplazamientos por la región, sus vinos, las comilonas que pese a todo organizaba de cuando en cuando, igual que Silverio el Viejo, además de que la casa de piedra, por rústica que fuera, no podía haberle salido gratis. Era una casa bonita, después de todo, por incómoda que resultara para nuestros cánones, una casona de señorón lugareño, donde el vino e incluso el apiado, el guindado, como en los tiempos de Silverio el Viejo, no faltaban nunca.

Silverio era loco, expliqué, pero de tonto no tenía un

pelo.
    Se colocó, pues, prosiguió el Gordo, una corbata a partir del triunfo de Allende, prenda que sólo había utilizado en una breve etapa de su juventud, cuando no se había separado por completo del gremio de los pijes santiaguinos, y asistía a su oficina de la Reforma Agraria o de la Corfo, no recuerdo bien, con puntualidad escrupulosa y aire serio, enteramente transformado, incluso con la barba y los cabellos ligeramente más cortos, domesticados por una tijera discreta, en los días en que ingresaban a esas mismas oficinas, junto con él, verdaderas legiones de jóvenes melenudos, de grandes bigotazos, que solían hablar el castellano con acento argentino e incluso brasileño, y que colgaban descomunales afiches del Che Guevara al lado de los planos del Valle del Aconcagua, de los mapas de regadío y de los gráficos distribuidos por los espaciosos muros grises, encima de los archivadores metálicos atestados de papeles. Él, en medio de la euforia de la juventud, descubría el sentido de lecciones escuchadas en su remota adolescencia, consejos que a misiá Eduvigis le gustaba repetir en determinadas circunstancias, a propósito, por ejemplo, del grado de confianza que debe otorgarse a un desconocido, o del recelo que deben inspirar los siúticos, o de las virtudes de levantarse temprano, de quedar siempre con un poco de hambre al final de las comidas, etcétera: frases de Silverio el Viejo que él pensaba que le habían entrado por un oído para salir por el otro y que sin embargo, frente a una situación extrema, brotaban del recoveco de la memoria donde habían permanecido agazapadas durante más de cuarenta años. Me he convertido en un clásico, murmuraba Silverio en voz alta, mirando la boina del Che Guevara y riéndose solo, observado por los jóvenes de la oficina con sonrisas burlonas o condescendientes. Uno de sus compañeros de trabajo, empleado antiguo de la Administración pública y, al menos a juzgar por su propio testimonio, militante socialista fervoroso desde los años del Frente Popular, un hombre de cara redonda, more-

na, pelo casi afeitado al ras del cráneo y modales untuosos, puntilloso en su adhesión a las nuevas fórmulas, al trato reiterado de compañero, al comentario ritual de la agresión ultra derechista y del imperialismo norteamericano, vio una tarde que Silverio hojeaba un ejemplar de *Ercilla* y le dijo, inclinándose, haciendo varios rodeos, cruzando las manos a la espalda, que *Ercilla*, compañero Molina, como usted lo sabe muy bien, es una revista reaccionaria, probablemente financiada por la CIA y si no por la CIA, por los demócratas cristianos alemanes, lo cual en la práctica viene a significar lo mismo, y esta publicación no debería, en consecuencia, perdóneme, compañero Molina, que se lo diga en forma tan cruda, circular en una oficina del gobierno popular. No sé si me comprende...

¡Mire, compañero!, replicó Silverio, echando chispas por los ojos, sintiendo renacer arrestos de una combatividad antigua, de diferente especie, la legendaria furia de los Molina, el rebenque de los encomenderos coloniales y la fusta, la bota de los patrones de fundo, sus antepasados, los que imponían a los campesinos de cabeza díscola el castigo del cepo, en compañía de lagartijas y alacranes, y cruzaban de un huescazo el rostro cobrizo y rebelde: ¡Yo ya estoy bastante viejo para que usted venga a decirme lo que tengo que leer! Si leo *Ercilla*, ¡sépalo bien, compañero!, es para mantenerme informado, no porque esté de acuerdo con sus ideas. Y usted, si quiere saber algo de lo que pasa en el país, tampoco haría mal en leerla, sin contentarse con los comunicados de victoria de la prensa nuestra... El militante socialista, rojo de ira, se retiraba, y comentaba después por lo bajo que a Silverio Molina había empezado a tirarle la sangre, de socialista tenía tanto como yo de chino, no era más que un pije anarquistoide que se había embarcado por equivocación en la causa del pueblo, pero cuando las papas calentaran, ¡ya verían! ¡Molina sería el primero en desembarcarse! ¡Como las ratas!

¡Es un mata'e huevas!, exclamaba Silverio, golpeando en

la mesa del café del frente de la oficina con el grueso puño cerrado: ¿No puede uno leer el *Ercilla*, y no sólo el *Ercilla*, hasta *El Mercurio*, incluso *El Mercurio*, sin contaminarse, recogiendo la información y rechazando el contrabando, la parafernalia ideológica? ¿Ni para eso nos sirve nuestra formación marxista? ¡Díganme ustedes!

Los jóvenes sonreían. La condición de Silverio de viejo militante, bastante más viejo que ellos en edad y en militancia, unida a su modestia, a la extravagancia que en el último tiempo había adquirido un carácter menos estridente y más profundo, a la soledad en la que podía adivinarse un fondo secreto, un ligero dramatismo disimulado por el pudor, puesto que la Lucha vivía ahora con otro hombre y no había querido ni oír hablar de volver a juntarse con él, una vez que él había bebido un par de vasos de vino y se lo había insinuado, a lo sumo le mandaba los niños a su casa, y Silverio espiaba las ocasiones en que Juan Pablo, su cuñado, convertido en momio frenético, capaz de salir a la calle a matar allendistas, se hallaba de viaje, para llevarlos a la piscina con la complicidad de María Eduvigis, no menos agresiva en política que su marido, pero marcada, por encima de todas las cosas, por el sentido de clan familiar que siempre había dominado en la tribu de los Molina a lo largo de generaciones, a pesar de la perplejidad que le producía comprobar que esos niños, hijos de esa mujer tan odiosa y ordinaria, serían los únicos herederos del nombre de la familia, ¡cómo le costaba resignarse, aceptar que el nombre no se transmitiera a los hijos de ella!, el segundo, por lo menos, había salido rubio, de tez clara, con el tipo familiar inconfundible, ¡lástima que el nombre dinástico lo hubiera recibido el mayor!, ¡se había terminado la línea de los Silverios!, ¡probablemente para siempre!, y además de eso, al hecho de que fuese un viejo choro, que en su juventud había sido una fiera para los puñetes y había tenido una oscura pelea en una playa, pelea que por algún motivo igualmente oscuro, ¡cosas de viejos!, había puesto término a su carrera de matón campesino y lo había obligado a dar con sus huesos en la cárcel, le habían granjeado la simpatía, a fin de cuentas, de sus compañeros de trabajo más jóvenes, por extremistas que fuesen ellos en la mayoría de los casos y por moderado que a él lo considerasen, pero también, había concluido Silverio, pensativo, se encuentran jóvenes muy razonables, mucho más maduros de lo que éramos nosotros, ¡qué curioso!, y le entraba la sospecha de que esos jóvenes serían devorados por el torbellino, de que nosotros, dentro de todo, y aun cuando ahora nos tocara sacrificarnos, habíamos tenido más suerte que ellos, ¡qué cresta!

¿Y en qué andaría este gallo en tiempos de Frei, de Jorge Alessandri? ¿Aconsejándoles a sus compañeros de trabajo que no leyeran *El Siglo*? ¿Contando que había conocido mucho al León en el tiempo de las culebras, en el año del plebiscito de Tacna y Arica? ¡Vayan a saber ustedes!, y empinaba el segundo vaso de vino, se limpiaba los labios con el dorso de la mano y plantaba otro puñetazo en la mesa, con los ojos rápidamente congestionados, puesto que la saturación alcohólica venía de muchas semanas atrás, a pesar de las terminantes advertencias de los médicos.

¡No le hagái caso!, le decían los jóvenes, riéndose de su indignación, y luego partían juntos, él y los jóvenes, a las manifestaciones que habían empezado a realizarse casi todas las tardes, en un proceso de réplicas y contragolpes que parecía inacabable, o a cargar sacos de harina para romper la huelga subversiva y golpista, financiada con billetes verdes, de los camioneros. Pero al primer saco se le agolpaba la sangre en el rostro y sentía que el corazón se le había fatigado de inmediato, el pulso latía demasiado rápido, la soledad, el desánimo que lo había penetrado en los últimos meses en forma insidiosa, no se olvide de que tenemos el gobierno, compañero, ¡anímese un poco!, ¡mire que no hay que echarse a morir!, sensaciones que se habían transformado en esos extraños meses en un lastre físico, un peso de plomo instalado en la cavidad del pecho y que le hacía difícil respirar, subir las escaleras, resistir las interminables jornadas, los desfiles en que la euforia no conseguía sobreponerse al ahogo, la elasticidad de los pulmones se había reducido y de nada servía contra ello el entusiasmo de las masas que lo rodeaban, los gritos juveniles con los puños en alto. A Guillermo Williams, que se había puesto flaco, semi canoso, y que de repente había aparecido militando en el partido socialista, cosa que había provocado una gran perplejidad en Silverio, que pensaba, probablemente por aplicar esquemas simplistas de lucha de clases, que el único puntino dotado de la extravagancia, de la marginalidad necesarias para derivar hacia la izquierda, era él, quién otro, pero el ejemplo de Guillermo le demostró que su análisis de la realidad social era insuficiente, alguna mosca había picado al Willito de las temporadas veraniegas de antaño, al hijo de la señora Eliana Alcorta y del Gringo aventurero que un buen día había dicho que se embarcaba en busca de una herencia y había desaparecido en la bruma de Liverpool, pues bien, a Guillermo le había confesado su cansancio, su desmoralización profunda, que no se habría atrevido a confesar, en cambio, a los jóvenes de su oficina: La revolución me pilló viejo, ¿sabís?, y el Willito, con los pelillos de las sienes entrecanos y un rostro que con la edad se había adelgazado y resecado, sonreía y enarcaba las cejas: ¡Ánimo, Silverín! La batalla es dura, pero vamos ganando firme. El problema es que los de tu partido son demasiado maricones, demasiado legalistas, tienen mucho miedo de armar al pueblo, y si no armamos al pueblo ahora, los momios nos volarán la raja. ¡Eso dalo por seguro!

¡Por la puta!, exclamaba Silverio, acariciándose la barbilla y mirando hacia el fondo de la calle Ahumada, que se veía polvorienta, carcomida por el calor y por la mugre, sembrada de papeles y de trapos sucios. ¿Por qué mierda, se decía, y en seguida encontraba una frase que no habría desentonado en labios de misiá Eduvigis, la izquierda tendrá que ser sinónimo de mala educación, de suciedad? ¿De dónde cresta salimos tan descuidados? La izquierda, sostenía después, en la oficina, les presta demasiado poca atención a los detalles.

¡Sí, abuelito!, le replicó uno de los jóvenes, el eterno bromista, y él pensó que habría debido lanzarle una bofetada, que no estaba para esas bromas, pero para qué, al mismo tiempo, tratar de dárselas de forzudo, de héroe de película, con qué objeto...

A pesar de sus males difusos y de su nueva pasión por la disciplina política, por el secreto bien conservado y el intachable sentido de la organización, el cuello y la corbata del militante que considera que sirve mejor a su causa vistiendo con pulcritud, llegando a la oficina a la hora, cumpliendo con sus deberes (como un caballero, decía la voz sonora, desdibujada por el eco, de Silverio el Viejo), procurando informarse de todo y no cejar nunca en su empeño de instruirse, Silverio no había conseguido liberarse de los demonios habituales del trago. El dolor de cabeza y el malestar general de todas la mañanas lo obligaban a proponérselo cada vez, antes de salir a la oficina, frente al espejo que delataba sin compasión sus acusadas ojeras, sus hinchadas y tumefactas mejillas, pero no pasaba una tarde sin que se pegara en compañía de los jóvenes melenudos, e incluso, si no encontraba a ningún otro, de Farnesio, el enemigo de la revista *Ercilla*, el militante socialista de toda la vida, no obstante el puesto tan bien atornillado que había mantenido siempre en la administración pública, o lo que era más grave, como síntoma y por su carácter patético, ¡sólo su alma!, conversando de la actualidad con el mesonero, mirando la calle a través de las letras en pintura blanca de los vidrios, unos sólidos aunque agrios (había que reconocer que la calidad había disminuido) pencazos de vino tinto, pencazos que continuaba en su habitación antes de acostarse, o levantándose de su cama, porque colocaba la botella de tinto lejos, en la cocina, por ejemplo, o en el living, para ponerse a sí mismo alguna dificultad, pero de todos modos se acostaba temprano, ya nadie conseguía arrastrarlo, como en sus grandes épocas, cada vez que llegaba de visita a la capital, a hacer la ronda de los bares santiaguinos, saludando el amanecer con una cazuela de pava en el club ciclista, un ajiaco en los Hijos de Tarapacá (donde una vez Matías, explicó el Gordo, le plantó un feroz puntapié a un gato que dormitaba en el rellano de la escalera y lo lanzó lejos, maullando, como si le hubieran escaldado las tripas), un caldo de cabeza en el Mercado Central, lo que pasa, se disculpaba, es que mañana me espera un trabajo de la gran puta, ahora que estamos en el poder, ¡tú comprendís!

Por otra parte, desde el momento mismo en que asumió la condición de funcionario agrícola del gobierno popular, no tuvo descanso hasta que la pequeña parcela que conservaba del antiguo fundo de los Molina en el valle del Chiguay, detrás de los cerros de la Punta, fuera entregada a la Reforma Agraria, a pesar de que la parcela era de superficie inferior a la cabida mínima legal en hectáreas planas regadas, pero ya que estaba en el partido, y para cortar de raíz todo pelambre, no podía ser más lógico que ayudara a avanzar hacia la propiedad colectiva, y él consideraba que en estas cosas no podía existir favoritismo de ninguna especie, ni la sombra de una sospecha, la mujer del César tenía que ser honesta y, por añadidura, parecerlo, y con muchísimo mayor razón si trabajabas en el área estatal de la agricultura, ¡con la Revolución no se juega! Lo cual no le impedía, en su calidad de funcionario público y de ingeniero agrónomo, desviarse unos kilómetros en la camioneta, a pesar de las restricciones de bencina que empezaban a sentirse por el segundo año, y echar de cuando en cuando, pese a que no caía bajo su tuición directa, una miradita a la antigua parcela, detenerse largo rato junto a los alambrados de púa y conversar, si se hallaban cerca, con los hijos de los que habían sido inquilinos de su padre y hasta de su abuelo, entre quienes era imposible que faltara, de acuerdo con las habladurías tradicionales y con la más severa ley de probabilidades, algún consanguíneo suyo, primo segundo por la mano izquierda, y ahora, con la llegada del socialismo, pensaba Silverio para sus adentros, todos seremos hermanos, me tratarán de tú, igual como yo los trato de tú a ellos, y me invitarán a comer a sus mesas, a brindar por el porvenir de sus hijos.

Fue en una de estas ocasionales visitas cuando alcanzó a notar, hacia fines del segundo año, que ya los trabajos no se hacían con el cuidado meticuloso de antes, la gente demostraba una abismante ausencia de sentido de la responsabilidad, ¡y eso que el gobierno era de ellos! Fíjese usted, Antolín, cómo colaboran de poco. Todos quieren ser propietarios ellos mismos, sin el menor esfuerzo. Y de socialismo, ¡ni hablar!

¡Es verdad!, reconocía Antolín, abriendo los ojos, que ahora se hallaban rodeados de profundas y numerosas arrugas, y asintiendo con la cabeza. Con los años, Silverio había perdido esa sensación de hallarse ante un ser subalterno, perteneciente a una clase inferior a la suya, situación que siempre lo había forzado a comportarse con Antolín de un modo más amable, más obsequioso, fingiendo una sencillez que ese esfuerzo, por el solo hecho de realizarse, desvirtuaba. Su deliberado propósito de borrar las diferencias, facilitado en teoría por la común militancia en el partido, se anulaba a sí mismo por definición, constituía, precisamente, la confirmación más clara de que dichas diferencias existían. Ahora bien, con el correr de los años, con el avance de su deterioro físico y el alejamiento de sus amigos y conocidos de la Punta, que después de haberlo mirado con cierto humor, como personaje pintoresco, el excéntrico que en todo grupo resulta necesario, habían derivado a un desdén cada vez más agresivo, a una repugnancia que disimulaban cada día menos y que había desembocado, con el triunfo del candidato de Silverio, en una hostilidad política saturada de odio, sin humor ni tolerancia de ninguna especie, Silverio había llegado a ver en Antolín una parte del paisaje de los Queltehues, del Chiguay con sus hileras de maíz y sus naranjos de hojas polvorientas, de las lomas rojizas o grises, de la niebla siempre suspendida hacia el final de la playa y que diluía la visión de los acantilados del sur, salvo en días de viento, cielo transparente y mar veteado de crestas espumosas, paisaje que Silverio amaba por encima de todo y que había terminado, murmuraba, aun cuando el exceso de esta pasión tuviera connotaciones decadentes, políticamente sospechosas, reveladoras de una intromisión de la metafísica en el materialismo dialéctico, por constituir el último y definitivo de sus consuelos. Sin caer en la cuenta de ello, llevados por las circunstancias, por el peso de los años y la acumulación de las decepciones, Antolín y Silverio habían establecido un sistema de adivinación recíproca, un código de signos y comunicaciones subterráneas tan naturales como los tropismos de las plantas, a pesar de que nunca habían abandonado el usted en que los había colocado el origen social hacía muchos años y que cambiar ahora, a estas alturas, habría sido, además de incómodo, inútil. En efecto, en materia de lealtad, de comprensión, de espíritu solidario, la familiaridad rápida entre compañeros, impuesta por las nuevas costumbres, muchas veces no era demostrativa de nada tangible: más bien, solía sospechar Silverio, observando el ojo desconfiado de Farnesio, la solapada acusación envuelta en palabras fingidamente amables, todo lo contrario.

En una visita a su ex parcela efectuada a comienzos del 73, Silverio había observado que las hojas de algunos frutales estaban apestadas, con los bordes retorcidos, a causa sin duda de que la desinfección no se había realizado a tiempo, no sería raro que los desinfectantes hubieran llegado con retraso debido a las huelgas patronales, o simplemente al sabotaje, o quizás, y esto era lo que más furia le daba, ¡cómo no eran capaces de comprender, los muy huevones!, a la desidia pura y simple, y el maíz no se había plantado a la distancia que correspondía entre mata y mata, como se hacía en los tiempos suyos y se había hecho a lo largo de generaciones, ¡eso sí que lo había comprobado con sus propios ojos!, ¡ahí sí que no le contaban cuentos!, y tampoco, a juzgar por la calidad de las hojas, por los surcos resquebrajados, obviamente sedientos, se lo había regado con la frecuencia necesaria, no obstante que en el canal de las Torcazas y en las acequias, a diferencia de otros años, había caudal más que suficiente.

El maíz pide mucha agua, había comentado Antolín, alzando las cejas blanquecinas, hirsutas, y Silverio se había dicho para sus adentros que Antolín repetía, sin saberlo, una de las cantilenas predilectas del mañoso y testarudo de Emeterio Águila, el viejo que ni para su entierro los había dejado tranquilos, puesto que habían tardado bastante en encontrar su tumba, entre los montículos de arena, las cruces de palo, las flores marchitas que había dispersado el viento, y algunos sostenían hasta hoy que lo habían enterrado en una tumba equivocada.

¡Exacto!, replicaba Silverio, a quien los temas de irrigación hacían hervir la sangre con una rapidez fulminante, y se agachaba con inusitadas ínfulas, arrancaba de la tierra los brotes secundarios de una de las plantas a fin de que la planta principal, recogiendo por sí sola, sin competencia de brotes vecinos, la fuerza que le transmitían las raíces, creciera con más vigor, pero no era así, qué duda cabe, como podían arreglarse los problemas de la producción agrícola: limpiando un par de metros de maíz, acariciando las hojas y lanzando periquitos hacia los cuatro puntos cardinales, con los cerros del Chiguay, los eucaliptos añosos, de cortezas desgarradas y colgantes, y un par de inquilinos como testigos, aparte de Antolín, cuya filosofía no se diferenciaba tanto, después de todo, de la de Emeterio Águila. Desde luego, como solución de los problemas, hacer lo que hacía Silverio, bajarse de la camioneta, arrancar unos cuantos brotes de maleza y lanzar puteadas p'al mundo, equivalía más o menos a echar agua en un canasto. Si lo hubieran escuchado en Santiago, pero quién podía escucharlo, dónde. Había pedido una audiencia a una autoridad, había conversado en su oficina del Senado con uno de los parlamentarios del partido, y éste había escuchado con gran atención, reclinada la cabeza en la mano derecha; de pronto había borroneado algunas notas en un block de apuntes y había dado la impresión de que tomaría medidas, de que hablaría con las más altas instancias del gobierno, incluso con el Presidente de la República. Silverio había recibido vagos elogios por su iniciativa, y después había tenido la sensación de que las arenas movedizas se lo tragaban todo. Había salido a la calle agobiado, respirando fuerte y tragando tierra.

En cuanto a los jóvenes guevaristas, ¡Muy bien!, decían, pero no pretenderás que nos dejemos guiar por puros criterios de eficiencia, al estilo del neocapitalismo; no querrás que hagamos una reforma agraria a la manera de Polonia, o de Hungría, donde más de la mitad de la tierra continúa en manos privadas.

¿Y por qué no?, contestaba Silverio, boquiabierto: ¿Me van a decir que las reformas agrarias de Polonia, de Hungría, que son países socialistas, les parecen poco?

¡Eso es social democracia pura!, saltaban los jóvenes, unánimes: ¡Hacer la revolución para eso no vale la pena!

Silverio tuvo el primer infarto a fines de ese segundo año: un ataque pequeño, apenas un aviso. No se había parecido a un ataque propiamente dicho, ya que sólo se había presentado como un estado intenso y súbito, acompañado de difusos dolores musculares, de cansancio. Hasta el médico, al que había acudido por hipocondría, se había sentido desorientado. Pero vino un segundo ataque, algo más fuerte, claramente definido, en la última semana de febrero del año siguiente, en vísperas de las elecciones parlamentarias del primer domingo de marzo, cosa que esta vez le impidió, con dolor de su alma, desplazarse a votar, sobre todo porque el médico, en vista de las incomodidades del departamento de un ambiente que tenía Silverio en la calle Guayaquil, sin nadie que lo cuidara, había decidido que lo trasladaran al hospital.

Los resultados, que Silverio escuchó ese domingo en la noche en una pequeñísima radio a pila y que daban cerca de cuarenta y cuatro por ciento de los votos para las candidaturas gobiernistas, ¡cuando él, hacía sólo cinco días, pocas horas antes del infarto, precisamente, apostaba que sacarían cuarenta por ciento y la gente se le reía en la cara!, le provocaron una de sus últimas grandes alegrías. ¡Cómo estará de contento Antolín!, exclamaba, frotándose las manos de gusto, rejuvenecido, diciéndose que esta huevada del corazón no había sido más que un accidente pasajero, intermitencias provocadas por la incertidumbre, por el lamentable estado de sus nervios, acosados por el incesante hormigueo de las preocupaciones, pero ahora que nos habíamos afirmado... y le explicaba a la enfermera, con inusitado entusiasmo, quién era Antolín, ese fantasma que había surgido entre las cuatro paredes blancas, en ausencia de toda otra visita, ya que la Lucha y los niños, después de una breve aparición el sábado después de almuerzo, habían sido tragados por la niebla y el bullicio distante de la ciudad, pero según todos los indicios, que Silverio, en su euforia, no captaba, la enfermera, el único interlocutor a su alcance en ese momento, era una de esas momias reservadas, puntillosas, que tascan el freno en secreto, admiradora hipócrita de los medicastros derechistas que dictaban la ley en ese hospital y en casi todas las clínicas y hospitales del país, detalle que a Silverio se le había escapado, puesto que ya se le escapaban, consecuencia de la edad y de la enfermedad, del exceso de alcohol ingerido, muchos y gruesos detalles, así es que cuando tuvo su tercer infarto, poco tiempo después, en plena huelga de médicos y del transporte, Silverio fue abandonado en una habitación muy semejante de ese mismo hospital, frente al mismo patio cuadrado, presidido por la estatua blanca de la Virgen y donde ronroneaban las palomas, dispersadas a veces por los familiares de algún enfermo, que se internaban por los senderos de gravilla. Un enfermero que después de unos minutos de conversación le había confesado pertenecer a la UP, le subía un poco de comida, tarde, mal y nunca, en vajilla de aspecto sucio y con los bordes saltados, y eso era todo. En el patio, debajo de la cabeza inclinada de la Virgen, de los hombros donde se apretujaban las palomas, había gente que conversaba en voz baja, con aspecto desanimado, y en todo el hospital dominaba un clima espeso de abandono, un caos que parecía acumularse y fustigar, soplar en las fibras de los músculos adoloridos, y como había casos aún más graves que el suyo, casos en que todo no era cuestión de meses o de años sino de días, de horas, cuestión de minutos, y que requerirían, por consiguiente, la entera atención del escaso personal disponible, Silverio, echando garabatos contra los médicos fascistas, contra la cabrona de la enfermera, esperó tres o cuatro días y después, inseguro, en el límite de sus fuerzas, pero convencido de que no estaría peor en su casa, sobre todo que a la Lucha le quedaba más cerca la casa que el hospital, donde esta vez, atareada por los infinitos problemas del abastecimiento y por la batalla política que arreciaba, ni siquiera se había asomado, optó por hacer su maleta con toda calma, sin agitarse demasiado, vestirse poco a poco, sentado en el borde de la cama, y bajar lentamente la escalera, sin mirar a los lados para no desanimarse, escuchando el rumor del oleaje de los Queltehues y mirando la mole de los acantilados del sur perfilada a través de la niebla, dejando la maleta en las gradas cada cierto trecho, ya que así su corazón no trabajaría en forma excesiva, hasta le parecía que si llegaba a la planta baja sin haber reventado su objetivo en la vida estaba cumplido, hasta ese punto, en ese camastro desordenado del hospital, había perdido el sentido de las proporciones.

¿Se va?, le preguntó el enfermero de la UP.

¿Y qué saco con quedarme?, dijo Silverio: Estos criminales son capaces de dejarme morir como un perro.

¡Por la puta!, exclamó el enfermero, moviendo la cabeza y depositando la maleta de Silverio en la vereda, en un sitio donde cabía la remota esperanza de que pasara un taxi. A causa de la huelga, las calles se veían semi vacías de vehículos y la gente caminaba por las calzadas a paso rápido, conversando con animación. Silverio estuvo cerca de una hora y media sentado encima de su maleta, frente a las rejas del hospital, aterido de frío, a pesar de que la temperatura era primaveral y había un sol radiante, encogido, sintiendo que los dientes le castañeteaban y pensando que quizás sería mejor regresar a su lecho del hospital a morirse tranquilo, ¡total!, ¡de algo tenemos que morirnos!, hasta que un señor muy amable, que manejaba de abrigo puesto y sombrero enhuinchado, no obstante el calor que hacía, un Pontiac viejísimo, cuyos cromos colgaban, sueltos y rechinantes, se detuvo y le preguntó en qué dirección va, señor, ¿no quiere que lo encamine un poco? Después, cuando Silverio, echando sapos y culebras contra los desgraciados de los médicos y contra las enfermeras momias, chupamedias, muy capaces, las arpías, de ver reventar una persona bajo sus propios ojos y no mover un dedo, le contó lo que le sucedía, su tercer infarto y el abandono en que lo habían dejado, el señor, comedido, intachable, con suaves modales, le confesó que él, personalmente, aun cuando jamás había militado ni militaría, creo, en ningún partido político, es una cosa que no va muy bien con mi carácter, soy independiente y seguiré siéndolo, en las elecciones voto según mi conciencia, ésa es toda mi actuación, y aunque voté por Rodomiro Tomic, porque comprendía las dificultades que tendría Allende para gobernar, me considero un simpatizante de la izquierda.

Eso está muy bien, aprobó Silverio, que de pronto se sentía mejor, un poco más animado, y se decía ¡qué sorpresa!, encontrar un señor tan atildado y que se declara de izquierda, ¡capaz que Allende se afirme, de todos modos!

Y en vista de lo cual, y a pesar de las tremendas colas para conseguir bencina, el amable conductor depositó a Silverio en la puerta misma de su casa, e incluso bajó del auto y lo ayudó a subir la maleta, que pesaba como si llevara piedras adentro, hasta el vestíbulo de su departamento. Usted no sabe, señor, cómo se lo agradezco, mire que fui muy forzudo en mi juventud, y ahora, ¡cómo estaré de jodido!, agarro esa maleta y me pongo pálido, me viene un sudor frío por todo el cuerpo, como si la respiración me faltara... El señor, amabilísimo, sacó una tarjeta de visita donde su nombre figuraba en letras góticas y se levantó un poco el sombrero para despedirse. Era un gesto que Silverio hacía tiempo que no veía y que le produjo un incomprensible agrado, como si sus resistencias interiores hubieran empezado a desmoronarse y de pronto se encontrara, completamente chocho, baboso, boquiabierto, temblorosas las piernas, incapaces de sostenerlo durante mucho rato, identificado en forma inapelable con los valores de misiá Eduvigis. Esto debe de ser el final, murmuró, dejándose caer en una silla y mirando el atardecer sobre los techos grises, escuchando el sonido que hacía alguna vieja momia con su cacerola, pegándole huaracazos a todo lo que daba con el cucharón, y que encontraba un eco inmediato en una de las ventanas del frente, ¡otra vieja momia!

El día nueve de septiembre por la mañana lo llamó un compañero de partido. La situación está muy recontra mala, le dijo, hay franco peligro de golpe, y el huevón de Altamirano, con su llamado a los soldados, a los marinos, a los sargentos, para que desobedecieran a sus oficiales sediciosos, de manera que convenía, en lo posible, cambiarse de domicilio, no dormir en la casa, pero Silverio seguía sin sentirse nada de bien, lleno de escalofríos y temblores, con las piernas extrañamente débiles, incontrolables. ¿Dónde quieres que duerma? Si la verdad es que no puedo ni moverme.

La Lucha sólo había ido a visitarlo una vez, muy excitada por la situación política, ronca y cincelado el rostro por las profundas arrugas. Silverio le había pedido que se alojara en la casa y lo cuidara un poco, y la Lucha, después de aspirar en silencio una bocanada de humo, ¡imposible, mijito!, le había contestado. Cuando colgó el teléfono después del llamado de su compañero de partido, hacía cerca de treinta horas que no había comido nada, pero lo extraño era que no sintiera ningún hambre, sólo se alimentaba con un poco de nescafé y azúcar, los huevos, los tarros de duraznos al jugo se habían terminado, las cáscaras y los envases, los diarios viejos, se apilaban en el recipiente de la basura, debajo del lavaplatos, y las baratas corrían, enérgicas y veloces, por las paredes de la cocina y por el suelo, asimilando vigor con la devoración de los detritus. Silverio miró los techos de Santiago, los árboles del cerro Santa Lucía, que se levantaban sobre los parapetos de ladrillos rojizos, las calles semi abandonadas, los obreros que caminaban a pie por el medio de la calle, y uno que otro vehículo antihuelguista, que ayudaba a movilizar gente y cuyo conductor, sin duda, llevaba en la guantera una pistola cargada para defenderse de una posible agresión de los momios.

XXI

SEBASTIÁN desapareció del salón muy sonriente, sobándose las manos, con aire de misterio, y todos nos miramos con regocijo. De nuevo estábamos despiertos, y era como si comenzara una segunda celebración. Como para decirse que el toque de queda, a fin de cuentas, tenía también sus virtudes. Aunque se escucharan tiros lejanos en la noche, y encima de nuestras cabezas zumbaran las aspas, el motor del helicóptero vigilante, pero en qué mundo inaccesible disparaban esos tiros, qué batallas subterráneas se libraban, en qué lugar. Sebastián, para ahuyentar fantasmas, había partido en busca de la botella, y yo, a propósito de fantasmas, de incomodidades, me acordaba del incidente de la nariz, remoto y a la vez, ahora, cuando se habían desencadenado incidentes muchísimo más graves, cuando no sólo se trataba de narices municipales sino de columnas, pórticos, ventanas saturadas de proyectiles, masa encefálica aplastada contra una tapicería, simbólico.

Para la señora Eliana, ¡la pobre Elianucha!, para retomar la expresión favorita de Marujita Gómez, las cosas se habían precipitado en los primeros días de marzo, unas dos semanas después de la voladura de la nariz. La señora Eliana había regresado a su casa como a las dos de la madrugada, después de haber perdido en la sesión de canasta organizada por Maruja una pequeña suma, detalle que carecía en sí mismo de significación, ya que la suma era en verdad mínima, pero que había tenido el efecto molesto de ponerle de relieve, una vez que se había despedido de sus amigas, sus dificultades, acentuando la angustia que le provocaba hacía meses, años incluso, esta situación, y hasta cerca de las cinco no había podido conciliar el sueño, dándose vueltas en la cama, exasperada, sudorosa, mirando el techo, las cortinas de gasa, los cristales débilmente iluminados por la luna, escuchando el estallido monótono de las olas.

Hacia las cinco, el difuso reflejo en el techo alto, con guirnaldas de yeso en los bordes, había desaparecido; la brisa que hacía revolotear las cortinas se había puesto más suave; las olas habían comenzado a reventar mucho más lejos, en una playa de algodones, y Eliana se había encontrado caminando por las baldosas de la plaza de una ciudad que era Iquique, pese a que nunca había estado antes en Iquique y a que la ciudad tenía muy poco que ver con cualquier ciudad donde hubiera estado antes, de modo que no había ningún motivo para pensar que fuese Iquique, salvo que todas las casas que rodeaban la plaza embaldosada, con faroles bajos y macizos de vegetación oscura, eran idénticas, de madera blanquecina con listones, pilastras, barandillas, marcos de ventana y otros elementos negros o quizás verde oscuros, lo cual tampoco era motivo, por lo demás, para pensar que la ciudad fuese Iquique, y en un sector las casas estaban algo hundidas, de manera que la línea horizontal de la galería abierta del segundo piso, interrumpida en forma simétrica por las pilastras exteriores, negras o verde oscuras, con delgadas estrías cóncavas, perdía su rectitud y ondulaba, siguiendo los accidentes de aquel hundimiento, que cerca de una esquina, detrás del frondoso ramaje de un magnolio, parecía más pronunciado, como si a partir de aquel sitio, disimulada por las ramas del magnolio, una insaciable boca de tierra movediza hubiera comenzado a tragarse los edificios. Un golpe cercano la hizo despertar, sobresaltada. ¿Qué hora es?, preguntó, llena de alarma, con miedo de haberse atrasado para el aperitivo en casa del doctor Varas Saavedra y el almuerzo que seguiría, ofrecido por misiá Rosa Argandoña para despedir el verano. Un hilo de saliva le corría aún por la comisura de los labios, y en la almohada, en el lugar donde había reposado su boca deformada por el sueño, había una mancha fresca de saliva. Palpó la superficie de mármol del velador hasta que sus manos encontraron los anteojos. Entonces consultó de inmediato el reloj de la cómoda, puesto que el reloj pulsera, regalo de William para el último cumpleaños de ella que habían pasado juntos, se había echado a perder en forma que tenía todo el aspecto de ser definitiva, como si su deterioro acentuara el carácter precisamente definitivo de la desaparición de William, y respiró con alivio: sólo eran las diez y media, por lo cual había tiempo de sobra para llegar al aperitivo en la terraza del doctor Varas.

¿Por qué no me contesta cuando le hago una pregunta?... ¡Pancho!

Pancho tenía los cabellos desgreñados y estaba pálido, con ese brillo en la mirada que a Eliana le daba miedo. Una vez le había comentado a Marujita Gómez ese miedo, ese brillo inquietante, y Marujita le había aconsejado que consultara al doctor Manfredini. Pero Manfredini era especialista en enfermos mentales. Eliana, profundamente molesta, no había vuelto a mencionar el asunto. Se descubría, sin embargo, en diferentes ocasiones, escudriñando a Pancho de soslayo, pero todos los niños hablan solos, ¿no es verdad?, y todos torturan moscas, les sacan las alas y las colocan en prisiones de corcho hueco protegidas por barrotes de alfileres, verdaderos zoológicos de moscas, todos se devoran las uñas y los pellejos de los dedos hasta sacarse sangre, muestran tendencias a la piromanía y a la destrucción sistemática, son, le dijo el cura de la Punta, que para eso había inventado la Máquina, para contrarrestar esas o parecidas desviaciones, signos de los tiempos. Según el cura, y Eliana y Marujita habían sentido después, conversando en voz baja en una galería en penumbra, frente a la sombra negra de la quebrada, que se les erizaban los pelos, bien podía hallarse muy cerca, respirando junto a nuestros oídos, el Anticristo. Tenemos que estar preparados, había dicho el cura, para resumir la situación, y había cruzado sobre la barriga las manos rubicundas, cuya habilidad había quedado demostrada en el período de la construcción de la Máquina. En esos días posteriores a la destrucción de la nariz, como si todos los males vinieran juntos, el sistema de alarma había empezado a sufrir fallas. Se había comprobado que el moho del invierno actuaba insidiosamente sobre las ruedecillas, sobre las articulaciones mecánicas. En años anteriores, sin embargo, la Máquina había prestado servicios ingentes, su timbrazo de alarma había desgarrado con increíble insistencia la oscuridad nocturna, evitando que las energías seminales de la familia fundadora fueran dilapidadas. Un invento extraordinario, a juicio de algunos, pese a que las opiniones, como en todo, estaban divididas.

Pancho tenía los cabellos desmelenados, los pies desnudos, los pantalones del piyama arremangados hasta la altura de la rodilla y el marrueco abierto, con todas las verijas al aire. Ante la pregunta había clavado los ojos en la señora Eliana, sin decir palabra.

¡Tápese, hijito! ¡No sea indecente!

Pero los ojos de Pancho ubicaron en ese momento, volando por el aire turbio de la habitación, a la mosca que venía persiguiendo desde la galería, y se agachó para recoger el grueso volumen del *Diccionario Enciclopédico Hispanoamericano*, cuyo estruendo, al caer hacía tres minutos en el centro de la habitación, había despertado a Eliana en el preciso instante en que se internaba por un malecón de Iquique de donde la gente, de pronto y por alguna razón que Eliana ignoraba, había desaparecido. Pancho hizo la puntería y disparó con furia: de nuevo el Stuka de la Luftwaffe, con un revoloteo irónico, logró escapar por milímetros del proyectil, que azotó con violencia contra el muro y luego se desplomó, despapelado. Un florero de laca japonesa y una estatuilla de falso marfil se tambalearon, en equilibrio inestable.

¡Pancho!, gritó Eliana, con voz descompuesta.

Alcanzó para una copa y media de champagne por cabeza, una copa saboreada y consumida con grandes aspavientos, conscientes de nuestra intimidad privilegiada, protegida por gruesas cortinas, por el silencio de las primeras horas del amanecer. Eliana había mirado la estatua sin nariz y se había acordado de la estatua de Francisco Bilbao que trasladaban de un sector a otro de Valparaíso en sus años juveniles: una mañana se alzaba en la plaza Victoria y al día siguiente, desterrada por la indignación de los ediles conservadores, aparecía frente a uno de los muelles, en un sitio donde el agua, entre las barcazas de pesca, estaba manchada de aceite, densa de pescados muertos y desperdicios, hasta que alguien, alguno de los ediles demócratas o radicales, conseguía que instalaran a don Francisco cerca del cerro Maestranza, en una plaza que Eliana miraba desde la ventana enrejada de su clase en el colegio de monjas. Era una confinación, casi el segundo destierro del prócer, y sin embargo, las monjas murmuraban, anunciaban que denunciarían el hecho al arzobispo, ¡un corruptor de la sociedad frente a las miradas de las hijas de las mejores familias!, ¡un panfletista ateo, que había corrido a París a colocarse a las órdenes de Victor Hugo! ¡Hasta dónde habíamos llegado!

La señora Eliana, dijeron, había sido la más consternada con el atentado, ¡cómo podían ser tan bestias!, exclamaba, si no nos defendíamos de esa gente, serían ellos los que acabarían con nosotros, y esa mañana, dos o tres días antes de hacer las maletas para regresar a Santiago, buscaba por todos los cajones del segundo piso de su casa algo, un anillo que se le había perdido, porque era muy distraída, más tarde resultó que había dejado el anillo a un costado del lavatorio, se lo sacaba siempre para lavarse las manos, toda la vida, y esa vez, justamente, había salido del baño y había comenzado a buscar el anillo como desesperada, como si esa costumbre de dejar el anillo en el lavatorio se le hubiera borrado de la cabeza, es probable que las preocupaciones la tuvieran un poco trastornada.

Estaban muy pobres, comentó Sebastián, y quizás la deprimía la idea de que al año siguiente no podrían veranear en la Punta, de que se verían obligados, por primera vez en su vida, a arrendar la casa.

Todos coincidimos en que ésa era la época en que Guillermo había empezado a cambiar, a ponerse raro. La época en que se había alejado de nuestro grupo. Es decir, incluso antes del robo de la casa de don Marcos y de la muerte de Pancho.

Pues bien, la pobre señora Eliana buscó en todos los cajones de su pieza, desesperada, porque el anillo era un brillante muy valioso que había heredado por el lado de su madre, y se lo había puesto al levantarse porque estaba invitada a ese aperitivo y en seguida al almuerzo de despedida del verano que organizaba misiá Rosa, donde iba toda la Punta, todos los que permanecían fieles, en esos primeros y ventosos días de marzo, y donde según la tradición habría porotos pallares de entrada, y además, porque el único modo seguro de guardar el anillo era llevarlo en el dedo, a veces hablaba de venderlo para salir de apuros por un tiempo y Guillermo, desmesuradamente irritado, ¡te van a estafar!, ¡ya te conozco! Además, dime: ¿cuánto nos duraría la plata?

Buscó en los cajones del dormitorio de Pancho y encontró las cosas más disparatadas, abejas, moscas y matapiojos muertos, las jaulas de corcho del zoológico de moscas, anzuelos torcidos, algunas ágatas, un diente medio roto, pero el anillo no aparecía por ninguna parte. Eliana empezó a pensar, desesperada, en la posibilidad de un robo, y trató de hacer memoria sobre la última vez que había llevado el anillo, buscando en los cajones de la cómoda de Guillermo, que sólo tenía tres o cuatro camisas bastantes viejas, trituradas en el cuello, y que en el fondo de un cajón más chico, el de arriba a la derecha, guardaba la borrosa fotografía de su padre en una plaza de Liverpool, junto a un perro San Bernardo, sonriendo un poco de costado, con el vago cinismo y la soltura de cuerpo de siempre, pero ya no tan joven, con una hermosura menos evidente, algo borrada por el tiempo y la distancia, como la fotografía misma, velada por esa niebla de una plaza de Liverpool que a Eliana, ahora, al devolver la foto a su sitio, le parecía irreal, sobre todo al recordar la despedida en un hotel de mala muerte de Valparaíso, el estado casi febril en que había llegado al muelle, un calor en la superficie de la piel que no excluía el frío, los temblores, seis meses después había nacido Pancho y un año después había muerto don José Francisco, habían volado, de pronto, diez años, ¡quince años en enero último!, y la carta a Guillermo decía que sus negocios marítimos le impedían, "por el momento", viajar a Chile, pero tenía el proyecto de invitarlo a dar un paseo por Inglaterra, muy pronto, y cuánto daría por conocer a Pancho, su hijo menor. Eliana levantó las cejas, sorprendida de que Guillermo, a quien creía dominado por el odio ante la deserción de su padre, todavía conservara ese retrato escondido en el fondo del cajón, detrás del sitio destinado a los calcetines, tan escasos como los calzoncillos, y bastante rotos. ¿No se había puesto el anillo esa mañana, al vestirse para el almuerzo? Le pareció revivir el instante preciso, esa mañana, en que se colocaba el anillo, ¿o lo había soñado? ¿Había olvidado el anillo durante los últimos dos días encima del velador, sin precaución alguna, y un ladrón, comprobando que toda la familia estaba en la playa, había entrado hasta su habitación y salido como Pedro por su casa? ¡Ya sé!, exclamó, haciendo restallar los dedos: me puse el anillo en la mañana, al vestirme, y decidió mirar en el lavatorio, pero antes, por simple rutina, abrió el cajón del velador de Guillermo, y al comienzo no comprendió, ¿qué será esto?, se dijo, pero después comprendió todo, con verdadero espanto, con la sangre paralizada, congelada, y lo primero que pensó es que ahora, además de la terrible humillación, con qué cara se presentaría donde Gregorio de Jesús, con qué cara bajaría a la playa, tendría que vender el anillo sólo para pagar la estatua, vislumbró más allá de la venta del anillo el espectro del hambre, de la pobreza negra, adivinando lo que todos los clientes del bar de César Augusto, cada círculo que se tostaba al sol, cada señora, voluminosos muslos encajados con dificultad en una sillita plegable, contemplando las gaviotas, diría: la sangre turbia del Gringo, que había dejado varias letras y cheques sin pagar detrás de su partida a Liverpool, documentos que don José Francisco había tenido que recoger, a pesar de que sus finanzas personales, en ese crepúsculo de su vida de hombre público, atravesaban por una fase de triste decadencia, también le había salido a Guillermo, un mestizo de caballero criollo y gangster inglés, ¡pobre Eliana!

¿Se acuerdan de la devolución? ¿Del discursito que nos pegó Gregorio de Jesús?

¿Y de la cara de Matías?

¿Y de la cara del Tito, que había agarrado, a medida que Gregorio de Jesús avanzaba, un movimiento de péndulo, y hacía ruido con la boca, echando espuma y globitos, hasta que el viejo tuvo que interrumpir el discurso, darse vuelta y fulminarlo de una sola mirada?

Como si el esfuerzo de quedarse tranquilo le produjera un estado cercano a la apoplejía, el Tito se puso rojo y se infló como un sapo. Matías parecía un emperador romano, un Calígula, y sus ojillos se desplazaban por encima de nuestras cabezas, lanzando destellos malignos. El Pipo, en cambio, seguía las frases de Gregorio de Jesús con gestos de afirmación, de absoluto convencimiento. Apretujándose los dedos, buscando su inspiración en los listones del techo, Gregorio de Jesús hablaba del respeto a las figuras del pasado, de los hombres que habían forjado nuestra patria, orgullo de América, y cuyos cimientos, hoy día, socavados por la ambición de los políticos, por la muchedumbre de los aprovechadores, por la inconciencia de la juventud... ¡Piensen un poco en el Chile de antes!, decía Gregorio de Jesús.

¿De antes de qué?, preguntó el Pipo Balsán a la salida, con el índice en el labio inferior y la boca entreabierta, salivosa.

De antes del pecado original, replicó Matías, riéndose por lo bajo, en tanto que la señora Eliana, más adelante, con los ojos todavía rojos de haber llorado hacía pocas horas, emprendía el regreso con un tranco largo, estoico.

¡Ah!, exclamó el Pipo, y preguntó con aire de curiosidad profunda: ¿Qué habría dicho *él*?

Un discurso muy instructivo, habría dicho. Habría dicho que hoy día la juventud desprecia la experiencia de sus mayores. Por eso, habría dicho, anda todo tan mal, hoy día. ¡Porque nadie escucha! El discurso, por ejemplo, diría, les entró por una oreja y ya les salió por la otra...

Nos reímos a carcajadas, y alguien, escondido entre unos arbustos, debajo de una ventana del salón, escuchó que Gregorio de Jesús se había enzarzado en una discusión violentísima con Clotilde, una de esas discusiones que se repetían cada tres o cuatro días y que le provocaban al Tito recaídas feroces. Frente a la obstinación de mula de Clotilde, de nada servirían los argumentos de Gregorio de Jesús: que Eliana estaba en la miseria, que no tendría con qué pagarle, que no se podía exigir tanto a una mujer sola, desamparada, hija de don José Francisco Alcorta, que había sido tan amigo de mi papá, correligionario suyo, etcétera. Clotilde movía la cabeza, clavados los ojos en el suelo: ¡No hay que perdonarles nada! ¡Degenerados! ¡Que paguen hasta el último cinco!

¡Muy bien! Pero, ¿con qué? ¡Si ya no tienen dónde caerse muertos!

¡No importa!, contestaba Clotilde, sin levantar la vista, sobándose las coyunturas: ¡Que les sirva de escarmiento!

Pagan justos por pecadores, decía Gregorio de Jesús,

pero Clotilde, implacable, echando chispas por los ojos: ¡Se aprovechan de ti! ¡Ahora mismito estarán riéndose de ti a gritos, a espaldas tuyas!

Gregorio de Jesús agitó la mano derecha con un movimiento exasperado, confuso. ¡Déjame!, gritó. Clotilde salió dando un portazo, dispuesta, si el Tito llegaba a ponerse a su alcance, a pellizcarle las orejas con todas sus fuerzas, a retorcerle los pelillos de las sienes hasta arrancarle aullidos, pero el Tito, que husmeaba en la atmósfera los ataques de la tía Clotilde mucho antes de que se presentaran, que los leía en la línea de sombra que se le atravesaba a la tía Clotilde en los ojos, había huido a tiempo hacia el fondo del jardín, hacia el lugar donde se levantaba la estatua de Diana la Cazadora, blanca y furtiva entre el follaje, con un pecho semicubierto, el otro desnudo y una mirada insinuante, lasciva, y en ese rincón bien protegido, el Tito, después de asegurarse de que no había moros en la costa, se había subido al pedestal, hablándole a la estatua con voz anhelante, y había lamido el pezón helado y salado hasta entibiarlo, hasta que su condición pétrea se había convertido en blandura, en calor, en una rigidez elástica muy parecida a la que debían de tener los pezones de carne. Gregorio de Jesús pensaba en el posible huevo que la pava real habría puesto durante su discurso y que el pavo insensato, asesino, ya habría destrozado a picotazos antes de que él pudiera intervenir, de manera, pensaba, que no consigo nada con moverme, y permanecía, en consecuencia, inmóvil, petrificado en el punto central de la alfombra, alelado, olvidado de que el objeto que tenía en la mano era la nariz de mármol que Eliana y los jóvenes le habían devuelto, y también pensaba en el deterioro de la Máquina, cuyas articulaciones metálicas y poleas de goma se habían oxidado y habían sido rodeadas por la maleza, por soñolientas lagartijas, distraídas mariposas, matapiojos que durante siglos se mantenían en vuelo a la misma altura, frente a la misma inflexión de la Máquina, semejantes a taladros, mientras el Tito, con la lengua afuera como los bueyes, se inutilizaba en un orgasmo tras otro, sin control alguno, había llegado a tener orgasmos secos, sin una gota de jugo, y continuaba, eyaculaba un poco de viscosidad con sangre, el mal ya no tenía remedio, la familia, destruida la estatua del progenitor y dispersada la simiente del nieto, disueltas las células cerebrales en aquella simiente, naufragaría en esa noche oscura que ahora se divisaba al fondo, a través del hueco que dejaban las cortinas, devorada por el torbellino de las sombras que habían avanzado desde las faldas de los cerros, que habían subido desde la sima verdinosa de las quebradas y habían cubierto el jardín, donde apenas podía vislumbrarse, muy lejos, más allá de los macrocarpas en forma de pequeños obeliscos, abajo, el blancor de la espuma que dejaba en su retroceso el oleaje.

XXII

AL DÍA subsiguiente del golpe, que conoció en detalle por la radio, la Lucha lo llamó y le dijo que estaba escondida. Te aconsejo que te metas a una embajada, le dijo.

¿Para qué?, preguntó Silverio, y la Lucha, bajando la voz, le dijo que no perdiera un minuto, estaban pasando cosas terribles, a ella un abogado momio, de total confianza de los milicos, se lo había aconsejado y le había dicho: Dile a Silverio que haga lo mismo, que no sea huevón. Y no comentes esto con nadie. Habían llenado el Estadio Nacional, agregaba la Lucha, de bote en bote, y en la bahía de Valparaíso había barcos llenos de presos. Se contaba que algunos salían en la noche atestados de gente, con las sentinas repletas, desaparecían en alta mar y al anochecer siguiente regresaban vacíos. Peor que en los fondeos de la dictadura de Ibáñez.

¡No puede ser!

¡Te digo que vacíos! Y a Fulano lo habían masacrado, le habían puesto los electrodos en el pico, le habían saltado encima de las costillas; Zutano había muerto; Perengano se hallaba desaparecido, su mujer lo buscaba en todas las cárceles, en los regimientos, en el Estadio Nacional, en la morgue...

El problema es que yo no puedo esconderme, dijo Silverio: No tengo fuerzas. Además, no creo que me hagan nada.

¡No seas loco!, dijo la Lucha, a quien Silverio no veía desde hacía meses. Sus hijos habían ido a visitarlo al hospital, pero ya estaban lo suficientemente grandes como para poder ir sin la Lucha. Yo pasaría a buscarte, insistió ella, pero es peligroso, y es mejor que no nos agarren a los dos juntos, por los niños, ¿comprendes?

¿Dónde están los niños?, preguntó él.

Tú te vas a reír, dijo la Lucha, pero lo único que se me ocurrió fue dejarlos con María Eduvigis, tu hermana...

Mejor, opinó Silverio, después de reflexionar algunos segundos, con cierto asombro. Ahí estarán más seguros, siempre que el maricón de Juan Pablo los aguante. Pero me gustaría mucho verlos. ¡Mira que no tengo la menor intención de esconderme!

Los vio un momento hacia fines de la semana siguiente, llevados a su departamento por María Eduvigis, que llegó elegantísima, recién peinada, con los niños en fila, muy serios, y que miró de reojo, sin comentario alguno, ese departamento mísero y que a pesar del simulacro de orden que había hecho Silverio, se encontraba, pensó María Eduvigis, en un estado de abandono indescriptible, carcomido por la pestilencia, recorrido por veloces y repugnantes baratas, algo tan deprimente que tendría buen cuidado de no contarle una palabra esa noche a Juan Pablo. Misiá Eduvigis había alcanzado a conocer, con amargura y también cierta dosis de estoicismo, el destino de su hijo, ¡pero qué habría dicho su padre!, y Silverio el Abuelo, que desde la torre de su casa de fundo, catalejo en mano, vigilaba después de almuerzo los trabajos de sus inquilinos en varios kilómetros a la redonda, acompañado por una rechoncha botella de coñac francés y un puro habano... ¡Dios mío! Los niños abrazaron a Silverio y le contaron que estaban bien, que en casa de la tía María Eduvigis los trataban muy bien, les daban mucho de comer y hasta les permitían, cuando no había gente en la casa, bañarse en la piscina. El menor dijo que no quería moverse nunca de ahí.

Veo, dijo Silverio, cuya voz salía con bastantes dificultades, ahogada por el esfuerzo, mirando a su hermana, que no has perdido el espíritu de familia, a pesar de todo.

María Eduvigis se encogió de hombros. Miró por la ventana. Por ahora, no te preocupes. Los niños en la casa están muy bien. No le comentó lo desagradable que había sido la discusión que había tenido con Juan Pablo por causa de los niños, para qué, Silverio la adivinaba perfectamente e incluso, en alguna forma, le transmitía su agradecimiento, a sabiendas de que se trataba de un vínculo postrero, marcado por la solemnidad de las enfermedades mortales, por la melancolía de las separaciones definitivas.

Juegan en el jardín, y como ya empieza el calor, la semana pasada llenamos ya la piscina. Después se verá. Supongo que su madre se atraverá a salir. Entre nos (aprovechando que los niños se habían distraído, y en voz baja, tapándose la boca de gruesos labios con la mano izquierda, sobrecargada de pulseras y adornada por un solo y grueso anillo de brillantes, un verdadero peñasco de brillantes, como comentaban, muertas de envidia, sus amigas), no entiendo el motivo de que se haya escondido. ¡Qué pueden hacerle! ¡A ella! Salvo que haya almacenado armas en su casa, la muy demente...

Tú estarás contenta, dijo Silverio.

¡Uf!, exclamó María Eduvigis. ¡Qué alivio más grande! ¡Es como si nos hubieran quitado el peso de una catedral de encima!

¿Y Juan Pablo? ¿Y Pablo chico?

¡Dichosos!, exclamó ella. ¡Felices de la vida! Pablito se fue a la Punta a esperar que la situación se normalice un poco, en compañía de unos amigos.

Algunos de esos amigos de Pablito, y desde luego el Pachurro Tercero, hijo del Pachurro Mayor, así como Matías chico, el hijo de Matías, eran, según le había contado alguien a Silverio, fascistas declarados, fachos puros, Patria y Libertad, de esos que andaban en los desfiles armados de cascos y cadenas y que se habían transmitido consignas para organizar la defensa por barrios antes del 11 de septiembre. El propio Juan Pablo guardaba en el subterráneo de su casa, al lado de sus reservas de vino, de licores franceses y de whisky, un auténtico arsenal, con municiones para resistir un asedio en forma durante varios días. Había concebido la posibilidad de resistir en el jardín, detrás de los altos muros, convertida su mansión, ejemplo del neoclásico francés del barrio alto de los años cuarenta, Cruz Montt o Cruz Eyzaguirre, con las escalinatas y columnas en el pórtico que también solía verse en las películas de aquellos años, en una inexpugnable fortaleza, un bunker dotado de municiones y provisiones adecuadas para contener durante semanas enteras a las turbas salvajes, en espera de la intervención de los ejércitos de la civilización occidental, y había organizado a los momios de varias manzanas a la redonda para el caso de que hubiera que dar la pelea, evento que según las opiniones vociferadas por Juan Pablo en los locales y entre sus amigos del Partido Nacional sería inevitable. Porque yo no me voy de Chile, decía. A mí tendrán que sacarme a balazos.

Pues bien, ¿sabes lo que hizo un grupo de muchachos en la Punta, capitaneado, dicen, por el Pachurro Tercero, una especie de loco litúrgico, integrista, enemigo furioso del Concilio Vaticano Segundo, que solía caer de rodillas en el patio central de la Universidad Católica y golpearse el pecho, implorando a las alturas la absolución de sus pecados? Algunas malas lenguas sostienen que Pablito también participó en la operación.

¡Mentira!, había replicado por el teléfono María Eduvigis, trastornada de furia: ¡Calumnias de tus amigos comunistas!

El Tito, esa tarde, que también había ido a esperar en la Punta que las cosas se normalizaran, llevado por su familia, se acordó de algo extremadamente preciso, instalado en un hueco de su memoria, aun cuando su mente no conseguía darle nombre; era una forma áspera por un extremo y lisa por el otro, que en épocas anteriores había estado relacionada con un trastorno tan intenso como el de estos días, y empezó a buscar en todos los cajones, entre viejas borlas de cortinas, fotografías borrosas de grupos que hacían picnics en el campo, abotagados en la hierba, con los chalecos medio desabrochados, con botones de nácar y restos disgregados de un abanico de carey, cuentas, hilo amarillento, pero cuando Gregorio de Jesús se acercó desde el jardín, canturreando, feliz porque la Bolsa había subido como flecha y él sacaba la cuenta de lo que había ganado entre ayer y hoy, ¡toda una fortuna!, el Tito cerró el cajón y abrió la boca, simulando su propia demencia, pese a la ninguna necesidad que tenía de simularla.

Parece que se emborracharon como bestias a la hora de almuerzo, dándose una panzada de erizos y de vino blanco, a pleno sol, y tanto se les calentó la sangre hablando, echándose carbón entre ellos, que decidieron salir a cazar a los upelientos cuya tiranía habían tenido que soportar en esos años terribles, pasando tanta rabia impotente, la insolencia de la Jap instalada en el centro del pueblo, a pocos metros de la fonda de Carabantes y de la bomba de bencina, atestada de toda clase de productos exclusivos, desaparecidos de los almacenes, tapizados los muros por ostentosos retratos de Allende y del Che Guevara, a vista y paciencia de todos nosotros, qué podamos hacer, me acuerdo de la Gorda Unzueta mirando el espectáculo con lágrimas de rabia, cerrando los puños, a los milicos de la guarnición de Mongoví les mandábamos plumas de gallinas, por maricones, puesto que nos hallábamos, sostuvo el Pachurro Tercero, sin que nos hubiéramos dado ni cuenta, en plena dictadura comunista, ¡ni más ni menos!, Chile había estado en un pelo de caer bajo la bota sanguinaria de los rusos y de Fidel Castro, a quien se había llegado a la desvergüenza de entregarle el Estadio Nacional para que nos adoctrinara, ¿se dan cuenta?, para que nos concien-ti-za-ra...

¿Qué?

¡Bien hecho que los encierren ahí, ahora!

Entonces, después de haber coronado el almuerzo y las numerosas botellas de Macul Cosecha helado con una botella entera de pisco reservado puro, subieron al pueblo armados con palos, cuentan (¡Los estoy viendo!, dijo Guillermo, pálido, mordiéndose las uñas), y llegaron a la casa de Antolín, que tampoco había hecho ni amago de esconderse, porque estaba, como Silverio, demasiado cansado, además de muchísimo más viejo, y como dio la circustancia de que su nieta, que lo cuidaba todo el día, no se encontrara ahí esa tarde, había tenido que viajar a arreglar un asunto en Purcuy, una factura por trabajos de carpintería que ahora, a raíz del golpe, aprovechaban para no pagarle al viejo, entraron hasta el fondo de la casa oscura, donde toda alusión al régimen depuesto había sido, gracias a la diligencia de la nieta, retirada de los muros, arrojada al fuego o enterrada en una quebrada, y sometieron a Antolín, sin permitirle que se moviera de su cama y bajo la dirección, dicen, de Matías chico, que estudiaba leyes, a un proceso sumarísimo. ¿Es cierto que pensabai confiscarnos las casas para que vivieran los pescadores, con el pretexto de que pasaban cerradas la mayor parte del año? ¡Confiesa! ¿Y que denunciaste al Jairo Ledesma por esconder armas, sin que el jefe de la guarnición de Mongoví te hiciera el menor caso, desde luego, y a Carabantes por acaparamiento de aceite y azúcar, cuando los únicos que acaparaban de todo, sin tasa ni medida, hasta que les daba puntada, eran los de la Jap, ustedes? ¿Y que después del 29 de junio empezaste a organizar un grupo armado, una milicia?

A mi edad, alcanzó a decir Antolín, abriendo las manos de color ceniza, cabellos blancos, voz apagada en el tubo de la garganta reseca, rugosa.

¡Confiesa, mierda!

¡Shhht!, dijo el leguleyo: ¡Déjenlo defenderse!

Pero como el viejo, sin haber conseguido articular, en medio de los gritos y de las interrupciones de sus acusadores, ni una sola frase completa, fuese declarado culpable de flagrante colaboración con el gobierno pasado, que tanta destrucción y sufrimiento había causado a Chile, y de tratar de instaurar la siniestra dictadura ruso cubana en las sagradas tierras de la Punta, y no renegara, para colmo, de sus nefastas ideas, que se habían extendido por el cuerpo enfermo del país, de norte a sur, con la rapidez maligna de las células cancerosas, los jóvenes, que habían jurado durante el bien regado almuerzo, saboreando los suculentos erizos y el capitoso vino blanco, en cuya botella la empañada superficie, sometida a los rayos del sol, se condensaba en gotas, mientras el contenido bajaba y alguien, ante las protestas de Marcialito, el nieto de don Alejandro Fierro, ¡no seái avaro!, decía, ¡piensa que estuvimos a un pelo de perderlo todo, incluyendo la cabeza!, ¡mi padre figuraba en las listas del Plan Z en primera línea!, realizar una depuración implacable, profunda, una cauterización al rojo vivo, a fin de que Chile renaciera limpio de sus cenizas, como el ave fénix, libre de las escorias de su pasado inmediato y revestido, en cambio, de la pureza de sus tiempos heroicos, cuando había dominado en las costas del Pacífico e infundido un saludable temor a su vecino del otro lado de los Andes, consecuentes con este juramento y estimulados por el Antiguas Reservas que circulaba por sus venas, confundido con la sangre ardiente, alborotada de energías, heredera en línea directa de la sangre de los antiguos héroes, antiguas reservas de la patria, empezaron a descargar justicieros palos en la cabeza del obcecado Antolín, el que mudo, de color de barro seco, no atinaba más que a protegerse la cabeza con las manos de arcilla o de ceniza, temblorosas y surcadas de arrugas, como dicen que se cubren los monos de la lluvia, y los palos continuaron lloviendo hasta que alguien, el hijo mayor de Matías, cuentan, o el Pachurro Tercero, que estudiaba leyes, dijo: ¡Ya!, ¡basta!, miren que podemos matarlo a palos, pero otro de los muchachos, el nieto de don Alejandro Fierro, Marcialito, que según las lenguas murmuradoras había nacido con la mente rayada, una lesión cerebral que no curaban psiquiatras ni reformatorios, halagos ni castigos, pegó un alarido de apache, con ojos iluminados por el fulgor de una locura asesina, y descargó media docena de golpes más, sólo después de ingentes esfuerzos consiguió Matías chico, dicen, atajarle el brazo y dar la señal de la retirada, sospechando, a juzgar por el color de la cara del viejo, por su ligero estertor, que lo habían dejado agónico, en estado de coma, y fue Matías chico el que le contó la historia a su padre, y Matías le advirtió gravemente que no debía repetírsela a nadie, era una brutalidad sin nombre, hasta podía costarles la cárcel, si no fuera por las circustancias anormales en que nos han colocado ellos mismos, y partió a conversar con el sacerdote de más confianza de la familia, con el padre Canudas. El padre Canudas llamó a su habitación de la Casa de Lo Barnechea a Matías chico, le propinó una reprimenda severísima, y luego le ordenó —Matías chico estaba rojo hasta la punta de las orejas, con los cabellos erizados—, que se hincara: Voy a darte la absolución, le dijo. Las pasiones se desataron, resumió después el padre Canudas, en tono más afable, haciéndole un signo para que se levantara: ¡Siéntate! Pero lo importante, ahora, no es mirar al pasado sino trabajar en silencio, con humildad cristiana y fervor, puestos los ojos del alma en Cristo, para reconstruir el futuro. Tus principios morales, de todos modos, continuó, prevalecieron, puesto que atajaste el brazo de la venganza, una pasión tan malsana como cualquier otra, y en seguida se lo contaste a tu padre y viniste a confesarte, lo cual demuestra la evidente superioridad moral de los socios de nuestra Obra, que casi siempre demuestran ser poseedores de una norma de conducta más sólida, y yo, si quieres que te diga, te pediría, a modo de penitencia, que hables con ese niño, que no es un mal muchacho, después de todo, y que trates de explicarle, de enseñarle que la ira no es menos destructora que las demás pasiones del alma, que el caso debe servirle de experiencia para aprender a moderarse, a no tomar la justicia por sus propias manos, si es que desea convertirse en un ciudadano útil, en un seguidor de las enseñanzas de Cristo...

¡No puede ser!, exclamó Silverio, temblando, y ese día, por primera vez, después de haber escuchado esa noticia, se sintió derrotado, incapaz de luchar: las lágrimas, después de muchos años, y sin necesidad, esta vez, de haber tomado vino, rodaron por sus mejillas fatigadas, mientras pensaba que le habría gustado estar ahí para defender como un león a Antolín del ataque de esos pijes degenerados, a puñete, patada y silletazo limpio, como en sus grandes tiempos, los tiempos anteriores a la pelea en la playa, que había señalado, a fin de cuentas, el comienzo de su declinación, pero ya estaba demasiado abrumado, sentía una pesadumbre irremediable, de una consistencia diferente a la de los simples dolores, algo que le oprimía el pecho como un pedazo de plomo, los años, arteramente, habían desencadenado fuerzas aplastantes y oscuras, y a él no le quedaba más alternativa, ahora, en el atardecer de aquel día negro, contemplando la penumbra que caía sobre los techos de la ciudad, el reflejo intermitente y anaranjado de un enorme sol publicitario que se encendía junto a una pared cercana e iluminaba su habitación, viendo instalarse la noche en las copas inmóviles de los árboles del cerro, escuchando tiros distantes, prolongados en un eco de ladridos, que admitir su impotencia absoluta.

El Gordo me contó que esa noche, la noche del día en que había recibido la noticia de la muerte de Antolín, Silverio había sufrido el infarto decisivo. Apenas tuvo fuerzas suficientes para descolgar el fono y marcar el número de su hermana. ¿Por qué de su hermana? Era posible que el hijo de esa hermana, de su misma sangre, hubiera participado en el exterminio a palos del inofensivo Antolín, aunque ella lo hubiese negado furiosamente y hubiese afirmado, además, exaltada, revuelta la sangre, con un gesto típico de los Molina, que Antolín había muerto de muerte natural, en su cama, todo el resto formaba parte de la horrorosa campaña de rumores que habían desatado los allendistas para desprestigiar a Chile y recuperar el poder, ese poder que jamás nunca se resignarían a haber perdido para siempre jamás, repudiados por la mayoría inmensa y sana del país y por sus fuerzas armadas, a la nieta de Antolín se le indicó en la comisaría que si continuaba lanzando aquellas acusaciones calumniosas y tendenciosas, tendría que atenerse a las consecuencias, y Silverio, sin embargo, sólo atinó, sofocado, sacando a duras penas un estertor ronco frente al teléfono, a pedirle auxilio a María Eduvigis, después entraron a su habitación los camilleros vestidos de blanco, un mediquillo momio, imberbe, le tomaba la presión, hablaba en voz baja, le ponía una segunda inyección de coramina, él, en los levísimos respiros que le permitía el dolor intenso, veía círculos blancos en el techo, círculos que el sol naranja ya no obstruía, puesto que se había iniciado el toque de queda, el peso de sombras coloniales sólo alterado por revoloteos de fantasmas, ratas y murciélagos, débiles campanillas anunciadoras de que llevaban el Santísimo hasta la casa de algún moribundo de alcurnia, círculos muy parecidos a las medusas que solían aparecer a finales de marzo, con los primeros fríos del otoño, en el mar de los Queltehues.

XXIII

ELIANA, entonces, apuró el paso, con una sensación en que el alivio de haber salido de ese trance se unía a la amargura, puesto que nadie le devolvería, a ella, que no tenía la menor culpa, nada, internándose en un sendero estrecho y poco frecuentado, que bordeaba un sector abandonado, desbordado por plagas de maleza y muros de zarzamora, de lo que antaño había sido el jardín señorial de don Teobaldo Restrepo, sector en cuya soledad bien protegida el Tito, advirtiendo que la tía Clotilde, profundamente alterada por la discusión con Gregorio de Jesús, se había encerrado en su pieza, había abierto un hoyo en un espacio donde la tierra de hojas era más blanda y donde los muslos y el seno de la estatua de Diana la Cazadora se hallaban a la vista, había metido en él su sexo exasperado de calentura, inflamado y descomunal, y colocando una mejilla contra la humedad y mordisqueando, transfigurado de placer, unas briznas de pasto tierno, había empezado a moverse sin que nadie, ningún timbre eléctrico y ninguna mirada delatora, lo interrumpiera, con la complicidad de la tierra esponjosa, que retenía una tibieza fragante, y en un silencio sólo interferido por el bordoneo de los abejorros y de las avispas.

Eliana, distraída, no disminuyó la velocidad de su marcha, a pesar de que iba tristona, con los ojos húmedos, y de que tropezaba todo el tiempo en las piedras, en las irregularidades del terreno. Las ramas le lastimaban las piernas y la cara, amenazaban con herirle un ojo, ya que en ese sitio nadie, después de la desaparición de don Teobaldo, se había dado el trabajo de podar los macrocarpas, cuyas formas se habían entrelazado con la zarzamora y se habían vuelto irreconocibles, Bernardita, la esposa de Gregorio de Jesús y madre del Tito, jamás, en su corta vida, había llegado hasta esos límites remotos del parque patrimonial, ella tenía piernas demasiado frágiles, de palillo, a cada rato se caía de bruces, aparte de la delicadeza de su estómago, que la había mantenido la mitad de su vida en cama y la había llevado muy pronto, después del nacimiento de Tito, cuya cabezota le había desgarrado las entrañas, a la tumba. Al otro lado del sendero, más allá de un macizo de arbustos silvestres, se extendía la quebrada donde habitaban las almas en pena de la Punta convertidas en burros, quizás la del mismísimo don José Francisco, que por eso le había pedido su correspondencia esa madrugada, porque rondaba cerca, arrastrado su espíritu por el soplo que subía del océano y se enredaba entre los pinos de agujas rojizas, y la de don Marcos Echazarreta, sin la menor duda, que se lamentaría desaforadamente, atronando los espacios, condenada a pagar culpas innumerables, obscenas y lascivas historias de nunca acabar. Se escuchaba, lejos, más allá de los árboles densos, al otro lado de la quebrada, el ruido del mar, pero de pronto Eliana, que había pasado una noche de tanta angustia, había sentido que el ruido del mar se hallaba prácticamente encima de sus oídos, debajo de un cielo fosco, y había descubierto que caminaba otra vez por la plaza de aquella ciudad que era Iquique, a pesar de que nunca había visitado Iquique antes, pero sabía, con una certidumbre oscura, que aquella ciudad donde nunca había puesto antes los pies era Iquique. Pájaros de grandes jorobas y mirada torva descansaban en las copas de los árboles, y frente al malecón por donde ya había caminado esa madrugada y donde se divisaban las filigranas, los encajes finiseculares de un kiosko de madera blanca, abandonado en medio del paseo, se alzaba una barra de rocas donde los bañistas, de espaldas a ella, con las manos indolentemente cruzadas delante de los huesos inútiles de las rodillas, contemplaban el espectáculo marino del silencio, aburridos, con la boca entreabierta. Unos segundos antes de que el sol, convertido en una inmensa yema que se escurría, rota, desapareciera, se produjo una calma que dominó las aguas y que detuvo la inmersión del astro deshecho. Cesó el viento y pareció que los pájaros se hubieran dormido en el aire y en las copas de los árboles. Pero Eliana divisó en ese instante, en una distancia abrupta, cubierta de desperdicios, pescados panza arriba, fierros retorcidos y listones de madera, una ola enorme y lenta, un muro de agua que llegaba hasta los estupefactos bañistas antes de que atinaran a moverse, mientras el postrer rayo del sol atravesaba las verdes estrías superiores, las venas y lomos lisos y de una transparencia de ágata. La ola, entonces, en la penumbra donde sólo permanecía una lejana luz amarilla, reventaba sobre la barra de rocas, borrando de un golpe la congregación de impávidos bañistas, que tenían trajes de baño con pechera blanca, los hombres, con mangas intermedias y pantalones hasta las rodillas, las mujeres, quizás por qué, se preguntó Eliana, que sólo pensaba en este detalle cuando la hirviente espuma ya los había suprimido. Y trataba con desesperación de recordar si sus hijos también habían viajado a Iquique, cuando los cabellos de los bañistas, sus espantados ojos, sus bocas que vomitaban agua, sus inertes rótulas y desamparados pies emergieron de la reventazón, descompuestos, perdida del todo la elegancia contemplativa de unos segundos antes, aterrorizados y ridículos, y Eliana pensó, sacudiendo la cabeza para ahuyentar ese pensamiento, como si el pensamiento fuese un mosquito de largos tentáculos que se le hubiese posado desde fuera, que la substancia blanca que se escurría de aquellos cuerpos no era espuma sino semen, pensamiento que a su vez suscitó, ¿de un modo igualmente gratuito?, ¿qué pestilentes miasmas tenía ella en el cerebro?, la imagen de William hediondo a cerveza, desmelenado, desorbitado y desnudo, ya que la persistente racha de malas cartas había revelado en él una segunda personalidad, muy diferente, por cierto, del impecable gentleman vestido de blanco, de manos finas y pañuelo de seda al cuello: un gringo maloliente, trastornado por su fracaso, flaco, lleno de pelos, pecas y aristas huesudas, tal como se reflejaba en el espejo del hotel de mala muerte de Valparaíso. Al regresar a Santiago jamás le confesaría a don José Francisco, a pesar de que había descargado su conciencia de tantos secretos, de tantas humillaciones, anegada en llanto, cosa que antes del matrimonio con William no habría hecho nunca delante de su padre, pero jamás le confesaría que el Gringo, en la noche de su despedida, después de anunciar que partía en busca de una cuantiosa herencia, la había llevado a un hotelucho lleno de chinches y meados de gato, frente a la parte de la bahía donde los mástiles de los faluchos de pesca se mecían detrás de los alambrados del teléfono y del ferrocarril, ni reveló a nadie que además de comportarse como un tacaño, el sorprendente Gringo había sacado a la superficie una furia sádica, un resentimiento que había guardado muy escondido, y la había arrojado de bruces, de un violento empujón, sobre las tablas desastilladas, frecuentadas por las ratas, mientras él cabalgaba con sus cabellos tiesos, de gringo, disparados, apretando las descarnadas rodillas contra las ancas de la cabalgadura, riéndose, golpeándola en las corvas, enloquecido. Eliana, en el enorme y quejumbroso catre que parecía una barca fúnebre, mirando a través de las cortinas rotas el movimiento lento de los mástiles, pasó la noche en vela, aterrorizada con el Gringo, que roncaba a pierna suelta, y consigo misma, por su padre, por el hijo que ya había tenido y por el que podía quedar esperando, temiendo escuchar, ya que después del retroceso de la ola había visto en un sitio eriazo, junto a los galpones de una fábrica, rodeado de curiosos, a un señor de camiseta, calvo, que sacaba paletadas de barro con gran energía y de pronto empezaba a hundirse, era inútil que sacara, enrojecido por el esfuerzo, una paletada tras otra, el barro lo rodeaba y sólo dejaba en descubierto un pedazo de calva, hasta que la voz de su padre, desde el fondo del pozo de cemento donde había caído todo el barro, debilitada por la distancia, pero nítida... ¡No! Y era una brisa suave que hacía revolotear las cortinas, en esa calma que antecede al crecimiento de la luz matutina sobre los montes. A la mañana siguiente dejó a William en el barco y se fue a caminar por los cerros de Valparaíso. Vio como el barco salía del puerto, enfilaba la proa rumbo al norte y al cabo de dos horas era una forma escasamente visible, acompañada por una estela de humo negro que parecía inmóvil. Llegó a una plaza donde uno de los funiculares de la ciudad, al término de su abrupto ascenso, entregaba su carga al asedio bullicioso de suplementeros, maniseros provistos de barcos de cuatro ruedas y colores chillones y por cuya chimenea salía el humo del maní tostado y confitado, barquilleros con un depósito cilíndrico de color blanco y en la cubierta una rueda de la fortuna, un fotógrafo ambulante con su trípode y su largo paño negro, una señora de rasgos araucanos que ofrecía botones y alfileres, un vendedor sin piernas, con el tronco instalado en un carrito rectangular de madera con ruedecillas de acero, de boletos de lotería. Eliana se dijo que los monstruos traían buena suerte y que además, su desgracia en amores podía favorecerla en el juego, pero al acercarse al vendedor cortado sintió una invencible repugnancia y continuó su camino. Había niños que jugaban con una pelota de trapo, en el espacio embaldosado que mediaba entre la baranda exterior y un pequeño jardín en pendiente, pasto reseco, arbustos, achiras mal cuidadas, cardenales raquíticos. Ella no supo cuánto tiempo había estado apoyada en la baranda, mirando la estela de humo que casi se había desvanecido del todo, mucho después de la desaparición del barco; el hecho es que al incorporarse, impulsada por un estremecimiento de frío, creyó recordar que la pelota había volado por encima de su cabeza, en medio de las consternadas exclamaciones de los niños, se entretienen con tan poco, había pensado ella, y había aterrizado a varios metros de la baranda y del parapeto de piedra que sustentaba la plaza, en un basural donde los trapos mugrientos de la pelota se habían confundido con la acumulación, con la inaudita pirámide de algodones usados, fierros y alambres mohosos, papeles de diario cagados, latas chamuscadas, zapatos rotos y gatos o ratones podridos, y apartándose de la baranda con una sensación de asco, caminó sin rumbo. Se internó por una callejuela empinada y tranquila, que estaba segura de no haber visto nunca, como si esa callejuela, incluso, hubiera aparecido ahí pocos minutos antes, a propósito para recibirla a ella, con la pequeña iglesia cuyo campanario imitaba, con materiales modestos, el gótico, y la construcción de ladrillos gastados y negruzcos que parecía un colegio de monjas o un convento y en cuya entrada, detrás de barrotes y al lado de un zócalo donde había una alcancía protegida por un grueso candado y una Virgen con un niño, una anciana sin dientes, bigotes blanquecinos y rostro incoloro, melosa como esas viejas tahúres que vivían de pedir una ficha en las mesas de punta y banca, parecía preguntarle qué se le ofrece, palomita mía, muñequita, posiblemente en espera de una limosna para tomarse una cerveza.

A los dos o tres años del accidente de Pancho, contó el Gordo, mirando la hora, porque de repente nos íbamos a encontrar con que el toque de queda había terminado, con que el bullicio de la ciudad empezaba a reanudarse y las primeras luces aparecían detrás de las cumbres cordilleranas, Guillermo viajó a Liverpool a visitar a su padre. Después de la pelea a puñetes con el Pachurro del Medio, ya nos habíamos alejado mucho: no había derecho para ser tan susceptible, tan acomplejado, pero a raíz del viaje a Inglaterra volvimos a vernos. Hasta llegamos a comentar que Guillermo, con motivo del viaje, se había transformado en otra persona. ¡Qué fantástica idea había tenido! Partía con grandes proyectos, lleno de ínfulas, decidido a estudiar en Inglaterra y hablando hasta por los codos de que a su regreso, con su título de arquitecto inglés debajo del brazo, construiría los mejores edificios de Chile, ¡imagínense ustedes!, y además su padre seguramente le conseguiría trabajos en Inglaterra, de manera que lo esperaba una vida de privilegio, una existencia internacional, entre Santiago y Londres, algo que a todos nos parecía un ideal maravilloso, inalcanzable para los simples mortales que no teníamos papá de nacionalidad inglesa. Escuchábamos estos planes con la boca abierta, fascinados y reconciliados, todo no había sido más que un malentendido, un desajuste transitorio, pero al mes y medio regresó y no habló nunca más de Inglaterra ni del Gringo Williams. Me inscribí, en cambio (contaría muchos años después, cuando ya podía hablar de estas cosas con toda calma, en las tardes larguísimas de sus primeras semanas en Suecia), en la Facultad de Arquitectura de la Católica, y no me recibí nunca, y lo que mejor recuerdo son las innumerables frecuentaciones del club de jazz en la época de la calle Mac Iver, los sábados en la noche, a veces te alcanzaba para un par de gines con gin, otras veces alguien te convidaba, y no faltaron, en esos años, desde luego, noches memorables, como aquella en que vino Satchmo en persona, después de haber dado un concierto en el teatro Municipal o en el Astor (no sé si el Astor existía), y al Pelado Santa Croce, en el momento de hacer la presentación, le brillaba la pelada de felicidad y de orgullo, era un minuto solemne de nuestra juventud; el descubrimiento, en fotografías o reproducciones, y a través, claro está, de los relatos del Salado Urrutia, de Guglielmetti, de Valentín Heredia, profesores que habían viajado, que en algunos casos habían vivido temporadas enteras en Nueva York o en Roma, tipos que sabían una bestialidad (ésa, al menos, era la impresión que nos daban a nosotros, en esos años), de Le Corbusier, de Alvar Aalto, nombre que de inmediato nos repercutía en el cráneo con una sonoridad mágica, de tambores rituales, sobre todo si ya habíamos tomado el primer gin con gin de la noche, de Frank Lloyd Wright, Kandinsky, Piet Mondrian, y la más que prolongada teorización en los patios de la Católica, en el Miraflores, cerca de una mesa donde Acario Cotapos hacía reír a las niñas, mientras la escalopa se nos enfriaba, en Pro Arte o en la librería Dédalo, después de la primera exposición en Santiago de Carlos Faz, cuadros de músicos y comediantes que parecían salidos de un sueño extrañamente anacrónico y próximo, o con motivo de los envíos de ese tiempo a las bienales de São Paulo, o del estreno en Santiago de *Huis-clos,* el infierno son los otros, o de la gran exposición francesa en Bellas Artes, aquella en que vimos las torres Eiffel en estrías rojas, azules y amarillas, colores en dégradé, líneas rectas y semicurvas, de Robert Delaunay, entre otros e innumerables descubrimientos; las discusiones hasta que amanecía sobre arquitectura funcional y arte barroco, la comparación de Niemeyer con el estilo de los jesuitas portugueses de Brasil, el diseño gráfico, la pintura figurativa y abstracta, las limitaciones del muralismo mexicano, que para colmo, entre nosotros, chilenos grises, había sido imitado sin la menor chispa de genio, etcétera, etcétera. En esa época me casé por primera vez, ¿sabías?, ahora prefiero ni acordarme: una alemana del sur, bastante buenona, y putona, más puta que las arañas, que me puso los cuernos hasta que le dio puntada, como si llegara del sur a conquistarse la capital en los catres, frenética, menos mal que encontró a otro huevón dispuesto a hacerse cargo de ella y no tuvo dificultades, en vista de eso, para concederme la nulidad.

Guillermo hizo más tarde, como corresponde, con ilusiones que duraron algunas semanas (en la misma época en que el Pachurro del Medio sufría humillaciones y fregaba el suelo de una cabaña a orillas del Ranu Raraku), y que pronto, con la misma facilidad con que habían venido, fueron olvidadas, una breve experiencia de pintor, y en seguida, como reacción, intentó ganar unos pesos dibujando en talleres de arquitectos profesionales, experiencia que sólo sirvió, en definitiva, para alimentar y dar renovada virulencia a sus resentimientos, ya que la paga era mísera y su aplicación al trabajo escasa, malhumorada, mal humor agravado por el hecho de que sus explotadores solían ser unos advenedizos, personajes que habían conquistado su posición a punta de perseverancia, amén de codazos y de golpes bajos, y que se permitían, para colmo, el lujo de decirle a él: ¡Mira, cabrito, si te gusta, bueno, y si no, lárgate! ¡La puerta es ancha!, experiencia que interpretada en forma exhaustiva en conversaciones de café, y con ayuda de algunas lecturas, me sirvió (contaba Guillermo) para extraer las primeras nociones acerca del socialismo, nociones unidas a un obstinado y razonado repudio de la arquitectura comercial y a un vago interés por el urbanismo en la sociedad del futuro, ya que el capitalismo, por desarrollado que estuviese, no podía dar respuesta a ciertas necesidades colectivas, además del problema pavoroso de las poblaciones callampas, agudizado por el crecimiento demográfico y la concentración urbana descontrolada, lo cual no quiere decir que aceptemos, argumentaba Enrique Bello, mientras servía la segunda corrida de pisco sauer, las tortas del Ramis Clar levantadas por el estalinismo. ¡De ninguna manera!

¿Qué le pasaría en Inglaterra?, se atrevió a preguntar, bajando la voz y empinándose hasta el oído de Eliana, Marujita Gómez, y Eliana, respondiendo en forma totalmente inesperada para Marujita, con ojos húmedos y voz firme, le dijo que había comprobado en la tarde misma de su llegada que su padre era un infeliz, ¡qué quieres que te diga! (yo me sentía morir, comentaría más tarde Marujita), que no tenía un centavo partido por la mitad y que había decaído terriblemente, por lo cual las ilusiones repentinas y tardías que había puesto el pobre Guillermo en su padre se revelaron insensatas: todavía conservaba la ropa de Chile, la de sus tiempos de gloria en las mesas de póker del Club, recién casado conmigo, pero ya bastante raída, como te podrás imaginar, y en su persona misma, según me confesó Willito, se había puesto atrozmente descuidado, y estaba envejecido, ojeroso, sin dientes, hediondo a cerveza y a cigarrillos malos (casi soltaba el llanto al contármelo, explicaría Marujita, pero se reprimía, se aguantaba a duras penas, por orgullo).

¡Pobre hombre!, prosiguió Eliana, y tú comprenderás, yo no quería que me volvieran a mencionar a William, pero cómo evitarlo, al fin y al cabo era el padre de Willito y del pobre Pancho, que en paz descanse, ¿no te parece?

¡Por supuesto, Elianucha! ¡Es lo más natural del mundo!

Pues, fíjate tú: la segunda noche en Liverpool le tenía organizada una gran salida. Fueron de bar en bar, por los peores barrios del puerto, y William, enteramente borracho, dando trastabillones, encontrándose con otros tipos de su clase, saludando a las mujeres de mala vida, que eran todas amigas suyas...

Bajó la voz: A las p...

¡Qué degenerado!, suspiró Marujita.

Eliana levantó las cejas, pensativa, puesto que con ese degenerado se había casado y había tenido sus dos hijos, y todos, solía comentar don José Francisco, cargamos con una parte de la culpa. ¡Todos! Éramos demasiado anglófilos, despreciábamos demasiado a la gente buena y modesta de nuestro medio y recibíamos con absurda manga ancha a todo lo que viniera de Inglaterra, hombre o producto, por el color de la piel o por la etiqueta, sin el menor sentido crítico, ya que sólo reservábamos la crítica para lo nuestro, para autodenigrarnos, observación cuya exactitud don Gonzalo Urquijo, a pesar de su eterna manía de contradicción, se había visto obligado a reconocer. ¡Así había sido! La derrota de Balmaceda había significado un triunfo tardío de la Inglaterra victoriana, por irónico que aquello pareciese, y William, en su calidad de simulador hábil, había tratado de aprovecharse de aquellos prejuicios favorables y generalizados. ¡Putas obscenas y chillonas en las cloacas de Liverpool! Una carcajada estridente al final de un callejón oscuro, y el imbécil de mi padre, explicó Guillermo, terminó por subirse al escenario, en un cabaret de mala muerte, entre unas coristas pésimas, gordas, de charchas colgantes, haciendo el ridículo más espantoso, idiotizado de la risa, convencido de que inflando los carrillos y lanzando petardos por la boca salivosa era el tipo más ingenioso de la tierra. Willito, continuó Eliana, quería que el mundo se le cayera encima, y mientras escuchaba las risotadas y los gritos, los silbidos y las patadas en el suelo, el jolgorio de todo el cabaret, y su padre, de vuelta del escenario, riéndose como un baboso, demente perdido, me daba unos golpes fuertísimos en la espalda, encantado de la vida, eufórico, y me decía let's have another drink, my son, entre las complacientes sonrisas de la barmaid pintarrajeada, con pelo de color de choclo y tetas puntiagudas.

¿Y qué tiene de particular?, preguntó el Chico Santana. Al viejo le gustaba tomar un poco de cerveza, farrear los sábados en la noche como cualquier hijo de vecino, salir a divertirse al final de una semana de trabajo en una oficina aduanera.

Verdad, dijo Sebastián: ¿Qué tiene?

Lo que pasa, dijo el Gordo, es que a Guillermo le costaba mucho aceptar que su padre fuera un gringo cualquiera, de la pequeña clase media de Liverpool. Guillermo era producto de la fantasía del Gringo, de su espíritu de jugador y de simulador, unido a las ilusiones locas de la señora Eliana, reflejos de las ilusiones de toda su clase, de esa gente que no se resignaba al hecho de haberse venido a menos, como se había venido a menos el país después de los espejismos (puesto que siempre habíamos sido un país pequeño y provinciano, una Capitanía General perdida en el fin del mundo y pobretona, de la que regresaban al Cuzco unos conquistadores desharrapados, piojentos, los de Chile, de los que convenía huir como de la peste, y lo demás no había sido más que eso: espejismos) de la guerra victoriosa y de la riqueza del salitre, mirajes que en cualquier caso no habían durado demasiado tiempo... Gente vulnerable a las fantasías desquiciadoras... En el caso de la señora Eliana, vulnerable al brillo ilusorio que el Gringo le hacía bailotear como un malabarista frente a los ojos. En algunas tradiciones primitivas, los reyes conseguían ser aceptados por la tribu después de triunfar en un juego de destreza. En los mitos, los dioses solían imponerse por medio de la astucia, incluso del fraude. El problema consistía en que el Gringo, llegado como un dios falso a las riberas mapochinas, había fracasado, desbancado por la astucia más sólida de los caballeros criollos, y a Guillermo, resumió el Gordo, le tocó en suerte aterrizar en la realidad. De ahí que haya sido siempre un acomplejado, un profundo resentido, y Pancho, que no tenía el menor complejo, estaba en cambio más loco que una cafetera, le fallaba un tornillo.

Por eso se sacó la cresta, dijo Pablo Espínola, que había reaparecido en los cumpleaños de Sebastián después de muchos años y que ahora no tendría un día menos de cincuenta, una edad que en los buenos tiempos de la Punta nos habría parecido inverosímil; probablemente más de cincuenta, pero bien conservados, la línea cuidadosamente mantenida, muchas veces discutíamos si se teñía o no se teñía el pelo, por qué no se atrevía a exhibir sus canas, ¡el muy huevón!

¡Precisamente por eso! ¡Por huevón!

Y el Chico Santana, o el Pachurro Mayor, ahora no me acuerdo, señalando el cielo con el índice, dijo que los elegidos de los dioses mueren jóvenes.

Era amigo de las putas de toda la manzana, continuó Guillermo, y declaró que eso de convertirse en caballero chileno había dejado de interesarle, ¡to hell with the caballeros!, o algo así, dijo, y si yo quería instalarme con él en Liverpool, y vivir y estudiar dentro de su medio, sin pretensiones mayores, ahí tenía su casa, un departamento estrecho en un edificio de ladrillos, en una calle lateral, donde me habría correspondido un ínfimo dormitorio, pero si no, mucho mejor que te vuelvas a Chile, young man. Por mi parte, sospecho que ni siquiera la promesa de financiar mis estudios era tan segura: a los pocos meses me habría pedido que trabajara de mozo en uno de esos bares, o que me enrolara de marino en un barco, ¡qué sé yo!

Muy bien, dijo Eliana, estrictamente seria: le mandas una tarjeta de saludo todos los fines de año, y se acabó. Con lo poco que nos ha dejado mi padre nos arreglaremos, eso le dije, y Willito lo tomó con mucha calma y aceptó la idea de inscribirse en Arquitectura. So, resumió, parodiando a don José Francisco, la señora Eliana, that's that.

Me parece correctísimo, opinó Marujita Gómez, empinándose y poniendo una boca y unos ojos redondos, como si esa redondez, esos círculos del rostro representaran la perfección del orden, cada uno en su sitio, the right man in the right place, y si Eliana había metido la pata al casarse con el Gringo (todos metimos la pata, hijita, había sentenciado, desde la oquedad sonora del pozo, don José Francisco: ¡Usted, tranquilícese!), seducida por su belleza y su mentirosa elegancia, no tenía más remedio, ahora, perdida toda esperanza, desaparecido su padre, convertidas la mayoría de las acciones, por efectos de la galopante inflación, que las perezosas alzas bursátiles no seguían ni de lejos, en sal y agua, que resignarse, atenerse a las consecuencias, vivir con menos y tratar a toda costa de sacar a Willito adelante.

Eliana, después de vacilar un momento frente a la puerta, pensó que si le habían venido ganas de confesarse, por qué no hacerlo. Entró, y a una mujer que trapeaba el suelo de baldosas, robusta y concentrada, le preguntó por un confesor.

Creo que sólo está el padre Hormazábal, que es muy viejito, dijo la mujer, apoyando las manos en el palo del escobillón.

No importa, dijo Eliana, y el padre Hormazábal, terriblemente encorvado, con las manos deformadas por la artritis, la condujo a la capilla y se metió en el confesionario más próximo. El padre, que tenía la nariz aplastada, como si se la hubiera roto muchas veces, la escuchó sin chistar, indiferente, procurando aclararse la garganta con un carraspeo estrepitoso, que obligaba a Eliana a levantar la voz y que no conseguía su objetivo, pues parecía que la flema en la garganta del padre Hormazábal, cada vez más densa, culminaría en su muerte por asfixia, y Eliana preguntó, entonces, si su melancolía no significaba, acaso, que su arrepentimiento no era sincero.

¡Las cosas tuyas!, exclamó Marujita.

Las ramas de las zarzamoras arañaron a Eliana en una mejilla, muy cerca de un ojo, y ella, que tenía los ojos húmedos e hinchados de llanto, pues había llorado de nuevo, protegida de miradas indiscretas, a lo largo del sendero en forma de túnel, entre muros de maleza, se dijo que en buenas cuentas no había sucedido nada: Gregorio de Jesús, frente al semicírculo de fieras burlonas que lo observaban, atentas al menor desliz suyo para precipitarse encima y triturarlo, había lanzado el discursito de rigor y después había esperado que la noche cayera sobre la estatua mutilada de su padre. Había recordado la ocasión en que su padre, después de hablarle de los primeros años de Roma y del respeto sagrado que sentían los romanos por los manes y los penates familiares, por la sombra de los antepasados, le había encargado la erección de un busto en mármol de Carrara que consagrara la memoria de su paso por la alcaldía de la Punta, encargo que él había cumplido al pie de la letra, con la única salvedad de que lo había cumplido en mármol nacional, ya que sus finanzas personales, lo mismo que las del país, habían decaído tanto. Ahora el busto estaba roto y las Águilas Imperiales sufrían el acoso de los bárbaros, que bajarían de los cerros y avanzarían desde las ciudades vecinas, desde los pueblos del interior, ululando y confundiendo sus alaridos con el rebuzno de las almas del purgatorio. Sin embargo, la preocupación principal de Gregorio de Jesús, después de salir de su discurso, no era el problema de los manes y de los penates sino la lluvia de polillas negras, aceitosas, que bajaban del cielo como anuncios de la venida del Anticristo, igual como en los tiempos antiguos, en los años en que el Corregidor José Silverio de Molina y Azcárate mandaba en las provincias mongovinas, habían llovido sobre la pecadora capital hostias con un alfilerazo sangrante en el centro, de manera que él, exasperado, creía tomar entre los dedos uno de los botones de su piyama y lo que había tomado, en realidad, era una polilla que se defendía aleteando, pataleando, y se convertía entre sus dedos, antes de que él se diera cuenta, en pasta negra, masa viscosa provista de una filigrana de ceniza en los bordes.

Eliana atravesó la plaza, con un indefinido malestar en el pecho, y llegó a un paseo de tierra donde se hallaba el kiosko en desuso. Había faroles con los fanales ladeados, las compuertas de cristal rotas y las ampolletas desaparecidas hacía años. La sal corroía los pedestales de los faroles y el encaje de madera del kiosko, y frente a la esfera del sol que giraba sobre sí misma y se incendiaba, en el silencio, cruzaba de cuando en cuando la sombra de algún pelícano. Tenía la idea de que el sol ya se había puesto, murmuró ella, perpleja, advirtiendo también que los bañistas, con sus cuerpos pálidos, sus movimientos de batracios y sus trajes de baño anticuados, habían desaparecido. Eliana reparó entonces en que don José Francisco se hallaba oculto a medias por el kiosko. Todo el resto del paisaje se había quedado desierto y el viento azotaba los fanales rotos y hacía crepitar la lona gruesa de las carpas. A don José Francisco se le había olvidado sacarse el gorro de lana con que dormía en las noches de invierno, gorro destinado a impedir, explicaba, que le zumbaran los oídos, y debajo del gorro sobresalían, arremolinados, sus cabellos blancos. Se sabía que dos o tres de los bañistas no habían vuelto a reaparecer, eliminados por la ola de esperma o de espuma como palitroques, pero nadie se había dado por aludido del asunto, nadie quería demostrar la menor inquietud. ¿A dónde habían partido todos, ahora? Un pelícano cruzaba el resplandor del crepúsculo, en viaje recto hacia el norte, impulsado por un pausado y poderoso movimiento de las alas. Eliana miró detrás del kiosko y don José Francisco había desaparecido. Sollozó todavía un poco, a buen recaudo, en el túnel formado por las malezas y las zarzamoras, de miradas hostiles, y luego restañó con un pañuelo que le había regalado hacía tiempo, sin ningún motivo particular, en un gesto muy suyo, Marujita Gómez, la humedad.de sus mejillas. Al fin y al cabo, se dijo, le quedaban los niños. ¡Qué más quería! Guardó el pañuelo en el interior de la manga izquierda y prosiguió su marcha, tratando de no tropezar en la oscuridad.

XXIV

DESDE el salón se escuchaba el chasquido del agua, disparada en ondas concéntricas por el aparato de riego, y el zumbido de una avispa que se había colado a través de las cortinas, pero el tableteo lejano de metralletas en las lomas de Lo Curro había cesado. En ese momento, en el espacio que la empleada acababa de abandonar después de sacudir los cojines con gran energía, incluso con algo de furia, a fin de que estuvieran bien inflados, como exigía la señora, y de que el terciopelo amarillo reluciera, se escuchó el llamado del teléfono. La empleada regresó del repostero con cara de malas pulgas, descolgó el fono y contestó que sí, que la iba a llamar.

Golpeó en la puerta del dormitorio en el segundo piso y después se asomó. Del hospital, señora. Sentada en la silla del tocador, en ropa interior y bata, pasándose las yemas de los dedos por la cara cubierta de crema, María Eduvigis levantó las cejas. ¿Quién será?, murmuró, pese a que ya se imaginaba muy bien, mirándose en el espejo con extrañeza, los ojos familiares delimitados por la máscara de crema, de qué se trataba.

¡Bien!, suspiró después, vestida con un traje azul oscuro, muy sobrio, y mirando por la ventana a los niños que jugaban cerca de la piscina, despeinados, enrojecidos por la excitación: ¡Pobrecito! Pero quizás haya sido mejor así. Ya estaba demasiado deshecho, este pobre, y la Lucha, que tiene tanta personalidad, después de todo, podrá hacerse cargo de los niños apenas salga de su escondite.

Supongo que a Silverio algo le quedaría, dijo Juan Pablo.

Se administraba de lo más bien, comentó María Eduvigis, alisándose la falda: ¡No te creas! Nunca le pidió un cinco a nadie, por ejemplo... Y ahora, como la única persona que le quedaba en el mundo, a este pobre infeliz, era yo...

¿Y la Lucha?, preguntó Juan Pablo.

Yo creo que la Lucha, después de su divorcio, lo detestaba. Lo más probable es que les haya inculcado el odio a esos niños.

¡No hallo las horas de que se vayan!

¡Yo también!, exclamó Pablito, que había vuelto esa mañana de la Punta y que contemplaba el jardín desde la otra ventana del dormitorio, en la misma línea que María Eduvigis.

¡Tengan paciencia!, dijo María Eduvigis. Se arregló el cuello de la blusa y se miró, desde lejos, con mirada oblicua y certera, las uñas impecables. Ahora bajo a darles la noticia a esos pobres niños.

El pelo les sale de la mitad de la frente, comentó Pablito. María Eduvigis había llegado hasta el centro del pasto y los niños, interrumpidas sus correrías alrededor de la piscina, guardaban silencio y se acercaban, acezando, súbitamente serios, como si adivinaran la gravedad de lo que María Eduvigis llegaba a comunicarles.

María Eduvigis notó que el llanto del menor, a la vista de la cazuela de ave humeante que les habían subido a la pieza, amainaba, y después de darles a todos una píldora de librium 5, salió en puntillas y cerró la puerta con suavidad.

Ahora habrá que preocuparse de enterrarlo, dijo, con expresión exhausta.

No pretenderás, dijo Juan Pablo (dejó el whisky sobre la mesa de cristal), enterrarlo en la tumba de tu familia.

¡Por supuesto que sí!, replicó María Eduvigis, levantando la voz en forma que no admitía discusión alguna. Después agregó, más suave, mientras la contrariedad deformaba el rostro de Juan Pablo y mientras Pablito, whisky en mano, ceñudo y abúlico, observaba: Era mi hermano, al fin y al cabo, hijo de mi padre y de mi madre, y has de saber que mi madre lo quiso mucho, a pesar de su salvajismo y de todo. Ella siempre sostuvo que Silverio no tenía mal fondo, y la verdad, si no hubiera sido por ese incidente tan desgraciado, que lo llevó a la cárcel porque todos sus amigos lo traicionaron, se hicieron los lesos, y porque los comunistas, que todavía no habían salido del gobierno de González Videla, ¡acuérdate!, le echaron la caballería encima, lo acusaron en sus pasquines de pije cuchillero y todo eso, trataron de envolver en el caso a toda la Punta, a toda nuestra gente, ¡acuérdate!, su vida habría seguido un rumbo muy distinto. ¡Seguro!

Lo que no entiendo, mamá, dijo Pablito, es que si los comunistas le echaron la caballería encima, él haya terminado en la cárcel por hacerse comunista.

¡Quién lo entiende!, exclamó María Eduvigis.

El problema, dijo Juan Pablo, y antes de continuar dio un rápido sorbo a su whisky, es que a tu tío Silverio le fallaba un tornillo.

¡Tiros!, exclamó Pablito, levantando una oreja, y Juan Pablo escuchó con atención.

Bastante lejos de aquí.

A la empleada, que había entrado con el pretexto de recoger los ceniceros sucios, le temblaban las manos. Me tienen enferma de los nervios, señora, dijo.

Váyase a dormir, le ordenó María Eduvigis. La empleada salió y María Eduvigis suspiró, extenuada, pese a que el rescate de Chile de las garras de los comunistas había sido un alivio tan inmenso: ellos, al escuchar por la radio los primeros comunicados de la Junta, y sobre todo las noticias del bombardeo de la Moneda, habían destapado unas botellas de champagne francés que guardaban en la bodega desde hacía mucho tiempo, esos años de perros no les habían dado ni una sola ocasión de beberlas. Habían quedado muy alegres, y al escuchar el estruendo de los aviones a chorro que volaban por encima de la casa, habían levantado las copas y habían brindado, llorando de alegría, y habían llamado a la empleada y a la Filomena, la cocinera, para que también brindaran. ¿Cuándo en tu vida ibas a tomar champagne francés? ¡Dime, tú, Mena! ¡Nunca, pues, señora!, y la Filomena había dejado la copa con toda finura, después de probar unas gotas, en el mármol veteado de la cómoda francesa, se había limpiado las manos en el delantal y había esperado que le dieran la oportunidad de regresar a la cocina. ¡Miren que celebrar con champaña el incendio de la Moneda! ¡Un edificio tan bonito!

Hubo una misa por Silverio, a pesar de todo, en la misma capilla del Cementerio Católico, y Matías tuvo el gesto simpático de venir, y también vino Sebastián Agüero, y el Gordo Piedrabuena (¡demócrata cristiano!, murmuró Juan Pablo, con un gesto de rabia). Al Pachurro del Medio, en cambio, se lo había tragado la tierra, a pesar de que alguno de nosotros había esperado verlo llegar, con sus ojos ausentes del mundo, de melena hasta los hombros, sandalias, y a pesar de todo, en vista de las circunstancias, traje oscuro y corbata, pero en lugar del Pachurro, y sin dar crédito a nuestros ojos, vimos cruzar la puerta soleada de la capilla, de estricto gris oscuro, camisa blanca y corbata negra, al Tito, sin que nadie se imaginara cómo había podido reaccionar en esa forma, en los últimos años se lo había visto en las esquinas del centro en estado casi vegetal, reconociendo apenas a la gente, clavando la mirada en un punto fijo, estragado, devorado por una especie de melancolía sin vuelta, y ahora, sin embargo... La noticia lo había golpeado en forma sorprendente, como si antes creyera que Silverio no podía morir, que su vida era tan sólida como las rocas y los montes de la Punta, como las arenas y las avanzadas espumosas de los Queltehues. En esos días, mientras pasaba con su familia las vacaciones de septiembre en la Punta, en espera de que la situación se tranquilizara en Santiago, el Tito había encontrado la nariz de su abuelo al fondo de un cajón, después de tantos años, y dormía con ella debajo de la almohada, como si el contacto de ese objeto hubiera contribuido a devolverle la luz debilitada, pero no del todo extinguida, de la inteligencia, y alguien, Matías o el Pachurro Mayor, dijo que el Tito, quizás, a su manera, era más inteligente que todos nosotros.

También estaban los niños, ojerosos, con una facha que a Pablito le producía en esas circunstancias, en presencia del ataúd con manillas de estaño y en cuyo barniz marrón se reflejaban los bultos deformados, con las cabezas alargadas y los troncos anchísimos, de la escasa asistencia, una mezcla de irritación y de vergüenza. La Lucha estuvo tentada, según dijo María Eduvigis que le había dicho por el teléfono, de salir de su escondite, pero al fin no se atrevió, dijo que la represión era horrible, frase que María Eduvigis tuvo el tino de no repetir, pese a que no le había creído una sola sílaba, si no había hecho nada malo, nadie le haría nada, y Juan Pablo comentó que la Lucha era una perfecta histérica, una loca furiosa, ¡quién iba a tener interés en perseguirla a ella! Lo hace por darse importancia, acotó Pablito, y María Eduvigis le ordenó que se callara, los niños podían oír. Sólo vino al cementerio, aparte de esos niños y de todos nosotros, un señor que había trabajado con Silverio en la oficina en la última época: un señor flaco, de traje oscuro brilloso, que tenía una expresión muy compungida, dio el pésame con una leve inclinación de cabeza, como si conociera perfectamente la distancia que había entre Silverio y su familia, dejó su tarjeta en el tarjetero y desapareció entre las floristas, detrás de los camiones que pasaban por la calle polvorienta rechinando y dando tumbos. Los demás amigos recientes de Silverio no se atrevieron a asomar la nariz. Muchos, comentó Matías, debían de estar presos, o refugiados en alguna embajada, o escondidos como ratas. ¿No crees tú?

¡Desde luego!, dije.

Mejor sería, insistió Juan Pablo, que la Lucha saliera pronto y se hiciera cargo de esos niños, en vez de armar tanta alharaca.

¡Shhht!, murmuró María Eduvigis, con extrema suavidad, puesto que había finalizado la misa y llegaba el momento de los responsos, siempre triste. Cuando los sepultureros entraron al panteón de la familia Molina Azcárate y empujaron el ataúd al nicho abierto, debajo de las tumbas de Silverio Molina el Viejo, a quien los mayores recordaban azotando a Silverio con la correa de cuero del cinturón, mientras Silverio, amarrado al tronco del árbol, daba alaridos diciendo que eran cuentos del viejo maricón de don Marcos, que se había caído por la escalera de puro borracho, sin que nadie lo empujara, y de Silverio Molina el Abuelo, a quien Matías había alcanzado a ver en la galería de la antigua casa patronal de la Punta, con su barba tupida y su nudoso bastón de alcornoque, y a un costado de la inscripción más nueva, de letras mejor recortadas, no erosionadas todavía por los años, de misiá Eduvigis, Pablito, Matías, el Tito, Sebastián Agüero, el Gordo y yo inclinamos la cabeza, en tanto que los niños permanecían silenciosos, pálidos, con las chascas, que María Eduvigis, en vista de las circunstancias, había tratado inútilmente de alisar a punta de gomina (sólo uno era rubio y había heredado el tipo de Silverio), erizadas, y nosotros pensábamos que ellos sí que no tendrían entrada en esa tumba, jamás, no había más que verlos. Súbitamente desbordada por la emoción, y quizá porque sus nervios hubieran llegado al límite del agotamiento, esos días, incluso para los vencedores, habían sido días de prueba, y tantos recuerdos de su padre, de la familia, de la infancia en la Punta, en la playa de los Queltehues o en las tierras del interior, en el vallecito del Chiguay, donde solía encajonarse la niebla marina, o en el pedregoso Valle de las Cuncunas, donde Silverio, desde niño, agarraba las culebras por la cola, en esas horas en que el bochorno hacía vibrar el aire, y perseguía a María Eduvigis haciéndolas girar como hélices, ante sus alaridos de espanto, o tomaba las arañas peludas con toda tranquilidad y las colocaba en una mesa, las examinaba de cerca, patas para arriba, les hurgueteaba el vientre amarillo con algún palito, con alguna ramita, las arañas pataleaban como locas, impotentes, y su decepción, años después, porque se habían terminado las trillas a yegua, decepción que nosotras compartíamos, puesto que al final de las trillas venía la fiesta, el tamboreo y las cuecas que mirábamos desde las ventanas del segundo piso, los cantos y las huifas, las plañideras en el atardecer, con sus guitarrones incrustados de concha de perla, pero Silverio, por ser hombre, podía bajar al descampado y participaba, se empinaba desde aquellos años enormes potrillos de vino y bailaba como un loco, agitando el pañuelo por encima de su cabeza, de manera que tuvo, debido a ese frágil estado de sus nervios, ante el mal disimulado disgusto de Juan Pablo, y en presencia de todos nosotros, que sacar un pañuelito de hilo y restañarse unos lagrimones. El Tito, muy impresionado, sobaba con fuerza la parte áspera de la nariz, que había llevado en secreto en el bolsillo derecho del pantalón, de manera que Matías, que no sabía, llegó a pensar que junto con despertar de su letargo había vuelto a sus antiguas costumbres. Por las avenidas del cementerio avanzaban parejas de soldados con las metralletas listas, entre los vasos romanos cubiertos por sudarios de mármol, los descendimientos de la cruz, las solitarias mujeres de piedra anegadas en llanto, Familia Arizmendi Gazitúa, Familia González del Solar, los Echarrazábal Salles, amigos de mi padre, ángeles de bronce, debajo de los cipreses, que alzaban las trompetas anunciadoras del Juicio Definitivo.

Llevan bala pasada, dijo el Gordo.

Tienen razón, dijo Juan Pablo, mirando a los soldados de reojo, ya que demostrar una curiosidad excesiva habría sido faltarles el respeto: En un cementerio, si no se andan con mucho cuidado, pueden esconderse a montones los comunistas.

XXV

En los tiempos que precedieron a la elección de Allende, por 1968 o 1969, al Pachurro del Medio le cayeron a las manos algunos libros esotéricos, textos religiosos hindúes y comentarios modernos, alguien, una señora muy quitada de bulla, de pelo entrecano, rasgos todavía hermosos, gestos elegantes, a pesar de su trabajo de administradora del casino del Banco, le habló de Gurdjev, de Sri Aurobindo, de Ichazo, y el Pachurro empezó a contemplar la belleza de Dios en la naturaleza, en la curva de los cerros de la Cordillera de la Costa, debajo de las coloraciones amarillentas y rojizas de los atardeceres, en la bóveda del cielo, cada vez que se mostraba de un azul límpido, en el mar, en los interminables acantilados del sur de los Queltehues. La presencia de María Olga se volatilizaba, se confundía con la atmósfera, introduciendo en él, sin embargo, un fluido inquietante, algo impalpable, como un perfume, que provocaba en el Pachurro un estado de éxtasis muy cercano al arrobamiento de los místicos, un placer que no podía expresar en palabras y que María Olga, desconcertada, adivinaba en la expresión de sus ojos, en una semisonrisa que le suavizaba los rasgos. Iba de vez en cuando a las fiestas de María Olga, por hacerle compañía, puesto que a María Olga se le había desarrollado mucho la obsesión de no estar nunca sola, de no moverse ni llegar sola a ninguna parte, pero iba con su pelo largo, sus sandalias, vestido a menudo con una simple túnica de mezclilla, sin que nada le importaran las risotadas, las bromas generales en las que María Olga, por caer simpática, ya que también había empezado a contraer (adivinaba el Pachurro) cierta inseguridad, participaba, los palmotazos en el hombro que a veces, por su brusquedad, estaban a punto de arrojarlo de bruces al suelo, de hacerlo dar con sus dientes en el parquet encerado, listo para el baile y para los sobajeos en la penumbra, y en algunas ocasiones, si se lo permitían, contemplaba a María Olga cuando gemía de placer bajo el peso de alguno de los invitados a la fiesta, sonriendo con dulzura, meditando sobre la diversidad y la belleza del mundo, y otras veces esperaba en el salón, con santa paciencia, pensando que tenía un sol de fuego en el centro del abdomen, o entrecruzando los pies, en la posición número uno del yoga, y haciendo ejercicios de respiración y de concentración.

Como su Banco fue uno de los primeros en caer en el área estatal, supimos que había aprovechado la tolerancia vestimentaria de los tiempos, la pululación de barbudos y descamisados por los diferentes sectores de la Administración pública, para concurrir a su empleo con su túnica de santón y no poner más límites al crecimiento de su melena. Desde su asiento, con la mano en la manilla de la vieja máquina calculadora, contemplaba la agitación circundante, escuchaba las acaloradas discusiones, los gritos callejeros, embelesado, y después bajaba la manilla para obtener el resultado de la operación. Alguien dijo que se había dejado arrastrar a un desfile allendista, un desfile de protesta contra el embargo norteamericano del cobre o algo por el estilo, pero nadie estuvo en condiciones de asegurarlo. Si sólo se dedicaba al misticismo, replicó uno, y a vigilar a María Olga, que se había puesto paranoica y estaba sometida a un tratamiento que les costaba un ojo de la cara.

¿Qué habría sido del Pachurro del Medio después del golpe? Sabíamos que había desaparecido del Banco al día siguiente, y alguien, ¿el Chico Santana?, creía haberlo divisado por la calle muy compuesto, de pelo corto, cuello y corbata, pero otros se imaginaban que podían haberlo metido preso por sus ideas raríficas, y nadie quiso preguntarle al Pachurro Mayor, que en ese instante conversaba con el Pipo en un extremo del salón, recorriendo con la mirada las bien provistas estanterías de libros. Todos sabíamos que el tema no le hacía la menor gracia al Pachurro Mayor, que le disgustaba mucho que se lo mencionáramos.

Y a todo esto, preguntó el Gordo Piedrabuena, ¿qué será de Guillermo?

Guillermo tenía los dedos llenos de polvo de acero, acalambrados de tanto limar, y como había sonado la hora del toque de queda, si sentían subir el ascensor sería señal de que eran ellos, señal de que venían a buscarlos o a buscar a algún otro, y en ese caso había que esperar, conteniendo la respiración, que pasaran de largo o que, por el contrario, se detuvieran, tocaran el timbre, o echaran abajo la puerta y entraran, pero ya la mitad se había disuelto y había volado por la ventana, y los papeles habían sido quemados con grandes precauciones, arrojados por el incinerador sin dejar huellas (el incinerador de cada edificio había funcionado día y noche), los libros y las revistas viejas, los folletos de Cuba, que se habían hacinado en esos años, por todos los rincones, con una rapidez pasmosa, empezaban a disminuir, sólo era cuestión de un poco más de paciencia, de combatir todavía el sueño. Marta había salido en la tarde a explorar el barrio, había hecho algunas compras sencillas, té, hojas de afeitar, azúcar, vino y nada anormal, nada que presagiara problemas, no había notado en absoluto que la vigilaran, el único detalle inquietante había sido la expresión triunfalista del almacenero de la esquina, que ahora hasta exhibía whisky escocés en su vitrina anteriormente desnuda.

¡Desgraciado! ¡Fascista de mierda!

¡Cuidado!, susurró Guillermo, mira que son ellos, precisamente, los que nos denuncian a nosotros. Son ellos los que tienen, la sartén por el mango. ¿Cómo no te das cuenta?

La señora Eliana les había efectuado una corta visita, evitando cuidadosamente cualquier tema conflictivo de conversación, y había dicho: Encontré a tu amigo Sebastián Agüero por la calle, muy elegante, y me saludó de lo más cariñoso. Deberías llamarlo.

¡Cómo se le ocurre, mamá!, había respondido Guillermo, exasperado, y ella había lanzado un suspiro. Bien, mijita, le había dicho a Marta, dándole el beso de costumbre en las mejillas, sin resignación alguna, y más tarde no había podido resistir a la tentación de contarle a la Marujita Gómez, quizás, en el fondo, por justificar a Willito, que esa mujer, que podía perfectamente ser la madre de su hijo, se había convertido en una bruja resentida, el veneno de la política, por mucho que disimulara, no se le quitaría nunca: Ahora los dejo, y había echado una mirada circular por el salón, sin poder disimular su desconfianza.

Dámela, dijo Marta, sin sacarse el pucho de los labios, cuando la señora Eliana se hubo alejado por fin en el ascensor: Ahora me toca el turno a mí.

¿Escuchaste?, preguntó Guillermo, y ella se limitó a contestar que sí con un gesto, pero todavía faltaba mucho para que se iniciara el toque.

Estará sentado en su casa, dijo el Chico Santana, pensando en la cagada que dejaron sus amiguitos.

En los primeros días nadie había tenido la menor noticia de Guillermo. Todos pensamos que debía de haberse refugiado en alguna embajada, o andar escondido, salvo que hubiera logrado escapar del país a tiempo, ya que no cabía la menor duda de que Guillermo, con esa mezcla de ingenuidad y de fantasía que lo había caracterizado siempre, y sobre todo en los últimos años, se habría metido en problemas. ¡Quién era capaz de atajar a este huevón!

¡Tú lo has dicho! ¡Nadie!

¿Y alguien había conocido a su segunda mujer?

El Gordo, con su habitual omnisciencia, explicó que era una señora divorciada, con dos o tres hijos no mucho menores que Guillermo, empleada de algún organismo público, la Contraloría, el Banco del Estado, la Caja de Previsión de un gremio numeroso: mujer dotada de una pega estable, en buenas cuentas, fuese cual fuese, y propietaria, para más remate, de una casa en el barrio alto de Santiago, nada del otro mundo, pero construcción de calidad, sólida, provista de algunos metros cuadrados de jardín, parrón, un proyecto de gallinero, y fuera de Santiago, allá por Talagante o Malloco, de una parcela productora de naranjos y limones, unas cuarenta hectáreas regadas y planas, tierras óptimas, sin contar el capital implicado en las plantaciones de frutales, y después de dos años en que iba todas las tardes a su casa, dos años de beber su vino, de apreciar los guisos especiales que le preparaba, los chupes y los caldillos, los pollos y pájaros al escabeche, de pasar los wikenes en la parcela y regresar con cajas de limones, de naranjas, de paltas, choclos recién cortados, de vez en cuando una pollona gorda o una gallina para la cazuela, unas perdices, productos que alegraban la despensa cada día más desprovista de la señora Eliana, había terminado por acudir a la oficina del Registro Civil y casarse con la proveedora de aquellos frutos y productos siempre bienvenidos, no sin antes forcejear desesperadamente hasta arrancar, como buen hijo, el consentimiento melancólico de su madre, de quien ni siquiera se había separado en los años de su matrimonio con la alemana del sur, y que ahora le hacía donación de su futura soledad con gesto heroico y ojos anegados en llanto.

Pues bien, prosiguió el Gordo, resulta que esta mujer, Marta Olivares o Canales, ahora el nombre se me olvida, era miembro disciplinado, a pesar de su condición de pequeña o mediana propietaria, del partido socialista. Entiendo que la cosa le venía por familia, desde años muy anteriores a la llegada de Allende al poder, con extremo fervor, sin permitirse ni tolerar bromas al respecto. Primero empezó a llevar a Guillermo, que hasta entonces no había pasado de la etapa de las simpatías o de las sobremesas izquierdizantes o socializantes, a las concentraciones públicas de Salvador Allende o de sus partidarios, a reuniones sociales donde había predominio de concurrencia allendista, a exposiciones de pintura y otras manifestaciones artísticas o culturales orientadas en la dirección política correcta, y al fin consiguió inscribirlo en el partido y transformarlo en un militante casi tan disciplinado como ella, con un acopio, para que no digamos indigestión, de conceptos y muletillas revolucionarias, que sacaba a relucir en apasionadas polémicas caseras, hasta muy altas horas de los viernes y sábados en la noche, sin separarse de la infaltable y garantizada copa de vino tinto. La verdad era que el matrimonio, y con el matrimonio, el ingreso en la política activa, fueron para Guillermo una inyección de vitalidad, un ingrediente indispensable contra la rutina, contra el anquilosamiento de la mente y del cuerpo, que mientras vivía con la señora Eliana, en un departamento venido a menos, dedicado al cultivo de sus manías de hijo único y solterón, a la contemplación de su ombligo, se precipitaban sobre él, sobre ambos, puesto que había llegado a constituir una especie de pareja con la señora Eliana, una pareja que se necesitaba y se desgarraba mutuamente, a pasos vertiginosos: rejuveneció varios años, ya que Marta tuvo fuerzas de sobra para convencerlo de que hiciera un moderado régimen, el traguito de todas las tardes no era más que un lastre de la burguesía, los revolucionarios tenían que acostumbrarse a la vida dura, saber madrugar y soportar los rigores de la naturaleza, eliminar la grasa, símbolo y resultado de todo lo superfluo y todo lo corruptible, nosotros no somos revisionistas, le decía, como los socialdemócratas europeos, que de socialistas sólo tienen el nombre, y como los moscovitas, que se entienden a las mil maravillas con los norteamericanos, social imperialistas con imperialistas, para utilizar la expresión de los chinos... El caso es que Guillermo, envuelto en nubes de fraseología revolucionaria y sin haber conseguido eliminar del todo la panza, ya que una de las tácticas de Marta para conquistarlo había sido precisamente, en contradicción con su dialéctica, el cultivo de su estómago, pero habiéndola reducido a la condición de una guata redonda, bien circunscrita, pequeño tambor que se lleva debajo de la camisa estirada y que no excluye la flacura en el resto del cuerpo, andaba feliz de la vida por el centro de Santiago, muy del brazo de Marta, como si quisiera desafiar a los amigos y los recuerdos de la Punta, proclamar al mundo que los había enterrado para siempre, con todos sus usos y costumbres, que se recagaba en todo lo que pudieran pensar o murmurar a sus espaldas. A pesar de sentimentalismos y nostalgias, esos amigos o ex amigos eran los fósiles de una época extinguida para él, y si él, llevado por los avatares de la historia, de la lucha de clases, se hubiera encontrado de pronto en la trinchera opuesta, no habría vacilado en combatir contra ellos con todas las armas a su alcance, hasta aplastarlos. Pertenecían a su prehistoria personal, su prehistoria de hijo de familia, y con ella habían sido definitivamente sepultados. ¿Entendido?

¡Entendido!, corroboraba Marta, con una sonrisa entre enérgica y tierna, en tanto que la señora Eliana, desplazada, buscaba refugio en la ensoñación, en las cartas, en las interminables confidencias a Marujita Gómez, que solían terminar en desconsoladas escenas de llanto, hasta había pensado en suicidarse con somníferos, ya que abusaba de las píldoras para dormir, pero el paso del sueño nocturno al sueño definitivo la aterrorizaba, aparte de que no había perdido el temor infantil al infierno.

Después del triunfo de Allende, dijo el Gordo, que habrán celebrado con gran jolgorio, a pesar de que la señora Eliana, supe, por puro instinto femenino, le recomendaba a cada rato que no se comprometiera mucho, que tuviera cuidado, no creo que éstos duren demasiado tiempo, consejos que le provocaban a Guillermo una furia ciega, descontrolada, ingresó a la Corporación de la Vivienda y trabajó, por primera vez en su vida, como un enano, en pro de la causa, asistiendo después de las jornadas de oficina a interminables reuniones y manifestaciones políticas, incluso, una vez, a un cambio de ideas en la calle Tomás Moro, pero el Presidente, cuya asistencia a la reunión se daba por descontada, se había visto retenido por compromisos de última hora y uno de los edecanes había telefoneado para que comenzaran nomás sin él, él ya llegaría apenas se desocupara, y no había llegado, lo cual no había impedido, naturalmente, que Guillermo continuara usando el "compañero Presidente", el "compañero Ministro", el "compañero" y la "compañera", sin arrugarse, puesto que era un hombre que había ingresado a otro mundo, a otro territorio, quemando sus naves, y hasta había efectuado, si no me equivoco, invitado por organismos análogos al suyo, una o dos visitas a Cuba. Alguien, en una de las huelgas del transporte, lo vio cargando sacos de trigo, rojo como un tomate (Silverio andaba en lo mismo, y más de alguno de nosotros, y desde luego nuestras mujeres, capitaneadas por la Rubia, ayudaba a organizar la huelga, colaboraba en las colectas para su sostenimiento, Matías había vaticinado que ésos, los camioneros, sí que terminarían con Allende), pero los revolucionarios tenemos que ponerle el hombro, compañero, contribuir a normalizar el abastecimiento, además de la conveniencia evidente de alternar las tareas manuales con las intelectuales, punto de vista que Mao había comprendido mejor que ningún otro dirigente. Para que ustedes vean: Matías se encontró con Guillermo en el centro, en los primeros meses de Allende...

Conozco la anécdota, dijo el Chico Santana.

El caso es que el huevón de Guillermo trató de convencerlo. ¡A Matías! Hasta le dijo que le convenía mucho hacerse socialista. El proceso revolucionario, le dijo, era irreversible.

Le expliqué, había contado Matías, con infinita paciencia, que el famoso proceso revolucionario de que me hablaba estaba condenado al fracaso más estrepitoso, pero en esos días era lo mismo que hablarle a una pared. Guillermo estaba francamente perturbado. Me miraba con ojos que me traspasaban, como si uno fuera transparente, y mis razones le resbalaban por encima de una coraza enteramente impenetrable, impermeable Cuando se dignaba fijarse en mí, lo hacía con expresión de lástima, con una pizca de desprecio, como si yo, además de momio recalcitrante, fuera un demente más o menos pacífico, como si su visión abarcara realidades evidentes que a mí, por una malformación o una perversidad congénitas, me habían sido vedadas.

¡Qué mata de huevas!, exclamó el Chico, agarrándose una rodilla, pálido, lleno el rostro de arrugas minúsculas, y escondiendo los pies con calcetines, ya que se había sacado los zapatos, debajo de las nalgas.

Pues, resulta que él y su mujer se habían trasladado a un departamento en las torres del San Borja, porque la casa del barrio alto, con su jardín y todo, les daba demasiado trabajo, y no era cuestión de dilapidar las energías en tareas puramente domésticas, sin olvidar que había que prepararse para los tiempos en que el gremio de las empleadas desaparecería, como habían desaparecido en Cuba, y en la última época de la UP, cuando la posibilidad de una transición pacífica al socialismo prácticamente se hallaba cancelada, ¡por culpa de ellos!, clamaba Guillermo, echando chispas, ¡por culpa de ellos, no de nosotros!, pero ellos nos obligan entonces a pasar a otra etapa, tragando una saliva áspera, se habían conseguido una pistola y dos o tres docenas de tiros. ¡Qué habrían podido hacer con eso! La burguesía, explicaba Guillermo, y en ese período ya se lo veía muy ojeroso, cansado, la batalla política no daba un solo segundo de tregua, jamás ha entregado ni un milímetro de poder por las buenas, de manera pacífica.

¡Eso jamás se ha visto! El poder revolucionario se encuentra en la punta de los fusiles, como sostiene Mao.

Era una pistola nueva, prosiguió, marca Walther, de calibre de 7,65 milímetros, que Guillermo guardaba en el compartimiento superior de un closet, oculta debajo de chalecos y camisas viejas, depositada en su caja de cartón y su envoltorio de papel de celofán, con los tiros lustrosos, relucientes, a un lado. Varias veces había anunciado que la probaría en la parcela de Talagante, disparando contra la colina del fondo, pero nunca se la llevaba en los fines de semana, abría la maleta y comprobaba que se había olvidado de la pistola, que había postergado otra vez esa oportunidad de probarla, como si creyera en la posibilidad de un desenlace violento, de esa guerra civil que estaba en labios de todos y que los revisionistas, los social demócratas, hacían desesperados y fútiles esfuerzos por evitar, pues si no creyera no habría comprado la pistola, y sin embargo careciera de la convicción suficiente para darse el trabajo de aprender a dispararla.

Una vacilación de la que todos los chilenos éramos víctimas, pensáramos lo que pensáramos. A todos, a pesar de los signos que se manifestaban debajo de nuestras narices, nos costaba creer que Chile estuviera al borde, al borde y quizás en el centro de una de esas crisis de las que se habla en los periódicos y que siempre, desde la perspectiva chilena de años anteriores, sucedían lejos, en España, en Hungría, en Indonesia, en Cuba... ¡Si en Chile nunca pasa nada! ¡La gente se ha vuelto loca! ¡Eso es todo! ¡Loca de remate!

¡Exacto!, dijo, de modo que la pistola sólo vino a significar un estorbo, un lastre no sólo inútil, sino extremadamente peligroso en los días del golpe. ¿Qué haría si le allanaban la casa? Y parece que el golpe los sorprendió, a él y a su mujer, no sólo con las mesas y las estanterías atiborradas de panfletos, revistas y libros delatores, sino con la candente y flamante Walther, en su envoltorio de papel de celofán, debajo de los chalecos viejos, impregnada por el olor de las bolitas de naftalina que Marta tenía la manía de distribuir por todos los rincones de la casa, como si fueran una panacea contra los efectos corrosivos del tiempo. Estuvieron, pues, toda la noche quemando papeles y arrojándolos por el hueco del incinerador de la basura, pero, ¿qué diablos hacemos con esta maldita pistola?

Yo también la tiraría por el incinerador, dijo Marta, que tenía la voz más ronca que de costumbre, las ojeras marcadas, los ojos congestionados, en veinticuatro horas había envejecido cinco años de tanto fumar y de la atroz preocupación por uno de sus hijos, militante del Mir y que se hallaba escondido, suponía ella, pero que no le había dado ni la menor señal de vida. Si pretende hacer resistencia, murmuró en voz muy baja, como si ese tono impidiera que sus temores se hicieran efectivos, ¡lo matan!

La sacarán de ahí, dijo Guillermo, y empezarán a investigar de quién es.

Parece que en la basura de las torres del San Borja, dijo el Gordo, encontraron hasta metralletas.

¡Para qué se te ocurrió traer esa mierda de pistola!, dijo Marta. ¡De qué podía servirnos!

¡Ah!, exclamó Guillermo, solemne, demacrado, abriendo las manos con gesto de predicador: ¿Quién era la que teorizaba sobre la violencia inevitable, sobre la imposibilidad de que una revolución fuera pacífica, acusando al gobierno de blandura, de entreguismo? ¿A ver? ¡Dime, por favor!

Ella guardó silencio, mirándolo, siete años más vieja, depuesta toda dulzura, toda coquetería, multiplicadas sus canas en pocas horas y sin posibilidad de bajar ni a la peluquería de la esquina, un atado de huesos y nervios, una piel reseca, unos ojos que tendían a salirse de las órbitas, puesto que la angustia intensa y sostenida, sin un segundo de tregua, acentuaba ciertos rasgos de hipertiroidismo. ¡Como si me hubiera casado con mi madre! Mejor dicho, como si se hubiera separado de su madre para juntarse con otra madre, y en los instantes de crisis, los rasgos deteriorados, tiránicos, cuyo deterioro y cuya tiranía databan de los tiempos en que le había succionado sus substancias alimenticias, en su condición fetal, salieran a la superficie y se hicieran más notorios, adquirieran la luz de la evidencia. Ella encendió otro cigarrillo y él, sintiendo que había empezado a volverse loco y que su único deseo era huir, huir lejísimo, canturreó para sus adentros, haciendo esfuerzos para reprimir una risa histérica, una risa que pugnaba con fuerza difícilmente contenible por salir a sus labios:

> *Sola, fané y descangayada*
> *la vi una madrugada*
> *salir de un cabaré...*

Levantó la vista, un poco más sereno, y vio que ella se había puesto a llorar junto a la ventana, extrañamente parecida, también en ese rasgo, a la señora Eliana. ¡Cállate!, le dijo: ¡Se me ha ocurrido una idea!, y empezó a buscar fuera de sí en los cajones, dejando un desorden indescriptible, hasta que dio, con una exclamación de júbilo, con la gruesa y providencial lima de acero, que poco antes parecía que se le hubiera borrado de la memoria.

¡Era un imbécil!, exclamó el Chico Santana, con exacerbada pasión, y el Gordo se sobó una mejilla, bostezando y recordando la euforia de Pancho, la sensualidad con que acariciaba el manubrio de madera, su idea fija, y el trepidante camión que había aparecido en lo alto de la curva, perfilado en la luz del amanecer, mientras ellos trataban, haciendo movimientos de péndulo con la cintura, como si así pudieran ayudar al pobre Ford 4, de pasar de subida a otro camión destartalado.

Marta sopló el contenido del trapo frente a la ventana, volvió a desplegarlo sobre su falda y reanudó su paciente tarea. El ruido podía atravesar las paredes y despertar sospechas, pero los confusos programas de radio de la medianoche, unidos a la llave del agua fría del cuarto de baño, que Guillermo abría de cuando en cuando y luego cerraba, a los tiestos de la cocina que cambiaba de sitio, como si estuvieran preparando una larga y complicada cena, creaban una cortina protectora.

Además, susurró Marta, acuérdate de que nuestros vecinos tienen un hijo mapucista que anda desaparecido. Lo más probable es que estén callados como tumbas, por momios que sean.

En la madrugada del tercer día me acerqué a la ventana, después de haber pasado toda la noche en vela y de haber puesto fin, así, al trabajo pesadísimo de limar la Walther hasta convertirla en un polvo de acero que nos había martirizado las manos, antes de volar por aquella misma ventana, con el aire confundido, así como las cenizas de los papeles, donde todavía podía leerse a veces, en fondo negro, alguna palabra delatora, habían descendido, flotando, a los infiernos del incinerador de basura, y aspiré con voluptuosidad intensa, a pesar de la sensación persistente del miedo, la brisa fría, que bajaba de cumbres cordilleranas que parecían haberse acercado, haberse puesto al alcance de mi descabellado y momentáneo optimismo. A Marta se le había caído la cabeza sobre el sofá y roncaba, deshecha, en la mano una hoja de la Tricontinental que se había salvado del fuego, pero en ese momento escuché un ruido de motores que se acercaban y vi por la penumbra de la avenida Vicuña Mackenna, puesto que el sol aún no aparecía en las cumbres,

Después me dijeron, prosiguió el Gordo, que a la Marta Olivares o Sepúlveda, nunca me acuerdo bien de su apellido, la mujer de Guillermo, la tuvieron presa en la cárcel de mujeres. Guillermo corrió a refugiarse en la embajada de Suecia. La Marta dice, me han dicho, que le pusieron electrodos en los pezones,

¡Cuentos!, exclamó el Chico Santana, a quien los ojos habían empezado a cerrársele de sueño. Éramos, sin embargo, el Chico Santana y yo, los últimos auditores que le quedaban al Gordo. Los demás roncaban en el salón, despanzurrados entre los cojines, y algunos habían ido a buscar refugio en las habitaciones. Se escuchaban vagos rumores callejeros, pero todavía faltaban, de acuerdo con el reloj, diez minutos para que finalizara el toque de queda.

y que la destinaron, para castigar su orgullo, a hacer el aseo de los excusados, a limpiar y barrer la mierda de las presas comunes. Ya que estamos hundidos hasta el yaco en la mierda, dicen que decía ella, ¡qué importa! ¡Vamos barriendo! Eso cuenta, me han dicho. A todo esto, supe que Guillermo partió a Suecia, que está estudiando sueco en una ciudad de provincia, contratado a media jornada como dibujante en un taller de arquitectura y decidido, ¡esto sí que es novedad!, a los cuarenta y tres o cuarenta y cuatro años, a terminar por fin, aprovechando las facilidades que le ofrece la sociedad sueca, sus estudios de Arquitectura. ¡Imagínate!

¿Y la señora Eliana? ¿Qué es de ella?, preguntó el Chico.

Ahí está. En su casa. Contenta con el golpe, a pesar del exilio de su hijo, y a pesar de que se muere, según me han dicho, de hambre. Hizo la tontería, aconsejada por Guillermo, que creía en serio que esto del socialismo era irreversible, tal como se lo había dicho a Matías, y que la propiedad privada de acciones y de otros bienes por el estilo, en consecuencia, iba a terminarse para siempre, que los herederos del antiguo capitalismo chileno iban a perderlo todo, de vender sus cosas en el peor momento, a precios de pánico, en pleno auge de la Unidad Popular.

¿No te decía?, comentó el Chico, entre un bostezo y otro y rascándose la cabeza con una especie de furia, como si el rasquido lograra mantenerlo despierto: ¡Guillermo era un huevón, un perfecto cretino!

Yo no diría eso, precisó el Gordo, que no deseaba, ni siquiera en esas circunstancias, a esas horas del amanecer y en ese ambiente, dejarse arrastrar a formular juicios atolondrados, precipitados. Guillermo siempre tuvo ciertas ideas fijas, unos complejos extraños, no siempre fáciles de captar, y además era un hombre demasiado influenciable. Pero no sé por qué hablamos de Guillermo en tiempo pasado. Es muy capaz de reorganizar su vida en Suecia y de convertirse en un arquitecto formidable.

Silverio, por lo menos, insistió el Chico Santana, deformada la expresión por un gesto de irritación profunda, era hombre. Estoy seguro de que si lo hubieran ido a buscar, se habría defendido como macho, habría dado la cara, en vez de irse a esconder como una rata, meándose de susto, en la embajada sueca

dos camiones de hierro, de esos de ruedas y parachoques altos, que avanzaban con relativa lentitud y cuya carga estaba cubierta por una lona blanquecina y sucia. ¡Marta!, dije: ¡Mira! ¿Qué llevarán esos camiones?

Fueron a buscarla al día siguiente, explicó Guillermo, y como a mí, después de revisar todo el departamento minuciosamente y de mantenerme encañonado con la punta de la metralleta contra la espalda, me echaron de un empujón para un lado, con caras amenazantes, como diciendo, la próxima te llevamos a ti, corrí a refugiarme, conseguí uno de los primeros salvoconductos, y aquí me tienen...

¿Has observado las formas que toman esas lonas?, ¿los bultos que llevan debajo?

Pero ya los camiones se perdían rumbo al puente de Pío Nono. Su ruido lento y siniestro se alejaba. Lo curioso, prosiguió Guillermo, es que ella ha salido de la cárcel y me insiste, por carta e incluso por teléfono, con una terquedad absoluta, en que no quiere venirse.

Guillermo miró el lejano bosque de pinos rodeado por la nieve. Unos niños avanzaban por un sendero, perfectamente protegidos, provistos de botas, guantes, gruesos gorros de colores vivos y con orejeras. Los niños hablaban con gran ani-

mación y lanzaban densas columnas de vaho por la boca.
 Es raro, dijo Guillermo, después de un rato. Pero quizás tenga razón.

Barcelona, agosto de 1977

LOS GRANDES MAESTROS DE LA LITERATURA EN COLECCION DE BOLSILLO

EL AVE FENIX

- **THOMAS MANN** LA MUERTE EN VENECIA
- **ALEXANDER SOLJENITSIN** UN DIA EN LA VIDA DE IVAN DENISOVICH
- **RABINDRANATH TAGORE** RECUERDOS
- **JORGE LUIS BORGES** EL LIBRO DE ARENA
- **ALBERTO MORAVIA** LA CAMPESINA
- **ISAAC BASHEVIS SINGER** EL ESCLAVO
- **RAY BRADBURY** FAHRENHEIT 451
- **ELIAS CANETTI** AUTO DE FE
- **THOMAS MANN** LA MONTAÑA MAGICA
- **F. SCOTT FITZGERALD** EL GRAN GATSBY

WILLIAM FAULKNER
EL VILLORRIO

STEFAN ZWEIG
VEINTICUATRO HORAS EN
LA VIDA DE UNA MUJER

WILLIAM FAULKNER
EN LA CIUDAD

JORGE ICAZA
HUASIPUNGO

MIGUEL HERNANDEZ
POEMAS

ANTOINE DE SAINT-EXUPERY
VUELO NOCTURNO

ALDOUS HUXLEY
UN MUNDO FELIZ

GÜNTER GRASS
AÑOS DE PERRO

ANA FRANK
DIARIO

HERMANN HESSE
HERMANN LAUSCHER
VIAJE AL ORIENTE